ullstein

Das Buch

Ein Jahrhundertorkan braut sich über dem Mississippi-Delta zusammen, aber Esch und ihre drei Brüder, Halbwaisen, die mit ihrem Vater in einer Hütte am Waldrand leben, haben noch ganz andere Sorgen. Skeetah versucht, die neugeborenen Welpen seiner Pitbull-Hündin China durchzubringen. Der Älteste, Randall, will Basketballprofi werden, aber zugleich müssen er und die 15-jährige Esch sich um Junior, den Jüngsten, kümmern, dem wie allen die Mutter fehlt. Dann merkt Esch, dass sie schwanger ist. Mit wem soll sie darüber reden, wenn die anderen kaum für sich selbst sorgen können? Und doch halten die vier Geschwister zusammen, oft wortlos und mit kleinen Gesten. Sie versuchen, ohne Geld Vorräte anzulegen und mit Treibholz das Haus sturmfest zu machen. Die Hitze wird immer drückender, der Sturm rückt immer näher.

Die Geschichte einer bedrohten Familie in einem anderen, bitterarmen Amerika in all ihrer rohen, kraftvollen Schönheit.

Die Autorin

Jesmyn Ward, geboren 1977, wuchs in DeLisle, Mississippi auf. Nach einem Literaturstudium in Michigan war sie Stipendiatin in Stanford und Writer in Residence an der University of Mississippi. Zurzeit lehrt sie Creative Writing an der University of South Alabama. Ihr mehrfach preisgekrönter Roman *Vor dem Sturm* erhielt den National Book Award und wurde in den USA zum Bestseller. Er wurde von der amerikanischen und deutschen Presse hymnisch besprochen.

Jesmyn Ward

Vor dem Sturm

Roman

Aus dem Amerikanischen
von Ulrike Becker

Ullstein

Besuchen Sie uns im Internet:
www.ullstein-taschenbuch.de

MIX
Papier aus verantwortungsvollen Quellen
FSC
www.fsc.org
FSC® C083411

Lizenzausgabe im Ullstein Taschenbuch
1. Auflage August 2015

Titel der amerikanischen Originalausgabe: *Salvage the Bones* (Bloomsbury USA)
Umschlaggestaltung: bürosüd° GmbH, München
Titelabbildung: © David Howells / Corbis (Sturmszene);
© Alamy. Design by Greg Heinemann (Mädchen)
Druck und Bindearbeiten: CPI books GmbH, Leck
Printed in Germany
ISBN 978-3-548-28618-1

Für meinen Bruder Joshua Adam Dedeaux,
der führt, während ich folge

Sehet ihr nun, daß Ich's allein bin, und ist kein Gott neben mir?
Ich kann töten, und lebendig machen, Ich kann schlagen, und
kann heilen, und ist niemand, der aus meiner Hand errette.

5. Buch Mose, Deuteronomium, 32.39

Denn bin ich auch klein, kenne ich doch Vieles,
Und mein Körper ist ein endloses Auge
Durch das ich, leider, alles sehe.

GLORIA FUERTES, »Jetzt«

Wir liegen auf dem Rücken, starren in die Sterne,
Reden über das, was wir mal werden wollen, wenn wir groß sind,
Ich sag, was willst du dann sein? Sie sagt »Am Leben«.

OUTKAST, »Da Art of Storytellin' (Part 1)«, Aquemini

Der erste Tag

GEBURT UNTER EINER NACKTEN GLÜHBIRNE

China hat sich gegen sich selbst gewandt. Wenn ich nicht Bescheid wüsste, würde ich denken, sie will ihre Pfoten fressen. Ich würde sie für verrückt halten. Was sie irgendwie auch ist. Lässt keinen an sich ran, außer Skeet. Als sie noch ein frecher Pitbullwelpe war, klaute sie alle Schuhe im Haus, alle schwarzen Turnschuhe, die Mama uns gekauft hatte, weil man darauf den Dreck nicht sieht und weil sie halten, bis sie völlig ausgetreten sind. Nur Mamas verschollene Sandalen mit den dünnen Absätzen, die von der schlammigen roten Erde ganz pink verfärbt waren, sahen anders aus. China versteckte alle Schuhe unter den Möbeln und hinter dem Klo oder türmte sie zu Haufen und schlief darauf. Sobald sie alt genug war, um zu rennen und die Treppe alleine hinunterzustolpern, brachte sie die Schuhe nach draußen und legte sie in kleine Mulden unter dem Haus. Starr und unnachgiebig wie ein Baum stand sie davor, wenn wir versuchten, sie ihr wegzunehmen. Jetzt jedoch gibt China, statt wie früher zu nehmen, sie schenkt, wo sie früher gestohlen hat. Sie gebärt Welpen.

Was China macht, hat keine Ähnlichkeit mit dem, was Mama gemacht hat, als sie meinen kleinen Bruder Junior geboren hat. Mama kam nieder in dem Haus, in dem sie uns alle zur Welt gebracht hatte, hier auf dieser Lichtung im Wald, die ihr Vater geschlagen und bebaut hat und die wir heute das Pit nennen. Ich, das einzige Mädchen und mit acht Jahren die jüngste, war ihr keine Hilfe, obwohl Daddy meinte, sie hätte ihm gesagt, sie brauche keine Hilfe. Daddy hat erzählt, dass Randall, Skeetah und ich sehr schnell gekommen sind, dass Mama uns alle in ihrem Bett geboren hat, unter ihrer eigenen nackten Glühbirne, und als es bei Junior so weit war, dachte sie, sie könnte es genauso machen. Das hat nicht geklappt. Mama saß in der Hocke, schrie zum Schluss. Junior war so blau wie eine Hortensie, als er herauskam: Mamas letzte Blume. Genau so berührte sie Junior, als Daddy ihn ihr hinhielt: ganz zart, nur mit den Fingerspitzen, als fürchte sie, die Pollen wegzuwischen, die Pracht der Blüte zu zerstören. Sie sagte, sie wolle nicht ins Krankenhaus. Daddy schleppte sie vom Bett in seinen Wagen, während das Blut aus ihr heraustropfte, und wir sahen sie nie wieder.

Was China macht, ist kämpfen, dazu wurde sie geboren. Mit unseren Schuhen, mit anderen Hunden, mit diesen Welpen, die nach draußen drängen, blind und nass. China schwitzt und die Jungs leuchten, und durch das Schuppenfenster sehe ich Daddy, dessen Gesicht glänzt wie ein Fisch unter Wasser, wenn ihn ein Sonnenstrahl trifft. Es ist still. Drückend. Es fühlt sich an, als müsste es regnen, aber es regnet nicht. Keine Sterne zu sehen, und die nackten Glühbirnen des Pit brennen.

»Geh von der Tür weg. Du machst sie nervös.« Skeetah sieht aus wie Daddy: dunkel, klein und mager. Knorriger Körper, Muskeln wie Seile. Er ist der Zweitälteste, sechzehn, aber für China ist er die Nummer eins. Sie hat nur Augen für ihn.

»Sie guckt uns gar nicht an«, sagt Randall. Er ist mit siebzehn der Älteste. Größer als Daddy, aber ebenso dunkel. Er hat schmale Schultern und Augen, die aussehen, als wollten sie ihm aus dem Kopf springen. In der Schule halten sie ihn für einen Langweiler, aber auf dem Basketballfeld bewegt er sich mit seinen langen Beinen so flink und anmutig wie ein Kaninchen. Wenn Daddy jagen geht, feuere ich immer das Kaninchen an.

»Sie brauch Raum zum Atmen.« Skeetahs Hand gleitet über Chinas Fell, und er beugt sich vor, um an ihrem Leib zu lauschen. »Sie muss sich entspannen.«

»Sie is kein bisschen entspannt.« Randall steht in der offenen Tür und hält das Laken hoch, das Skeetah als Türersatz angenagelt hat. Die ganze letzte Woche hat Skeetah im Schuppen geschlafen und auf die Geburt gewartet. Jeden Abend habe ich abgewartet, bis er das Licht ausmachte, bis ich sicher war, dass er schlief, und bin dann durch die Hintertür hinaus zum Schuppen gegangen, dahin, wo ich jetzt auch stehe, um nach ihm zu sehen. Jedes Mal habe ich ihn schlafend vorgefunden, seine Brust an Chinas Rücken. Er schmiegte sich an die Hündin wie ein Fingernagel ans Fleisch.

»Ich will zugucken.« Junior umklammert Randalls Beine, beugt sich vor, um etwas zu sehen, traut sich aber nicht, mehr als seine Nasenspitze in den Raum zu stecken. China beachtet uns andere normalerweise gar nicht, und Junior beachtet China normalerweise auch nicht. Aber er ist sieben, und er ist neugierig. Als der Junge aus Germaine vor drei Monaten seinen Pitbullrüden zum Pit brachte, damit er sich mit China paaren konnte, hockte sich Junior auf ein Ölfass über der provisorischen Hundehütte, einer alten Pick-up-Ladefläche, über die Maschendraht gespannt war, und schaute zu. Als die Hunde sich ineinander verhakten, verschränkte er die Arme unter dem Kinn, rührte sich aber nicht vom Fleck, auch nicht, als ich ihn anbrüllte, er solle ins Haus gehen. Er lutschte an seinem Arm und spielte mit seinem Ohrläppchen, wie er es immer beim Fernsehen macht oder kurz vor dem Einschlafen. Ich habe ihn mal gefragt, warum er das macht, und er sagte nur, dass es wie Wasser klingt.

Skeetah beachtet Junior nicht, weil er ganz auf China konzentriert ist, so wie ein Mann sich auf eine Frau konzentriert, wenn er glaubt, sie gehört ihm, was bei China der Fall ist. Randall sagt nichts, aber er versperrt mit einem Arm die Tür, damit Junior nicht reingehen kann.

»Nein, Junior.« Ich strecke ein Bein aus, um die Absperrung komplett zu machen, die Junior von dem Hund fernhält, von der gelben Schleimspur, die unter Chinas Hinterteil allmählich eine Pfütze auf dem Boden bildet.

»Lass ihn zugucken«, sagt Daddy. »Er's alt genug für so was.« Seine Stimme ist ein Planet in der Dunkelheit, der um den Schuppen kreist. Er hält in einer Hand einen Hammer, in der anderen ein paar Nägel. China kann ihn nicht ausstehen. Ich lasse locker, aber Randall rührt sich nicht. Junior ebenso wenig. Daddy dreht sich von uns weg wie ein Komet, der in die Dunkelheit entschwindet. Man hört den Hammer auf Metall treffen.

»Er macht sie nervös«, sagt Skeetah.

»Vielleicht musst du ihr beim Pressen helfen«, sage ich. Manchmal denke ich, dass Mama deswegen gestorben ist. Ich sehe sie vor mir, das Kinn auf der Brust, wie sie angestrengt versucht, Junior aus sich herauszupressen, während Junior sich an ihre Eingeweide klammert, nach allem greift, was er erwischen kann, um drinzubleiben, aber stattdessen hat er nur alles mit sich herausgezogen, als er auf die Welt gekommen ist.

»Sie brauch null Hilfe beim Pressen.«

Und die braucht China wirklich nicht. Ihre Seiten zucken. Sie knurrt, ihr Maul ist ein schwarzer Strich. Ihre Augen sind rot; der Schleim färbt sich rosa. Alles an China verspannt sich, unter ihrer Haut werden Tausende von Murmeln sichtbar, und dann scheint sie ihr Innerstes nach außen zu stülpen. Wo sie offen ist, sehe ich eine lila-rote Knolle. China erblüht.

Hätte einer von Daddys Saufkumpanen ihn gefragt, was er heute Abend macht, hätte er gesagt, er macht alles für den Hurrikan bereit. Wir haben Sommer, und im Sommer kommt oder geht hier praktisch immer gerade ein Hurrikan. Jeder einzelne von ihnen schiebt sich über den flachen Golf bis zu dem zweiundvierzig Kilometer langen, künstlich angelegten Strand von Mississippi, wo er an den alten Sommervillen mit den zu Gästehäusern umgewandelten Sklavenhütten rüttelt, ehe er über den Bayou fegt, durch die Kiefern hindurch, um abzuflauen, sich auszuregnen und schließlich im Norden zu verenden. Die meisten treffen uns gar nicht mehr direkt; die meisten drehen nach rechts in Richtung Florida ab, oder nach links in Richtung Texas, sausen vorbei und gleiten an uns ab wie ein Hemdärmel. Es hat schon seit Jahren keinen mehr gegeben, der direkt auf uns zukam; lange genug, um zu vergessen, wie viele Wasserflaschen wir füllen müssen, wie viele Dosen Sardinen und Schmalzfleisch wir einlagern sollten, wie viele Wannen voll Wasser wir brauchen. Aber im Radio, das ständig in Daddys geparktem Pick-up läuft, wurde heute Vormittag davon gesprochen. Ich habe gehört, wie die Wettervorhersage meldete, das neunte tropische Sturmtief habe sich über dem Golf von Mexiko aufgelöst, aber ein weiteres scheine sich bei Puerto Rico zu bilden.

Heute hat mich Daddy deshalb geweckt, indem er vom Flur aus laut an die Wand von meinem und Juniors Zimmer geklopft hat.

»Aufwachen! Wir haben viel zu tun.«

Junior drehte sich zur Wand und zog die Knie an die Brust. Ich setzte mich kurz auf, damit Daddy glaubte, ich würde aufstehen, dann legte ich mich wieder hin und döste ein. Als ich zwei Stunden später wieder wach wurde, lief Daddys Autoradio. Juniors Bett war leer, seine Decke lag auf dem Fußboden.

»Junior, hol die restlichen Schnapsflaschen.«

»Unter dem Haus sind keine, Daddy.«

Draußen vor dem Fenster zeigte Daddy mit seiner Bierdose auf die Unterseite des Hauses. Junior zog seine Shorts hoch. Daddy gestikulierte noch mal, und Junior ging in die Hocke und kroch unter das Haus. Er hatte da unten keine Angst, im Gegensatz zu mir, als ich klein war. Junior verzog sich manchmal den ganzen Nachmittag zwischen die Betonblöcke, auf denen das Haus steht, und kam erst wieder heraus, wenn Skeetah drohte, er würde China unters Haus schicken, um ihn zu holen. Einmal habe ich Junior gefragt, was er da unten macht, und er hat nur gesagt, er spielt. Ich stellte mir vor, wie er sich Schlafmulden grub, so wie Hunde es machen, und dann auf dem Rücken in der roten Erde lag und zuhörte, wie unsere Füße über ihm über die Dielen schabten und schlurften.

Junior machte seine Sache gut; Flaschen und Dosen kullerten unter dem Haus hervor wie Billardkugeln. Sie blieben liegen, sobald sie an die rostige Vieh-Badewanne stießen, die Daddy von dem Schrottplatz mitgebracht hat, wo er immer Altmetall abliefert. Er hat sie Junior letztes Jahr zum Geburtstag geschenkt und gemeint, er könne sie als Swimmingpool benutzen.

»Los, wirf«, sagte Randall. Er saß auf einem Stuhl unter seinem selbstgebastelten Basketballkorb, einem Rahmen, den er aus dem Stadtpark geklaut und an den Stamm einer abgestorbenen Kiefer geschraubt hatte.

»Hat uns doch seit Jahren nix getroffen. Die komm' hier nich mehr durch, nie. Als ich klein war, schon, da ham wir's immer abgekriegt.« Manny war da. Ich stellte mich an den Rand des Schlafzimmerfensters; ich wollte nicht, dass er mich sieht. Manny warf einen Basketball von einer Hand in die andere. Bei seinem Anblick brach der Panzer meines Brustkorbs auf, und mein Herz wollte ausfliegen.

»Du tust ja, als wärst du uralt – dabei biste grad mal zwei Jahre älter als ich. Als wüsste ich nich, wie's früher war«, sagte Randall, während er den Rebound fing und zu Manny zurückwarf.

»Wenn uns diesen Sommer was trifft, werden höchstens ein paar Äste runterkommen. Die in den Nachrichten wissen doch gar nich, wovon sie reden.« Manny hatte lockiges schwarzes Haar, schwarze Augen und weiße Zähne, und seine Haut hatte die Farbe des frisch geschnittenen Holzes im Herzen einer Kiefer. »Jedes Mal, wenn sie in Bois Sauvage einen verhaften, berichten sie was Falsches.«

»Das sind Journalisten. Der Wettertyp is *Wissenschaftler*«, sagte Randall.

»Ein Scheiß ist der.« Von da, wo ich stand, sah es so aus, als würde Manny rot werden, aber ich wusste, er hatte Pickel bekommen, und das andere war die Narbe in seinem Gesicht.

»Und ob da was auf uns zukommt.« Daddy fuhr mit einer Hand an der Seite seines Pick-ups entlang.

Manny rollte die Augen und streckte Daddy einen Daumen entgegen. Er warf. Randall fing den Ball und hielt ihn fest.

»Bis jetzt gibt's noch nicht mal ein tropisches Sturmtief«, sagte Randall zu Daddy, »und du lässt Junior mit Schnapsflaschen kegeln.«

Randall hatte recht. Normalerweise füllte Daddy einfach ein paar Wasserkanister. Konserven waren das einzige Essen, das Daddy zubereiten konnte, daher hatten wir immer Wiener Würstchen und Schmalzfleisch im Haus. Wir aßen jeden Tag Instant-Nudeln: bereiteten sie als Suppe zu, mit Hot Dogs, gossen die Flüssigkeit ab, sodass sie wie scharfe Pasta schmeckten; trocken waren sie wie Cracker. Das letzte Mal, als ein schlimmer Sturm uns direkt getroffen hatte, war Mama noch am Leben gewesen; nach dem Sturm hatte sie das ganze Fleisch aus der still gewordenen Gefriertruhe gegrillt, damit es nicht verdarb, und Skeetah hatte so viele Chiliwürstchen gegessen, dass ihm schlecht wurde. Randall und ich hatten uns um das letzte Kotelett geprügelt, bis Mama uns auseinanderzerrte, während Daddy nur lachte und sagte: *Sie kommt schon klar. Hab dir gleich gesagt, das wird ne Kratzbürste, so klein und dürr, wie sie ist – kommt ganz nach dir.*

»Dieses Jahr ist es anders«, sagte Daddy und setzte sich hinten auf den Kofferraum. Einen Augenblick lang sah er nicht betrunken aus. »Die im Radio ham recht: jede Woche ein neuer Sturm. So schlimm war's noch nie.« Manny warf noch mal auf den Korb, und Randall lief dem Ball nach.

»Ich spür's in den Knochen«, sagte Daddy. »Ich weiß, wenn was kommt.«

Ich band mir das Haar zum Pferdeschwanz. Das war das einzig Gute an mir, das, was auffiel, wie ein weißer Dobermann: ich hatte Korkenzieherlocken; schwarz, schlapp, wenn sie nass wurden, aber trocken so üppig wie ein Haufen ausgefranster Seile. Mama ließ mich immer mit offenen Haaren herumlaufen, sie meinte, solche Locken kämen in unserer Familie immer wieder vor, und wenn ich sie schon hatte, sollte ich sie auch genießen. Aber ich schaute in den Spiegel und wusste, dass ich ansonsten nichts Besonderes war: breite Nase, dunkle Haut, klein und schlank wie Mama, alle Kurven nach innen gewölbt, sodass ich hölzern wirkte. Ich zog mir ein frisches T-Shirt an und hörte zu, wie sie draußen redeten. Die dünnen, nicht isolierten Wände, die sich an den Nahtstellen voneinander lösten, gaben mir das Gefühl, als könne Manny mich schon sehen, ehe ich überhaupt nach draußen ging. Meine Englischlehrerin auf der Highschool, Miss Dedeaux, gibt uns jeden Sommer etwas zu lesen auf. Nach der neunten Klasse lasen wir *Als ich im Sterben lag*, und ich bekam eine Eins, weil ich die schwierigste Frage richtig beantworten konnte: *Warum hält der kleine Junge seine Mutter für einen Fisch?* Diesen Sommer, nach der zehnten Klasse, lesen wir *Das große Buch der klassischen Mythen* von Edith Hamilton. Das Kapitel, das ich vorgestern zu Ende gelesen habe, heißt »Acht kurze Geschichten von Liebenden« und geht über die Geschichte von Jason und den Argonauten. Ich fragte mich, ob Medea sich auch so gefühlt hat, ehe sie hinausging, um Jason zum ersten Mal zu treffen, so als wäre ein starker Wind durch sie hindurchgegangen und hätte sie erbeben lassen. Die summenden Insekten auf dem sandigen roten Hof, der hüpfende Ball, die Bluesmusik aus Daddys Autoradio, all das rief mich vor die Tür.

China vergräbt ihr Gesicht zwischen ihren Pfoten und reckt das Schwanzende in die Luft, bevor sie mit einem letzten Schub den ersten Welpen hinauspresst. Sie sieht aus, als wolle sie einen Kopfstand machen, und ich hätte am liebsten laut gelacht, aber ich tue es nicht. Blut strömt aus ihr heraus, und Skeetah hockt sich noch näher zu ihr, um zu helfen. China hebt ruckartig den Kopf und reißt Augen und Maul gleichzeitig auf.

»Vorsicht!«, sagt Randall. Skeetah hat sie erschreckt. Er legt seine Hände auf sie, und sie steht auf. Einmal bin ich mit Mama in die Methodistenkirche von meinem Daddy gegangen, obwohl sie uns katholisch erzogen hat, und so sehen Chinas Bewegungen aus: als hätte sie den Heiligen Geist eingefangen, als würde diese heiligste aller Stimmen sie durchzucken, und nicht Skeetahs. Ich frage mich, ob sich ihr Körper so anfühlt, als wäre er im Griff einer riesigen Hand gefangen, die sie ausquetscht, bis sie leer ist.

»Ich seh ihn!«, ruft Junior.

Der erste Welpe ist groß. Er reißt Chinas Körper weit auf und gleitet auf einer rosafarbenen Schleimspur heraus. Skeetah fängt ihn auf, legt ihn an die Seite, auf einen Stapel zerrissener dünner Handtücher, den er vorbereitet hat. Er wischt ihn ab.

»Orange, wie sein Daddy«, sagt Skeetah. »Das wird ein echter Killer.«

Der Welpe ist fast orangefarben. Eigentlich hat er die Farbe der rötlichen Erde, nachdem jemand sie umgegraben hat, um ein Feld anzulegen, oder alle Steine ausgebuddelt hat, um eine Leiche zu bestatten. Mississippirot. Der Vater hatte dieselbe Farbe: Er war klein und sah aus wie ein großer rotbrauner Muskel. Er war mit schorfigen Fleisch- und Hautfetzen übersät, die seine Kampfwunden bedeckten. Als er und China Sex hatten, waren ihre Kiefer blutverschmiert, auch Chinas Fell, und statt nach Liebe sah es aus, als würden sie kämpfen. Chinas Haut kräuselt sich wie Wasser im Wind. Der zweite Welpe gleitet mit den Füßen zuerst halb heraus und bleibt dann stecken.

»Skeet«, quiekt Junior. Er hat ein Auge und die Nase gegen Randalls Bein gepresst, das er umklammert hält. Er wirkt sehr dunkel und sehr klein, und im düsteren Nachtlicht kann ich die Farbe seiner Kleidung nicht erkennen.

Skeetah packt das Hinterteil des Welpen, und seine Hand bedeckt den ganzen Rumpf. Er zieht. China knurrt, und der Welpe kommt heraus. Er ist rosa. Als Skeetah ihn auf das Lager legt und ihn abwischt, wird er weiß mit kleinen schwarzen Punkten, die aussehen wie Wassermelonenkerne, die ihm jemand aufs Fell gespuckt hat. Seine Zunge hängt aus dem dünnen Schlitz seines Mauls, er sieht aus wie ein platter Comic-Hund. Er ist tot. Skeetah lässt das Handtuch los, und der Welpe rollt steif wie ein Kegel über den Tuchstapel, bis er leicht an den rotbraunen Welpen stößt, dessen Beine wie blinzelnde Augenlider zucken.

»Verdammt, China.« Skeetah atmet tief aus. Noch ein Welpe ist unterwegs. Dieser gleitet langsam mit dem Kopf zuerst heraus; ein einsamer, zögerlicher Schwimmer beim Startsprung. Big Henry, einer von Randalls Freunden, springt immer so in den Fluss, wenn wir baden gehen: schwer und vorsichtig, als hätte er Angst, sein massiger Körper mit den Bergen von Muskeln und Fett könnte dem Wasser wehtun. Und immer wenn Big Henry das macht, lachen die anderen Jungs ihn aus. Manny ist dabei immer der lauteste von allen: Zähne wie weiße Messerklingen, das Gesicht goldrot. Der Welpe landet in Skeetahs aufgehaltenen Händen. Die kleine Hündin ist ein weiß-brauner Flickenteppich. Sie bewegt sich, ihr Kopf wackelt wie der ihrer Mutter. Skeetah wischt sie sauber. Er kniet sich hinter China, die knurrt. Winselt. Aufplatzt.

Obwohl Daddys Wagen direkt vor der Haustür stand und Junior mich mit einer der großen Ballonflaschen an der Wade traf, schaute ich zuerst Manny an. Er hielt den Ball wie ein Ei, mit den Fingerspitzen, so wie es laut Randall ein guter Ballspieler macht. Manny konnte sogar auf steinigem Boden dribbeln. Ich habe ihn im steinigen Sand am Rand des Basketballplatzes unten im Park gesehen, ihn und Randall, wie sie immer wieder Dribbeln und Defense übten. Wegen der Steine hüpfte der Ball zwischen ihren Beinen herum wie ein Paddleball aus Gummi, wild und unberechenbar, aber sie waren so gut, dass sie ihn trotzdem fast jedes Mal erwischten und weiterdribbeln konnten. Sie schmissen sich lieber hin, als den Ball aufzugeben, ließen sich von den scharfen Muscheln und kleinen grauen Steinen ins Fleisch schneiden. Manny hielt den Ball so zärtlich, wie er einen Pitbullwelpen mit Abstammungsnachweis halten würde. Ich wünschte, er würde mich auch so anfassen.

»Hi Manny.« Das klang wie ein asthmatisches Quieken. Mein Hals fühlte sich heiß an, heißer als der Tag. Manny nickte mir zu und ließ den Ball auf dem ausgestreckten Finger kreisen.

»Was geht?«

»Wird auch Zeit«, sagte Daddy. »Hilf deinem Bruder mit den Flaschen.«

»Ich pass nich unters Haus.« Ich verschluckte die Worte fast.

»Ich mein nich holen, ich mein ausspülen.« Er zog eine Säge, die vom langen Rumliegen ganz braun geworden war, von der Ladefläche seines Wagens. »Ich weiß genau, dass wir hier irgendwo noch Sperrholz haben.«

Ich schnappte mir die beiden nächstbesten Ballonflaschen und trug sie zum Wasserhahn. Ich drehte auf, und das Wasser, das herausspritzte, war kochend heiß. Eine der Flaschen war innen mit krustiger Erde verschmiert, deshalb ließ ich das Wasser überlaufen. Als es über den Rand trat, schüttelte ich die Flasche, um sie zu säubern. Manny und Randall pfiffen sich zu, spielten Ball, und andere gesellten sich dazu: Big Henry und Marquise. Ich staunte, dass sie alle aus einer anderen Richtung kamen, dass nicht ein oder zwei von ihnen mit Skeetah aus dem Schuppen gekommen waren, oder aus den Überbleibseln von Mother Lizbeths verfallendem Haus, dem einzigen anderen Haus auf der Lichtung, das ursprünglich der Mutter meiner Mama gehört hat. Die Jungs fanden immer einen Platz zum Schlafen, wenn sie zu betrunken oder zu high oder zu faul zum Nachhausegehen waren. Die Rücksitze abgewrackter Autos, das alte Wohnmobil, das Daddy billig von einem Mann an der Tankstelle in Germaine gekauft hatte und das gerade so lange lief, bis er damit unsere Einfahrt erreicht hatte, die Veranda vor dem Haus, die Daddy auf Mamas Wunsch umzäunt hatte, als wir klein waren. Daddy war es egal, und nach einer Weile fühlte es sich komisch an auf dem Pit, wenn sie nicht da waren, so leer wie das Aquarium, das ich einmal bei Big Henry im Wohnzimmer gesehen hatte, in dem weder Wasser noch Fische waren, sondern nur Steine und künstliche Korallen.

»Was geht, Cousin?«, fragte Marquise.

»Hab mich gefragt, wo ihr alle seid. Fühlte sich leer an hier auf dem Pit«, sagte Randall.

Das Wasser in der Flasche in meiner Hand färbte sich rosa. Ich schwankte hin und her, um den Spritzern auszuweichen, versuchte, nicht zu Manny hinüberzuschauen, und tat es doch. Er schaute mich nicht an; er schüttelte Marquise die Hand; seine breiten klobigen Finger brachten Marquises dünne braune Hand fast zum Verschwinden. Ich stellte die saubere Flasche ab, nahm die nächste und fing von vorn an. Mein Haar lag in meinem Nacken wie eine von den Häkeldecken meiner Mutter, die wir im Winter immer noch über uns aufschichteten, um warm zu bleiben, und unter denen wir am Morgen schwitzend aufwachten. Eine Flasche Spülmittel landete neben meinen Füßen und spritzte mir Schlamm an die Waden.

»Richtig sauber machen«, sagte Daddy, während er mit dem Hammer in der Hand wegging. Von der Seife wurden meine Hände glitschig. Seifenlauge bedeckte den Schlamm. Junior hörte auf, nach Flaschen zu suchen, und setzte sich neben mich, um mit dem Schaum zu spielen.

»Manny is doch bloß so früh gekommen, weil er von Shaliyah weg wollte.« Marquise schnappte sich den Ball. Obwohl er kleiner war als Skeetah, war er fast genauso schnell, und er dribbelte bis kurz vor den schäbigen Ring. Big Henry zwinkerte Manny lachend zu. Mannys Gesicht war glatt, nur sein Körper sprach: Seine Muskeln schnatterten wie die Hühner. Er stellte sich breit vor Marquise, hielt ihn vom Korbwurf ab, während Randall am Rand des ausgetretenen Sandplatzes in die Hände klatschte und darauf wartete, dass Manny Marquise den Ball abnahm und ihn zupasste. Big Henry schob sich mit der Schulter an ihn ran, um zu verteidigen. Er war fast so groß wie Randall, aber wesentlich breiter gebaut, und so elegant und leicht wie ein Kreisel. Es war jetzt ein echtes Match.

Das Zerspringen der Flasche, die ich schüttelte, hörte sich an wie Kleingeld in einer losen Faust. Die Flasche zerbrach, und die Scherben glitten über meine Handflächen. Ich ließ alles fallen.

»He, Junior!«, sagte ich. Meine Hände, die eben noch rosa gewesen waren, waren jetzt rot. Vor allem die linke. »Ich blute!«, sagte ich leise. Ich schrie nicht; Manny sollte mich sehen, aber nicht so, nicht als schwaches, jammerndes Mädchen. Mitleid erregend, weil ich Schmerzen nicht so gut ertragen konnte wie ein Junge. Randall fing Mannys Rebound und kam zu mir rüber. Ich kniete vor dem Wasserhahn, die linke Hand unter dem Strahl, und ein rotes Rinnsal floss durch den Matsch auf meine Füße zu. Er warf den Ball nach hinten. Der Schnitt war so groß wie ein Fünfundzwanzig-Cent-Stück und blutete stetig.

»Lass mal sehen.« Er drückte um die Wunde herum, und das Blut kam stoßweise. Mir war schlecht. »Du musst draufdrücken, bis es aufhört zu bluten.« Er legte meinen Daumen, mit dem ich den Flaschenhals zugehalten hatte, auf den Schnitt. »Drück selbst«, sagte er. »Meine Hände sind zu schmutzig. Bis es nicht mehr wehtut.« Das hatte Mama immer zu uns gesagt, wenn wir mit einer Schnitt- oder Schürfwunde angerannt kamen. Sie drückte und blies auf die Wunde, nachdem sie Alkohol darauf getan hatte, und wenn sie aufhörte zu blasen, tat es nicht mehr weh. *So. Siehst du? Alles wieder gut.*

Manny und Marquise warfen den Ball so hastig hin und her, dass es wie schnelle Trommelschläge klang. Manny schaute zu Randall herüber, der vor mir kniete; sein Gesicht war noch röter als sonst, aber dann pfiff er durch die Zähne wie immer, wenn er Basketball spielt, und ich wusste, er war aufgeregt, nicht besorgt. *Du musst drücken … bis es nicht mehr wehtut.* Mir drehte sich der Magen um. Randall drückte noch einmal und stand auf, und der Zug von Mama, den ich um seinen Mund herum entdeckt hatte, verschwand. Manny schaute weg.

Chinas nächster Welpe ist schwarz-weiß. Er hat einen weißen Ring um den Hals, der sich dann vom Kopf hinunter bis über eine Schulter zieht. Alles andere an ihm ist schwarz. Er zuckt und winselt, als Skeetah ihn sauber gewischt auf die Decke legt. Sein Winseln ist laut, gut hörbar durch das Zirpen der Grillen; er ist der lauteste tanzende Indianer beim Mardi Gras: mit seinem weißem Kopfschmuck tanzt er brüllend durch die ausgewaschenen Straßen der versunkenen Stadt. Ich will ihn haben, weil er singend und brüllend wie die Indianer von New Orleans aus China herauskommt, wie die Indianer, von denen ich mein Haar habe, aber ich glaube nicht, dass Skeetah ihn mir schenken wird. Er ist zu viel Geld wert. Seine Abstammung ist gut. China ist unter den Pitbulls in Bois Sauvage bekannt als eine, die sich in die anderen Hunde verbeißt, bis sie sich unterwerfen. Sie reißt ihnen die Sehnen aus dem Hals. Der Hundevater aus Germaine, ein paar Städte weiter, ist ebenso gefährlich. Rico, sein Besitzer und Mannys Cousin, verdient so viel Geld mit seinen Kämpfen, dass er nur einen Halbtagsjob als Mechaniker in einer Autowerkstatt hat; den Rest seiner Zeit verbringt er damit, seinen Hund mit seinem Pick-up zu illegalen Hundekämpfen im Wald zu kutschieren.

»Schade, dass er nicht ganz schwarz ist«, sagt Skeetah.

»Mir ist das egal«, sage ich als Antwort zu Skeetah, zu allen, zu den Hunden, die sich im Schuppen vermehren, aber China ist so laut, dass keiner mich hört. Sie jault auf. Sie klingt wie ich, wenn ich mich an dem Seil, das über dem Wolf River an dem großen Baum hängt, übers Wasser schwinge und loslasse: angstvoll und begeistert. Ihre gestutzten Ohren krümmen sich nach vorn. Der Welpe gleitet aus ihr heraus. Er sieht gelb aus, mit schwarzen Streifen, aber als Skeetah ihn abwischt, verschwindet das Schwarz.

»Blut sieht nachts schwarz aus«, sagt Randall.

Der Welpe ist ganz weiß. Die kleine Hündin ist eine Miniaturausgabe ihrer Mutter. Aber während ihre Mutter ächzt, ist sie still. Skeetah beugt sich über sie. Die anderen Welpen öffnen die Kiefer, zucken mit den Beinen. Wir schwitzen alle so schlimm, dass wir aussehen, als wären wir eben erst durch einen heftigen Sommerregen in den Schuppen gelaufen. Aber Skeet schüttelt den Kopf, und ich weiß nicht, ob es nur Schweiß ist oder ob er weint. Er blinzelt. Er fährt mit dem Zeigefinger über den reinweißen Schädel, dann über die Brust des Welpen bis hinunter zum Bauch. Das Maul geht auf, und der kleine Bauch füllt sich mit Luft. Sie kommt nach ihrer Mutter. Sie ist eine Kämpferin. Sie atmet.

Ich wickelte mir einen Streifen von einem alten Lappen um die Hand und wusch weiter, bis alle Glasflaschen in der Küche an der Wand aufgereiht waren. Junior war in den Wald gerannt, der das Haus umgibt, nachdem er verkündet hatte, er wolle Gürteltiere jagen. Die Jungs waren mit dem Basketballspielen fertig; nachdem Big Henry aus dem Wasserhahn getrunken, seinen Kopf nass gemacht und sich wie ein nasser Hund geschüttelt hatte, um mich zum Lachen zu bringen, fuhr er den alten Caprice, den ihm seine Mama zum sechzehnten Geburtstag gekauft hat, auf den Hof bis vors Haus. Randall und Manny stritten sich über das Spiel. Marquise legte sich im Schatten der Eichen auf die Kühlerhaube und rauchte eine Zigarre. Big Henry hat nur noch zwei Sechs-mal-neun-Zoll-Lautsprecher, die funktionieren, weil sein Verstärker und sein Bass durchgeknallt sind, deshalb waren ihre Stimmen lauter als die Musik. Ich sammelte die Scherben der zerbrochenen Flasche auf und legte sie in die Hälfte eines alten Mülltonnendeckels. Auf Knien suchte ich nach Glasstücken und fragte mich, ob ich die Scherbe finden würde, an der ich mich geschnitten hatte. Als ich fertig war, ging ich nach hinten, ans Ende des Gründstücks, zum Wald. Meine Augen hatten ein so starkes Bedürfnis, nach Manny Ausschau zu halten, dass es sich anfühlte wie ein Jucken an der Schläfe, aber ich ging weiter.

Die Mutter meiner Mama, Mother Lizbeth, und ihr Daddy, Papa Joseph, hatten ursprünglich all dieses Land besessen: insgesamt ungefähr fünfzehn Morgen. Papa Joseph war derjenige, der ihm den Namen The Pit gab, Papa Joseph, der die weißen Männer, mit denen er zusammenarbeitete, hier Lehm abtragen ließ, um ihn für die Fundamente ihrer Häuser zu benutzen, derjenige, der ihnen erlaubte, einen Abhang auf einer Lichtung im hinteren Teil des Grundstücks abzutragen, wo er früher Futtermais angebaut hatte. Papa Joseph ließ sie so viel Erde mitnehmen, wie sie wollten, bis durch das ganze Graben hinter dem Haus eine Klippe über einer trockenen Grube entstanden war und der Bach, der ums Haus herum und den Hügel hinunter floss, sich geteilt und die Grube geflutet hatte, sodass sie zu einem See wurde, und dann fürchtete Papa Joseph, die Erde würde dem Wasser nicht standhalten, der See würde immer größer werden und das ganze Grundstück verschlingen und in einen Sumpf verwandeln, also hörte er auf, Erde zu verkaufen. Bald darauf starb er an Mundkrebs, zumindest hat uns Mother Lizbeth das so erzählt, als wir klein waren. Sie redete mit uns immer wie mit Erwachsenen, verfluchte uns wie Erwachsene. Sie starb im Schlaf, nachdem sie ihren Rosenkranz gebetet hatte, mit Mitte siebzig, und zwei Jahre später starb Mama, das einzige noch lebende Baby von den acht, die Mother Lizbeth geboren hatte, bei der Geburt von Junior. Seitdem wohnen hier nur noch wir und Daddy, mit China, den Hühnern und einem Schwein, wenn Daddy sich gerade eins leisten kann. Die Felder, die Papa Joseph um das Pit herum bestellt hat, sind mit Büschen überwachsen, mit Sägepalmen und mit Kiefern, die sich gen Himmel strecken wie die Borsten einer Bürste.

Wir werfen unseren Müll in einen flachen Graben neben der gefluteten Grube und verbrennen ihn. Wenn die Nadeln der umstehenden Kiefern hineinfallen und Feuer fangen, dann riecht es okay. Sonst riecht es nach verbranntem Plastik. Ich warf die Scherben in den Graben, wo sie auf den schwarzen Abfällen wie Sterne glitzerten. Das Wasser in der Grube stand niedrig; wir hatten seit Wochen keinen richtigen Regen gehabt. Der Schauer, den wir brauchten, war draußen über dem Golf, wurde von dem Sturm, der sich dort aufbaute, wie ein müdes, hungriges Kind festgehalten. Wenn es im Sommer schön viel regnet, füllt sich die Grube bis zum Rand, und wir schwimmen darin. Das Wasser, das normalerweise rosafarben war, war jetzt schleimig und bräunlich-rot. Die Farbe von Schorf. Ich wandte mich ab, um zurückzugehen, und sah Gold. Manny.

»Zu trocken«, sagte er. Er blieb neben mir stehen, eine Armlänge entfernt. Ich hätte ihn vielleicht mit meinen Fingernägeln kratzen können. »Taugt nich zum Schwimmen zurzeit.«

Ich nickte. Jetzt, wo er mit mir sprach, wusste ich nicht, was ich sagen sollte.

»Wenn dein Daddy recht hat, kommt allerdings bald was«, sagte er.

Ich schlug mit dem Tonnendeckel gegen die Seite meines Beins, ohne an den Schmutz zu denken, der daran klebte. Er löste sich und rieselte wie Puder zu Boden. Ich wollte schweigen, aber es war mein einziger Gedanke, deshalb sprach ich ihn aus.

»Wieso bist du nich vorne?«

Ich schaute auf seine Füße. Seine früher mal weißen Jordans hatten die Farbe von Orangensorbet.

»Bei den andern?«

»Ja.« Ich blickte kurz in sein Gesicht. Der Schweiß lag darauf wie eine Glasur. Meine Lippen waren geöffnet. Ein anderes Ich hätte ihn abgeleckt, und er hätte salzig geschmeckt. Aber dieses Mädchen wollte sich nicht vorbeugen, wollte nicht lächelnd ihren Mund über seinen Hals streifen lassen. Dieses Mädchen wartete, weil sie nicht so war wie die Frauen in der Mythologie, die Frauen, über die ich nie genug lesen konnte: die trickreichen Nymphen, die unbarmherzigen Göttinnen, die Mütter, die die Welt umstürzten. Io, die das Herz eines Gottes in Liebe erglühen ließ; Artemis, die einen Mann in ein Reh verwandelte und ihn dann von ihren Hunden zerfleischen ließ; Demeter, die nach dem Raub ihrer Tochter die Zeit anhielt.

»Weil ich kein Gras rauche«, sagte Manny, und sein Schuh glitt neben meinen. »Du weißt doch, ich mach das nich mehr.« Seine Füße standen vor mir, und plötzlich, groß wie er war, nahm er mir die Sonne weg. »Du weißt doch, was ich mache.« Er schaute mich richtig an, ganz direkt, zum ersten Mal an dem Tag. Er lächelte. Sein Gesicht mit dem roten Sonnenbrand und den Grübchen und Pockennarben und den glänzenden Narben von dem Autounfall, den er mit siebzehn hatte, als er betrunken und high mit seinen Cousins um Mitternacht über Land fuhr und sie ins Schleudern kamen und mit einem Reh zusammenstießen. Er war durchs Fenster geflogen, auf dem steinigen Asphalt und den Scherben gelandet und hatte sich das Gesicht zerschrammt; die Straße hatte ihn ebenfalls verbrannt und ihm noch ein paar Knochen gebrochen. Er war die Sonne.

Manny berührte mich zuerst da, wo er mich immer anfasste: am Arsch. Er griff zu und zog, und meine Shorts rutschten herunter. Seine Finger zerrten an meinem Slip, seine Unterarme rieben über meine Taille, und seine Berührungen brannten wie Flammenzungen. Er hatte mich noch nie richtig geküsst, immer nur so, mit seinem Körper, nie mit dem Mund. Meine Unterhose rutschte an meinen Beinen hinunter. Er schälte meine Kleidung ab wie eine Orangenschale; er wollte mein anderes Ich. Das fleischige, reife Herzstück. Das klebrige Herz, das die Jungs unter meiner jungenhaften Figur, meiner dunklen Haut und meinem reizlosen Gesicht sahen. Das Mädchenherz, das ich vor Manny den anderen Jungs geschenkt hatte, weil sie es haben wollten, nicht weil ich es ihnen geben wollte. Ich schenkte es ihnen, weil ich dann einen Moment lang Psyche sein konnte, oder Eurydike, oder Daphne. Ich wurde geliebt. Aber bei Manny war es anders; er war so schön, und trotzdem wählte er mich, immer wieder. Er wollte nur mein Mädchenherz; ich schenkte ihm beide. Die Kiefern schienen sich wie im Ringelreihen zu drehen, und ich fiel hin. *Es wird schnell gehen*, dachte ich. *Er wird sein Gesicht in meinem Haar vergraben. Er wird stöhnen, wenn er kommt.* Ich presste meine Hacken in die Rückseite seiner Oberschenkel. Obwohl ich alle anderen Jungs kannte, kannte ich ihn und seinen Körper am besten: Ihn liebte ich am meisten. Ich zeigte es ihm mit meinen Hüften. Mein Haar war ein Kopfkissen im roten Sand. Meine Brüste taten weh. Ich wollte, dass er sich herunterbeugte und mich überall anfasste. Das tat er nicht, aber seine Hüften taten es. China bellte, messerscharf. Ich war so kühn wie eine Griechin; ich machte ihn heiß vor Liebe, und in diesem Augenblick liebte Manny mich.

China leckt ihre Welpen. Ich habe sie noch nie so zärtlich erlebt. Ich weiß nicht, was ich erwartet hatte, nachdem sie sie geboren hatte: vielleicht, dass sie sich auf sie setzte und sie erdrückte. Sie biss. Ihre Schädel in blutige Knochenstücke verwandelte. Aber sie macht nichts dergleichen. Stattdessen steht sie vor ihnen, sie auf der einen und Skeetah auf der anderen Seite, wie ein stolzes Elternpaar, und sie leckt sie.

»Sie is noch nich durch«, sagt Daddy von der Ladefläche seines Wagens. »Die Nachgeburt.« Er verschwindet wieder in der Dunkelheit, begleitet vom Geräusch meiner ausgewaschenen Flaschen, die hinter ihm durch den Sand kullern.

Es ist, als hätte China Daddy verstanden. Sie zieht sich in eine Ecke zurück, zwängt sich zwischen einen Stapel Holzscheite und das, was ich für den größten Teil eines Automotors halte. Sie wird nicht laut, sie fletscht nur die Zähne. Schneidet Grimassen. Skeetah geht nicht auf sie zu. Sie möchte ihn nicht teilhaben lassen, und er wird sie nicht dazu zwingen. Ihr Maul glänzt rosa und gelb von dem, was sie von ihren Welpen abgeleckt hat. Hinter ihr macht etwas ein platschendes Geräusch, und schnell dreht sie sich um, ein dünner Schleimfaden hängt noch aus ihr heraus, und frisst, was dort hingefallen ist. Ich gehe in die Hocke und linse durch Skeetahs Beine. Was in der Ecke liegt, sieht dunkellila aus, fast schwarz, und mit einem Schütteln ihres Kopfes ist die glänzende Masse verschwunden. Sie sah aus wie das Innere des letzten Schweins, das Daddy hatte, das er geschlachtet und in eine Wanne geworfen hat, ehe wir die Eingeweide säubern mussten, um Gekröse daraus zu machen; es hat so gestunken, dass Randall sich übergeben musste.

»Ich hab gehört, dass sie die Nachgeburt immer auffressen«, sagt Randall. China geht an Skeetah vorbei, leckt ihm den kleinen Finger. Es ist ein Kuss, eine zärtliche Geste. Sie stellt sich über das schmutzige Handtuch, auf dem ihre Welpen liegen.

»Guck mal«, sage ich.

Etwas bewegt sich, wo sie vorher stand und gefressen hat. Skeetah kriecht auf allen vieren hin und hebt es auf.

»Ein Kümmerer«, sagt er. Er trägt ihn ins Licht.

Er ist gestromt. Schwarze und braune Streifen laufen quer über seine Rippen wie bei einem Zebra. Er ist halb so groß wie seine Geschwister. Skeetah schließt seine Faust, und er ist nicht mehr zu sehen. »Er lebt«, sagt er. In seinem Gesicht steht Freude. Er freut sich über noch einen Welpen; wenn er überlebt, kann er vielleicht 200 Dollar dafür bekommen, selbst wenn es ein Kümmerer ist. Er öffnet seine Hand, und der Welpe erscheint, wie das Herz einer Blume. So still wie die Narbe einer Blüte. Skeetahs Mund wird gerade, seine Augenbrauen flach. Er legt ihn ab. »Wird wahrscheinlich sowieso sterben.«

China legt sich nicht hin wie eine frischgebackene Muter. Sie säugt nicht. Sie leckt den großen roten Welpen ab und vergisst ihn dann. Sie schaut an Skeetah vorbei zu uns. Wir stehen an der Tür. Sie droht uns mit gesträubtem Fell. Skeetah packt sie am

Halsband, versucht, sie zu beruhigen, aber sie bleibt starr. Junior zieht sich an Randalls Rücken hoch. Ich überlege kurz, Skeetah zu umarmen, bevor ich gehe, aber China blickt so finster, dass ich ihn lieber nur anlächle. Ich weiß nicht, ob er mich im Dunkeln sehen kann. Er hat seine Sache gut gemacht. Nur ein Welpe ist tot, obwohl es Chinas erster Wurf ist. China scharrt in der Erde, die den Boden des Schuppens bildet, als wolle sie ein Loch graben und die Welpen darin verstecken. Zwischen den Trümmern des schrottübersäten Hofs schlägt Daddy auf etwas Metallenes. Wir gehen. Skeetah befestigt hinter uns wieder den Vorhang, zieht ihn stramm, um die stille klare Nacht auszusperren. Im Schuppen wird es dunkel.

Ich sage Junior, er soll ein Bad nehmen, sobald wir im Haus sind, aber er beachtet mich nicht, und erst als Randall das Wasser aufdreht und ihn in die Badewanne trägt, wäscht er sich. Randall steht im Türrahmen und schaut Junior zu, weil er überzeugt ist, dass Junior jedes Mal, wenn er die Tür zumacht, nur auf dem Rand der Wanne sitzen bleibt und mit den Füßen im Wasser plantscht. Junior kann Baden nicht ausstehen. Ich bin die Letzte, die duscht, und obwohl ich nur den Kaltwasserhahn aufdrehe, ist das Wasser lauwarm. Der August ist immer der Monat der größten Hitze, einer Hitze, die so tief in die Erde eindringt, dass sie das Wasser in den Brunnen zum Sieden bringt. Als ich ins Bett gehe, schläft Junior schon. Der Ventilatorkasten im Fenster summt. Ich liege auf dem Rücken, mir ist schwindelig, leicht übel. Ich habe heute nur einmal gegessen. Ich sehe Manny über mir, sein Gesicht, das meins leckt. Seinen heißen Schweiß, unsere Becken, die sich treffen. Wie er mich mit seinem Körper sieht. Wie er mich liebt wie Jason. Junior stößt einen Babyschnarcher aus, und ich döse ein, Mannys Atem im Sinn.

Der zweite Tag

VERSTECKTE EIER

DER MORGEN NACH EINER GEBURT sollte still sein; die Luft sollte alle Geräusche dämpfen. Aber die Stille kommt und geht hier auf dem Pit wie das Pack streunender Hunde, die Daddy immer mit seinem Gewehr verjagt hat, bevor Skeetah China zu uns brachte. Als Daddy noch Schweine hielt, quiekten die Säue ihre klebrigen Ferkel am Morgen an. Die Hühner brüteten die Küken in den versteckten Eiern aus und weckten uns mit ihrem Flügelschlagen und Gegacker. Und am ersten Lebenstag von Chinas Welpen war es nicht anders. Ich wachte auf und hörte ein Hämmern.

Skeetah ist draußen und sieht sauber aus. Zumindest trägt er ein anderes T-Shirt, und sein Gesicht glänzt so, als hätte er es gerade geschrubbt. Er schlägt einen Nagel in ein Fünf-auf-zehn-Zentimeter-Kantholz, um es mit einem anderen Kantholz zu verbinden. Ich bin noch in meinem Schlaf-T-Shirt, und es ist so früh, dass man den Morgen kühl nennen könnte.

»Was machst du da?«

»Ich bau 'n Zwinger.« Skeetah haut mit Wucht einen Nagel ein. »In sechs Wochen brauchen sie den.«

»Ist das nicht ein bisschen zu früh? Ein Zwinger?« Ich reibe mir die Augen. Ich habe Hunger, und mir ist klar, dass ich nicht noch mal einschlafen werde. Ich hätte aus dem Fenster brüllen sollen, dass er gefälligst mit dem Hämmern aufhören soll, und mir dann die Decke über den Kopf ziehen.

»Sie werden überleben, und sie werden groß. Ich kann sie nich die ganze Zeit frei rumlaufen lassen. Sie könnten überfahren werden.« Er neigt den umgedrehten Eimer, auf dem er sitzt, nach vorne und schiebt den Hammer in sein Hosenbein. »Willst du sie sehen?«

Ich nicke.

Die glitschigen zuckenden Kugeln im Schuppen sind verschwunden. An ihrem Platz liegen neue, flauschig-flaumige Kugeln. Sie sehen fast wie Küken aus. Ihre Augen sind noch ganz zu, sind nur dünne schwarze Linien, die wie geschlossene Münder aussehen. Aber ihre Mäuler sind offen. Sie schnauben, schnüffeln, winseln und stoßen Piepser aus, die Gebell sein wollen. Sie rempeln sich an, stolpern und rollen übereinander, bis sie an Chinas Seite landen. Sie beobachtet mich. Skeetah macht den Vorhang zu.

»Ich hätte nie gedacht, dass ich fünf kriegen würde, Esch. Weil es doch das erste Mal für sie ist, dachte ich, ich kriege vielleicht zwei. Ich dachte, sie würde sie zertrampeln oder sie würden einfach tot rauskommen. Aber ich hätte nie gedacht, dass ich so viele in Sicherheit bringen könnte.«

Skeetah steht so nah vor mir, dass sich unsere Schultern kurz berühren. Er schaut mich nicht an, als er das sagt; er starrt auf den Boden. Das sind Sachen, die er zu niemandem sagt, nicht mal zu China. Manchmal vertraut er sich mir an; ich höre immer zu.

»Du weißt doch, wie diese Väter im Fernsehen erzählen, was für ein Wunder es ist, bei einer Geburt zuzugucken? Bei den ganzen Schweinen und Schafen und Kaninchen, denen ich schon beim Gebären zugesehn hab, hab ich mich nie so gefühlt. Diese Welpen hier sind *echt*«, sagte er.

»Willst du was essen?« Ich kann nur an meinen Magen denken.

Von China kommt ein knurrendes Bellen, und Skeetah schaut mich an, als hätte ich nichts gesagt.

»Nein.« Er greift nach dem Hammer. »Ich will den Rahmen noch fertig machen, und dann muss ich zusehen, dass sie sie ordentlich säugt.« Er kratzt sich an der Stirn und zuckt die Achseln. »Züchterkram.« Sein Blick ist ein Komma, und dann fängt er wieder an zu hämmern. Ich gehe, um mir etwas zum Frühstück zu suchen.

* * *

Mama hat mir beigebracht, wie man Eier findet; ich folgte ihr über den Hof. Es war dort nie sauber. Selbst als sie noch am Leben war, standen dort leere Autos mit offenen Motorhauben und ausgeschlachteten Motoren, und die Karosserien sahen aus wie abgenagte Tierknochen. Wir hatten damals nur etwa zehn Hühner. Jetzt haben wir um die fünfundzwanzig oder dreißig, weil wir die Eier nicht alle finden; die Hennen verstecken sie gut. Ich weiß nicht mehr genau, wie ich es geschafft habe, Mama zu folgen, denn ihre Haut war so dunkel wie die ausladenden Äste der Eichen, und sie trug nie leuchtende Farben: kein Nagellackrosa, kein Forsythienblau, kein Bananengelb. Vielleicht hat sie sich T-Shirts und Hosen in leuchtenden Farben gekauft und sie sind mit der Zeit ausgeblichen, sodass es immer so schien, als trüge sie nur Olivgrün und Schwarz und Nussbraun. Wenn sie sich bückte, um aus einem versteckten Nest ein Ei zu nehmen, konnte ich sie kaum sehen, und dann bewegte sie sich, und es sah aus, als bewege sich der Wald, als fahre ein Wind durch die Bäume. Also folgte ich ihr nach Gefühl, nicht nach Sicht, krallte meine Hand in ihre Hose oder ihren Rock, und so liefen wir durch die Zwischenräume zwischen den Eichen und suchten nach Eiern. Das Eiersuchen macht mir Spaß. Einfach alleine losziehen, so langsam gehen, wie ich will, ins Leere starren. Ohne Daddy und Junior zu beachten. Mich wie die Stille und der Wind fühlen. Ich stelle mir vor, wie Mama vor mir geht, sich umdreht, um mich anzulächeln oder zu pfeifen, damit ich schneller laufe, ihre Zähne weiß in der Düsternis. Aber trotzdem ist es Arbeit, und ich muss mich zusammenreißen und konzentrieren, wenn ich etwas zu essen finden will.

Das Einzige, was mir je leicht gefallen ist, so leicht wie im Wasser zu schwimmen, war Sex, als ich anfing, welchen zu haben. Ich war zwölf. Beim ersten Mal legte ich mich auf den Vordersitz von Daddys Kipplaster. Das war mit Marquise, der nur ein Jahr älter war als ich. Als Skeetahs bester Freund stand er uns beiden so nah, dass er in den Sommermonaten praktisch bei uns wohnte. Wir drei rannten zur Hintertür hinaus und streunten in Daddys Wald herum, verbrachten ganze Tage damit, auf dem Rücken im Wasser der Grube zu liegen. Den ganzen Sommer über waren wir mit einer orangefarbenen Staubschicht überzogen, und wenn wir während dieser monatelangen Übernachtungsparty morgens aufwachten, fühlte sich das Bettzeug pulvrig an, wie trockener roter Lehm. Wir hatten uns im Kipplaster vor Skeetah versteckt, warteten darauf, dass er uns fand, und Marquise fragte, ob er meine Brüste anfassen dürfte. Sie wuchsen schon, waren aber immer noch so klein wie die Sahnehäubchen auf einem Lemon Meringue Pie, mit harten Knoten in der Mitte. Ich erlaubte es ihm, und dann bat er mich, ihm mein Intimstes zu zeigen, weil er Angst hatte, nie eins zu sehen zu kriegen, wenn er älter wurde. Das habe ich gemacht. Und dann hat er mich angefasst, und es fühlte sich gut an, und dann nicht mehr, aber dann doch wieder. Und es war einfacher, ihn weitermachen zu lassen, als ihn zu bitten aufzuhören, einfacher, ihn reinzulassen, als ihn wegzuschieben, einfacher, als ihn fragen zu hören: *Warum nicht?* Es war einfacher, still zu sein und es hinzunehmen, als auf diese Frage zu antworten. Skeetah hat uns danach gefunden. Ich schwitzte so stark, dass meine Augen brannten, und ein Teil war Marquises

Schweiß, der zuerst halb lächelte und dann nicht mehr; dann riss er nur noch staunend die Augen auf angesichts dessen, was wir getan hatten. *Was habt ihr die ganze Zeit gemacht?*, fragte Skeetah, und ich sagte, *Nichts*. Es roch im Wagen nach gekochter Milch. Ich hatte Angst, Skeetah würde es riechen, würde Marquise und mich riechen, wie wir ineinander geglitten waren, ganz Ellbogen und Knie, Knochen und Haut, Marquises Gesicht erschrocken, grinsend, schmutzig, und darum stahl ich mich als Erste aus dem Wagen und ließ die beiden zurück, um nach einem Rost zu suchen, den sie in den Wald schleppen konnten, damit wir darauf das Büchsenfleisch braten konnten, das Marquise von sich zu Hause geklaut hatte; wir wollten in der Nacht draußen schlafen.

Im Bad betrachtete ich mich im Spiegel. Zog mich aus und duschte mich ab. Zog mich wieder an. Meine Kleider passten mir noch. Mein Bauch, meine Hüften, meine Arme bildeten die gleichen geraden Linien wie sonst; es war nichts Schönes oder Kurviges an mir. Ich war immer noch klein und dünn, mein Haar dick, lockig und schwarz, die Lippen schmal. Ich sah kein bisschen verändert aus. Daddy hat uns allen das Schwimmen beigebracht, indem er uns hochhob, als wir klein waren, vielleicht sechs oder so, und uns ins Wasser warf. Ich hatte es schnell raus, hatte nicht hustend das schlammige Grubenwasser ausgespuckt, hatte nicht geheult und mit den Armen gefuchtelt; ich war sofort wieder hochgekommen, hatte die Wasseroberfläche durchschnitten und mich platschend und spritzend zurück ins Flache gekämpft, wo Daddy stand. Ich zog mit den Händen am Wasser, trat nach ihm mit den Füßen, ließ es mich vorwärtsschieben. So war Sex.

Die Hühnereier in meinem T-Shirt sind so warm wie Steine, nur leicht, zu leicht, um die Farbe von Steinen zu haben. Ich erwarte, dass sie so schwer sind wie das Tongranulat, dessen Farbe sie haben, dass sie mich vorne runterziehen. Aber das tun sie nicht. Ich habe mal Froscheier gesehen, die zu Kaulquappen wurden; im Frühling wimmelt es in den Gräben um das Grundstück herum davon. Als Skeet und ich klein waren, legten wir uns auf den Bauch und beugten uns über die Gräben, griffen hinein und zogen ein paar Eier heraus, um uns aus der Nähe anzusehen, ob die kleinen wurmartigen Frösche darin schon zitterten und zuckten, schon lang und spitz genug geworden waren, um sich nach draußen zu bohren. Wenn sie noch aussehen wie Hunderte geschlossener Augäpfel, dann sind sie leichter als leicht, wie ein kühler Luftzug. Ich frage mich, ob innen liegende Eier – die Sorte von Eiern, die den Schutz eines Körpers brauchen, zum Beispiel Pferdeeier, Schweineeier, Mencheneier – auch so leicht sind. Sind sie durchsichtig wie Gelee mit Glühwürmchenherzen oder fest und still wie Stein? Offenbaren sie ihr Geheimnis, oder wollen sie es bewahren? Würde ein menschliches Ei sich zeigen?

Junior schmollt, weil er nicht schon wieder Rühreier will. Er sitzt auf dem Boden vor dem funktionierenden Fernseher, der auf dem großen alten Holzfernseher steht, der nicht funktioniert, und ignoriert den Teller mit Ei, den ich vor ihn hingestellt habe, weil er sich weigert, am Tisch zu essen, es sei denn, Daddy prügelt ihn hin oder Randall überredet ihn dazu.

»Das schmeckt wie Gummiband!«, mault er.

Ich erinnere mich an den Geschmack von Gummibändern. Scharf, wie Metall. Bitter. Für etwas, das so weich und nachgiebig ist, schmecken sie scheußlich und irgendwie falsch; die Zunge zuckt zurück wie ein Regenwurm in der Hand eines Kindes. Und ich weiß, dass diese Eier kein bisschen so schmecken.

»Junior, sei nicht so *sässig.*« Das hat Mama immer zu uns gesagt, wenn wir bockig waren, und ich sage es aus Gewohnheit zu Junior. Daddy hat es manchmal auch gesagt, bis er es einmal zu Randall sagte und der anfing zu kichern, und schließlich kam Daddy darauf, dass Randall lachte, weil es wie *sexy* klang und er dabei an etwas Unanständiges dachte. Ungefähr vor einem Jahr kam ich darauf, wie es eigentlich heißen sollte, als ich in der Vokabelliste im Unterricht bei Miss Dedeaux auf das Wort *aufsässig* stieß. Da fragte ich mich, ob Mama wohl noch andere Wörter so verhunzt hatte. Manchmal kamen mir bei den dümmsten Gelegenheiten mögliche Beispiele in den Sinn: *wutstaubend* – wenn ich die Küche fegte und Daddy hereinkam, Bier verkleckerte und gegen die Stühle trat. *Nassliebe* – wenn Manny mitten beim Schwimmen im See mit seinen Fingern unter Wasser Lust aus mir herauskitzelte. *Friergid* – wenn ich im November im Bett lag, zur Wand gerollt, als wollte ich mich verkriechen oder Platz machen für jemanden, der sich zu mir legte, um mich zu wärmen. Junior kichert nicht. »Jemand muss die Eier essen, Junior. Man darf kein Essen verschwenden. In Afrika gibt es Kinder, die hungern.«

»Gib sie doch China«, murmelt Junior. Er reibt sich das Ohr. »Ich ess Nudeln.«

»Ich werd dir bestimmt keine Nudeln kochen, Junior. Ich hab dir schon Eier gemacht.«

»Du brauchst sie nicht zu kochen.« Er starrt den Fernseher an. Es läuft gerade ein Werbespot für Spielzeug. Er wird sie trocken essen, wird irgendwas Spitzes aus der Küche stibitzen und damit ein kleines Loch in die Gewürztüte stechen. Dann wird er den ganzen Tag lang an der verdammten Würzmischung nuckeln. Ich nehme ihm den Teller weg, und die Eier wackeln wie Gummi.

Skeetah geht mit mir in den Schuppen, nachdem ich ihn beim Hämmern unterbrochen habe, indem ich ihn ins Bein gezwickt und auf den Teller mit Ei gezeigt habe. Ich hatte keine Lust zu schreien. Zu peinlich, zu wichtig, zu angeberisch, selbst wenn nur ich und Skeetah da sind. Drinnen liegt China auf der Seite, und die Welpen stapeln sich an ihrem Bauch und trinken. Sie blickt auf, fletscht die Zähne. Sieht Skeetah und lässt ihre Lippen ein bisschen fallen, zeigt aber weiterhin die Reißzähne. Ich würde am liebsten einen Welpen in die Hand nehmen und so halten wie Skeet, als China sie geboren hat, den Welpen seine feuchte Schnauze in meinem T-Shirt vergraben lassen. Stattdessen bleibe ich an der Tür stehen und schaue zu, wie Skeet den Teller vor sie auf den Boden stellt.

»Der weiße ist fast so groß wie der rotbraune.«

China beschließt, mich nicht zu beachten, schiebt die Nase über den Teller, leckt ein bisschen Ei auf. Sie hinterlässt ein schleimiges Netz aus Spucke.

»Willst du mal sehen?«, sagt Skeetah. Er bückt sich und nimmt den roten Welpen von Chinas Zitzen weg, und Milch tropft auf ihren Bauch. Alle acht Zitzen sind so stark geschwollen von der Milch, dass sie wie menschliche Brüste aussehen. Ich hole tief Luft und schlucke an dem Kloß in meiner Kehle vorbei. Der Kloß schmilzt und brennt wie Feuer. Ich renne nach draußen, hocke mich hin, stütze mich mit den Knien ab und übergebe mich auf den roten Sand; mein Haar fällt nach vorne wie eine schwarze Wolke. Ich spüre, dass Skeetah mich beobachtet. Als er mit seiner welpenfreien Hand meinen Rücken berührt, weiß ich, dass er China genauso anfasst.

Daddy ergrinst sich ein Bier von Big Henry, der an der Tankstelle auf der Interstate Bier kaufen kann, weil er so groß und stattlich ist und sein Gesicht so kantig und ernst, dass er aussieht, als sei er über einundzwanzig. Er muss nie einen Ausweis vorzeigen, obwohl er erst achtzehn ist.

»Ein großer Junge wie du, klar weißt du über so was Bescheid.«

Daddy beugt sich vor zu Big Henrys massigem Körper, sodass dessen Schatten ihn einhüllt, und sieht aus, als wisse er nicht, ob er ihn pieken oder boxen soll.

»Die Frauen mögen gern was zum Festhalten.«

Daddy stößt ihm einen Ellbogen in die Rippen; er hält den Kopf gesenkt und grinst. Das ist seine Art, einen Witz zu erzählen.

»Hat mich zu meiner Zeit ein paar Frauen gekostet, dass an mir nix dran is.«

Daddy reibt sich mit der Hand über den Bauch, der, wie ich weiß, unter dem Hemd flach ist, schlank und dunkel, mit einer dünnen Schicht aus Haut und Fett, die wie ein leichtes T-Shirt auf seinen Muskeln liegt. Von dem ganzen Bier müsste er eigentlich einen Bauch wie eine Bowlingkugel haben, aber den hat er nicht.

»Die haben immer gesagt: ›Claude, ich brauch ein bisschen mehr als dich. Ich brauch was Warmes. Keine harten knochigen Beine auf mir drauf in der Nacht.‹«

Big Henry nickt, als stimme er zu. Reißt die Augen auf, als wäre Daddy interessant.

»Sagten immer: ›Du weißt doch, was ein stattlicher Mann ist.‹«

Big Henry reicht Daddy das Bier, an dem er genippt hatte, und lehnt sich auf die Haube von Daddys Pick-up. Die letzte der Flaschen von unter dem Haus wird vom Sonnenlicht getroffen; die Seife und das Wasser innen drinnen sehen aus wie Diamanten.

»Was haben Sie'n heut alles gemacht, um klar zu sein für die Hurrikans, Mister Claude?«, fragt Big Henry. Er hält Ausschau nach Randall, nach Skeetah, und als er sie nirgends entdeckt, hält er sich an mich, resigniert, achselzuckend.

Als wir klein waren, ließ Big Henry mich immer auf seinem Rücken reiten, an der tiefen Stelle der Grube, wo der Boden mit Austernschalen bedeckt war. Er hat mich immer getragen, damit ich mir die Füße nicht zerschneide, obwohl er selbst auch barfuß ging. Seine Füße bluteten nie. Seitdem hat er mich nicht mehr angefasst. Ich dachte, eines Tages würden wir Sex haben, aber auf die Art ist er nie auf mich zugekommen. Da die Jungs immer zu mir kamen, habe ich nie versucht, mit ihm Sex zu haben. Er ist ständig bei uns, bewegt sich auf seine behäbige, vorsichtige Art. Er federt beim Gehen, schwingt auf Zehenspitzen von rechts nach links. Er schwenkt die Arme, als würde er durchs Wasser waten. Er hält seine Bierflasche mit drei Fingern.

»Ich geh Hundefutter besorgen. Kommste mit?«

Skeetah fragt mich das, als er ums Haus herum kommt; Big Henry sieht erleichtert aus. Skeetah stößt gegen den Schuppen, und China jault auf. Die Flaschen stehen still im Sand, aber das Wasser darin hört nicht auf zu glitzern und zu wackeln. Big Henry lässt seinen Wagen an, und wir fahren los.

Meistens, wenn wir in den Lebensmittelladen in St. Catherine gehen, ist der Parkplatz etwa zur Hälfte mit Autos gefüllt. Jetzt ist er voll, und wir müssen zehn Minuten herumfahren, bis wir einen Platz kriegen. Die Hitze klopft ans Auto wie Leute beim Mardi-Gras-Umzug, die mitgenommen werden wollen. Sie dringt wie Glasperlen durch die Fensterritzen ein. Die Luft aus Big Henrys Klimaanlage streicht leicht wie Zuckerwatte über mein Gesicht und meine Brust und schmilzt, als wäre die Hitze eine Zunge. Der Fußweg über den Parkplatz ist lang und zieht sich, obwohl wir einen ganz guten Platz fast in der Mitte erwischt haben; Skeetah läuft so schnell, dass er mich hinter sich lässt, während ich mich durch die Hitze schleppe, aber Big Henry beobachtet mich aus dem Augenwinkel und passt sein Tempo an.

Drinnen folge ich Big Henry, der Skeetah folgt, der Einkaufswagen aus dem Weg stößt, die von Frauen mit federleichtem Haar und fleckigen Unterarmen geschoben werden, die große Männer mit Panorama-Sonnenbrillen im Schlepptau haben. Die reichen tragen Khakihosen und Jachtclub-Polos, die anderen Militärshirts oder welche mit Jagdmotiven.

»Wir brauchen Wasser und Batterien und …«, zählt eine Frau

auf, während sie ihren Buggy einen Gang hinunterrollen lässt und ein Teenager mit einer großen Lockenmähne hinter ihr herhüpft. Er hört ihr nicht zu, sondern schaut Skeetah und Henry von oben bis unten an, dann schaut er weg.

Skeetah ignoriert alle, als wären sie Hunde minderwertiger Abstammung. Big Henry tänzelt vorbei, murmelt »Sorry« und »'tschuldigung«. Ich bin klein und dunkel: unsichtbar. Ich könnte Eurydike sein, die durch die Unterwelt wandert, um sich ungesehen in Luft aufzulösen.

Es gibt nur etwa ein Dutzend verschiedene Sorten Hundefutter, und ich weiß, dass Skeetah schon weiß, welches er will. Er nimmt immer dieselbe Sorte: die teuerste. Einmal hat Daddy für Skeet im Futtergeschäft einen riesigen Sack No-Name-Hundefutter gekauft. Skeetah hat China damit gefüttert, und sie hat es in großen Happen gefressen, hat es verschlungen, als wäre es Wasser, und es dann durchfallartig als weiche Klumpen wieder ausgeschissen. Es sah aus wie Spiegeleier und lag überall auf dem Pit. Danach fraß sie einen Monat lang nur Essensreste, die Skeet aus dem Haus mitgehen ließ. Er hat den ganzen Monat im Schuppen verbracht, auf einem von Daddys alten Rasenmähern gepennt, bis er ihn eines Morgens unter ohrenbetäubendem Getöse angekurbelt hat. Dann ist er zur katholischen Kirche unten im Ort gegangen und hat sie überredet, ihn fürs Rasenmähen und Unkrautjäten auf dem Friedhof zu bezahlen. Hauptsächlich, weil sie das mit Mama wussten, schätze ich, ließen sie ihn machen. Er mäht dort im Sommer drei Mal die Woche, und im Winter jätet er. So verdient er sich das Geld fürs Hundefutter. An Daddys Saufabenden, wenn er unten im Oaks ist und zum Blues einnickt, habe ich Skeet manchmal aus Daddys Zimmer kommen sehen, die Hände in den Taschen zu Diebesfäusten geballt. Ich rechne ständig damit, dass Daddy eines Morgens aufwacht und feststellt, dass von seinem Geld etwas fehlt. Er würde auf den Flur rauskommen, nach Skeetah brüllen, Zorn und Alkohol wie Dampf ablassen, aber wir haben Glück gehabt. Bisher ist das nicht passiert.

»Mein Hund kommt gut mit dem da klar.« Als ich neben ihm bin, zeigt Big Henry auf eine große grüne Tüte; es ist nicht das billigste Hundefutter, aber auch nicht das teuerste. Skeetah beachtet ihn nicht; er zerrt bereits an einem anderen Fünfzig-Pfund-Sack.

»China mag, was sie mag.« Er murmelt die Worte. Der Sack hängt wie ein schlappes Kind über seiner Schulter und macht ein knirschendes Geräusch.

»Als Nächstes kaufst du ihr noch Allergiepillen. Marquise sagt, ein weißes Mädchen auf eurer Schule hat'n Hund, der gegen Gras allergisch ist. *Gras*«, flüstert Big Henry.

»Das kommt, weil manche kapiern, dasses zwischen Mensch und Hund eine Verbindung gibt.« Skeet macht einen Sprung und rückt den Sack zurecht. Er hängt jetzt gerade, bedeckt seine halbe Brust. »Gleichberechtigt.«

»Mein Hund müsste bloß niesen«, sagt Big Henry. Er zuckt die Achseln und lacht. Seine Augen haben die Farbe von ausgeblichenem Asphalt, und wenn er lächelt, schrumpfen sie in seinem Gesicht auf Fingernagelgröße.

»Dein Hund würde keine Luft mehr kriegen. Und er würde dich hassen«, sagt Skeet.

An allen Kassen sind lange Schlangen. Alle Einkaufswagen sind voll. Skeetah tritt von einem Fuß auf den anderen, und ich und Big Henry stoßen zusammen und wissen nicht, was wir machen sollen. Er prallt zurück und bringt das Regal mit den Süßigkeiten und Zeitschriften ins Wanken, und ich verschränke die Arme und halte meine Ellbogen fest. Ich habe das Gefühl, ich sollte einen Korb haben, frage mich, ob die Leute, wenn sie uns anschauen, sich fragen, wo unsere Einkäufe sind. In den Schränken zu Hause ist genug Essen für ein paar Tage, bis die Läden wieder normal geöffnet haben, und wenn nicht, wird Daddy dafür sorgen, genug einzulagern, ehe der Sturm kommt. Aber der Anblick der Schürze der Kassiererin, die ihr von einer Schulter gerutscht ist und dort hängt, als hätte sie vor lauter Lebensmitteln, die sie einscannen muss, keine Zeit gehabt, sie wieder hochzuschieben, macht mich nervös. Sie besteht aus allen möglichen Rottönen: roter Pferdeschwanz, rote Wangen, rote Hände. Ich stecke meine Hände in die Taschen, und der Schwangerschaftstest, den ich aus der Schachtel gezogen und unter den Gummizug meiner Shorts geschoben habe, als ich mich von Skeetah entfernte, um auf die Toilette zu gehen, kratzt mich an der Taille.

Vielleicht habe ich ihn wegen China mitgenommen. Ich weiß, dass irgendwas nicht stimmt; seit Wochen muss ich mich jeden zweiten Tag übergeben, laufe herum mit dem Gefühl, als würde jemand meinen Bauch massieren und versuchen, das Essen nach oben und aus mir heraus zu schieben. In manchen Monaten, wenn ich ein bisschen weniger esse, weil ich die ewigen Instant-Nudeln oder Kartoffeln leid bin, kommt es unregelmäßig. Aber wegen der Übelkeit und dem Erbrechen denke ich, ich sollte einen Test machen; deswegen, und weil ich schon zwei Monate verspätet bin und weil sich mein Bauch jeden Morgen beim Aufwachen voll anfühlt, fleischig, wund und feucht, als würde das Blut jeden Augenblick zu fließen anfangen – nur tut es das nicht. Ich denke zurück an all die Male, wo ich Sex hatte, und mir scheint, zu jeder Erinnerung gehören goldene oder silberne Kondomverpackungen, wie Schokoladentaler, die in Goldfolie gewickelt sind, damit sie wie Münzen aussehen, die die Jungs zurücklassen, wenn sie aufstehen, wenn wir uns voneinander lösen. Daran denke ich, als ich die Frau halb auf der Straße, halb im Gras liegen sehe.

»Da ist eine Frau«, sage ich.

»Und da ist ein Auto«, sagt Skeetah. Und tatsächlich, da steht, zwischen den Kiefern eingeklemmt wie eine Katze, die an einem Stamm hochklettert, ein Auto. Es sieht aus, als sei es dort hingesprungen, um herauszufinden, wie Borke sich anfühlt, und hätte sich dann umgedreht, um sich am Baum festzuhalten.

»Wussten die nicht, dass man hier langsamer fahren muss?«, fragt Skeetah. »Sind doch überall Schilder.«

»Sind vielleicht nich von hier«, sage ich, denn drüben im Graben läuft ein Mann hin und her und hält sich den Kopf. Blut fließt an der Seite seines Gesichts hinunter, durch seine Finger und über seine Unterarme. Er konnte nicht wissen, dass die Straße sich hier, an der Stelle des Bayou, die am schwierigsten zu befahren ist, wie sein Blutstrom krümmen würde. Er konnte nicht wissen, dass die Straße sich an jedes bisschen trockenen Boden hielt, der zu finden war, und dass hier nicht der richtige Ort war, schneller zu fahren als erlaubt. Daddy hat seinen Pick-up schon mal hier zu Schrott gefahren, als er betrunken war. Als er nach Hause kam, nachdem die Polizei ihn wieder freigelassen hatte, verfluchte er Dead Man's Curve geschlagene zwei Stunden lang.

»Brauchen Sie Hilfe?«, fragt Big Henry durch das Fenster, während wir langsam zum Stehen kommen. Skeetah schaut stur geradeaus, er ignoriert das Geschehen vor seinem Fenster, den auf und ab gehenden Mann.

Der Mann schaut hoch, steigt aus dem Graben. Es ist, als würde er die Frau nicht sehen, obwohl er so nah an sie herangeht, dass er sie treten könnte. Er hat ein Handy in der einen Hand, das er an sein Ohr presst, und die andere Hand greift in sein dünnes braunes Haar. Er trägt ein weißes Hemd mit weißen Knöpfen, und das Blut hat ihm eine Schärpe wie vom Schönheitswettbewerb auf die Brust gezeichnet.

»Können Sie mir sagen, wo ich hier bin?«, fragt er. Seine Stimme ist laut, so als würde er einen alten Menschen anbrüllen, der schwerhörig ist. »Ich rufe gerade den Notruf an, und die müssen wissen, wo ich bin.«

»Sagen Sie Ihnen, Sie sind zwischen Bois Sauvage und St. Catherine, am Bayou. Sagen Sie, die nächste Straße ist Pelage, und Sie sind kurz vor der Dedeaux Bridge.«

Der Mann nickt, öffnet den Mund, um zu sprechen.

»Ich bin …« Er schließt ihn wieder. »Könnten Sie? Ich bin …« Er streckt den Arm durch das Beifahrerfenster, hält Skeetah mit roten Fingern das Telefon vors Gesicht. Skeetah zuckt nicht zurück, rührt sich aber auch nicht. Stattdessen starrt er durch die Hand des Mannes hindurch. Big Henry, wie es so seine Art ist, nimmt das Telefon mit zwei Fingern entgegen. Es ist blutgepunktet.

»Jo, ein Unfall. Zwei Leute, und das Auto überschlagen gegen den Baum.« Big Henry wiederholt die Ortsangaben. »Dies ist das Telefon des Mannes, aber die Frau, die liegt bloß da.« Er schweigt. »Okay. Ja, gut. Mach ich.« Er blickt in seinen Schoß, murmelt »Danke«. Die Frau auf dem Boden sieht immer noch aus, als schliefe sie: den Kopf auf ihrem Bizeps, die Hände geöffnet, als hätte sie gerade etwas losgelassen, auf der Seite liegend.

»Was sagen die?«, frage ich.

»Sie wolln, dass wir hier bei denen bleiben, bis sie da sind. Sie brauchen ein paar Minuten.«

»Ich muss nach Hause«, sagt Skeetah.

Big Henry starrt Skeetah an und fährt den Wagen an den Straßenrand, um im hohen Gras zu parken. Ich habe fast Angst, dass er den Mann anfährt, der jetzt wieder schlapp im Graben steht; seine Fußspitzen berühren nicht mehr die Frau. Der Mann starrt in die Ferne, als würde er Big Henrys Auto, das nur Zentimeter entfernt an ihm vorbeirollt, gar nicht sehen.

»Die Welpen. Sie kann sich noch nicht um sie kümmern.«

Big Henry stellt den Motor ab. Ich umschlinge meinen Bauch.

Der Schwangerschaftstest knistert. Big Henry zieht den Schlüssel raus und betrachtet das Telefon des Mannes, das er in seinen Schoß hat fallen lassen. Er macht die Tür auf, schwingt sich vom Sitz, schließt die Tür und geht auf den Mann zu.

»Sie hat Hunger. Und sie stillt«, sagt Skeetah.

In jeder einzelnen Geschichte der griechischen Mythologie kommt das vor: ein Mann, der hinter einer Frau her ist, oder eine Frau, die hinter einem Mann her ist. Nie gibt es ein Treffen in der Mitte. Nur ein Körper im Graben, und eine Person, die auf ihn zu oder von ihm weg geht. Big Henry kniet sich neben die Frau. Der Mann ist in die Hocke gegangen, sodass nur noch sein Kopf zu sehen ist, den er mit beiden Händen festhält. Ich glaube, ich höre ihn stöhnen. Big Henry kauert über der Frau wie ein am Boden sitzender Bussard am Straßenrand, plump und tollpatschig. Ich frage mich, was die Frau mit dem Haar in der Farbe einer goldenen Kondomverpackung wohl für den Mann ist.

»Ich traue ihr nicht.« Skeetah sagt das erst, als Big Henry so weit weg ist, dass er es nicht hört, und so leise, dass ich glaube, er hat vergessen, dass ich auf dem Rücksitz sitze.

»Was meinst du, sind sie Freunde oder Verwandte?« Ich setze mich anders hin, damit der Test nicht so kratzt, aber ich bewege mich nicht zu viel, damit er nicht aus dem Gummizug meiner Shorts herausrutscht. Skeetah gibt keine Antwort. Ich rüttle am Vordersitz.

»Hm?«

»Freunde oder Verwandte?« Ich schaue mich nach ihnen um und sehe, dass der Mann auf uns zukommt. Big Henry brüllt ihm etwas zu, aber es klingt, als würde er murmeln.

»Liebespaar«, sagt er.

»Wie meinst du das?«

»Das weißt du genau«, sagt Skeetah.

Ich hatte immer angenommen, dass ihm mehr als die Hälfte

von dem, was auf dem Pit passierte, entging; es kam mir so vor, als hätte ich nie etwas anderes um ihn herum gesehen als Hunde; einmal mit zwölf brachte er einen Pitbull mit und erzählte mir, er hätte ihn aus irgendeinem Garten gestohlen. Gestreifte Hunde, kahle, weißrosa Hunde, dicke Hunde, Hunde, die so dünn waren, dass ihre Knochen aussahen wie ein Schwarm Fische, der unter ihrer Haut herumschnellte. Seine Stimme klang wie ein Bellen, sein Schritt wie das dumpfe Schlagen eines fleischigen Schwanzes. Wir haben einander verloren, ein bisschen. Und jetzt frage ich mich, was Skeetah gesehen hat, worauf er so achtet, wenn seine Hunde schlafen, wenn er gerade mal keinen Hund hat, denn vor China ist jeder seiner Hunde gestorben, ehe er ein Jahr alt wurde. Jedes Mal hat Skeetah eine Woche gewartet und sich dann einen neuen besorgt. Vor China hat er sich nie die Mühe gemacht, Hundefutter zu kaufen, sondern hat ihnen eine Mischung aus Essensresten und Daddys Hühnerfutter gegeben. Was weiß er von Liebespaaren? Er ist der Sonderling, der, der immer nach verschwitztem Fell riecht, wenn die Jungs sich treffen, der, von dem die Mädchen vermutlich finden, dass er stinkt. Aber sogar ich weiß, dass es eine gibt, immer eine gibt, die genau den Jungen mag, der wie Skeetah ist. Es gibt immer eine für jeden. Aber ich glaube nicht, dass er das auch glaubt. Eine feuchte Hand klatscht an die Tür, und der Mann steht da. Seine Finger ziehen eine rote Spur hinter sich her wie eine Angelschnur. Er kneift die Augen zusammen und schaut Skeetah an, und Skeetah lehnt sich von der Tür zurück.

»He, Mann.« Ich höre das Kurbeln. Skeetah dreht das Fenster hoch.

»Ich glaub, ich hab dich schon mal gesehen.«

Skeetah hält mitten drin inne.

»Mähst du nicht Rasen?«

»Könnten Sie bitte vom Wagen weggehen?«, quieke ich.

»Auf dem Friedhof?«

Skeetah kurbelt das Fenster hoch, bis es dicht ist. Sofort ist es fünf Grad wärmer.

»Das Arschloch«, murmelt Skeetah. »Wieso guckt er nicht nach seiner Freundin?« Er würde am liebsten die Tür aufmachen, das weiß ich. »Wieso lässt er sie einfach da liegen, als ob er sie nich sieht, steigt über sie rüber wie über 'n Haufen Dreckwäsche?« Er würde dem Mann am liebsten eine reinhauen, dem blutenden Mann, mit der Tür. Er würde ihn am liebsten wüst beschimpfen.

»Er blutet schon.«

»Der kennt mich nich. Der wohnt ja nich mal in Bois Sauvage.«

»Vielleicht wohnt er in einem von den großen Häusern draußen am Bayou. Vielleicht geht er in eine von den Kirchen im Landesinnern und hat dich von unterwegs gesehen.«

Skeetah rollt sich an der Schulter ab, bis der Knauf sich in seinen Rücken bohrt und sein Kopf an der Scheibe lehnt. »Big Henry muss ihn hier wegholen.« Er sagt es, und schon kommt Big Henry über das Gras auf uns zu; er bewegt sich anmutig, wenn er rennt. Die Tollpatschigkeit, die ihn behindert, wenn er steht oder sitzt oder geht und Angst hat, etwas kaputt zu machen, ist wie weggeblasen.

»Sir, der Krankenwagen ist unterwegs.« Big Henry packt den Mann mit den Fingern einer Hand am Ellbogen. »Kommen Sie mit.«

Der Mann reibt sich den Kopf, verschmiert das Blut wie zu einem Stirnband. Seine Augen wandern hin und her, als würde er ein Buch lesen, das wir nicht sehen können.

»Sir.«

»Er hat das gar nicht verdient«, grummelt Skeetah und rutscht noch ein Stück tiefer. »China wartet auf mich.«

Der Mann geht gebückt, sein Kopf schwingt hin und her. Er starrt von der Straße in den Wald, in das Gewirr von Präriegras und Gagelsträuchern. Er schwenkt beim Gehen nicht die Arme. Bei der Frau bleibt er stehen, aber er schaut sie nicht an. Stattdessen zieht er wieder sein Telefon hervor, wählt und spricht. Big Henry steht auf der anderen Seite der Frau. Er wartet. Als zwanzig Minuten später der Krankenwagen eintrifft, spricht der Mann immer noch. Die Frau schläft noch. Skeetah hat die Augen geschlossen; alle paar Minuten beben seine Nasenflügel.

Skeetah wirft sich den Sack Hundefutter über die Schulter, wie Randall sich manchmal Junior überwirft, und trottet damit zum Schuppen, noch ehe Big Henry das Auto geparkt hat. Big Henry zieht die Schultern hoch und legt einen Arm auf die Lehne des Sitzes, von dem Skeetah so eilig geflohen ist.

»Danke fürs Mitnehmen«, sage ich.

Big Henry dreht sich um, beugt den Arm, schaut mich an, als er spricht. Ich kann ihn fast nicht verstehen, so laut ist Chinas aufgeregtes Bellen im Schuppen. Sie schleudert die Laute von sich wie Messer. *Riff, riff, riff, riff.*

»Gern geschehn.«

Mein Mund macht einen Sprung, und ich weiß, dass es kein Lächeln ist, aber ich steige sowieso aus dem Auto aus und entferne mich von Big Henry. Er schaut mich immer noch an. Ich habe die Hände in den Taschen meiner Shorts und drücke gegen den Test, damit er beim Gehen nicht rausrutscht.

»Wasch dir am besten die Hände!«, rufe ich auf dem Weg ins Haus noch über die Schulter zurück. Es könnte Blut an ihnen kleben, das Blut dieses Mannes, in dem sich an seinen Händen etwas vermehrt. Das Körperinnere des Mannes nach außen gekehrt, um Big Henry krank zu machen. Als ich die Tür aufstoße, steht Big Henry schon draußen am Wasserhahn und schrubbt, als wolle er seine Haut abschälen.

Die alten rosa Fliesen im Badezimmer, die Mama mit Daddy

gelegt hat, fühlen sich nass an, aber ich kann keine Wassertropfen entdecken. Die Wanne ist trocken. Ich hole den Test hervor und lasse Wasser laufen, während ich das Plastik abreiße. Ich habe Filme gesehen, ich weiß, man muss auf das Stäbchen pinkeln, und das mache ich. Ich lege es auf den Rand der Badewanne und steige vorsichtig hinein, damit es nicht herunterfällt. Die Wanne ist aus irgendeinem Metall, und sie ist warm. Die Plastikmatte auf dem Wannenboden fühlt sich weich an. Ich beobachte das Stäbchen so wie Big Henry den Mann beobachtet hat. Meine Füße sind auf dem Weiß ganz schwarz, und wenn ich sie an der Wanne reibe, hinterlassen sie schmutzige Streifen; es wirkt, als würde ich die Farbe abreiben. Ich sitze auf meinen Händen; ich vermeide es, meinen Bauch anzuschauen, der in dieser Haltung flach wirkt, ähnlich wie der Mann sich geweigert hat, die Frau anzuschauen, die zu seinen Füßen lag, die im hohen Gras schlief.

Farbe zieht sich wie ein Regenvorhang über das Stäbchen. Sekunden später erscheinen zwei Striche, in jedem Kästchen einer. Dürre Zwillinge. Ich schaue das Stäbchen an, erinnere mich an das, was auf der Schachtel im Laden gestanden hat. Zwei Striche bedeutet, Sie sind schwanger. Sie sind schwanger. Ich bin schwanger. Ich richte mich auf und umschlinge meine Knie, reibe meine Augen an meinen Kniescheiben. Die schreckliche Wahrheit über das, was ich bin, flammt wie ein trockenes Herbstfeuer, das alle abgefallenen Kiefernnadeln verschlingt, in meinem Bauch auf. Da ist etwas.

Der dritte Tag

ÜBELKEIT IM SAND

LETZTE NACHT döste ich immer wieder ein, wachte aber alle paar Minuten wieder auf und wünschte, ich könnte schlafen, könnte einfach die Augen schließen und in das dunkle Nichts des Schlummers eintauchen. Immer wenn ich eindöste, war die Wahrheit meiner Schwangerschaft zur Stelle, um mich mit einem Fußtritt wachzurütteln. Um sieben wachte ich mit brennender Kehle und nassem Gesicht auf.

Was es bisher bedeutet, schwanger zu sein, ist dies: Erbrechen. Übelkeit von dem Moment an, in dem ich die Augen öffne, die ungleichmäßig verputzte Zimmerdecke sehe und mir einfällt, wer ich bin, was ich bin. Ich drehe den Wasserhahn auf, damit keiner hört, wie ich mich übergebe. Ich drehe ihn wieder zu und schließe das Bad ab. Lege mich auf den Boden. Lege den Kopf auf meinen Arm; die Fliesen haben die Temperatur von Wasser, das die ganze Nacht auf der Anrichte gestanden hat, und ich starre den Klosockel an, an dem eine teigige Staubschicht klebt, die wie Louisianamoos aussieht. Ich liege dort so lange, dass man meinen könnte, ich schlafe. Ich liege dort so lange, dass mein Haar, als ich den Kopf von meinem Arm nehme, eine unleserliche Schreibschrift in meine Haut gedruckt hat. Der Boden neigt sich wie der Boden eines dunklen Schiffs.

»Esch!«, schreit Junior und rüttelt am Türknauf, pocht an die Tür und stürmt dann zur Hintertür, um von der Treppe aus in den Hof zu pinkeln.

»Esch?«, ruft Randall.

»Ich rasiere mir die Beine!« Das habe ich zu den Fliesen gesagt, mit heiserer Stimme.

»Rasieren? Ich bin zu alt, um es wie Junior zu machen.«

»Bin gleich fertig.« Ich beuge mich über das Waschbecken und trinke, bis ich nicht mehr das Gefühl habe, mich übergeben zu müssen. Selbst nachdem ich das Wasser abgestellt habe, schlucke ich noch. Meine Zunge fühlt sich an, als wurde sie in ungekochter Maisgrütze gewälzt, aber ich schlucke weiter. Ich wiederhole, *Ich werde mich nicht übergeben, ich werde mich nicht übergeben, auf keinen Fall.* Beim Hinausgehen orientiere ich mich an der Scheuerleiste.

»Alles okay?« Randall steht mir im Weg.

»Ich hab die Haare in der Wanne alle weggespült«, sage ich. »Keine Sorge.«

Das Tuckern von Daddys Arbeitstraktor auf dem Hof ignoriere ich. Im Bett ziehe ich mir das dünne Laken über den Kopf, lege die Lippen auf die Knie und atme so heiß, dass es sich anfühlt, als lägen zwei Menschen wach unter dem Laken.

Als ich zum zweiten Mal aufwache, ist die Luft heiß, und weil die Zimmerdecke so niedrig ist, kann die Hitze nicht nach oben steigen. Sie kann nirgends hin. Ich bin erstaunt, dass Daddy nicht inzwischen Junior geschickt hat, um mich aus dem Bett zu holen, damit ich bei den Vorbereitungen auf den Hurrikan helfe. Gestern spät am Abend haben er und Junior ein paar von den Ballonflaschen reingebracht und sie an der Wand entlang aufgestellt, während ich Thunfisch gemacht habe. Daddy hat immer wieder die Flaschen durchgezählt, als könne er sich die Zahl nicht merken, und dabei zu mir und Randall hinübergeschaut, als hätten wir vor, welche zu stehlen. Falls Randall ihm erzählt hat, dass ich krank bin, wird es ihm egal sein. Vielleicht sind sie alle woanders: Junior unter dem Haus, Randall beim Ballspielen, Skeet im

Schuppen bei China und ihren Welpen. Mein Magen grummelt und grollt, darum ziehe ich mein Buch aus der Ecke meines Bettes, wo es zwischen Wand und Matratze eingeklemmt ist. Im *Buch der klassischen Mythen* bin ich immer noch bei der Geschichte von Medea und der Suche nach dem Goldenen Vlies. Da geht es um eine Person, die ich verstehe. Als Medea sich in Jason verliebt, schnürt es mir die Kehle zu. Ich sehe sie vor mir. Medea steckt Jason Sachen zu, um ihm zu helfen: Mittel, die ihn unbesiegbar machen, Steine mit geheimen Nachrichten. Sie war eine Zauberin, konnte das Natürliche dem Unnatürlichen gefügig machen. Aber trotz all ihrer Macht biegt sie sich unter Jasons Hand wie eine junge Kiefer im Sturm; er bringt sie zum Einknicken. Ich kenne sie. Als ich aufblicke, steht Skeetah in der Tür und sieht aus, als würde er gleich in Tränen ausbrechen.

»Was ist los?«

Skeetah schüttelt den Kopf, und ich folge ihm.

Im Schuppen schwimmen die Welpen im Sand. Sie liegen auf dem Bauch, ihre Beine stehen ab wie kleine Zweige, die auf dem staubigen Strom auf und ab tanzen. Sie zucken und rollen herum. Sie sind still. Sie sind gähnende rosa Zungen. Alle außer einem paddeln auf China zu, packen ihren Bauch, wie wir am Fluss nach versunkenen Baumstämmen greifen. Sie haben Schwierigkeiten, ihre Zitzen zu erwischen, sie kneten ihren Bauch mit den Pfoten, wie wir mit den Füßen trampeln, wenn wir uns auf den glitschigen Stämmen zu halten versuchen. Alle außer einem paddeln und saugen.

Es ist der braun-weiße. Er ist der Schwimmer aus dem Comic, der Welpe, der bei der Geburt aussah wie Big Henry, wenn er ins Wasser springt. Er liegt mit dem Gesicht nach unten da. Sein Maul geht auf und zu, als wolle er den Schuppenboden fressen. Skeetahs Gesicht ist so nah an dem Welpen, dass das braun-weiße Fell flattert, wenn er spricht, und es aussieht, als bewege der Welpe sich.

»Heute Morgen ging es ihm noch gut. Hat getrunken und alles.«

»Wann hast du ihn so entdeckt?«, frage ich. Der Welpe dreht seinen Kopf zur Seite, und es sieht so aus, als wäre sein Genick gebrochen. Skeetah zuckt zurück. Der Schwimmer schnappt nach Luft.

»Vor ungefähr einer Stunde.«

»Vielleicht liegt es an China. Vielleicht ist ihre Milch schlecht für ihn oder so.«

»Ich glaub, er hat Parvo. Ich glaub, er hat es sich im Dreck geholt.«

Mein Nickerchen auf den Fliesen von heute Morgen drängt sich in meine Gedanken.

»Vielleicht ist er einfach krank, Skeet.«

»Und wenn es im Sand ist? Wenn die andern es sich auch geholt haben?«

Der Welpe schlägt mit einer Pfote auf den Boden.

»Vielleicht solltest du ihn einfach trinken lassen. Vielleicht hat er nicht genug Milch abgekriegt.«

Skeet nimmt den Welpen in eine Hand und legt ihn direkt neben China in den Sand. Sie senkt den Kopf, lauert wie eine Schlange. Als der Welpe wieder ruckartig den Kopf bewegt, knurrt sie. Es klingt wie Steine, die über harte Erde rumpeln. Der Welpe liegt still. Seine Augen sind noch nicht mal offen. Sie knurrt erneut, und er rollt auf die Seite.

»Hör auf damit, China.« Skeet atmet tief. »Fütter ihn.« Er schiebt den Welpen ein paar Zentimeter vor. Das Hundegesicht gräbt sich in den Sand.

Chinas Hals wird ruckartig länger, und sie bellt. Sie schlägt mit der Pfote. Ihre Zähne streifen den Welpen, der kurz die Beine ausstreckt und sie dann dicht anzieht.

»Skeet!«, rufe ich.

»Du Miststück!«, zischt er und guckt sie scharf an, verletzt. Er packt den Welpen, wickelt ihn in sein T-Shirt und lässt sich zurück auf seine gekreuzten Füße fallen. China ignoriert ihn und legt den Kopf auf ihre weißen, glänzenden Vorderbeine, die wie die Hälse von Reihern aussehen. Ihre Augenlider fallen zu, und sie sieht plötzlich erschöpft aus. Ihre Zitzen sind total geschwollen, und die Welpen ziehen an ihnen. Sie ist eine müde Göttin.

Sie ist mehrfache Mutter.

»Vielleicht will sie bloß die andern schützen. Sie weiß, wann es ernst ist, verstehst du?«

Skeetah hält den Welpen in der Hand wie einen Baseball. Er nickt.

»Na gut.« Die Käfer draußen singen, weil der Tag so hell ist, dass er golden erscheint. Daddy lässt den Motor des Traktors aufheulen; er zieht stapelweise Sperrholz über die Lichtung, er sammelt Holz aus allen Ecken des Pits zusammen, für den Sturm. Big Henry hat uns erzählt, bei einem seiner Cousins aus Germaine sei ein ganzer Wurf an Parvovirose gestorben; die Welpen hatten gerade die Augen aufgemacht, da starb der erste, und von da an hatte sein Cousin jeden Tag, wenn er nach hinten zur Hundehütte ging, einen toten Welpen gefunden, so klein und hart, dass er sich kaum vorstellen konnte, dass er mal am Leben gewesen war. »Kommst du heut Abend mit mir raus zum Campen?« Der Welpe liegt wie ein schwarzer Ball in Skeetahs schwarzem T-Shirt: still und rund. Skeetah schaut nicht auf seine Hände, sondern betrachtet China, mit einem Ausdruck von Respekt und Liebe im Gesicht. »Ich muss ihn von den anderen trennen. Es ihm leicht machen, bis er stirbt.«

»Jo.« Ich hole tief Luft. Mir wird flau im Magen. Ich werde zugucken, wie Skeet sein Eigen umbringt. »Ich bin da, das weißt du.«

Das Essen ist neuerdings anders. Ich sitze in der Küche vor einer Schale mit Eiern und Reis und esse, aber es fühlt sich an, als würde ich mich selbst belügen und auch Skeetah, der Essen stiehlt für unsere Nacht im Wald. Jeder Bissen ist eine neue Lüge. Essen ist das Letzte, was ich will. Skeetah holt noch mehr Plastiktüten unter dem Waschbecken hervor und wickelt sie um die Tüte mit dem Essen, bis das Bündel so undurchsichtig ist wie der Eikokon einer Spinne und man den Mix aus geklauten Sachen, die eigentlich unsere Vorräte für den Hurrikan sein sollten, nicht mehr sehen kann.

»Gut so?«, fragt er.

Ich schlucke. Nicke.

»Wir sollten auch eine Flasche Wasser mitnehmen.«

»Du weißt doch, dass Daddy sie vermutlich genau abgezählt hat.«

»Wir sagen Randall, er soll ihm sagen, es lag an dem ganzen Bier, das er gestern getrunken hat. Hat sich verzählt.«

»Kommt Randall nicht mit?«

»Weiß nich. Aber du weißt doch, dass Randall Daddy alles Mögliche erzählen würde.«

Skeetah steckt sich das Tütenbündel unters Hemd. Jetzt sieht er schwanger aus.

Ich kratze mit dem Löffel den Bauch meiner Schüssel aus, lasse das Metall über alle gerundeten Stellen gleiten. Der Reis bildet Klumpen; das Ei wird übereinander gehäuft. Alles verschwindet, und ich frage mich, was ich damit füttere. Ich stelle mir vor, wie das Essen sich in Brei verwandelt, meine Kehle hinunterrutscht, durch meinen Körper fließt wie Wasser durch einen Gully, um sich in meinem Magen zu sammeln. Damit das, was in mir ist, wachsen und im Winter zu einem Baby werden kann. Und Skeet lächelt mich an, hält mir die Tür auf, damit ich hindurchgehen kann, und er ist blind.

* * *

Junior schleppt Sperrholzplanken über den Hof. Er hievt sie hoch und zieht sie rückwärts durch den Sand. Daddy hat sie überall verteilt, von anderen Stellen des Pit hergekarrt und auf der Erde liegen lassen. Junior stapelt sie auf, und jede einzelne hinterlässt eine Spur von Holzkrümeln, denn sie sind voll von schwarzen, verfaulten Stellen. Junior legt eine Spur aus Brotkrumen. Er ist ganz staubig, es sieht aus, als habe er sich in Kreide gewälzt. Seine dünnen grauen Shorts hängen durch bis zur Mitte seiner Schienbeine. Vermutlich ein altes Paar von Skeet. Er lässt ein Brett fallen, und es knallt.

»Wo wollt ihr alle hin?«, fragt Junior.

»Geht dich gar nichts an«, sagt Skeet. Er geht in den Schuppen, und ich folge ihm.

»Mach weiter, Junior«, sage ich. Er braucht nicht zu wissen, dass der Welpe stirbt. Er braucht nicht zu wissen, dass auch junge Wesen sterben können.

»Du bist nicht der Boss von mir«, sagt Junior. Ich versuche, ihn daran zu hindern, sich durch die Vorhangtür zu schieben, aber er kriecht unter mir durch und sieht, wie Skeet den kranken Welpen nimmt, der jetzt nicht mehr schwimmt. Der Kopf des Welpen rollt zur Seite, und er hebt eine Pfote, aber ich weiß nicht, ob Skeet ihn mit dem Finger bewegt wie eine Marionette oder ob der Welpe kämpft.

»Hau ab, Junior! Gehorch gefälligst«, sagt Skeetah. Er zieht einen Eimer von einem der hohen Regale und legt den Welpen hinein, und dann stellt er ihn wieder zurück, damit China nicht rankommt. Sie knurrt, und Skeetah legt einen Finger in die Mitte ihrer Stirn und drückt. »Sei ruhig.«

»Das sag ich Randall, dass du was Böses mit dem Welpen machen willst!« Junior rennt nach draußen.

»O Gott«, stöhne ich.

China liegt auf der Seite und schaut zu. Die Welpen trinken, und sie liegt still, versteinert. Nur ihre Augen leuchten wie eine Öllampe im Licht. Ich sollte wissen, dass sie so ist, wissen, dass sie oft still wird, ein Tier, das zum Angriff bereit ist, und dass ich nicht so bin. Ihr Schwanz rührt sich nicht. Unwillkürlich kriege ich eine Gänsehaut am Bauch, an den Armen, bis oben.

»Wir lassen ihn da oben bis heut Abend. Wenn es Parvo ist, dann is er hoffentlich weit genug weg, um die andern nich anzustecken.« Skeetah wischt sich vorne an seinem löchrigen T-Shirt die Hände ab. Das Shirt zieht sich hoch bis über die Rippen, über seinen dünnen, muskulösen Bauch. »Scheiße. Die Keime. Ich muss mir die Hände waschen.«

Ich sitze auf der Treppe und warte auf Skeetah, als Randall zwischen den Bäumen erscheint. Er federt beim Gehen, und es sieht aus, als würde die Dunkelheit unterhalb des Grüns ihm nach und nach seine Einzelteile zurückgeben: eine Brust, einen Bauch, Hüften, Arme und Beine. Zuletzt ein Gesicht. Junior ist eine Stimme hinter ihm; er reitet Huckepack, seine Füße baumeln vor Randalls Bauch, und seine Schuhsohlen hinterlassen weiße, pudrige Staubflecken auf Randalls T-Shirt.

»Was erzählt Junior da, ihr wollt einen der Welpen ertränken?«

Mich durchzuckt eine Welle von Übelkeit.

»Keine Ahnung, wie er darauf kommt.«

»Er sagt, ihr habt ihn in einen Eimer gesteckt.«

»Der Welpe hat Parvo«, sage ich.

»Sie wollten ihn in dem Eimer ertränken!« Randall hievt Junior hoch, als er das sagt, sodass ganz kurz ein Gesicht über Randalls Schulter erscheint.

»Und wir hatten bestimmt nicht vor, ihn in irgendeinem Eimer zu ertränken«, sage ich.

»Was wollt ihr denn mit ihm machen?«

»Ihn hinten zur Grube bringen.«

Randall lässt Junior los, und Junior klammert sich fest, bis er nicht mehr kann, bis seine Beine zu Nudeln werden und er an Randall herunterrutscht wie an einem Pfeiler. Wir drei sind still, schauen uns an, runzeln die Stirn.

»Zieh Leine, Junior«, sagt Randall.

»Aber Randall –«

»Geh schon.«

Junior verschränkt die Arme vor der Brust, seine Rippen sehen aus wie ein kleiner schwarz verbrannter Grillrost. Er muss sich ein Hemd anziehen.

»Geh.«

Juniors Augen glänzen. Als er wegläuft, machen seine Füße kleine klatschende Laute im Sand und hinterlassen Staubwölkchen. Skeetah nimmt den Eimer und seine Notration Essen, die er aus dem Haus gestohlen hat.

»Du kannst das Ding nicht einfach umbringen«, sagt Randall.

»Kann ich doch.«

»Du kannst es gesund machen.«

»Parvo kann man nicht gesund machen. Welpen überleben das nicht. Und wenn ich den hier nicht wegschaffe, kriegen die andern es auch. Und dann sterben alle. Meinst du, damit kommt Junior besser klar?«

»Nein. Aber es muss irgendwie anders gehen.«

»Tut's aber nich.« Skeetah wirft sich die Tüte zusammen mit seinem Luftgewehr über die Schulter und nimmt den Eimer in seine zitternde andere Hand. »Mit Basketball kennst du dich aus, aber mit Hunden nicht.« Er geht weg. »Erzähl ihm irgendwas, keine Ahnung, was – aber der hier muss weg.«

»Er's noch zu klein, Esch.« Randalls Hände sehen reizlos aus ohne Basketball. Er sieht aus, als wisse er nicht, wohin mit ihnen.

»Ich weiß«, sage ich. »Aber wir war'n auch klein.« Er weiß, von wem ich spreche.

»Ich erwische ihn dauernd, wie er auf eine Tonne klettert und durch die Ritzen späht, weil er Angst hat reinzugehen. Starrt die Welpen an. China fängt an zu knurren, und ich zieh ihn weg und spür, wie sein kleines Herz pocht. Und eine halbe Stunde später erwisch ich ihn schon wieder da oben.«

Ich zucke die Achseln, hebe die Hände, als wolle ich ihm etwas geben, obwohl ich weiß, dass ich nichts habe. Ich trotte los in Richtung Grube, hinter Skeetah her, der gerade in den Schatten der Bäume eintaucht.

»Komm schon!«, ruft Skeetah. Randall schlägt in die Luft, es sieht aus, als werfe er einen unsichtbaren Ball.

»Scheiße«, flucht Randall. »Scheiße.«

Das hat Skeetah gestohlen: Brot, ein Messer, Becher, eine Zwei-Liter-Flasche Fruchtpunsch, Chiliketchup, Geschirrspülmittel. Er stellt alles neben den Eimer und fegt den Dreck von zwei Betonblöcken, aus denen Randall und er einen Grillplatz gebaut haben, als wir noch kleiner waren. Der Metallrost ist rußig-schwarz, die Steine aschgrau verbrannt. Skeetahs Gewehr hängt an einem Riemen über seiner Schulter, und der Lauf stößt beim Gehen an seine Beine.

»Wozu brauchen wir das denn?«, frage ich.

Der Welpe im Eimer brummt. Er ist einsam.

»Komm schon«, sagt Skeetah.

Im Wald huschen Tiere von einem Schattental zum nächsten. Vögel flattern trillernd auf den einfallenden Sonnenstrahlen in die Höhe. Skeetah durchschreitet alles mit gerundeten Schultern. Vorgebeugt untersucht er den Boden. Ich gehe geräuschvoll hinter ihm her, meine Füße schleifen über die Kiefernnadeln. Ich hebe die Knie mit Schwung, versuche, die Füße leicht aufzusetzen, aber ich komme aus dem Gleichgewicht. Das, was einmal das Baby werden will, liegt in meinem Bauch wie eine Wasserbombe, gibt mir ein Gefühl, als würde ich gleich platzen. Mein

Geheimnis macht mich tollpatschig. Skeetah bleibt stehen, kniet sich auf die Nadeln und die knisternden Blätter; darunter verrottet alles und wird zu Erde. Skeetah schaut mich kopfschüttelnd an und blickt nach oben in die Baumwipfel. Wir warten.

Vor einem Hurrikan machen die Tiere, die dazu in der Lage sind, dass sie wegkommen. Vögel fliegen nach Norden vor dem Sturm davon, und alles andere wandert so weit wie möglich von Wind und Regen weg. Die Luft war in den letzten Tagen klar. Hell. Jeder Tag war beinah unerträglich hell und heiß und dicht, so wie ich mich fühle, wenn Manny schwitzend auf mir liegt: golden, brennend. Unter unseren Füßen tummeln sich die Insekten, die Eichhörnchen springen von Baum zu Baum, die Krähen gleiten krächzend zwischen den Baumkronen hindurch. Ihr Flügelschlag klingt so weich wie das Rascheln von Mudda Ma'ams Besen, wenn sie auf ihrem sandigen Hof die Kiefernnadeln wegfegt. Skeetah betrachtet die Krähen so, wie er China betrachtet: als könnte sie jeden Augenblick anfangen zu reden und würde, wenn es so weit war, garantiert eine Antwort geben auf alle Fragen, die er sich je gestellt hat. Daddy spinnt, denke ich, er ist diesen Sommer geradezu besessen von Hurrikans. Letzten Sommer, als einer der Wirbelstürme ein Einkaufszentrum in Germaine getroffen hatte, war er davon überzeugt, die Golfküste würde zu einer neuen Tornadostraße werden. Den ganzen Sommer lang hat er uns immer wieder die sichersten Plätze im Haus gezeigt, wo wir uns im Fall des Falles hinhocken sollten. Immer wenn er Junior in der Küche antraf, musste er die Tornado-Übung machen, die wir alle in der Schule gelernt hatten: hinknien, Oberkörper an die Oberschenkel legen, Kopf zwischen die Beine stecken, den Nacken mit den knochigen Fingern bedecken, um die weiche Kehle darunter zu schützen.

Skeetah nimmt das Gewehr von der Schulter und spannt es. Er hält es locker, sein Blick geht hin und her, als lese er etwas, das zwischen den Bäumen in die Luft geschrieben wurde.

»Skeet. Auf was willst du schießen?«

»War nicht genug Dosenfleisch zum Klauen da.«

»Ich koch das nich, Skeet.«

Skeetah schultert das Gewehr. Er zielt auf den Himmel. Der Wind bewegt leicht die Baumwipfel und erstirbt dann, wie wenn ein Mensch das Zimmer verlässt. Die Bäume schweigen sehnsüchtig. Das Gewehr schneidet hin und her. Skeetah zielt, folgt den Eichhörnchen, die durch die Bäume huschen. Sie sind flauschig und grau, dick vom Sommerfutter.

»Schsch«, sagt er. »Wir brauchen was zu essen.«

Ein Zweig knackt. Die Kronen der Kiefern berühren sich, als wieder Wind aufkommt, aber die Eichen regen sich nicht. Die Eichhörnchen mögen die Eichen am liebsten, sie flitzen über die schwarzen, harten Aststraßen und Brücken. Die Eichen sind für sie solide Häuser; sie werden einem Sturm trotzen, wenn er kommt. Es riecht stark nach ausgedörrten Kiefern.

»Hab ich dich«, sagt Skeetah und schießt.

Der Schuss prallt an einer Kiefer ab und macht dabei ein sattes, dumpfes Geräusch, das wie ein Schlag klingt. Skeet zuckt zurück. Die Eichhörnchen tauchen aus den dunklen Astgabeln auf und wieder ab, umrunden die gebogenen Stämme, erscheinen und verschwinden. Als eins, dem die Hälfte des Schwanzes fehlt, im V einer Eiche auftaucht und daran hinabgleitet, um bis zum Boden zu krabbeln, feuert Skeet noch einmal. Das Eichhörnchen verliert den Halt, ballt sich zu einer Kugel zusammen und rutscht am Stamm hinunter. Es hinterlässt einen roten Streifen. Sein halber Schwanz zuckt, dann bleibt es still auf der Erde liegen. Es ist groß für ein Mississippi-Eichhörnchen.

»Ich nehm das nich aus.«

Die Krähen fliegen kreischend davon. Die Insekten in den Baumkronen schreien im Chor.

Skeetah hebt das Eichhörnchen mit beiden Händen auf; er versucht, den Körper zusammenzuhalten, damit er nicht in Stücke zerfällt. Blut spritzt pulsierend aus ihm heraus. Das Herz.

»Du willst doch, dass er heut Abend kommt, oder?«

»Von wem redest du?«

»Du weißt, von wem ich rede. Von Big Henry jedenfalls nich.« Er schnippt ein Stück tropfende Haut weg, die wie ein roter Ohrring am Fell des Tieres baumelte. »Auch nich von Marquise.«

»Nein.« Ich schüttele den Kopf. Skeetah packt den Rest des Schwanzes und zieht. Was davon noch übrig war, ehe er das Eichhörnchen erschossen hat, geht ab wie Borsten von einer Bürste.

»Ihr seht nich aus, als passt ihr gut zusammen«, sagt Skeetah und betrachtet den blutigen Kadaver. Ihm ist so heiß, dass sogar seine Nase schwitzt. *Tun wir aber*, will ich sagen. *Er bringt mein Herz auch so zum Hüpfen*, will ich sagen und auf das Eichhörnchen zeigen, das unter rhythmischen roten Spritzern stirbt. Aber ich sage nichts, und Skeetah zuckt die Achseln, hebt das Eichhörnchen wie eine Opfergabe hoch und macht sich auf den Weg zurück zur Grube.

Als wir zum Lager zurückkehren, legt Skeetah das Eichhörnchen auf die Plastiktüte, zieht das Messer hervor und schneidet ihm den Kopf ab. Das Blut riecht wie nasse warme Erde nach einem Sommerregen. Er wirft den Kopf wie einen Ball ins Unterholz, zieht die Messerklinge in einer Zickzacklinie über die Brust des Tiers und macht dann ein Kreuz entlang der Läufe. Er ist unbarmherzig, ruhig, konzentriert wie China vor einem Kampf. Skeetah zieht kräftig, und die Haut bläht sich weg von dem darunter liegenden Fleisch, dehnt sich, dehnt sich weiter, bis sie nur noch ein schlaffer nasser Lappen ist, den Skeetah wegschleudert. Kleine Fellstiefel kleben noch an den Füßen des Eichhörnchens, aber Skeet schneidet sie ab und wirft sie dem Kopf hinterher. Das Tier ist jetzt nichts als Fleisch, so dick wie zwei aufeinandergelegte Schweineschnitzel. Skeetah macht einen Schnitt in den

Bauch, und was herausquillt, ist blau-lila und sieht aus wie ein Haufen nasses Tau.

»Scheiße«, keucht Skeet. Der Geruch der Eingeweide ist durchdringend. Als Daddy noch Schweine hatte, kackten, aßen und fickten sie in ihrem eigenen Dreck und wurden dabei rosig und fett, aber ihr Geruch und ihr Nest war so wie der Magen dieses Tiers: roh und voller Scheiße. Skeetah hat recht.

Er versucht, die Eingeweide herauszuziehen, aber sie sitzen fest, deshalb will er die Fäden durchschneiden, an denen sie hängen, doch dabei durchtrennt er versehentlich die Gedärme.

»O Scheiße«, sagt Skeetah, lässt das Tier samt Eingeweiden und Messer auf die blutverschmierte Plastiktüte fallen und tritt zurück, die Hände auf den Knien, den Kopf nach unten gerichtet. Meine Kehle ist rau wie Sand, und ich kriege keine Luft.

»Mein Gott, Skeet.« Ich renne weg, hinter eine kleine Baumgruppe, so weit weg von dem Geruch und dem Schleim, wie ich kann, bis ich hinfalle und die Eier, den Reis, das Wasser, alles, was in mir ist, erbreche, bis kein Essen mehr übrig ist, bis mein Hals sich leer anfühlt und ich nur noch Luft und Spucke herausbringe. Aber alles kann ich trotzdem nicht erbrechen. Etwas tief in mir bleibt da.

Bis das Fleisch durch ist, braun und klein mit harten Kanten wie ein Edelstein, sind auch die Jungs eingetroffen. Marquise schneidet mit seinem Taschenmesser Fleischstückchen ab, die er auf Brotscheiben legt, die von der Chilisoße langsam matschig werden. Skeetah macht ein Sandwich und reicht es mir, ehe er sich selbst eins macht. Das Fleisch ist sehnig und zäh, es schmeckt halb nach dem roten Gewürz der Chilisoße, die das Brot rosa färbt, und halb nach wildem Tier. Ich beiße hinein, und plötzlich esse ich Eicheln und springe voller Angst in die kleinen dunklen Löcher im Herzen alter Eichen. Die Sonne war untergegangen, während Skeetah und ich nach Grillholz suchten; der Himmel über uns hatte sich schlagartig bunt gefärbt, und dann war die Sonne zwischen den Bäumen versunken, sodass die Farbe aus dem Himmel ablief wie Wasser durch einen Abfluss und der Himmel weiß, dann dunkelblau, dann schwarz zurückblieb. Ich legte zu viel Holz aufs Feuer; Skeet musste, eine Hand in sein T-Shirt gewickelt, das Eichhörnchen immer wieder an der Pfote wegziehen, weil er Angst hatte, es könnte verkohlen. Aber das Feuer ist so groß, dass ich alle Gesichter im Dunkeln erkennen kann.

»Schmeckt gut«, sagt Marquise.

»Schmeckt verbrannt«, sagt Skeetah. Big Henry, der neben ihm sitzt, lacht.

»Es schmeckt grauenvoll. Kaum zu glauben, dass ihr das Zeug esst.« Big Henry nimmt noch einen Schluck von seinem Bier, das so warm ist, dass die Flasche in der Hitze der Nacht noch nicht einmal schwitzt. »Das bisschen Nichts könnt ihr genauso gut dem Welpen geben.«

Ich kaue das Sandwich kaum, ich zerbeiße es nur klein genug, um es mir auf die Zunge zu legen, mit Spucke zu benetzen und zu schlucken. Skeetah reicht mir die Saftflasche, und ich nehme einen großen Schluck von dem warmen gefärbten Zuckerwasser. Ich habe keinen Hunger, aber es ist besser, etwas zu essen, weil mir dann weniger übel ist. Wenn ich mich noch mal übergebe, fragt mich bestimmt jemand, was mit mir los ist. Und ich möchte nicht lügen, nicht überzeugend sein müssen. Möchte nicht, dass sie mich anschauen und fragen. Ich reiche die Flasche an Marquise weiter. Dies ist das fruchtsaftähnlichste Getränk, das wir je im Haus hatten. Mama hat es immer in den Einkaufswagen gepackt, während ich im Korb saß und durch den Laden gefahren wurde; sie zwängte das rote Getränk neben mir auf den Sitz, sodass mein Bein von der Flasche ganz kalt wurde. Aber mir gefiel das, denn später im Wagen, der keine Klimaanlage hatte, war mein Bein immer noch kalt, wie ein Stück Eis, das in meiner Hand schmolz.

Der Welpe kratzt an der Eimerwand, und Skeetah beugt sich mit hängendem Kopf über ihn und schaut ihn an. Ab und zu berührt er den Eimerrand, als wolle er hineinlangen, um den Welpen zu tätscheln, ihn zu trösten, aber er tut es nicht.

»Du hast ihm gar kein Namen gegeben, oder, Skeet?«, frage ich.

»Nein.« Er blickt nicht auf. »Du kannst ihm einen Namen geben, wenn du willst, Esch.« Er hat das Kinn in die Hände gestützt. »Es ist ein Mädchen.«

Einen Namen. Ich kannte mal ein Mädchen in der Schule, die nach den Kerzen benannt war, die man anzündet, um die Mücken zu vertreiben: Citronella. Sie hatte immer mindestens zwei Jungs, trug Lipgloss, und alle ihre Hefte passten farblich zu den Büchern. Ich habe mich immer bis zum Hals ins Wasser gekniet und sie beobachtet, wenn wir ihr und ihrer Familie zufällig beim Baden im Fluss begegnet sind. Sie war so golden wie diese Kerzen, so perfekt, dass ich sie hassen wollte. Und ein bisschen tat ich das auch. Aber manchmal sagte ich ihren Namen, wenn ich irgendwo entlanglief und mit mir selbst redete, und ich mochte seinen Klang, die Art, wie er sich um meine Zunge legte wie ein Mundvoll Eiscreme. *Citronella*. Am liebsten würde ich den Welpen so nennen, aber ich glaube, zumindest Marquise würde mich auslachen, weil er sie kennt. Vermutlich war er mal einer ihrer Freunde, ist mit ihr die Straße runter in den Park gegangen und hat Händchen gehalten.

»Nella«, sage ich. »Ich möchte sie Nella nennen.«

Skeet nickt. Big Henry will mir seine Bierflasche reichen, aber ich schüttele den Kopf. Die Chilisoße zieht mir immer noch die Spucke von der Zunge, aber ich weiß, dass ich wahrscheinlich weinen muss, wenn Nella stirbt, und mehr Salz will ich nicht. Marquise schiebt einen Stock ins Feuer und stochert in der Asche.

»Das ist ein schöner Name«, sagt Big Henry mit einem Lächeln, das vage aufscheint und dann verblasst. Skeet schaut in den Eimer, als habe er es nicht gehört. Trotzdem wallt das kleine bisschen Glück, das beim Auswählen des Namens in mir war, kurz auf und verlöscht dann. Wozu ihr zum Sterben einen Namen geben?

Es knackt im Wald, Laub raschelt auf dem Boden, und Randall und Manny tauchen auf. Manny kriegt das volle Licht des Feuers ab, nimmt es in sich auf und funkelt förmlich. Er lächelt. Seine Narbe glänzt, und mein Herz errötet.

»Junior ist endlich eingeschlafen«, sagt Randall. »Manny sagt, sein Cousin Rico hat den Hund, den er vor Kilo hatte, durch Parvo verloren.«

Manny setzt sich neben Randall ans Feuer und trinkt so viel von dem Punsch, den Marquise ihm gereicht hat, dass nur noch Schaum in der Flasche bleibt.

»Du solltest ihn gleich töten«, sagt Manny. »Ihm die Schmerzen ersparen. Rico hat seinem Hund die Kehle durchgeschnitten, sobald er gesehn hat, dass er krank ist. Jetzt sofort, du quälst ihn nur.«

»Nein«, sagt Skeet. »Es ist noch nicht so weit.«

»Willst du ihn erschießen?« Manny schaut das Gewehr an. »Das geht immerhin schnell.«

»Nein, will ich nicht.«

»Wie willst du es dann machen?«

Skeetah blickt auf, aber als er spricht, schaut er Randall an, nicht Manny.

»Weißt du noch, wie Mama immer die Hühner getötet hat?«, fragt Skeetah.

Die Zikaden in den Bäumen sind wie plötzliche Regengüsse, ihr Singen ertönt in Wellen aus dem schwarzen Gestrüpp der Bäume. Als Randall spricht, starrt er Skeetah an, der den Eimerrand umklammert.

»Sie hat nur eins getötet, wenn etwas Besonderes war, wenn einer von uns Geburtstag hatte oder wenn es Daddys und ihr Hochzeitstag war. Sie hat sie beobachtet, sie schien jedes einzelne zu kennen, sie wusste, welches gerade Eier ausbrütete, welches eine Weile nicht gelegt hatte, welches einfach nur alt und fett wurde. Schien fast, als ob die Hühner Bescheid wussten; sie wurden nervös. Sie liefen durcheinander, blieben in Gruppen zusammen, kamen nicht mehr in den Stall. Und kaum dass man sich's versah, schnappte sie sich eins, brachte es hinters Haus zum Stamm der großen alten Eiche, den Daddy aus dem Wald hergeschleppt hatte, und stand mit ihm ganz still da, während der Vogel so schnell mit den Flügeln schlug, dass man sie kaum noch erkennen konnte. Aber das Huhn machte nie irgendwelchen Krach. Und dann legte sie eine Hand über sein Gesicht, als sollte es etwas nicht sehn, packte zu und drehte. Brach ihm das Genick. Schnitt den Kopf auf dem Baumstamm ab.« Randall holt beim Sprechen kein Mal Luft, er lässt alles gleichmäßig aus sich rausströmen. Er schluckt. »Hühnchen schmecken nicht mehr so wie früher.« Die Grillen in dem Baum, der am nächsten bei uns steht, stimmen ein dunkles Brummen an, das Randall fast übertönt. Ich kann mich gar nicht so genau daran erinnern, wie Mama Hühner getötet hat, aber als Randall es erzählt, sehe ich es vor mir, und es kommt mir so vor, als würde ich mich erinnern.

»Jo«, sagt Skeetah; er blinzelt sehr langsam mit den Augen. Er hebt den Welpen hoch. Der Bauch der kleinen Hündin hebt und senkt sich, und die Luft, die aus ihr herauskommt, klingt wie das Quaken eines Frosches. Ich strecke die Hand aus, um sie zu streicheln. »Nicht«, sagt Skeetah. »Es überträgt sich auf die andern.«

Er schaut mich kurz an und lächelt so halb, dann blickt er auf seine Hände hinunter.

Hinter den Bäumen scheint der Neumond, und Nella singt ihn an. Ich glaube zu sehen, wie Junior durch die schwarzen Schatten huscht wie ein Eichhörnchen, immer wieder zögernd um sich blickt, aber als ich genauer hinschaue, ist jenseits des Feuerscheins nichts als Dunkelheit.

Skeet packt zu und dreht, und sein Griff so sicher wie Mamas.

Als Skeetah vom Begraben des Welpen zurückkommt, hat er kein Hemd an; seine Muskeln sind schwarz und faserig, so wie die von dem Eichhörnchen. Schweiß bedeckt ihn wie eine Ölschicht. Einen Moment lang steht er ganz still im Feuerschein und atmet tief. Er wirft sein Hemd ins Feuer.

»Was soll das denn?«, fragt Marquise an dem Eichhörnchenknochen vorbei, den er abnagt. Er schlürft und verschluckt fast den Knochen, bringt ihn aber wieder hoch.

»Is alles vergiftet«, sagt Skeetah. »Alles!«

Er streift seine Hose ab, wirft sie ins Feuer.

»Ist das dein Ernst?« Marquise lacht.

»So ernst wie ein Herzanfall«, sagt Skeetah. Seine Boxershorts hängen tief, das Gummiband am Bund guckt raus. Er nimmt das Geschirrspülmittel und geht auf das schwarze Wasser der Grube zu, bückt sich im Gehen, streift seine Unterhose erst von einem, dann von dem anderen Bein und wirft sie dann ins Feuer, während er über seine Schulter nach hinten schaut. Aber er dreht sich nicht noch einmal um. Er besteht nur aus Muskeln. Ich habe ihn nicht mehr nackt gesehen, seit wir klein waren und Mama uns zusammen in die Wanne gesteckt hat.

»Willst du dich etwa da drin waschen?«, sagt Marquise, aber noch während er das sagt, steht Randall auf; und obwohl Randall den Welpen nicht angefasst hat, zieht er sich ebenfalls komplett aus und lässt seine Sachen in einem Haufen liegen. Er ist größer, und seine Arme und Beine sind wie Gummibänder. Big Henry drückt und dreht seine Flasche in die Erde, bis sie fest steht. Er streift zuerst seine Schuhe ab, dann zieht er seine Socken aus und faltet sie zusammen, ehe er sie in die Schuhe steckt. Seine Füße sind groß und weich und obendrauf mit lockigen schwarzen Haaren bedeckt wie ein Babykopf.

Wo meine Brüder hingehen, gehe ich auch hin.

Ich wate vollständig angezogen ins Wasser. Als ich ganz nass bin, nehme ich mir von Skeetah die Seife und reibe Schaum in meine Kleidung. Ich mache sie weiß, ehe ich sie ausziehe, ein Stück nach dem anderen, bis ich nackt im Wasser stehe und meine Sachen einen schmutzigen, schleimigen Haufen an dem schlammigen Ufer bilden.

»Verrückte Nigga«, sagt Marquise, aber er zieht sich trotzdem aus und folgt uns ins Wasser.

»Mir war sowieso zu heiß«, sagt Manny, wirft sein weißes T-Shirt da hin, wo ich gesessen habe, zusammen mit seiner Hose, und zieht sich bis auf die Unterhose aus. Er rennt los und springt ins Wasser, kommt hinter Randall hoch und geht auf ihn los, sodass sie beide untergehen. Sie kämpfen kichernd, sehen aus wie Fische, die an der Angel ziehen. Marquise lässt sich von einem Seil fallen, das an einem der hohen Bäume hängt, und Big Henry bewegt sich mit langsamen Stößen durchs Wasser; seine Hände tauchen so exakt ein, dass es überhaupt nicht spritzt. Randall und Manny tauchen sich lachend gegenseitig unter. Ich wünschte, Manny würde mich berühren, zu mir rüberschwimmen, mich bei den Armen packen und mich an sich ziehen, aber ich weiß, das wird er nicht tun. Randall löst sich von Manny und schwimmt zu Skeetah hinüber, der ein Stück entfernt für sich alleine Wasser tritt.

»Pass auf. Du weißt doch, dass bei dem Gebüsch da Wassermokkasinschlangen sind«, sagt Randall. Skeetah schrubbt, als könne er seine Haut abreiben.

»Keine Sorge. Die interessiern sich nich für mich.«

»Ich saug das Gift jedenfalls nich aus dir raus«, sagt Randall lachend.

»Ich werd nich gebissen. Die riechen das, weißt du.«

»Was riechen die?«

»Den Tod.«

Randall hört auf zu schwimmen und tritt auf der Stelle. Im Dunkeln kann ich sein Gesicht nicht erkennen.

»Hör auf damit, Skeet.« Er spritzt mit Wasser, das das Licht vom Feuer auffängt und rot wird. Tropfen treffen Skeet wie Feuerwerk, das vom Himmel fällt. Ich denke, man müsste es trotz der Zikaden knistern hören. »Jetzt redest du echt Unsinn.«

Big Henry greift nach Marquises Füßen und versucht, ihn vom Seil zu ziehen. Marquise tritt nach ihm, und Big Henry zieht so heftig, dass der Ast, an dem das Seil hängt, mit einem so lauten Krachen abbricht, als würde ein dicker Knochen brechen.

»O Scheiße!«, schreit Marquise und lässt das Seil los, aber es ist schon zu spät, alles fällt Big Henry auf den Kopf. Ich lache so sehr, dass mir die Rippen wehtun, aber als Manny wie ein springender Fisch neben mir aus dem Wasser schnellt, einfach auftaucht wie ein Hauptgewinn, höre ich auf. Das Lachen verwandelt sich in meiner Kehle zu einem Krächzen.

»Was is los, Esch?« Manny schaut Big Henry und Marquise zu, die im Wasser mit dem Ast kämpfen, während Randall zu ihnen schwimmt, um zu helfen. Er spricht seitwärts mit mir. Skeet schrubbt immer noch an seiner Haut herum und beachtet uns nicht. Manny taucht und kommt rechts von mir wieder hoch, bleibt aber weit genug weg, dass ich ihn nicht anfassen kann.

»Gar nichts.« Ich verschlucke die Worte halb.

»Haste Angst gehabt, dich vor uns auszuziehen?« Manny

grinst, aber er schaut mich nicht an und schwimmt langsam im Kreis, dreht sich um mich wie um den Mond. Oder um die Sonne.

Es ist ein kleiner Laut, der aus meiner Kehle kommt.

»Angst, dass alle sehen, wie du aussiehst?«

Ich schüttele den Kopf.

»Ist doch gar nicht so schlecht«, sagt er.

»Nicht schlecht?«, hauche ich und schäme mich, weil ich wiederhole, was er sagt.

»So etwa.« Er steckt sich einen Finger ins Ohr und schüttelt dann so heftig den Kopf, dass das Wasser von ihm fliegt wie bei einem Hund. Seine Unterlippe ist rosa und voll, die Oberlippe dagegen ein zaghafter Strich. Ich habe schon öfter davon geträumt, ihn zu küssen. Vor ungefähr drei Jahren habe ich mal gesehen, wie er mit einem Mädchen Sex hatte. Er und Randall hatten sie überredet, mit zum Pit zu kommen, als Daddy nicht zu Hause war, und ich hörte sie lachen, als sie unter dem Fenster vorbeigingen. Ich bin ihnen in den Wald gefolgt. Als sie zur Grube kamen, hat Manny nach ihrem Po gegriffen und sie am Bauch gekrault, wie Männer Hunde kraulen, und dann hat das Mädchen sich für ihn hingelegt. Er war über ihr, hat seine Hand zwischen ihren Beinen hoch und runter bewegt, und dann hat er das Mädchen geküsst. Zwei, drei Mal. Er hat den Mund weit aufgemacht für sie, hat sie geleckt, als wolle er wissen, wie sie schmeckt, als wäre sie rohrzuckersüß. Er aß sie förmlich. Ich frage mich, wann er wohl aufgehört hat, Mädchen so zu küssen, oder ob er nur mich nicht küssen will. Jetzt schwimmt er Kreise, schaut halb mich an, halb Big Henry und Marquise. Er greift nach meiner Hand und zieht sie zu sich heran, legt meine Finger um seinen Schwanz.

»Gar nicht so schlecht«, sagt er. Ich will wissen, wie es sich anfühlt, deshalb strecke ich unter Wasser den Arm aus und berühre seine Brust, die Brustwarzen, die so groß wie rote Weintrauben sind. Aber viel weicher. Die Haut an den Rändern seiner Muskeln hat die Farbe von Sugar-Daddy-Karamelbonbons. Manny entzieht sich. »Was soll das denn?« Sein Schwanz gleitet mir aus der Hand, heiß im kühlen Wasser: dann weg.

»Ich wollte nur –«

»Esch.« Manny sagt das, als wäre er enttäuscht, als wüsste er nicht, wer dieses Mädchen, das ihn einfach so anfasst, überhaupt ist. Sein Profil ist scharf, es glänzt im Feuerschein wie ein poliertes Centstück. Seine Unterlippe wird dünner, wenn er lächelt. »Spinnst du?«

Meine Hand kribbelt noch an der Stelle, wo er sie gepackt und an sich gezogen hat.

»Nein.« Ich wollte seinen Namen sagen; das kommt stattdessen heraus.

»Nee, Esch.« Er knetet das Wasser, stemmt sich hoch und strampelt weg von mir. »Du weißt, dass es nicht so ist«, sagt er, und der Schmerz kommt jäh, wie ein Wolkenbruch.

Manny schwimmt zu Randall, der gerade ans Ufer geht und sich seine Sachen anzieht. Mannys Rücken ist eine verschlossene Tür. Seine Schultern sind wunderschön. Ich stelle mir vor, wie ich auf seinem Rücken bin, wie er mit mir durchs tiefe Wasser schwimmt, mich auf festen Boden bringt. Wie der andere Manny sich im Wasser umdrehen würde, um mich zu küssen, meinen Atem zu schlucken. Wie er an Land meine Hand halten würde, statt sie unter Wasser um seinen Schwanz zu legen. Wenn ich ihm mein Geheimnis verrate, wird er sich mir dann zuwenden? Ich atme alle Luft aus und lasse mich sinken, mit heißem Kopf. Ist das so ähnlich, wie ein Baby im Bauch seiner Mutter schwimmt? Ich lege eine Hand auf meinen Bauch und höre Daddy etwas sagen, was er nur in nüchternen Momenten sagt: *Was man im Dunkeln tut, kommt immer ans Licht.* Ich liebe Manny, schon seit ich gesehen habe, wie er dieses Mädchen küsst. Ich habe ihn schon geliebt, ehe er mit Shaliyah ging; Shaliyah, die dünn ist, hellhäutig und verrückt, die ständig versucht, Mädchen zu verprügeln, von denen sie glaubt, dass er was mit ihnen hat. Einmal hat sie eine Flasche auf dem Kopf von Marquises Cousine zerschlagen, unten beim Oaks, am Teenager-Abend. *Shaliyah.* Sie hat die Sorte Augen, die sich immer schnell hin und her bewegen, wie Katzenaugen. Er spricht mit Randall über andere Mädchen, aber er kommt immer wieder auf sie zurück: beschwert sich, weil sie sein Telefon checkt, weil sie ihn dauernd anruft, weil sie nur einmal in der Woche kocht, weil sie seine Klamotten überall in dem Wohnwagen, in dem sie zusammen wohnen, herumliegen lässt, sodass er seine Wäsche selbst machen muss, wenn er für seinen Job bei der Tankstelle etwas zum Anziehen haben will. Ich habe sie einmal im Park gesehen, und ihre verrückten Katzenaugen haben glatt über mich hinweggeschaut: weder Beute noch Bedrohung. Ich habe ihn schon vor diesem Mädchen geliebt. Ich stelle mir vor, dass Medea sich so gefühlt hat, als sie sich in Jason verliebt hat, als sie ihn kennengelernt hat; wie sie ihn angeschaut und ein loderndes Feuer in ihrer Brust gespürt hat, das ihr Blut zum Kochen brachte und als heißer Dampf aus jeder Pore ihrer Haut hervortrat. Ich spüre es so stark, dass ich nicht verstehe, wie es sein kann, dass Manny es nicht auch spürt.

Mein Bauch ist so fest wie ein Kürbis, weil dieses Baby in mir drin ist, so klein wie Mannys Augenwimper an meiner Wange beim Sex. Und dieses Baby wird heranwachsen, zu einer Fingerspitze auf meiner Hüfte, einer Hand auf meinem Kreuz, einem Arm um meine Schulter, wenn es überlebt. Ich glaube, es ist für Manny; er ist der Einzige, mit dem ich in den letzten fünf Monaten Sex hatte. Seit damals, als er mich im Wald überrascht hat, während ich nach Junior suchte, mich geschnappt und mein Mädchenherz gesehen hat, habe ich nur noch ihn hereingelassen.

Nachdem wir zum ersten Mal Sex hatten, wollte ich mit keinem anderen mehr Sex haben. Ich zucke entweder die Achseln oder tue so, als hätte ich es nicht mitbekommen, wenn Marquise oder Franco oder Bone oder einer von den anderen Jungs eine Anspielung macht. Sie fragen, und ich gehe weg, weil sich das so anfühlt, als ginge ich auf Manny zu.

Über dem Wasser ist ein Geräusch; jemand ruft. Als ich auftauche und Atem hole, meine Lungen nach Luft schnappen, ist nur noch Skeetah da, und er schweigt. Fledermäuse schwirren über uns durch die Luft, sie pflücken die Insekten vom Himmel, während sie unaufhörlich herumflattern wie schwarze Herbstblätter. Skeetah schaut zu, wie ich zu ihm ans dreckige Ufer schwimme, mir meine seifigen Sachen anziehe, und sagt nichts, ehe er sich umdreht und mich durch die Dunkelheit führt, nackt.

Der vierte Tag

LOHNENDE BEUTE

ÜBERALL SIND FLÖHE. Auf dem Weg zu Mother Lizbeths und Papa Josephs Haus wate ich durch schaumige Pfützen, in denen es davon wimmelt. Sie springen hoch, heften sich wie Kletten an meine Beine und beißen, bis ich auf dem stehe, was von der Veranda übrig geblieben ist: zwei Kanthölzer, die schief an der Hauswand hängen wie ein verlassener Pier, der unter die Sturmflutgrenze gesunken ist und jetzt langsam von Sand überflutet wird. Die Fliegengittertür ist längst abgerissen, und die Haustür hängt nur noch in einer Angel. Ich muss gegen das Holz drücken, das unter meinen Händen zerbröckelt, und mich seitwärts durch Spinnweben voller welker Blätter hindurchzwängen, um ins Haus zu gelangen.

Das Haus ist ein ausgedörrtes Tierskelett, alle Spuren von Leben darin sind im Laufe der Jahre entfernt und weiterverwertet worden. Papa Joseph hat Daddy vor seinem Tod noch beim Bau unseres Hauses geholfen, aber kaum waren er und Mother Lizbeth tot, holten wir Stück für Stück Stühle, Bilder und Geschirr aus ihrem Haus, bis nichts mehr übrig war. Mama versuchte, das Haus zu belassen, wie es war, aber wenn sie ein Bett für mich und Skeet brauchte oder einen neuen Kochtopf, wenn ihre schwarz geworden waren, dann war das wichtiger, als das Haus wie einen Schrein zu erhalten, bis hin zu den Häkeldecken auf den Sofas, die Mother Lizbeth hinterlassen hatte. Das hat Daddy jedenfalls gesagt. Und jetzt pulen wir an dem Haus herum wie an spärlichen Essensresten, und von Papa Joseph sind nur noch Overalls und graue Hemden geblieben, und Schnupftabak und Augen, die mit dem Alter blau geworden waren. An Mother Lizbeth kann ich mich besser erinnern. Ich saß auf ihrem Schoß und spielte mit ihrem Haar, das grau und glatt war, so fest wie Draht. Ich half ihr beim Einnehmen ihrer Medizin: zwei Hände voll Tabletten musste sie jeden Tag nehmen, und ich reichte sie ihr eine nach der anderen. Sie gab mir süße Feigen, noch warm wie der Tag, die wir von einem Baum hinter dem Haus gepflückt hatten. Sie lachte mich aus, sagte, ich würde die Feigen so vorsichtig essen wie ein Vöglein; ihr Lächeln war schwarz und zahnlos. Und manchmal war sie giftig, wollte nicht umarmt werden, wollte nur auf ihrem Stuhl auf der Veranda sitzen und ihre Ruhe haben. Als sie starb, erzählte mir Mama, sie sei von uns gegangen, und ich fragte mich, wo sie wohl hingegangen war. Weil alle anderen weinten, klammerte ich mich wie ein Äffchen an Mama, schlang Beine und Arme um ihren weichen Körper und weinte, während die Liebe durch mich hindurchrann wie ein heftiger, blind machender Sommerregen. Und dann starb Mama, und ich hatte niemanden mehr, an den ich mich klammern konnte.

Ich bücke mich und klatsche alle Flöhe ab. Skeetah zerrt keuchend in einer Ecke der Küche am Fußboden, sein ganzer Körper ist angespannt. Gestern trug er noch einen kurzen Afro, aber heute ist sein Kopf glatt rasiert und einen Ton heller als der Rest von ihm. Seine Kopfhaut sieht wie frisch umgegrabener Sand aus.

»Junior hat mir gesagt, dass du hier bist. Was machst du?«

»Ich will das Linoleum rauskriegen.«

»Wozu?«

Skeetah versuchte, es von der Ecke her abzureißen. Ein großer Zipfel klappte vor ihm um wie ein Hundeohr.

»Es ist im Sand.« Er zog. Ich erwartete, dass er ächzen würde, aber er gab keinen Laut von sich. Seine Muskeln bewegten sich wie geplatzte Kaugummiblasen. »Das Parvo. Es ist im Sand im Schuppen.«

»Und was soll Mother Lizbeths Fußboden da machen?«

»Er soll den Sand bedecken.« Er zog, ein lautes Schnappen war zu hören, und die Bodenfliese gab nach. Er warf sie hinter sich, und sie landete auf einem Stapel von vier oder fünf anderen.

»Du machst für China einen Fußboden?« Daddy hatte mit dem Bau unseres Hauses angefangen, nachdem Mama und er geheiratet hatten. Wegen der Geschichten über ihn und Papa Joseph, die ich hörte, als ich heranwuchs, dachte ich immer, das sei etwas, was ein Mann für eine Frau tat, wenn sie heirateten: ihr etwas bauen, wo sie wohnen kann.

»Nein, Esch.« Skeetah schneidet mit einem von Daddys rostigen Teppichmessern an der Unterseite der nächsten Bodenfliese entlang. »Ich rette die Welpen. China ist stark und alt genug, dass das Parvo sie nicht umbringen wird.« Er zog ruckartig. »Sie sind Geld wert.«

»Wieso hast du dir die Haare abgeschnitten?«

»Ich hatte sie satt.« Skeetah zuckt die Achseln, zieht. »Was hast du heut vor?«

»Nichts.«

»Willst du mit mir mitkommen?«

»Wohin?«

»In den Wald.« Skeetah zieht noch einmal kräftig, und die nächste Fliese geht ab. Er wirft sie weit von sich. »Du musst rennen.« Ich war immer eine gute Läuferin. Als die Jungs und ich noch kleiner waren und Wettrennen machten, war ich immer unter den ersten drei. Ein paar Mal habe ich Randall geschlagen, und Skeet ein oder zwei Mal beinahe. »Ich brauche deine Hilfe.«

»Okay.« Er braucht mich. Ehe China die Welpen bekommen

hat, habe ich ihn manchmal tagelang nicht gesehen. Tage vergingen, ehe ich beim Eiersuchen im Wald oder auf der Suche nach Randall und Manny oder auf dem Weg zur Grube, um schwimmen zu gehen, auf Skeetah stieß, der China mit einem alten Fahrradreifen oder einem Seil beibrachte anzugreifen, zuzubeißen und festzuhalten. Sie spielten Tauziehen, wirbelten Staubwolken auf und hinterließen trockene Flussbetten in den Tannennadeln. Oder China machte ein Schläfchen, während Skeetah Rasierklingen aß, sie sich in die rosige Tasche zwischen Wange und Zunge schob und sie dann so schnell durch die Lippen wieder hinausbeförderte, dass ich dachte, ich träume. Einmal habe ich ihn gefragt, warum er das macht, und er sagte grinsend: *Warum soll China die Einzige sein, die scharfe Zähne hat?*

»Jepp.« Sage ich.

Das Brummen von Daddys Traktor kommt näher. Skeetah nimmt die Bodenfliesen und fängt an, sie durch ein Fenster im hinteren Teil des Hauses zu werfen, weil er weiß, dass Daddy dort nicht hingeht, denn die Hintertür ist schon seit Jahren mit Glyzinien und Kopoubohnen überwuchert. Die Vordertür ist der einzige Eingang. Er wirft die letzte Fliese nach draußen und das Teppichmesser hinterher, und schon stößt Daddy die Tür auf. Der Knall des Holzes hallt durch den Raum wie ein Pistolenschuss, und ich denke, er hat die Tür aus den Angeln gehoben, aber sie bleibt aufrecht. Die Spinnweben hinterlassen eine graue Spur, und ein Blatt bleibt in seinem Haar hängen. Sein T-Shirt ist unter den Achseln, am Hals und in der Mitte seines Rückens ganz dunkel. Seine Stiefel treffen so hart auf den Boden, dass es klingt, als würde er durch das verrottete Holz brechen. Er ist nicht viel größer als wir. Ist es das, was Medea gesehen hat, als sie sich entschloss, Jason zu folgen, ihrem Vater mit ihrem Bruder zu entkommen? Hat sie durch die reichen Gewänder ihres Vaters hindurchgeschaut und den schmalschultrigen Mann darunter gesehen? Obwohl er nicht mehr viel arbeitet, nur hier und da mal einen Job als Helfer beim Austernfischen annimmt oder Altmetall transportiert, trägt er, solange ich denken kann, Tag für Tag die gleichen Arbeitsklamotten: Stahlkappenstiefel, lange Hosen, zwei T-Shirts, zwei Paar Socken. Mama hat die Sachen jeden Abend fein säuberlich gefaltet für ihn auf dem Stuhl in der Ecke ihres Schlafzimmers zurechtgelegt, und wenn sie über den Stuhl gebeugt dastand, kam Daddy von hinten, legte seine Arme um ihre Taille und flüsterte ihr etwas ins Ohr. Dann sagte er, wir sollten fernsehen, in unsere Zimmer gehen, die Tür hinter uns zumachen. Jetzt blickt Daddy überrascht auf.

»Was macht ihr denn hier?«

»Nichts«, sagt Skeetah schnell und laut und geht in Richtung Tür auf Daddy zu.

»Halt, stopp«, sagt Daddy. »Ihr müsst mir helfen.«

»Ich muss mich um China kümmern.«

»Jetzt nicht«, sagt Daddy. Er packt Skeet beim Arm, als er sich an ihm vorbeizwängen will. »Sie kann warten.«

Skeetah macht seinen angefangenen Schritt zu Ende und entzieht sich Daddy. Skeet wirkt überrascht, als Daddys Finger von seinem Arm abrutschen, und Daddy schaut mich an, nur ganz kurz, als wäre er verwirrt. Skeetah bleibt stehen und dreht sich um, und Daddy zeigt nach oben zum Dachboden.

»Gibt 'n neuen Sturm im Golf. Heißt José. Soll in Mexiko auftreffen.«

Skeetahs Augen gehen auf, so als wolle er sie rollen, aber das tut er nicht.

»Siehst du die Sperrholzplatten da oben? Die beiden, die nicht total verfault sind?«

Skeetah nickt. Ich bin erstaunt, dass Daddy nicht den üblichen süßlichen Brotgeruch vom morgendlichen Bier an sich hat.

»Jo.«

»Du musst sie mit dem Hammer hier von der Wand abhebeln und runterwerfen. Ich und Esch tragen sie dann raus und legen sie auf den Traktor.«

Die Wohnzimmerdecke ist schon vor Jahren eingebrochen, deshalb kann man jetzt leicht bis zum Dachboden durchgucken und Teile der Dachbalken sehen. Skeetah versucht, hochzuspringen und sich nach oben zu ziehen, aber obwohl er wirklich so hoch kommt, kriegt er den Balken nicht zu fassen, weil der Gips, der wie Seepocken daran klebt, das Zupacken schwierig macht.

»Esch, lass deinen Bruder auf dich raufsteigen.«

Skeetah schaut ihn an, als wäre er verrückt, aber er sagt nichts.

»Geht schon.«

Daddy könnte für Skeetah Leiter spielen, wenn er wollte, könnte ihn mit seinen Händen, die so robust sind wie Taue, hochstemmen, aber das wird er nicht machen. Das wissen wir alle.

»Also los, Skeet.«

Ich mache einen Ausfallschritt, wie ich es immer bei den Cheerleadern in der Schule sehe, wenn sie aufeinander klettern, um ihre Pyramiden zu machen, ihre Menschendschungelgymnastik: vorderes Knie gebeugt, hinteres Bein gestreckt, beide so fest und stabil auf dem Boden, wie es nur geht. Daddy hat die Arme verschränkt und schaut zum Dachboden hinauf.

»Nee, Esch. Ich kann hochspringen.«

»Kannst du nicht«, sagt Daddy. »Los, mach schon.«

Skeet legt eine Hand auf meine Schulter. Ich bin überrascht, wie hart seine Haut ist; seine Schwielen sind wie Kieselsteine in der weichen sandigen Haut seiner Handfläche, während sich bei Daddy die ganzen Hände wie Kies anfühlen. Wenn Skeetah nicht lächelt, zeigen seine Mundwinkel nach unten. Jetzt, wo er wütend ist, sieht sein Kinn hart aus, und sein Mund ist eine gerade Linie.

»Ich steige auf und packe zu, okay? So schnell ich kann.«

Ich nicke. Skeetah schaut mich noch einmal kurz an und wiederholt die letzten Worte.

»So schnell ich kann.«

Als Skeetah aufsteigt, presst sich sein Turnschuh in meinen Oberschenkel, und die Gummirillen fühlen sich wie Stollen an. Es tut weh. Unwillkürlich kommt ein Laut aus meiner Kehle, aber ich mache schnell so fest zu, dass ich kaum noch atmen kann. Er stellt sich hin und greift nach einem Deckenbalken hinter dem vergipsten. Mein Bein zittert.

»Genau da«, sagt Daddy.

Als Skeetah sich von meinem Bein abstößt und sich an den Armen hochzieht, fühlt sich das so an, als bohre sich sein Fuß in meine Haut. Wieder überrascht mich ein Laut, der meiner Kehle entfährt, und beschämt atme ich tief ein. Als wir klein waren, hat Daddy, wenn wir hingefallen waren und uns das Knie aufgeschlagen hatten und weinten, immer die Augen gerollt und *Hör auf, hör auf* gesagt. Ich richte mich auf und reibe mir das Bein.

»Gut«, sagt Daddy. Daddy wirft den Hammer nach oben, und Skeetah geht auf die Seite des Dachbodens, die ich nicht einsehen kann, und fängt an zu hebeln. Ich beuge mich vor und reibe über die Spuren, die Skeetah auf meinem Bein hinterlassen hat. Das erste Brett geht leicht ab. Ich blicke nach oben und sehe, wie Skeetah es durch das Loch in der Decke nach unten wirft, wo es zu dicht neben Daddys Füßen landet. Ich springe zur Seite. »Pass auf, Junge.«

Daddy gibt mir das Sperrholz und zeigt zur Tür. Das andere Stück Holz löst sich mit einem Knacken, und ich schaue mich um und sehe, wie Skeetah es wie einen Papierflieger durch die Decke nach unten schickt, direkt auf Daddy zu, der sich duckt.

»Scheiße!«

»Tut mir leid«, sagt Skeetah, während er herunterspringt und wie eine Katze landet. Das Brett hat Daddy getroffen, ist dann von der Wand abgeprallt und mit einem Knall auf den Boden gefallen. Skeetah lächelt.

»Verdammt noch mal, Junge.«

»Ich hab doch gesagt, dass es mir leid tut.« Skeetah lächelt nicht mehr, aber als ich mein Brett durch die Tür schiebe, lächle ich in mein T-Shirt hinein, weil er den gleichen Ausdruck auf dem Gesicht hat wie damals, als er das mit dem Rasierklingenessen geschafft hatte, und ich weiß, er ist an mich gerichtet.

Im Wald östlich von uns, etwa anderthalb Kilometer weiter, hinter Kiefern und Eichen, die so groß und alt sind, dass ihre Äste bis auf den Sandboden gewachsen sind, um sich dort auszuruhen, liegt eine Wiese mit weidenden Kühen. Ein Zaun aus Holz und Stacheldraht umgibt die Wiese. In ihrer Mitte steht eine große braune Scheune und daneben ein kleines weißes Haus mit einem spitzen Blechdach und kleinen Fenstern. Dort wohnen Weiße.

Skeetah hat diesen Ort irgendwann einmal zufällig entdeckt, als wir den ganzen Tag im Wald Verfolgungsjagden gemacht haben, immer im Kreis gerannt sind, Mannschaften gebildet und uns stundenlang versteckt und gesucht haben. Er geriet auf eine Lichtung, wo die Kiefern brutal abgeholzt worden waren, sodass das Feld hinter dem Zaun mit Stümpfen übersät war, die wie Stühle aussahen, auf die sich nie jemand setzen würde. Fischreiher stolzierten pickend neben den Kühen durchs Gras, so prahlerisch und aufmerksam wie übereifrige Freundinnen. Als ich aus dem Wald gestürmt kam, vergaß ich, Skeetah abzuschlagen, weil ich so verblüfft darüber war, dass sich plötzlich der Himmel zu dieser Wiese hin öffnete und die Landschaft irgendwie ganz falsch wirkte. Es gab zu viel Blau. Ein Pick-up glitt geräuschlos aus dem Schatten einer Schneise im Wald, die, wie ich annahm, ihre Auffahrt darstellte, und eine Kuh muhte. Zwei ältere Weiße, ein Mann und eine Frau, stiegen aus dem Wagen, nachdem er zum Stehen gekommen war, und wedelten mit den Händen den Staub weg, den sie aufgewirbelt hatten. Weiter weg hörten wir einen Hund bellen.

»Komm, Skeet«, sagte ich.

Er blieb noch einen Moment stehen und schaute mit geneigtem Kopf und zusammengekniffenen Augen auf das Haus.

»Ich geh jetz«, sagte ich, drehte mich um und lief zurück ins weiche Unterholz, den grünen Bereich der Bäume. Erst als ich tief in die Finsternis des Waldes eingetaucht war, hörte ich ihn so schnell rennen, um mich einzuholen, dass ich mich erschrocken umschaute, weil ich dachte, die Weißen, die in diesem Haus am Rande des schwarzen Herzens von Bois Sauvage wohnten, seien hinter uns her, aber alles, was ich sah, war Skeet, der mit ruhiger Miene auf mich zugejoggt kam. Er war nicht mal außer Atem.

Dahin wollen wir, wie mir Skeetah erklärt, als er in mein Zimmer kommt. Er hat die Jeans, die er in Mother Lizbeths Haus anhatte, gegen ein T-Shirt in der Farbe von Kiefernnadeln und dunkelbraune Dickies-Hosen mit Löchern in beiden Knien getauscht. Er trägt keine Socken in seinen Turnschuhen.

»Du musst dich umziehen«, sagt er. »Zieh was Grünes oder Braunes oder Schwarzes an. Nichts Weißes oder Helles.«

»Wieso nicht?«

»Du darfst nicht auffallen.« Skeetah geht raus, um im Flur zu warten, und ich durchwühle meine Schubladen, bis ich ein schwarzes T-Shirt und eine Paar schwarze Basketball-Shorts gefunden habe, die Randall mir geschenkt hat, weil sie ihm zu klein waren. Ursprünglich war mal das Logo der Highschool von St. Catherine darauf, was bedeutet, dass er sie geklaut hat und es eigentlich Sporthosen sind, aber jetzt sind sie so alt, dass die libellenblaue Schrift am unteren Rand, die die Hose für Skeetah inakzeptabel gemacht hätte, sich abgerieben hat und an der Stelle nur noch ein verblichener grauer Schatten zu sehen ist. Ich binde mir das Haar zum Pferdeschwanz, ziehe schwarze Socken und meine Turnschuhe an und streiche mir das große T-Shirt über dem aufgeblähten Bauch glatt. Skeetah klopft zweimal an die Wand, und ich weiß, er will mir damit sagen, ich soll mich beeilen.

»Los, komm.«

Wir rennen nach draußen, scheuchen die Hühner vor uns auf, dass sie durch die Gegend wirbeln wie die Blütenblätter einer Königinblume, die ein Sommerregen vom Ast gefegt hat. Braun und rostfarben und weiß; das einzige Geräusch ist das Schlagen ihrer Flügel. China mischt sich ein, fängt an zu bellen.

Ein Stück vom Pit entfernt recken sich die Kiefern himmelwärts. Ihre grün benadelten Kronen stehen vollkommen still. Ab und zu zittern sie in dem leichten Wind, der durch sie hindurchfährt. Sie scheinen zu etwas zu nicken, das ich nicht hören kann, und ich frage mich, ob es wohl das Summen von José ist, der draußen über dem Golf vor sich hin singt. Der Wind erreicht uns hier unten nicht. Hier unten ist die Luft dick und heiß. Die Bäume stehen so dicht, dass es nur wenig Unterholz gibt und die Büsche um die lichten Stellen auf dem harten, schattigen Boden kämpfen. Wie gestern sind Vögel da, aber diese sind klein und braun, so klein, dass sie in meine Handfläche passen würden, oder in den Schlund von Chinas Maul. Sie folgen uns. Während wir auf einem unsichtbaren Pfad durch den Wald laufen, fliegen die winzigen Vögel von Baum zu Baum, zwitschern einander in schneidendem Ton zu, halten mit uns Schritt. In der dicken Luft stehen die Eichen ein Stück von den Kieferngruppen entfernt: heiter und unbeweglich. Dschungelmoos hängt an ihren Ästen, grau wie der Bart eines alten Königs. Skeetah greift nach meiner Hand, und ich wäre fast zur Seite gesprungen vor Schreck, so überrascht war ich, seine Hand an meiner zu spüren, die harten Finger, die kleinen Schwielen von Chinas Leine jetzt trocken und kratzig wie altes Brot. Er zieht, und wir rennen durch einen Korridor aus Kiefern, Eichen, Birken, Vögeln. Ich kann nicht anders. Ich lehne mich zurück und lasse mich lachend ziehen.

Wir finden einen Rhythmus. Mein Gesicht ist heiß, die Haut spannt und die Luft, die in meine Nase strömt, fühlt sich an wie Wasser. Ich schwimme durch die Luft. Mein Körper tut das, wofür er geschaffen ist: Er bewegt sich. Skeetah kann mich nicht hinter sich lassen. Ich bin ihm ebenbürtig. Skeetah sprintet ein bisschen schneller, und als mein Arm trotzdem locker bleibt, weil ich noch an seiner Seite bin, schaut er sich zu mir um und lächelt breit. Da, Silber. Er hat eine Rasierklinge im Mund. Ist Medea so mit ihrem Bruder gerannt, Hand in Hand, weg von der Feste ihres Vaters, um zu den Argonauten zu stoßen? Fühlte sich jeder Schritt so an wie der hüpfende Lauf eines Vogels, der gleich losfliegt? Als wir den Rand der Lichtung erreichen, lässt er meine Hand los. Ich sinke auf die Knie, beuge mich vor und vergrabe mein Gesicht in dem Nadelteppich; ich atme den getrockneten Saft des Laubs ein und spüre, wie mir überall der Schweiß herunterrinnt. Ich muss pinkeln; ich fühle eine nasse Schwere, die mich an das Baby denken lässt. Ich suche mir einen Busch. Als ich zurückkomme, hat Skeetah sein T-Shirt in der Hand und lässt die Rasierklinge auf seinen narbigen Fingerknöcheln tanzen. Er wischt sich den blassen Kopf ab, trocknet den stechenden Schweiß. Ich will meinen Bauch nicht entblößen, deshalb wische ich mir nicht mit dem Saum meines schweren T-Shirts das Gesicht ab. Hinter dem Stacheldraht und den dösenden Kühen stehen das Haus und die Scheune. Aus der Entfernung wirken sie klein. Das Haus muss im Laufe der Jahre erweitert worden sein, denn es ist unsymmetrisch: An einem Ende ist ein angebauter Schuppen, und mit dem geneigten Dach der vorderen Veranda sieht es aus wie ein Boot mit Ruderern auf beiden Seiten. Wir sind da.

»Du musst Wache stehen.«

»Wo gehst du hin?«

»Ich will sehen, ob ich in die Scheune komme. Siehst du das kleine Fenster da an der Seite? Das direkt über dem Anhänger da vorn?«

»Jepp.«

»Ich wette, sie schließen die Fenster nicht mal ab.«

»Was willst du denn in einer Scheune?«

»Sie haben da drinnen Entwurmungsmittel für Kühe. Das weiß ich.«

»Du kannst deinen Hunden doch kein Kuhmittel geben.«

»Und ob ich das kann. Rico hat davon gesprochen, als sein Hund und China sich gepaart ham. Er meinte, das ist das beste Wurmmittel für Hunde. Ihnen wird'n bisschen schlecht, aber die Würmer sind danach hin. Alle machen das so.«

»Also willst du es klauen?«

»Ich darf nich noch mehr verliern.«

»Und wie soll ich dir Bescheid sagen, wenn einer kommt?«

»Siehst du die Gruppe von Baumstümpfen da drüben? Die drei dicht beieinander fast in der Mitte der Wiese?«

»Jepp.«

»Da legst du dich hin, und wenn die Weißen kommen, dann pfeifst du. Und dann bleibst du unten und rennst los in den Wald.«

»Und wenn sie dich erwischen?«

»Bleib nich stehn«, sagt er und schaut mir in die Augen, den Kopf leicht nach unten gebeugt wie ein Hund an der Leine, der einem anderen gegenübersteht und zieht, bereit zum Kampf. »Hörst du? Bleib nich stehn.«

Wir bahnen uns einen Weg um das Feld herum, umkreisen Haus und Scheune, kämpfen mit den zurückschnellenden Zweigen. Skeetah hat sein Hemd noch in der Hand, aber die Rasierklinge hat er im Mund. Er bewegt sich vorsichtig durch das Unterholz, faltet Zweige zusammen wie eine Hundeleine, hält sie ganz leicht, damit sie nicht brechen, und lässt sie dann mit zwei Fingern wieder los. Er hält sie für mich fest, aber trotzdem erwischt er mich mit mehreren, und die Zweige fühlen sich wie zurückschnellende Gummibänder an, wenn sie mich am Arm oder an der Stirn treffen. Ich stoße einen Laut aus.

»Sorry«, sagt er und schaut sich kurz um.

Ich zucke die Achseln, obwohl er das nicht sehen kann, weil er in Richtung Haus späht. Wir gehen langsam auf die Hausseite der Weide zu. Skeetah hält Ausschau nach Autos, nach Bewegung. Im Schatten des Hauses, auf der von der Scheune abgewandten Seite liegt ein junger Hund. Eine Promenadenmischung. Skeetah hält inne, lässt sich auf die Knie fallen. Er zieht sein T-Shirt an, leckt an einem Finger und hält ihn hoch. Sein Kopf ist zur Seite geneigt, ein Ohr nach oben, als lausche er den Bäumen, den Insekten, deren Summen an- und abschwillt. Ich zucke wieder die Achseln, diesmal mit erhobenen Händen.

»Was machst du da?«, flüstere ich.

»Ich checke, ob wir Gegenwind oder Rückenwind haben.«

»Okay, Krokodilfänger.« Ich dachte, er würde lachen, aber er grinst nicht mal. Er leckt zwei weitere Finger an und hält sie hoch. »Du weißt, dass er tot ist, stimmt's?«

»Sei still, Esch.« Skeetah ist ganz ruhig, wischt sich die Hände an seiner Hose ab. »Das muss der Hund sein, den wir beim ersten Mal gehört haben.«

Er leckt an seinem Finger und hält ihn wieder hoch, lässt ihn aber bald sinken. »Schwer zu sagen.«

Wir stehen mitten in einem Brombeergebüsch. Die Stacheldrahtranken legen sich um meine Knöchel, befingern ein Schienbein, ziehen mir kurz gesagt blutige Kratzer in die Haut, lang und tief, wie von einer Kinderhand. Ich kicke ein Knie in die Luft, will mich entziehen, verfange mich aber nur in weiteren Ranken, zuerst mit der Wade, dann mit dem Zeh.

»Halt still.« Skeetah packt die Ranken, wie er die Zweige gepackt hat, und zieht. »Die können nämlich Blut riechen.«

»Nicht von so weit weg, Skeet.«

»Bitte, dann glaub mir eben nicht.« Die Ranken lösen sich. Skeetah macht noch einmal seinen Finger nass, aber diesmal wischt er damit die kleinen Blutstropfen weg, die sich auf meinen Beinen versammelt haben wie Sommermücken. Er tupft sie nach und nach ab, leckt sich die Finger, wischt weiter. Er hat dabei den gleichen geduldigen Gesichtsausdruck wie Mama, wenn sie uns in der Öffentlichkeit verschmiert entdeckte, mit Brausepulver um den Mund oder Krümeln auf den Wangen. Sie machte uns sauber wie Katzenkinder. Er beugt sich vor, um die Ränder meiner Socken abzuwischen, und sein kahler Kopf glänzt von Schweiß. Er hebt mein Bein hoch, und ich lege eine Hand auf seinen Kopf, um das Gleichgewicht nicht zu verlieren. Beim Berühren seiner rasierten Haut muss ich an Schuppen denken; sein Kopf ist so kühl wie eine Pfütze, die im Schatten eines Baumes an den Rändern ganz dunkel und trocken geworden ist.

Wir schlängeln uns durch den Wald, während wir am Haus nach Bewegungen spähen. Wir robben auf dem Bauch unter Büschen hindurch, die so wild wuchern, dass wir nicht durch ihr Gestrüpp kriechen können. Wir winden uns wie Würmer, greifen mit den Ellbogen nach Erde und Kiefernnadeln und ziehen uns vorwärts. Skeetah hält oft inne, sodass Nadeln und Zweige von seinem glatten Kopf rutschen und wie Festtagslametta an seinen Schultern hängen bleiben, und lauscht. Ich halte auch inne, gebe mir die größte Mühe, ganz still zu sein und die Bedrohung zu hören, aber das Blut rauscht so laut in meinen Ohren, dass ich nichts weiter hören kann als das und meinen zischenden Atem. Skeetah kriecht durch eine Baumgruppe, und wir robben weiter. Der Sand an unseren Armen wird zu Schlamm und bildet Streifen. Sonnenstrahlen stechen durch die Baumkronen, die ein, zwei Mal etwas murmeln und dann still sind. Nichts und niemand außer uns kriecht durch das Unterholz. Ein Kaninchen sitzt da und beobachtet uns, als wir halb um das Feld und das schweigende Haus herum sind. Es bewegt die Ohren, starrt uns von der Seite an, ein großes schwarzes Auge wie eine feuchte Murmel im Gesicht, weit aufgerissen und glasig, als würde es etwas Übernatürliches betrachten. Wir gehen weiter, und das Kaninchen rührt sich nicht vom Fleck, selbst nachdem wir es dort auf der kleinen Lichtung zurücklassen, um zur Straße zu gelangen.

Der Pfad zur Straße ist weniger überwuchert. Hier sind die Bäume fast alle von der Sorte, die im Winter ihre Blätter verliert, aber jetzt im Sommer sind sie voll und grün. Sie rauschen im Wind, als würden sie applaudieren, wenn wir vorbeigehen. Die Straße ist schmal, und soweit ich anhand des Hauses sehen kann, liegen erst ungefähr drei Viertel des Feldes zwischen uns und dem Punkt, an dem wir losgegangen sind. Eine Linie aus Austernschalen verläuft in der Mitte der Straße, aber der Rest ist mit kleinen Steinen gepflastert, die aussehen, als stammten sie aus dem Fluss. An den Straßenrändern sind kleine Sandhügel, und Skeetah und ich knien uns neben sie, während er die Augen zusammenkneift und die Auffahrt hinunterspäht, die rechte Hand erhoben. *Warte*, sagen seine filigranen Knöchel.

Insekten sirren und reagieren auf uns. Hitze. Ein Stück weiter unten in der Auffahrt schläft eine Schlange. Skeetah winkt mich vorwärts, und wir rennen über die Straße. Unsere Füße huschen so leicht über die Steine wie hüpfende Kiesel.

Die Auffahrt ist endlos, verflüchtigt sich in der Ferne, wo die

Bäume auf beiden Seiten sich in der Mitte treffen. Ein Jahr lang hatten wir großes Pech, weil die Schule in St. Catherine die Schulbusstrecke geändert hatte, sodass wir schon um halb sieben Uhr morgens abgeholt wurden und eine Stunde lang herumfuhren, aus dem schwarzen Bois, das wir kannten, hinaus und hinein in das weiße Bois, das wir nicht kannten und das sich bis weit ins Land erstreckte; wir fuhren an Kirchen und kleinen Läden vorbei, die Zigaretten und Pommes, Chips und kalte Getränke in Glasflaschen verkauften, und lose Bonbons, die Art von Läden, die eine Zapfsäule vor der Tür stehen haben, von der die Aufschrift abgekratzt ist. Randall schlief immer mit dem Kopf an der Scheibe, Skeetah machte Hausaufgaben, und ich betrachtete die vielen anderen Häuser auf anderen einsamen Feldern; die Wohnmobile, die langen, niedrigen Ziegelbauten, die kleinen Holzhütten, die zusammengezimmert aussahen und nicht mehr als zwei Räume haben konnten. Und alle Kinder, die wir einsammelten, waren weiß: breitschultrige, dicke Jungs mit drahtigen Haaren auf der Oberlippe und kleine Mädchen mit roten Wangen und wasserblauen Augen, deren Gesichter ganz rau geschrubbt waren. Ich frage mich, ob sie wohl auch ihre Skeetahs und Eschs haben, die an den Rändern ihrer Wiesen herumkrabbeln wie die Ameisen unter den Dielen, die im Gänsemarsch zu dem Zucker laufen, der offen im Schrank steht.

Das Haus ist aus allen Blickwinkeln reizlos: Das Weiß ist von der Sonne vergilbt, und alle Fenster sind mit weißen Vorhängen verschlossen. Es ist ein blindes Haus mit geschlossenen Augen. Auf der Vorderseite hat es eine erhöhte Betonterrasse mit ein paar hellblau gestrichenen Schaukelstühlen darauf, in dem hellen Blauton, den ich bei den Eidechsen gesehen habe, die bei uns in den Mauerritzen leben. Die Scheune ist ungestrichen und hoch, die Türen sind zu. Das Holz ist alt und dunkel, wie das Holz, das Papa Joseph verwendet hat, um Mother Lizbeths Haus zu bauen.

Es sieht ganz ähnlich aus, so als wären alle Wände so alt, dass sie sich jeden Moment an den Kanten voneinander lösen könnten.

»Schsch«, haucht Skeetah, und ich weiß nicht, ob er mir bedeuten will, still zu sein, oder ob er meinen Namen ruft. Aber er steht reglos da, deshalb bleibe ich hinter ihm stehen. Er zeigt auf etwas. Da, in der Mulde, von der aus wir das Haus und die Scheune zum ersten Mal gesehen haben, zwischen den Bäumen in der Mulde, durch die man zum Pit gelangt – da ist jemand.

Skeetah bewegt sich mit gekrümmtem Rücken, die Finger immer auf dem Boden, während wir von Schatten zu Schatten flitzen. Wir umarmen die Bäume. Erst als wir auf der Seite liegen und über einen roten Erdhügel linsen, sehe ich Sachen, die mir bekannt vorkommen, wie das gummibandartige Schlackern eines Arms, ein vorsichtiges Schaukeln von Gliedern. Randall und Big Henry. Und dann ein Pfeifen. Junior.

»Wem sein Haus ist das denn?«

»Das von weißen Leuten, Junior«, antwortet Randall.

»Bist du sicher, dass sie hierhergelaufen sind?«, fragt Big Henry.

»Als ich und Junior über den Graben in den Hof gesprungen sind, haben wir sie in diese Richtung rennen sehen. Schnell.«

»Woher willst du wissen, dass sie hierher wollten?«

»Weiß ich nicht«, sagte Randall leise. »Aber sonst is hier hinten nichts, und zum Jagen sind sie nicht genug. Wenn wir sie finden, wollen sie bestimmt mitspielen.«

»Ich will mal da hin und die Kühe angucken«, sagt Junior und springt immer wieder hoch, um auf Randalls Augenhöhe zu kommen. Er schafft es bis zu seiner Brust. »Bitte.«

»Nein«, sagt Randall. »Du kannst sie von hier aus angucken.«

Ich stemme mich am Hügel hoch und will hingehen. Skeetah packt mich am Arm und hält mich mitten im Aufstehen zurück; es tut fast weh, wie er an meiner Schulter zerrt. Er schüttelt den

Kopf, und ich verstehe nicht, was in seinem Gesicht geschrieben steht. Er zeigt auf den Boden, versucht, mich wieder neben sich zu ziehen, damit ich ihnen nicht verrate, wo wir sind und was wir vorhaben.

»Sie können uns helfen«, flüstere ich. »Mehr Augen.«

Er hält immer noch mein Handgelenk fest, zieht es dicht zu sich heran, als wäre es ein Seil, als könne er mich bei Fuß kommandieren. Ich entwinde ihm meine Hand, und sie entgleitet ihm wie ein nasser Fisch.

»Doch«, sage ich und gehe los. Ihm bleibt nichts anderes übrig, als mir zu folgen, daher schaue ich mich nicht einmal um. Ich höre ein Rascheln und das nasse Knacken der Kiefernnadeln, und da weiß ich, dass er hinterherkommt.

Randall, der alle Antennen ausgefahren hat, um zu hören, was andere nicht hören, und zu sehen, was andere nicht sehen, hört uns als erster.

»Dacht ich's mir doch, dass ihr hier seid.«

»Jepp«, sage ich.

»Wieso seid ihr so schnell gerannt?«, fragt Randall. Big Henry hat sich an einen Baum gelehnt, sodass er in der Luft sitzt und der Stamm seine Lehne ist.

»Weiß ich nicht«, sage ich.

Hinter mir spricht Skeetah.

»Ihr müsst Junior nach Hause bringen.«

»Wieso darf er nicht hier sein?«

»Ich muss was besorgen.« Skeetah verschränkt die Arme.

»Von wo?«, fragt Randall. Und dann schaut er Skeetah an, und sein Kopf nickt, und sein Mund geht auf, und er sieht aus wie ein Fisch, der nach Luft schnappt. »Oh«, sagt er und schweigt dann.

»Was?«, fragt Big Henry.

Skeetah holt einmal tief Luft und zieht die Arme fester vor der Brust zusammen.

»Für die Hunde«, sage ich, weil Skeetah nichts sagen will.

»Nein«, sagt Randall.

Skeetah schaut ihn bloß an, seine Muskeln in den verschränkten Armen treten hervor wie Seile.

»Man weiß nie, was die Weißen da oben im Haus haben. Vielleicht haben sie ein Gewehr«, sagt Big Henry.

»Wir wolln gar nich ins Haus«, sage ich. »Wir wolln in die Scheune.«

»*Wir* gehn in gar keine Scheune.« Skeetah spricht mit verkniffenen Lippen. »*Ich* geh in die Scheune, und du stehst Wache, wie ich gesagt hab.«

»Keiner geht hier irgendwo hin.« Randall spreizt seine langen, dünnen Finger, schüttelt den Kopf, packt Junior, der neben ihm steht und zuguckt, am Arm. »Ihr kommt alle mit mir nach Haus.«

»O Scheiße«, sagt Big Henry leise.

»Wir gehn nirgends hin.« Skeetah löst seine Arme, und sie schwingen federnd neben seinem Körper auf und ab; seine Stimme ist laut, und er ähnelt diesen kleinen Böllern, die wir am vierten Juli immer haben, die nach allen Seiten Funken sprühen und in zackigen Linien über den harten Sand im Hof hüpfen. »Erstens sind ich und Esch fast eine Stunde lang um das ganze Feld gelaufen und haben das Haus beobachtet, verdammt noch mal. Keiner da, und bloß ein Welpe hinter dem Haus, da bei der Auffahrt. Und ich weiß, was ich brauch, und ich weiß, wo es is. Und es is auch nich so, dass ihr nix davon hättet. Wenn meine Hunde überleben, kann ich achthundert Dollar mit ihnen verdienen. *Achthundert Dollar*. Wisst ihr, was wir alles mit achthundert Dollar machen können? Du brauchst nicht bei Daddy um das restliche Geld fürs Basketball-Camp übernächste Woche zu betteln, und du brauchst dir kein Stress machen, in der Sommersaison gut genug zu spielen, um eins von den Stipendien dafür zu kriegen. Ich weiß, dass du hinwillst, und du weißt genauso gut, dass Daddy so viel Geld nich hat.« Skeetahs Stimme verpufft, er lässt die Hände hängen. Jetzt verbreitet er nur noch bitteren, schwefelsauren Rauch. »Du bist hier nich der Vater«, murmelt er.

»Das ist doch dämlich«, sagt Big Henry.

»Ich bin der Schnellste«, sagt Junior und zerrt an Randalls Arm.

»Halt die Klappe, Junior«, sage ich.

Randall zieht Junior zu sich heran und legt eine Hand auf seinen Kopf, genau wie ich meine Hand auf Skeets Kopf gelegt habe, als er mir das Blut abgetupft hat. Junior beruhigt sich, wendet sich uns zu, und Randalls Arm liegt wie ein Schal um seinen Hals. Junior lächelt immer noch; er glaubt noch, dass er mit uns losrennen wird.

»Du wirst nirgends hinrennen, Junior.« Junior zieht ein Gesicht. Randalls Arme umfangen seine Brust. Randall schaut auf Juniors Kopf hinunter und wischt ihm ein bisschen Moos aus dem Haar. »Das würdest du für mich tun?« Randall spricht mit Juniors Kopf, und zuerst weiß ich nicht, mit wem er redet, aber dann fällt mir Skeet ein, der jetzt neben mir nickt. Mit jedem Nicken tropft ungehindert Schweiß von seinem Kopf, vorbei an seiner großen Nase und der flaumigen Oberlippe, um dann wie ein schwacher sommerlicher Nieselregen von seinem Kinn zu perlen.

»Ja«, sagt Skeetah, immer noch nickend. »Ja.«

Skeetah schildert den Plan. Deshalb kann er mit Hunden so gut, mit China, glaube ich, weil er aus vergammelten Brettern einen Zwinger bauen, ein Eichhörnchen grillen oder aus abgerissenen Fliesen einen Fußboden machen kann.

»Du bist zu dick, um da draußen aufs Feld zu gehen.«

»Hatte ich sowieso nich vor«, sagt Big Henry. Skeetah zuckt die Achseln.

»Dann bleibst du mit Junior hier im Wald. Still, Junior. Das ist ernst. Schon mal von Hänsel und Gretel gehört? Tja, denen gehört das Haus da, und die wollen dich fett machen wie ein kleines Schweinchen und dich dann essen. Also halt den Mund und bleib mit Big Henry hier im Wald. Und wenn du dich wegschleichst wie letzte Nacht – still, Junior, ich hab dich gesehn –, dann krieg ich dich und schlag dich windelweich. Falls die Weißen dich nicht vorher aufessen.«

»Soll ich dir helfen, in die Scheune zu kommen?«, fragt Randall.

»Nein, ich brauch keine Hilfe. Außerdem bist du zu groß. Du bleibst am Rand der Wiese, gleich hinterm Zaun, und behältst das ganze Feld im Auge. Wenn du was siehst, pfeifst du.«

»Was ist mit Esch?«, fragt Randall.

»Esch geht in die Mitte der Wiese, legt sich da hinten bei den Stümpfen hin: Sie hat nen besseren Blick auf die Auffahrt als du, weil sie näher dran is. Wenn sie was sieht, pfeift sie. Und zwar laut, Esch. Keine Babypfiffe.«

»Ich konnte schon vor dir auf drei Fingern pfeifen, Skeet«, sage ich.

»Ich weiß«, sagt er. Er schaut dabei zu mir rüber, und er und ich wissen beide, dass er die Wahrheit sagt. »Na schön. Sind alle bereit.« Er sagt es so wie eine Feststellung, nicht wie eine Frage. Skeetah gibt uns keine Gelegenheit, nicht bereit zu sein. »Okay. Sobald ihr mich aus dem Fenster kommen seht, will ich, dass ihr alle losrennt. Dreht euch nicht um. Rennt einfach weg.«

Eine Linie führt durch uns alle hindurch. Sie zieht sich quer über das Feld, von einem zum anderen; Skeetah, der gebückt auf das Scheunenfenster zurennt, sein Rücken ein schwarzer Ball. Ich auf einem kleinen Hügel, Grasbüschel ungleichmäßig um mich herum verteilt, wie eine Schlange hinter den Baumstümpfen auf der Lauer liegend. Randall hinter mir im Wald, geduckt hinter einem breiten, niedrigen Gebüsch, dessen Blätter die Größe meiner Fingernägel haben. Und Big Henry und Junior noch weiter entfernt hinter Randall. Als ich von ihnen wegging, wippte Big Henry auf seinen Füßen vor und zurück, und Junior hockte ein Stück weiter auf dem Boden, die Füße zu einem Y gespreizt, und stocherte mit einem Stock in den Kiefernnadeln herum, um sie zu Spitzdächern aufzustellen.

Die Kühe reißen büschelweise das Gras aus, sie fressen unaufhörlich, kauen und schlucken und rupfen. Die Reiher schlagen mit den Flügeln, gehen in kleinen Paaren über die Wiese. Einer verlässt seinen Partner, um zu mir herüberzuspazieren. Nach jedem Schritt pickt er, sodass sein Schnabel wie ein drittes Bein ist. Er führt ihn näher heran. Ich zische ihm zu, damit er stehen bleibt. Er ist weißer als die anderen Reiher. Seine Federn sind weich und flaumig, als wäre er noch jünger, erst kürzlich geboren; ein flauschiger, warmer Körper pulsiert unter den Daunen. Ich zische noch einmal, und er läuft weg, wird zum flatternden Kopfkissen. Die Kühe beachten Skeetah gar nicht, als er an ihnen vorbeirennt, es sei denn, er kommt ihrer Salatplatte zu nah – dann galoppieren sie ein paar Meter weiter und kommen wieder zur Ruhe. Skeetah kriecht unter dem Zaun durch auf die andere Seite und sprintet zu dem Fenster, das er mir gezeigt hat. Er ist ein hüpfender Schatten. Seine Hand geht zu seinem Gesicht und wieder weg, und daran erkenne ich, dass er wohl die Rasierklinge aus dem Mund genommen hat. Er springt hoch, zieht sich nach oben auf die Fensterbank und stützt sich dabei mit den Füßen an der Wand ab. Dann macht er sich am Fenster zu schaffen. Meine Unterarme fühlen sich gerötet und matschig an.

»Was macht er denn?« Ich will ihn zur Eile antreiben, steigere mich hinein. »Los, Skeet, mach schon.«

Er zieht und zerrt, aber das Fenster geht nicht auf. Er rutscht an der Wand nach unten und führt wieder die Hand zum Gesicht. Dann nimmt er den Saum seines T-Shirts, zieht es sich über den

Kopf, wickelt es um seinen Arm und springt wieder auf die Fensterbank. Während er sich mit einer Hand festhält, stößt er mit dem T-Shirt-bedeckten Ellbogen gegen die Scheibe. Sie kriegt einen Sprung. Er stößt noch einmal zu, und sie geht in Scherben. Skeetah besteht nur noch aus Unterarmen und Knien, abgeschnittenen Oberschenkeln und verdrehten Schultern, dann ist er so schwarz wie das dunkle Innere der Scheune, und dann ist er verschwunden.

»Gott sei dank«, flüstere ich dem Reiher zu, der sich weigert, wegzugehen und neben meinem Fuß verdächtig im Kreis herumpickt.

Soweit ich sehen kann, ist die Straße frei. Die Bäume bewegen sich und wirken von ferne wie ein glänzender, grüner Vorhang, in dessen Mitte die Straße sich zu einem dunkelgrünen Samtstreifen verjüngt. Ich starre darauf, versuche, etwas zu erkennen, fahre mit der Zunge immer wieder über meine Lippen, rolle meine Zunge ein, um bereit zu sein. Mein Arm fühlt sich an, als sterbe er ab, deshalb rolle ich mich auf die Seite und schaue weiter auf die Straße. Ist da etwas Blaues, blitzt dort Metall auf wie ein verglühender Stern? Aber es ist nichts. Ich zische dem Vogel noch einmal zu, frage mich, warum Manny nicht vorbeigekommen ist, frage mich, ob er je wiederkommen wird, ob er beim nächsten Mal mehr von mir will. Ob ich ihn noch mal dazu bringen kann, mir in die Augen zu schauen. Nicht von mir fortzugehen.

Der Schmerz kommt plötzlich, scharf. Er schießt mir in die Hüften, und ich presse die Beine zusammen und frage mich, warum meine Blase sich wie ein vollgesogener Schwamm anfühlt. Ich kann nichts dagegen tun. Ich muss pinkeln. Schon wieder.

»Scheiße, Skeet«, sage ich zur Seitenwand der Scheune, zu der leeren, schimmernden Straße. Ich werde es anhalten. Noch ein Schmerzstoß; ich wackele im Gras mit den Hüften und kneife die Beine zusammen. Manchmal hilft es, wenn ich so wackele und presse. Der Druck lässt nach. Es klappt für die Dauer eines Kopfschüttelns, eines Nickens zur immer noch leeren Straße hin, dann ist er wieder da. Unerträglich, eine Kaulquappe, die bis an die Grenzen ihres Eis gewachsen ist. Druck. Ich kann es anhalten. Kann ich nicht.

Ich stehe auf, schaue mich nach hinten um, wo Randall, wie ich weiß, im Gebüsch kauert. Vielleicht kann ich meine Unterhose und meine Shorts zur Seite halten und so pinkeln. Ich ziehe an dem Gummiband im Schritt, aber es ist zu eng. Ich kann nicht gleichzeitig zur Straße schauen und pinkeln. Das ist unmöglich. Randall und Big Henry, und weiter hinten Junior, würden mich sehen. Ich komme damit klar, dass sie eine entblößte Schulter sehen, ein Bein, sogar eine Brustwarze, aber ich kann mich nicht hier auf der Wiese ausziehen, ihnen meinen Po entgegenstrecken und pinkeln. Es dauert ja nur einen Augenblick, sage ich mir. Mit dem Gesicht zu Junior, Randall und Big Henry im Wald gehe ich in die Hocke, bringe meinen Po so nah an den Boden wie möglich und ziehe mir die Shorts zentimeterweise herunter, bis ich die Luft an der Haut spüre. Ich drücke die Pisse mit aller Kraft hinaus, und sie trifft das Gras so stark wie ein Wasserstrahl aus einem Gartenschlauch. Sie plättet das Gras. Das Baby und die Pisse sind ein und dasselbe. Sie sind da, auch wenn ich nicht an sie denke, wenn ich sie so gut vergesse, dass ich glaube, sie könnten weg sein. Ich versuche, meine Hose zentimeterweise wieder hochzuziehen, aber sie steckt fest, und ich versuche, nicht auf das nass gepinkelte Gras zu treten, als ich es höre, und ich wünschte, ich hätte es nicht gehört. Randalls Pfeifen, schrill und durchdringend, kurz. Ich ziehe meine Shorts mit einem Ruck ganz nach oben, falle nach vorn auf die Hände, schaue mich um und sehe einen silbernen Kühlergrill und eine dunkelblaue Fläche, die größer wird und allmählich die Auffahrt ausfüllt.

Sie sind zurück, zuckt es mir wie eine Fledermaus durch den

Kopf, aber ich stecke mir die Finger in den Mund und puste und puste, pfeife immer wieder, bis ich Randall rufen höre: »Esch!«

Skeetahs Arm ist das Erste, was die Fensteröffnung durchsticht. Der Lieferwagen kommt die Auffahrt hoch und fährt halb ums Haus herum, und ich krieche auf allen vieren rückwärts. Die Kühe traben nervös von mir weg, werden von den Vögeln noch weiter getrieben, mein Reiherfreund stößt neben mir quiekende Laute aus, während er wegläuft, und dann geht die Tür des Lieferwagens auf, und ich stelle mich auf die Füße, bleibe tief gebückt und bewege mich weiter rückwärts. Auf der Ladefläche des Wagens ist ein Hund, der springt auf und ab wie ein Reh, bellt, um die Aufmerksamkeit auf sich zu lenken, bellt und bellt mit seinem langen scheckigen Fell in der Farbe des dunkel bewölkten Himmels über mir, hat den dunklen Kopf mir hier auf der Wiese zugewandt, weist mit der Nase in unsere Richtung.

Der weiße Mann steigt als Erster aus dem Wagen. Er knallt die Tür hinter sich zu, gestikuliert mit den Händen zu dem Hund, als würde er nachts am Strand im flachen Wasser ein Fischernetz auswerfen, um Barsche zu fangen. Irgendjemand hat meine Füße mit Stacheldraht zusammengebunden: Ich kann nicht rennen. Skeetahs Oberkörper hängt aus dem Fenster, als der Hund vom Wagen springt, erst knurrend, dann bellend wie ein Spaten, den man über Asphalt schleift, der in Pflastersteine übergeht. Skeetah fällt mit dem Gesicht zuerst, landet auf Unterarmen und Kopf, rollt sich ein und steht auf. Seine Füße schlagen nach hinten aus, und er rennt los, während der Mann zur anderen Seite der Scheune hinüberschaut, die er nicht sehen kann, dem Hund folgt, der um die Scheune herumjagt und aussieht wie ein in Regen gehüllter Sturm. Skeetah rennt mit einem Arm über dem Kopf, schwenkt ihn vor und zurück, als wolle er mit der Handfläche die Luft schlagen, und mir wird klar, dass er will, dass ich weglaufe, und ich drehe mich um und sprinte los, während der

Mann hinter uns schreit: »He! He! Was macht ihr da auf meiner Wiese? He!« Und während er zu alt ist, Haare in der Farbe seines Hundes hat, seine Arme zu kurz und sein Bauch zu dick sind und sein Gesicht schon vom Versuch zu rennen gerötet, sodass er es in der Mitte der Wiese aufgegeben hat, ist sein Hund ein explodierender, federnder Feuerball. Skeetah holt mich ein, keucht: »Lauf«, also höre ich auf, den Mann anzuschauen, und die Frau, die jetzt aus dem Wagen raus ist, die Hände in die pink gekleideten Hüften stemmt, mit knallrotem Haar, und den Mann, der über die Wiese auf uns zukommt, die rechte Hand schwenkend, als habe er einen Stock, humpelnd. Ich laufe los. Der Hund bellt aufgeregt, wenige Meter von uns entfernt.

»He!«, ruft der Mann dem Hund zu. Das Letzte, was ich von ihm sehe, ist, wie er sich zum Haus umwendet, immer noch ohne Stock gestikulierend. Der Wald öffnet sich und verschluckt uns. Big Henry und Junior sind weg, ebenso wie Randall, der wie die Anmut in Person vorneweg stürmt, mit gesenktem Kopf und wirbelnden Beinen, die wie schwarze Flatterbänder im Wind aussehen. Das Bellen des Hundes bleibt hinten in der Kehle stecken und schrappt auf dem Weg nach draußen an seinen Zähnen entlang. Mein Herz quillt über, meine Arme und Beine kribbeln. Ich spüre das Gewicht der Pisse in meiner Mitte. Ich werde sie wegrennen.

»He!« Wir hören den Mann erneut schreien, seine Stimme gedämpft durch die Decke des Waldes. Dann Gewehrschüsse. »Twist!«, ruft er. »Twist!« Seine Stimme wird von den Fäden geschluckt. Meine Füße treffen auf, fassen Erde und stoßen sich ab. Skeetah rennt neben mir, auf seine übliche komische Art, die Hände wie Schwertklingen durch die Luft ziehend. Bei jedem Bellen des Hundes kommt es mir so vor, als würden seine Zähne über meinen Nacken kratzen. Meine Haut ist straff gespannt vor Angst.

»Komm schon«, sagt Skeet und überholt mich, lässt mich hinter sich. Ich strecke meine Beine aus und schiebe die Hacken vor, um vorwärts zu kommen. Der Hund knurrt hinter mir. Weiter vorne schlüpft Big Henry zwischen den Kiefern hindurch: Junior klammert sich an seinen massigen Körper, den Kopf nach hinten zu uns gewandt. Sein Gesicht ist reglos, abgesehen von dem Auf und Ab des Rennens, durch das sein Unterkiefer bei jedem von Big Henrys Schritten nach unten klappt. Ich dachte, er würde weinen oder schreien, aber das tut er nicht. Er versteht diese verzweifelte Flucht vor diesem fürchterlichen Hund. Big Henry trampelt jetzt mit den Füßen, rennt ausnahmsweise mit schweren Schritten, als er wie ein aufgeschreckter Bär durch niedriges Gebüsch prescht. Randall weicht den Bäumen aus wie ein Point Guard beim Basketball. Der Hund schnappt, und ich schwöre, ich spüre seine Spucke an meinen Beinen, und dann sehe ich, dass Skeetah einen Ast aufgehoben hat und ihn wie einen Baseballschläger in der Hand hält, ihn dann aber nach hinten schwingt wie einen Golfschläger.

»Noch schneller«, stammelt Skeet urplötzlich. Ich weiß, das bin ich, scheiß auf das Geheimnis in meinem Bauch. Ich strecke mich bis in die Zehen, die Riste, die Fersen, die Sehnen, die Waden, schmiere meine Knie, öffne die Gelenke, wo meine Oberschenkel auf die Hüften treffen. Das ist die andere Sache, die ich gut kann. *Rennen.*

»Halb da!«, ruft Skeet, als wir durch eine Kathedrale aus Eichen kommen und den staubigen Kirchenraum in ihrer Mitte in eine Staubwolke hüllen. Der Hund kläfft bei jedem Sprung. Ist immer noch da. Ich hatte erwartet, dass er das Interesse verlieren, sich abwenden würde, aber das tut er nicht, er ist so unaufhaltsam wie lauernder Donner.

»Hol!«, ruft Skeetah und schwenkt dem Hund erneut den Stock entgegen. Ich bin jetzt auf gleicher Höhe mit ihm, aber wir dürfen noch nicht nachlassen. Wir kommen zu einem Hügel, wo keine Kiefern stehen, der aber rutschig von Kiefernnadeln ist; unten rappelt sich Big Henry gerade wieder auf, stützt sich mit einem Arm am Boden ab und umklammert mit dem anderen angestrengt Junior, der trotz des Sturzes nicht losgelassen hat.

»Weiter!«, schreie ich. Randall nimmt Big Henry Junior ab, der immer noch keinen Laut von sich gibt, und jetzt sind wir eine Bande, Randall unser Anführer, der uns durch die breitesten Lücken zwischen den Kiefern steuert, über die niedrigsten Büsche, um die standhaftesten Eichen herum. Die Sägepalmen klatschen wie Peitschenhiebe an unsere Schienbeine. Das Gebell des Hundes wird schriller: *Erfolg*, sagt es. Die Grube ist unterhalb von uns, und wir laufen nah am Rand entlang, sprinten immer schneller auf das Haus zu, auf eine zugeknallte Hintertür, ein Autodach, den Ausweg. Der Wald zwischen der Grube und unserem Haus und dem Schuppen zieht mit einem Seufzer vorbei, und dann sind wir hinten auf dem Grundstück, und Skeetah schleudert den Ast von sich. Der Hund kommt schliddernd zum Halt. Er bellt laut und freudig, ruft aufgeregt den rotgesichtigen Mann. *Hier sind sie, hier!*, sagt er.

China ist das Schschsch!, der Finger, der mahnend an die Lippen gelegt wird. Sie ist auf ihm, ein weißes Etwas auf Grau, Schnee auf einer dunklen Wolke, beißende Kälte. Unerbittlich. Sie ist ein einziger Riesenzahn. Twists Knurren trifft auf ihrs, aber schon windet er sich, rollt sich zusammen, heult. Randall rennt mit Junior, der immer noch mit offenem Mund nach hinten starrt, zur obersten Stufe der Treppe, ich bin am Fuß der Stufen stehen geblieben, Big Henry hockt auf dem Dach seines Autos, um mit anzusehen, wie Skeetah taumelnd zum Stehen kommt, den Arm noch ausgestreckt, und sich umdreht, um zuzuschauen. Twist heult wieder auf, diesmal mit einer Spur von Verzweiflung. China packt ihn und krümmt ihren Rücken, beißt sich fest, während ihr ganzer Körper gegen den anderen Hund prallt. Es sieht aus, als würde sie schon wieder gebären. Twists Heulen wird zu einem Jaulen. Sie hat ihn am Nacken gepackt. Skeetah lächelt.

»Skeet!«, brülle ich. Ich schlage ihm auf den Rücken, seine Muskeln zwischen den flachen Schulterblättern sind wie Porzellanteller. Er schaut mich verblüfft an, sein Lächeln ist ihm vor Schreck vergangen.

»Was denn?«

»Sie bringt ihn um.«

Er schaut wieder zu China, die sich zusammenzieht, ihr ganzer Körper ein Biss, und dem anderen Hund, der ruckend und blutend an ihr dran ist, ächzende Laute entlockt.

»Ruf sie zurück«, sage ich.

Skeetah steckt die Hände in die Taschen und befühlt das, was ich jetzt dort entdecke, etwas, das so groß ist wie geballte Fäuste. Das Wurmmittel.

»Er wird ihn brüllen hören und ihm hierher folgen«, sage ich über das Knurren und Jaulen hinweg. Twist dreht und windet sich wie ein Tornado.

»Stopp!«, bellt Skeetah und stürzt sich auf China. »China!« Er brüllt: »Warte!«, greift sich ihre Hinterbeine und zieht. Sie bewegt noch einmal ruckartig den Kopf, wutschnaubend, und lässt dann los, reißt den Kopf zurück, sodass das Blut glitzernd durch die Luft spritzt, ehe es tropfenweise auf den Sand niedergeht, ein leichter roter Schauer. Twist springt auf und rennt los, humpelnd wie sein Herrchen, in Richtung Grube und weiter; sein panisches Jaulen klingt wie eine Sirene, die in der Entfernung verebbt, einem anderen Notfall entgegenheult. Hinter ihm regnet es rot.

Der fünfte Tag
RETTE SICH, WER KANN

Körper erzählen Geschichten. Das wird mir klar, als ich am Morgen ins Badezimmer stürme, die Blase voll mit frühmorgendlichem Schwangerenurin, und Skeetah vor dem Spiegel stehen sehe. Er hat kein Hemd an. Mit zwei Fingern zieht er Schnittwunden auf seinem Bauch nach, so wie er nach einem Kampf Chinas Mund nach Rissen und fehlenden Zähnen absucht: ganz leicht und behutsam. So wie andere Leute einen Finger in ein Törtchen stecken, um die Creme zu kosten.

»Komm rein«, flüstert er und zieht sich ein Hemd über. Das Licht im Bad ist grau, weil die Sonne noch nicht aufgegangen ist. Wir schieben uns aneinander vorbei, und er wartet draußen neben der Tür, die ich nur angelehnt habe, während ich pinkle. Ich spüle, klappe den Klositz runter und setze mich; ich drücke mit den Händen gegen meinen Bauch und spüre, wie er zurückdrückt. Hoffnungsvoll, aber zugleich in dem Bewusstsein, dass es nicht nur ein Traum war. Skeetah scharrt im Flur mit den Füßen, und als ihm klar wird, dass ich nicht gleich wieder gehe, kommt er zurück ins Bad. Ich hatte sein zerrissenes T-Shirt gesehen, nachdem Twist weggelaufen war, aber ich wusste nicht, wie schlimm er sich geschnitten hatte.

»Wann ist das passiert?«

»Als ich aus dem Fenster geklettert bin. Ich hatte es eilig.«

Ich ziehe den Bauch ein, und Übelkeit wallt in mir auf. Was soll ich ihm sagen?

»Tut mir leid«, sage ich. »Ich musste pinkeln.«

Er nimmt eine elastische Binde, so alt, dass sie schon ganz ausgeblichen ist, und zieht den Saum seines T-Shirts hinter seinen Kopf, sodass es seine Schultern umarmt wie ein Achselzucken. Er ist so dünn, dass es lose an ihm hängt.

»Ist schon gut«, sagt er.

Die Binde ist eine von Randalls; er hat sie vermutlich für sein Knie benutzt, das er so strapaziert hat, dass sein Trainer meinte, es müsse demnächst operiert werden. Die Schule bezahlt dafür, aber Randall verschiebt es immer wieder, weil er keine Spielzeit verlieren will. Nach den Spielen schwillt sein Knie immer an wie ein Luftballon.

»Ich hab sofort gepfiffen, als ich sie gesehen hab.«

»Ich weiß.« Skeetah hält die Bandage mit einer Hand fest und versucht, sie mit der anderen um seinen Oberkörper zu wickeln. Die Wunden sind grimmig; vier tiefe Furchen ziehen sich über seinen Bauch und seine Seite. Er schafft es nicht.

»Lass mich mal«, sage ich und nehme das eine Ende. Skeetah lässt es los. Die Farbe seines Kopfes gleicht inzwischen mehr dem Rest seines Körpers. Als ich gestern Abend einschlief, war er bei China im Schuppen, hat ihren Fußboden gelegt und sie neu eingerichtet. Der Zwinger besteht immer noch aus drei nicht ganz rechtwinklig zusammengezimmerten Holzplatten, die in der Erde stecken. »Hast du was draufgetan?«

»Hab nur geduscht.« Skeetah murmelt die Wörter in seinen Unterarm. »Dann hab ich ein bisschen Superoxyd drüber geschüttet, aus Chinas Flasche.« Das macht er auch immer bei ihr nach einem Kampf, er wäscht ihre Wunden mit einem Tuch aus, das er gewaschen, gebleicht und in Wasserstoffsuperoxyd getaucht hat. Sie lächelt dabei träge, wie eine Frau in einem neuen Festtagskleid am Nationalfeiertag, der man ein Kompliment macht.

»Is die sauber?« Die Bandage sieht schmutzig aus, verschlissen.

»Hab ich gestern Abend gewaschen und gebleicht«, sagt Skeetah seufzend. Ich wickele die Binde einmal rum und rechne damit, dass er unter der Berührung des Stoffes zusammenzuckt, aber das tut er nicht. Ausnahmsweise riecht er mal nicht nach Hund. Er riecht wie der ständige Wind, der die Flut in den Golf von Mexiko treibt, aber nicht die Flut am Strand. Die Flut in der Bay of Angels, die nach den frisch aus dem Schlamm gespülten Austern riecht. Daddy ist dort manchmal mit uns schwimmen gegangen, als wir kleiner waren, in einer kleinen Bucht. Das Wasser war dort trüber als im Fluss, und kälter, und der Boden war die reinste Austernschalenlandschaft. Wir gruben Austern aus und warfen sie nach draußen aufs Meer hinaus, weiter weg von der Bucht. Sumpfgras wiegte sich an den Rändern im Wind, und Kiefern beugten ihre Kronen über das Wasser. Pelikane glitten in Reihen vorbei. Daddy angelte auf einem halb versunkenen Steg, manchmal auch mit ein paar Freunden vom Rand eines der Stützpfeiler unter der Brücke aus, und meistens war am Ende seine Kühlbox mit Bier leer und er hatte ein oder zwei Umbern gefangen, die im eiskalten Wasser herumschnappten. Seine Freunde fingen fünfzehnpfündige Rotbarsche, die sie mit aller Kraft aus dem Wasser ziehen mussten. Am Abend rief Daddy uns laut, mehr betrunken als wütend, während die untergehende Sonne hinter uns über den Himmel zog wie ein Kreisel. Unsere Füße waren immer mit Schnitten übersät.

»Fester«, sagt Skeetah.

Mama kam ab und zu mit zum Schwimmen in die Bucht. Sie lief um Daddy und seine Freunde herum oder saß in einem ausgeleierten Gartenstuhl aus Aluminium und Plastik, den Daddy auf dem Pit gefunden hatte. Manchmal lachte sie über die Witze der Männer, aber sie trank kein Bier. Meistens saß sie einfach mit einer Angel zwischen den Beinen da. Sie war es, die das Haifischbaby gefangen hat; es hatte die gleiche Farbe wie das Wasser, war so lang wie ihr Arm und stark. Daddy wollte ihr die Angel aus der Hand nehmen, aber sie ließ ihn nicht. Seine Freunde lachten, versuchten auch, sie ihr abzunehmen, aber sie hielt sie mit beiden Händen fest und ging mit dem Hai an der Angel auf dem mit Austernschalen übersäten Sand auf und ab, durch das stehende Sumpfgras, unter der Brücke hindurch und wieder zurück. Sie lief, bis er müde wurde; ihre Arme waren dick und rund, stark unter dem Frauenfett. Sie trickste ihn aus bis zum Tod. Und als er aufgab, zog sie ihn an Land und stieß ein Lachen aus, das mit den aufstiebenden Pelikanen hoch in den Himmel und davon flog, ebenso windsicher und breit wie die Flügel der Vögel. Am Abend dünstete sie ihn in Butter, legte ihn vorher in Buttermilch ein, um das Wilde aus dem Fleisch herauszuziehen. Als wir ihn aßen, war er zart, schmeckte nach Meersalz und hatte keine Gräten.

»Bald fertig?« Skeetah beobachtet meine Hände. Ich frage mich, ob er die Wunden unter dem Verband schon sieht, ob er sich vorstellt, wie sie aussehen werden, wenn sie geheilt sind. Seine eigenen Kampfnarben.

»Ja«, sage ich.

Als Mama das letzte Mal mit uns zur Bucht kam, hat Daddy seine Leine nach hinten geschwungen, um sie auszuwerfen, und dabei mit dem Haken ihre Handfläche erwischt. Der Stachel sank tief in ihr Fleisch. Sie zog ihn heraus und spülte ihre Hand in dem Wasser ab, in dem wir schwammen. Ihr Bauch war dick von Junior. Die Wunde heilte krumm und schief, wurde ganz lila, und als Eiter herausfloss, musste sie in die Klinik fahren, um sich eine Salbe dafür zu holen. Immer wenn sie mich durch den Laden oder in der Öffentlichkeit durch eine Menschenmenge führte und mir dabei ihre Hand in den Nacken legte, spürte ich die Narbe und sah wieder die Pelikane vor mir. Von Nahem waren ihre Schnäbel dunkel gekerbt, wie die Seepocken an Schiffsrümpfen, in der gleichen Farbe wie Mamas Hand, und sie waren messerscharf. Sie mochten es nicht, wenn wir nah an sie heranschwammen. Ihre Hand war etwas Besonderes, ihr eigen, einzig. Mama.

»Du bist gestern langsam gelaufen.«

Ich halte den Verband fest am Körper. Skeetah nimmt eine rostige Sicherheitsnadel vom Waschbeckenrand und steckt ihn fest.

»Nur am Anfang«, sage ich.

»Wieso?«

»Weiß nicht.« Das Licht kriecht ins Badezimmer wie Nebel.

Skeetah zieht sich das Hemd wieder über den Kopf, schaut auf meinen Körper hinunter, meine Brust, meinen Bauch, meine Füße. Was weiß er? Ich trete von einem Fuß auf den anderen, kann mich kaum zurückhalten, die Arme zu verschränken.

»Vielleicht hast du zugenommen.«

»Soll das heißen, du findest mich fett?« Ich versuche, nicht zu weinen. Ich will, dass er es weiß, aber ich kann es ihm nicht sagen, weil ich es nicht aussprechen kann. Ich habe es noch nicht mal zu mir selbst gesagt, nicht laut. Nur im Kopf hin und her gewälzt, seit ich die zwei Striche gesehen habe.

»Nein«, sagt Skeet. »Wirst vielleicht nur erwachsen.« Das Licht im Bad ist dick; es durchflutet alles, nachdem er gegangen ist, den Geruch der Bucht mitgenommen hat, mich und einen Geruch nach Gebratenem zurückgelassen hat, der mich zwingt, das Wasser im Waschbecken laufen zu lassen und so leise wie möglich in die Kloschüssel zu kotzen.

Ich knie auf dem Waschbecken. Das Becken ist aus hartem Metall, und zwischen dem Rand und der Kunststoffablage ist ein Spalt. Der schneidet mir in die Knie. Ich will sehen, wie dick ich bin, feststellen, ob man es sieht. Das hier ist der einzige abgeschiedene Spiegel im Haus. Im Wohnzimmer hängt ein großer Spiegel mit falschem Goldrahmen, aber da kann ich es nicht machen. Ich muss mich sehen, wie Skeetah, Randall, Junior, Daddy und *Manny* mich sehen, muss hinter meine Hände sehen, die meine Augen ersetzen, Hände, die im Schlaf meinen Bauch umfangen, unter dem Rand meiner Shorts liegen, wenn ich aufwache.

Ich stecke den Saum meines T-Shirts in meinen BH. Meine Brüste sind voll, geschwollen und empfindlich, so wie sie vor meiner Periode oft sind. Aber noch kann ich sie in meinen BH hineinquetschen. Das flache Y meines Oberkörpers geht in meine Taille über. Dunkle Flecken auf dem Bauch, wie kleine schwarze Bohnen, alte Windpockennarben aus meiner Kindheit, als ich halb verrückt vor Schmerzen drei Tage lang auf dem Sofa lag. Ich, Randall und Skeetah hatten sie gleichzeitig, und Mama hat uns wohl jede Stunde mit Kamillenlotion eingerieben, aber es fühlte sich an wie ein endloser schwarzer Tag, ein Tag wie in Alaska mitten im Winter, und zwischendrin legte sie meinen Kopf in ihren Schoß, hob mein T-Shirt hoch und rieb Entspannung und Schlaf in meine Haut. Ich hatte sogar kleine brennende Knubbel auf der Zunge.

Ehe ich schwanger geworden bin, war mein Bauch fast flach, der Bauchnabel nach außen gestülpt, ein Outie, der aussah wie ein zugekniffenes Auge. Die Haut dunkel mit noch dunkleren Flecken. Jetzt wirke ich gar nicht mal dick, nur ein bisschen mehr als füllig. Das Auge ist einen Spalt weit geöffnet. Um den Bauchnabel herum ist eine Schicht Fleisch. Ich drehe mich zur Seite, die Füße auf den Waschbeckenrand gestützt, die Zehen in der Schüssel, mein Po auf den Fersen, die Knie nach unten gerichtet, und setze mich so gerade hin, wie es geht. Da ist es. Es ist keine Wassermelonenrundung. So groß ist es nicht. Es ist auch keine Cantaloupe-Rundung; so aufdringlich ist es nicht. Am nächsten kommt es noch der Kurve einer Honigmelone, lang und schlank. Ich drücke mit den Händen darauf, und es gibt nicht nach und bildet dichte Perlen wie Fett. Es drängt zurück, prall gefüllt und warm. Ich löse mein T-Shirt. Wir teilen uns die Klamotten, daher trage ich hauptsächlich Männer-T-Shirts, weite Jeans und Baumwollshorts. Sie sehen es nicht, aber es ist da. Vielleicht hat Skeetah es gesehen, als ich aus dem Wasser kam und mich angezogen habe. Ich weiß es nicht, aber ich werde ihm jetzt keine Gelegenheit geben, es noch einmal zu sehen. Ich werde es ihn nicht sehen lassen, bis keiner von uns sich mehr aussuchen kann, was zu sehen ist, was sich vermeiden lässt, was blind ist und was uns zu Stein werden lässt.

Die Stapel, die Daddy überall auf dem Grundstück als Vorbereitung auf den Hurrikan wie Vogelnester aufgeschichtet hat, wachsen heute nicht. Daddy liegt verborgen wie eine Schlange im Sand unter seinem Kipplaster, die Beine in dunkelblauen Hosen, deren Saum er in seine Arbeitsstiefel gesteckt hat, die mal braun waren, als Mama sie ihm vor Jahren zu Weihnachten geschenkt hat, inzwischen aber schwarz geworden sind. Junior sitzt neben Daddys Füßen und gräbt Löcher in den Sand. Er glättet die Erde drum herum, sodass es keine Spuren vom Graben gibt, nur Löcher.

»Gib mir mal den Schraubenschlüssel, Junge.«

Junior hört es nicht oder hat keine Lust, sich zu bewegen. Er streicht behutsam mit den Handflächen über den Sand, so wie er immer die streunenden Hunde gestreichelt hat, die auf dem Pit lebten, bevor Skeetah China mit nach Hause brachte. Sie waren alle gefleckt, hatten die Farbe von trockenen Stöcken, von Blättern, die in der Erde vermodern und dunkel werden, und sie folgten Junior über den ganzen Hof, leckten ihm das Gesicht, wenn er sich mit Randall gestritten hatte, weil er mal wieder nicht baden wollte oder weil er schon wieder einen Schultest nicht bestanden hatte. Sie brodelten um ihn herum wie ein vom Regen angeschwollener Bach, wenn er weinend hinaus auf den Hof und in den Wald lief. Sie kuschelten sich mit ihm zusammen unters

Haus. Aber China wohnt jetzt schon seit zwei Jahren bei uns, und die Hunde sind verschwunden. Ich weiß nicht mehr, ob sie sie getötet hat oder ob sie sich einer nach dem anderen des Nachts davongeschlichen haben, sobald sie an Gewicht zunahm und Gummireifen in zwei Teile reißen konnte. Junior ist und bleibt der Welpe, der zu früh entwöhnt wurde.

»Junior!«, brüllt Daddy. Ich gehe durch das zerrissene Netz aus Schatten und versuche, ungesehen an ihnen vorbeizukommen. Ich will Skeetah suchen. Er muss Medizin austeilen.

»Junior!« Daddy schlägt mit irgendeinem Werkzeug, das er gerade in der Hand hält, gegen den Rahmen des Lasters, und es dröhnt wie eine Glocke. Junior schreckt auf, abgelenkt von seinen Löchern. »Den Schraubenschlüssel!«

Junior hebt den Schraubenschlüssel auf. Für einen kleinen Jungen ist er ganz schön stark. Als er danach greift und sich bückt, sehe ich, wie seine Muskeln hervortreten. Er ist dünn, so wie kleine Jungs, wenn sie pingelige Esser sind, vor der Pubertät, und dann, wenn sie in ihre Männerkörper hineinwachsen, werden sie entweder schlank oder dick. Er legt ihn auf Daddys Bein.

»Hier«, sagt Junior leise. Ich bewege mich zu schnell, er sieht mich. Ich schüttele den Kopf, aber er sagt es bereits. »Esch. Wo willst du hin?«

»Esch! Wo sind deine Brüder? Ich brauch hier Hilfe.« Daddy ist nur eine Stimme, die wie Qualm unter dem Wagen hervorquillt.

»Weiß ich nicht.«

»Was?«, schreit er.

»Ich sagte, weiß ich nicht.« Junior steht auf, um mit mir mitzugehen. Ich gehe schneller.

»Wo's Skeetah? Is Randall da?«, fragt Junior.

»Warte!«, schreit Daddy. »Komm mal her.«

Daddy schlängelt sich unter dem Wagen hervor. Er erhebt sich über ihm wie der restliche Müll auf dem Grundstück: rostige Kühlschränke, die aussehen wie gefüllte Eier, die mit Paprikapulver bestreut wurden, Motorteile, eine Waschmaschine, die so alt ist, dass die Wäsche darin mit einem Metallarm herumgewirbelt wurde, der wie ein Handrührgerät aussieht.

»Setz dich auf den Fahrersitz. Wenn Junior dir Bescheid sagt, versuch, ihn anzulassen.«

»Wenn du willst, geh ich Skeetah suchen.«

»Nein.« Daddy schiebt bereits wieder eine Schulter unter den Laster. »Ich muss das heute fertig kriegen. Jetzt. Einer mit nem Kipplaster kann Geld verdienen, wenn der Sturm durch ist. José hat gestern unten in Mexiko zugeschlagen, aber im Golf haben sie schon wieder einen neuen Sturm. Tropisches Sturmtief Nummer zehn. Und der ist so weit draußen und das Wasser so warm …« Daddy verstummt allmählich, seine Stimme verebbt unter dem Metall. Der Laster ging gleich nach Mamas Tod kaputt, und Daddy hat dafür Geld wegen Arbeitsunfähigkeit bekommen, weil es ein Unfall war. Ich frage ihn nicht, wie er nach dem Sturm einen großen Kipplaster fahren will, ohne dass ihm jemand deswegen Fragen stellt. Junior hockt sich neben Daddy. Im Sand neben ihm steckt eine halb volle Bierflasche.

Es gibt verschiedene Hebel, und ich habe keine Ahnung, wie man sie bedient.

»Sag Daddy, dass ich nicht weiß, wie man den Laster anlässt«, rufe ich Junior zu. Der Sitzbezug pellt an den Nähten ab wie Plastikfolie, und das Schaumstoffpolster darunter ist feucht. Das Armaturenbrett, das Steuerrad und die Scheiben sind mit Staub überzogen, der so hart ist wie Zuckerstangen.

Aus der Nähe riecht Daddy nach Essig, und nach Salz. Das ist sein frischer Alkoholgeruch.

»Siehst du das da?«

»Jepp.«

»Das ist die Kupplung. Da ist die Bremse. Stell das hier in Leerlauf. Mit dem da brauchst du nix zu machen. Aber wenn du den Schlüssel umdrehst, dann drück die Kupplung und die Bremse gleichzeitig.«

»Okay.«

»Sonst rührst du nichts an.« Seine Hände sind wie meine, wie Skeets. Von ihm haben wir die flachen, breiten Finger. Aber wenn ich sein Gesicht anschaue und seine Schlüsselbeine, die wie Knöchel unter dem Ausschnitt seines T-Shirts vorstehen, kann ich absolut nichts anderes entdecken, was ich von ihm habe. Er geht seitlich um den Laster herum. Minuten später klettert Junior an der Seite des Wagens hoch.

»Er sagt, du sollst ihn anlassen.«

Ich drücke und drehe. Es macht klick und dann gar nichts. Junior springt ab und rennt weg, taucht wieder auf.

»Er sagt, noch mal.«

Wieder drücke und drehe ich. Diesmal macht es nicht mal klick. Eine Fliege surrt herein, beschließt, sich auf meinen Arm zu setzen. Ich wedele sie weg.

»Scheiße!«, höre ich gedämpft durch den Motor.

»Frag, ob ich's noch mal machen soll.«

Junior macht sich nicht mal die Mühe runterzuklettern; er beugt sich hinaus und brüllt. Seine kleinen Muskeln dehnen sich zu Schnürsenkeln. Als er ein Baby war, hat ihn Randall am häufigsten getragen, und ich den Rest der Zeit. Daddy hat ihn gefüttert, bis er glaubte, dass Randall und ich es machen konnten. Er zeigte Randall die richtige Mischung für die Babymilch, wie man die Flasche in einem Topf Wasser erwärmte, sodass die Milch nicht zu heiß wurde, und dann fuhr er wieder mit seinem Pick-up herum, um Aushilfsjobs zu finden. Von da an mischte Randall die Milch und stellte die gefüllten Fläschchen in den Kühlschrank, damit entweder er oder ich Junior füttern konnten. Sobald Skeetah ihn auf den Arm nahm, fing Junior an zu weinen. Wenn wir in die Schule gingen, brachte Daddy Junior zu Mudda Ma'am, die weißes Haar hatte, das sie zu Zöpfen flocht und dann auf ihrem Kopf feststeckte, und die ich nie in etwas anderem als einem Kittelkleid gesehen habe. Sie beaufsichtigte Kinder gegen Geld, während ihre Eltern bei der Arbeit waren. Sie kümmerte sich um Junior, bis er alt genug für das Head-Start-Programm war. Etwa um die Zeit ließ ihr Gedächtnis sie allmählich im Stich, und so ließ sie mit dem Erinnerungsvermögen auch die Kinder gehen. Tilda, ihre einzige Tochter, zog wieder zu ihr, um sich um sie zu kümmern, verbrachte aber die meiste Zeit damit, einen Pfad zwischen Javons Haus und ihrem eigenen auszutreten, um sich Crack zu besorgen. Ich frage mich, ob Junior sich überhaupt an Mudda Ma'am erinnert. Er spricht nie von ihr, erwähnt nie ihren Namen, nicht mal, wenn wir zum Park hinunterlaufen und sie zwischen Azaleen herumwandern sehen wie ein Kind, das beim Versteckspiel verliert. Manchmal frage ich mich, ob Junior sich überhaupt an irgendetwas erinnert oder ob sein Kopf wie ein Durchschlag ist und die Erinnerungen an die, die ihm das Fläschchen gegeben, seine Tränen getrocknet und ihn bemuttert haben, wie Wasser durch die kleinen Löcher im Metall direkt in den Abfluss laufen und nur die Gegenwart zurücklassen, seine Löcher im Sand, seine hemdlose Vogelbrust, Randall, der ihn anschreit: eine Gegenwart, von der die Erinnerungen abgewaschen wurden, wie man von Gemüse die schmutzige Erde abwäscht, in der es wächst.

Ich drücke, drehe, warte.

»Stopp!« Daddy fuchtelt mit dem Schraubenschlüssel in der Luft herum, aber der Laster ist so groß, dass ich seinen Kopf hinter der Kühlerhaube nicht sehen kann, nur seine schwarze Hand und das dreckige Werkzeug. »Steig aus. Ist noch nicht fertig. Kannst gehen.«

Ich springe vom Wagen, und schon ist Junior hinter mir.

»Hol mir noch ein Bier, Junior.«

»Immer lasst ihr mich alleine, Esch. Warte!«, sagt Junior und rennt ins Haus. Hinter ihm her fegt ein Staubgespenst.

»Sie brauch ein bisschen Zeit für sich.« Das sagt Skeetah. Neben ihm ist China. Sie schnappt nach Mücken. Und mit vor der Brust verschränkten Armen und hochgeschobenem Baseball Cap steht dort Manny. Jedes Mal, wenn Chinas Maul zuklappt, versucht er, nicht zusammenzuzucken, tut es aber doch. Ich sehe es an seinen Schultermuskeln.

»Du solltest sie mal baden oder so was.« Manny wirft die Bemerkung hin. Zuckt die Achseln und rechtfertigt so den Ruck, der durch seine Schultern fährt, als China zuschnappt und den Kopf schüttelt, weil sie die Beute verpasst hat.

»Mach ich auch.« Skeetah kniet sich hin und streicht China mit einer Hand über die Brust. Sie blickt auf, und ihr ganzer Körper vibriert wie der einer tanzenden Frau unten im Oaks, einem Bluesclub, der auf sechs Hektar Waldland und einem Baseballfeld mitten in Bois liegt. Im Sommer finden dort jeden Sonntag Baseballspiele für schwarze Städteteams statt. Einmal, als wir noch jünger waren und die Toiletten draußen kaputt waren, hat Randall mich während eines Baseballspiels mit in den Bluesclub genommen, um dort aufs Klo zu gehen. Er und Skeet und ich hatten den Tag damit verbracht, bei unseren Freunden um Quarter zu betteln, damit wir uns saure Gurken und Limonade kaufen konnten, während wir am Maschendraht hinter den Spielerbänken hingen und dem auswärtigen Team dabei zuschauten, wie sie klatschten und pfiffen und nach ihren Schlägern traten und Übungsbälle warfen, während Mama und Daddy im Bluesclub ein und aus gingen.

»Ich glaube, so dreckig hab ich sie noch nie gesehen«, sagt Manny.

China hat noch ein bisschen Blut von dem anderen Hund, von Twist, in den Mundwinkeln, wie Lippenstift. Die rote Erde des Pit hat ihr einen rosigen Schimmer verliehen, wie eine halb gare Garnele, die noch klebrig vom Meer ist. Manny beachtet weder mich noch Junior, der immer wieder hochspringt und versucht, einen Ast zu erreichen, als wäre es ein Basketballkorb. Das Feuerzeug, das Manny immer in der Hosentasche hat, um seine Zigarillos zu rauchen, tanzt über seine Handknöchel. Das ist ein Tick von ihm, er macht das immer, ohne dass es ihm bewusst ist, wenn er etwas tut und dabei an etwas anderes denkt.

»Ich warte bis kurz vor dem Kampf mit dem Waschen. Damit sie alle überstrahlt.«

An dem Tag, als Randall mit mir durch das Oaks ging, einen Raum voller Nischen und Rauch und dem Brummeln der Bierflaschen, die auf Tischplatten treffen, da hatte er meine Schultern so fest gepackt, dass es wehtat. Mama war auf der Tanzfläche; ich hatte sie noch nie tanzen sehen, und ich sollte es auch nie wieder sehen. Sie tanzte mit einem Mann, nicht Daddy, während Daddy am Rand der Tanzfläche saß und zuschaute. Sie schüttelte sich wie China, warf den Kopf in den Nacken, dass ihr das Wasser am Hals herunterlief und ihr Körper Wellen schlug, obwohl sie normalerweise unerschütterlich war. Sie war wunderschön.

»Ich dachte, du würdest sie nicht kämpfen lassen, wenn sie noch voller Milch is und so.« Das Feuerzeug kommt zur Ruhe, und Manny wirft es in die Luft und fängt es wieder auf. Er zündet sich ein Zigarillo an, schiebt es sich in den Mundwinkel und spricht drum herum.

»Hab ich auch nich vor. Aber ich bring sie hin. Die Nigga solln nich vergessen, wer sie ist.«

China legt sich faul in den Sand. Ihr Gesäuge, das immer noch geschwollen ist, nur vielleicht nicht mehr ganz so stark, liegt flach wie ein Kopfkissen vor ihr. Die Haut am Übergang vom Brustkorb zu den Zitzen ist faltig, und ihre Nippel sind blassrosa, so farblos, dass sie fast weiß erscheinen. Ich habe ihre Zitzen noch nie berührt, aber ich stelle mir vor, dass sie sich in der Hitze des Tages weich und kühl anfühlen würden. Sie legt nicht wie andere Hunde den Kopf in den Sand und schnaubt, sondern starrt stattdessen Manny und mich an. Als wüsste sie Bescheid.

»Rico wird da sein, Kilo in den Ring schicken, weißt du.«

Manny lässt erneut das rot-silberne Feuerzeug durch seine Finger tanzen, als er von Rico spricht. Das Bild darauf, das wie eine Tätowierung aussieht, zeigt den Schriftzug *Hearts on Fire* und dazu zwei schräg stehende Herzen in Flammen. Seine Lippen küssen das Zigarillo, und er zieht. China zwinkert mit den Lidern und gähnt. In meiner Brust ist eine Bewegung, so als hätte jemand einen Schlauch voll aufgedreht, und jetzt strömt das Wasser, das in der Sommerhitze in der Pumpe gestanden hat, siedend heiß heraus. Das ist Liebe, und sie tut weh. Manny schaut mich gar nicht an.

»Na, dann hoff ich, dass Kilo bereit is. Marquise hat mir erzählt, ein paar von seinen Cousins aus Baton Rouge nehmen den Mund ziemlich voll, weil sie ne Alphahündin haben, die sie in den Ring schicken wolln.« Skeetah streichelt Chinas Brustkorb, glättet das Fell über ihren Rippen, während er neben ihr hockt. Ihr Schwanz schlägt einmal, wirbelt Staub auf, liegt still.

»Kilo's immer bereit.«

Rico ist Mannys Cousin, der Junge aus Germaine, der seinen Hund Kilo hergebracht hat, um China zu decken. Ricos großer rötlicher Muskelprotz von einem Hund, mit dem Killerbiss. Manny war derjenige, der Kilo bei Skeetah angepriesen hat. Als China älter wurde, wurden ihre weichen Welpenmuskeln hart und dick wie Perlen im Bauch von Austern, und Skeets Zuneigung tat ein Übriges. Sie wuchs zu einem schlanken, starken Tier heran. Manny erzählte jedes Mal, wenn wir alle draußen unter den Bäumen saßen, einen totalen Scheiß, so als könne er das Wunder von Skeetahs wertvoller Hündin dadurch verringern. Er dachte, er könnte sie schlechtmachen, uns einreden, dass sie nicht weiß und wunderschön war, prachtvoll wie eine Magnolienblüte auf dem vermüllten, armseligen Pit, wo alles andere darbt und kämpft und sich abrackert.

Manny saß auf einer Milchkiste oder einem Baumstumpf und sagte Sachen wie: *Mein Cousin Rico hat einen krassen Hund … So alt wie deiner, glaub ich, aber größer. Mehr Muskeln. Mit nem echten Killerbiss.* Skeetah beachtete Manny gar nicht oder schaute nur kurz zu ihm rüber, während er China über den Sand zog, um das Gerümpel herum, an ihren Zähnen, die sie in einen Motorradreifen geschlagen hatte, und sagte nur: *Echt. Jepp,* sagte Manny dann, und seine weißen Zähne blitzten in dem glaszerschnittenen schönen Gesicht. *Yeah.* China gab einen leisen Schrei von sich und zog so heftig zurück, dass Skeetah auf sie zustolperte. *Wir werden ja sehen*, sagte Skeetah dann.

Rico nannte China unbedeutend, bis er eines Tages mit Manny zum Pit kam und sie mit eigenen Augen sah: kniehoch, stämmig wie ein männlicher Hund, aber mit geschmeidigen Muskeln und einem langen Hals und Kopf wie der einer Schlange. Skeetah ließ sie auf einen schiefen Baumstamm klettern und einen halben Autoreifen in Stücke reißen, an dem er so heftig zog, dass seine Hände von dem Draht im Gummi blutig wurden. Als sie sich paarten, hatte China Kilo erlaubt, sie von hinten zu lecken und dann zu besteigen. Sie hatte gelächelt, als würde es ihr gefallen. Skeetahs Halssehnen waren hervorgetreten, und er hatte die Augen zusammengekniffen, bis sie fast zu aussahen. Kilo hatte sein großes Maul auf Chinas Nacken gelegt, als würde er sie küssen, und sie vollgesabbert. Sie hatte nach ihm geschnappt, es für einen Übergriff gehalten. Hasste die Unterwerfung. Sie biss und schnappte, bis sie ihn abgeschüttelt hatte. Er blutete: sie nicht.

»Wie heißt der Hund? Aus Baton Rouge?«

»Boss«, sagte Skeetah lachend. China schnaubte in den Sand.

»Pah, Kilo hat von Florida bis Louisiana überall gekämpft. Einmal hat er einem Hund das Bein gebrochen. Besser, *die* machen sich bereit.«

»Hast du das gesehn?«

»Was?«

»Den Bruch?«

»Nein, Rico hat's mir erzählt.« Manny verscheucht eine Mücke, zieht am Zigarillo, inhaliert tief und bläst einen Nebel aus Qualm vor sein Gesicht. »Ihr müsst hier dringend Feuer machen. Wieso habt ihr immer so viele Viecher hier aufm Pit? Voll dreiste Mücken, kommen schon mitten am Tag raus. Und dann erst abends, Mann.« Er lässt den Zigarillo fallen; er stößt einen bleistiftdünnen Qualmfaden ab und geht dann im Sand aus.

»Alles Wilde hier aufm Pit. Auch die Mücken. Mosquitos so groß wie Fledermäuse.« Skeetah nickt mir und Junior zu. »Pass bloß auf. Junior sieht harmlos aus, aber der haut dir urplötzlich von hinten eine rein, dass du keine Luft mehr kriegst. Und Esch –« Skeetah steht auf, als er das sagt, und China umkreist ihn, schnüffelt im Sand. »Du siehst ja, wie überlegen China ist. Glaubste etwa, das andere Mädchen aufm Pit is schwach?«

»Ich sag ja gar nich, dass die beiden schwach sind.« Manny hat mich immer noch nicht angeschaut. »Aber du weißt selbst, dass China nich mehr so überlegen is wie früher.«

»Wie bitte?« Skeetahs Sehnen treten hervor.

»Jeder Hund, der gebärt, ist hinterher nich mehr so stark. Auch wenn mans nich glaubt. Kostet so'n Tier jede Menge Energie, das ganze Säugen und so. Is der Preis fürs Weiblichsein.« Endlich schaut Manny zu mir rüber. Sein Blick gleitet über mich, als wäre ich aus Glas.

Skeetah lacht. Es klingt, als ob das Lachen sich mit einer Hacke den Weg aus seinem Körper freischlägt.

»Nich dein Ernst? Grade dann haben sie volle Power. Weil sie was zu beschützen haben.« Er schaut ebenfalls zu mir rüber, und ich spüre es noch, nachdem er längst weggeguckt hat. »Das gibt Kraft.«

China leckt Skeetahs Hand so, wie sie ihre Welpen leckt. Skeetah schiebt ihren Kopf weg, aber sie macht weiter, und er wendet den Blick von Manny ab. Die Sehnen in seinem Hals glätten sich. Die Bedrohung verblasst; wäre er ein Hund, würde sein Fell sich anlegen.

»Leben schenken« – Skeetah beugt sich zu China hinunter, tastet sie vom Hals bis zum Kinn ab, streichelt ihr Gesicht, als wolle er sie küssen, und sie streckt kurz die Zunge heraus – »heißt zu wissen, wofür sich das Kämpfen lohnt. Und was Liebe ist.« Skeetah streicht ihr über die Seiten, betastet ihre Rippen.

»Hast du sie schon entwurmt?«, frage ich. Denkt Manny das auch von mir, dass ich schwach bin? Dass dieser Körper, der ihn verschluckt, der an ihm zieht und ihn ganz nimmt, bis nichts mehr übrig ist, einen Preis hat? Ist Manny froh, weil er ihn nie wird zahlen müssen?

»Nö. Sie wollte das Ivomec vorhin nicht nehmen. Hat alles verschüttet.«

»Weißt du, wie man es mischt?« Manny steckt das Feuerzeug in die Tasche seiner Jeans-Shorts. Sein Muscle-Shirt ist so weiß wie seine Zähne. Shaliyah hat anscheinend gewaschen. Ich frage mich, ob er das mit der Schwäche je zu ihr gesagt hat. Ob er sie je weiblich genannt und dabei das Wort am Ende abgebissen hat wie unreifes Zuckerrohr?

Skeetah schaut zu Manny hoch, lässt die Hände sinken, entspannt den Unterkiefer.

»Was meinst du, wie man es mischt?«

»Verdammt, du bringst den Hund noch um.« Manny lächelt, als müsse er lachen. Ich schlucke, und mir wird klar, dass ich ihm am liebsten einen Renner geben würde, meine Hände flach auf seine muskulöse Brust legen und ihn wegstoßen will, weil er Skeet so ansieht, ihn beleidigt. Weil er Sachen sagt, ohne zu wissen, dass er über mich spricht. Er soll rückwärts umfallen, sich schlimm den Arm verrenken, und dann will ich ihn in den Dreck drücken. Ihn einmal zwingen, mich überall zu berühren. »Du musst das Ivomec mit Bratöl vermischen und dann dem Hund geben. Und versuch's gar nicht erst mit Wasser, wenn du kein Bratöl hast. Das vermischt sich nicht richtig.«

»Sie hat heute Morgen nix davon genommen.« Skeetah hält Chinas Kopf fest, zieht ihre Augen weit auf und starrt hinein.

»Ganz sicher?« Manny lächelt immer noch.

»Ganz sicher.«

»Und sie brauch nur ganz wenig. Hast du ne Arztspritze?«

»Ja, ich…« Skeetah stockt. »Hab gestern eine besorgt.« Schaut mich an. Ich schätze, Randall hat Manny erzählt, was mit dem Bauern und dem Wurmmittel und dem Hund passiert ist, aber ich weiß, dass Skeetah nicht will, dass es alle erfahren. Je weniger Leute Bescheid wissen, desto weniger Leute können reden, falls sich der Bauer je in den Wald verirrt und hier auftaucht und Fragen stellt. Wir wohnen im schwarzen Herzen von Bois Sauvage, und er wohnt weit draußen in den blassen Adern, daher glaube ich kaum, dass er herkommen wird, mit seinem wutschäumenden Hund und seinem Stock, den er wie eine Axt schwenkt, und womöglich mit einem Gewehr im Rückfenster seines glänzenden, frisch gespritzten Pick-ups. Aber ich weiß, Skeet würde sagen: *Trotzdem.*

»Du brauchst einen halben Milliliter pro zwanzig Pfund. Was wiegt China, fünfundsechzig? Gib ihr anderthalb.« Manny zieht einen Arm vor seine Brust und zuckt dabei mit der Schulter.

Dehnt seine Narbe. Das macht er, wenn er sich langweilt. Er schaut weg von Skeetah und China, durch Junior hindurch, der in den dunklen Schuppen späht, wo die Welpen auf ihrem neuen Fliesenfußboden dösen, und in den Wald hinein. Mich schaut er nie an. »Von mehr kann sie blind werden. Und von noch mehr kann sie sterben.«

Skeetah zieht China an den Hinterbeinen zu sich heran, sperrt ihr das Maul auf und schnüffelt an ihrer Zunge. Er hat von Liebhaber auf Vater umgeschaltet. Sie ist die Tochter, die ihn anhimmelt. Ich male mit dem Zeh einen Strich in den Sand, ziehe die Hände aus den Taschen meiner Shorts, wo sie sich hingeschlichen hatten, um meinen Bauch zu umschließen, versuche mich zu zeigen, damit Manny mich anschaut, wie er China anschaut. Junior fängt an, in die Dunkelheit des Schuppens zu pfeifen, so als wolle er die Welpen zu sich rufen, sie ins Licht führen, zu einem neuen Bruder, und sich dann mit ihnen unter dem Haus verkriechen wie mit seinen verlorenen Hunden.

»Weg von der Tür, Junior«, sagt Skeetah. China leckt seinen Atem, kostet seine Worte. »Esch, wir haben doch Öl, oder?«

Daddy hat einen Acht-Liter-Kanister Pflanzenöl im Schrank zum Braten von Austern oder Fischen, wenn er welche fängt oder seine Freunde ihm welche schenken, aber ich glaube kaum, dass China das mögen wird. Ich stecke einen Finger in das Öl und reibe es auf meine Zähne. Zu metallisch, zu fad. Aber das Bacon-Fett, das Daddy auf der Anrichte in einer alten Blechkanne aufbewahrt, die von den Resten schon ganz wächsern geworden ist: das schmeckt wie Bratenfett. Das schmeckt, als wäre der nächste Happen ein Stück salziger, knuspriger Speck, in der Mitte zart, an den Rändern verbrannt, steif wie ein Zweig. Das wird sie mögen.

Skeetah hat einen großen Pappkarton aufgetrieben, ihn in

zwei Teile geschnitten und mit Stoff ausgekleidet, und ich kann nicht sagen, ob der Stoff von alten Kleidern, Laken oder Handtüchern stammt, denn unter den Hunden sieht er einfach aus wie dunkelgraue Lumpen. Auf dem Kartonboden steht *Westinghouse*.

»Den hab ich hinter der Halle bei der Kirche gefunden«, sagt Skeetah. Er zieht gerade das Ivomec in die Spritze. Es ist farblos wie Wasser. Er sitzt auf einer verrosteten und verbeulten Werkzeugkiste, die Ivomec-Flasche zwischen den Knien. Wenn er sich bewegt, reibt die Werkzeugkiste knarzend gegen das Metall innen drin, wie wenn jemand mit den Zähnen knirscht. Er schraubt die Flasche wieder zu, schiebt sie in seine Hosentasche. Manny ist weg, aber Junior steht in der Ecke, die Hände hinter dem Rücken gefaltet, an die Schuppenwand gelehnt.

»Wo ist Manny?«

»Wollte noch was erledigen.« Skeetah hält die Kanüle in einer Hand und die Blechkanne mit dem Bacon-Fett in der anderen. Er schwankt.

»Er hat gesagt, er kommt wieder«, meldet sich Junior. Er wippt auf den Fußspitzen und stößt gegen die Schuppenwand, dass das Blech wackelt.

»Junior. Hör auf damit. Mist, ich brauch ne Schüssel.« Skeetah dreht sich zu mir um. »Holst du mir bitte eine Schüssel?«

»Junior, hol ihm eine Schüssel.« Obwohl ich pinkeln muss, die Melone unter meinem T-Shirt reif ist, will ich den Schuppen nicht verlassen.

»Er hat dich gebeten«, sagt Junior ruhig, ganz auf die Welpen konzentriert. Sie stürzen sich blindlings kopfüber durch die Tür des Kartons.

»Los, Junior, mach schon.«

»Nein.«

»Esch, bitte.«

Im Haus setze ich mich kaum auf den Toilettensitz. Ich beuge mich vor und lege die Lippen auf die Knie, spüre die zarte Haut über den Kniescheiben. Draußen kräht mitten am Tag der Hahn, durchbricht mit seinem Ruf das diffuse Summen der Insekten. Übelkeit macht mir zu schaffen. Manny ist gegangen; ich will nicht an ihn denken, nicht wissen, dass er irgendwo da draußen ist, alles Sonnenlicht in sich aufsaugt, einen Zigarillo raucht, den Kunden an der Tankstelle ihre Einkäufe reicht, dass seine Hände Shaliyah berühren, so sanft wie Schlickgras, aber ich tue es doch. Auf dem Rückweg zum Schuppen gehe ich im Schatten. Wenn ich der Sonne nicht ausweichen kann, wenn sie mich durch die Äste trifft, brennt sie.

Skeetah gießt eine Handvoll Bacon-Fett in die Schüssel und spritzt das Ivomec hinein. Er rührt mit einem Finger um. Obwohl wir im Schatten sind, ist die Hitze im Schuppen noch schlimmer als draußen; wie im Innern einer heißen Faust. Junior und Skeetah sind beide schweißgebadet, und Skeetah blinzelt, als würde er gleich anfangen zu weinen, weil ihm der Schweiß wie Wasser von der Kopfhaut über die Stirn bis in die Augen läuft. Ich versuche zu sehen, ob sich das Ivomec in der Schüssel gut vermischt, als sich das Licht im Türrahmen verfinstert und Skeetah aufblickt und an mir vorbeischaut, stinksauer.

»Weg da von der Tür. Du stehst total im Licht.«

Es ist Manny. Er hat beide Hände oben auf den Türrahmen gelegt und lehnt sich durch die Öffnung hinein, zieht seinen Körper lang wie Karamell. Alles, was ich von ihm sehen kann, ist sein Schatten und das Weiß seines Lächelns. Es fühlt sich falsch an, sein Gesicht nicht sehen zu können, falsch, dass er jetzt so dunkel ist wie ich, dass er von der Sonne hinter ihm schwarz gefärbt wird, so wie Tinte, die auf nassem Papier ausblutet.

»Hat jemand mein Feuerzeug gesehen?« Mannys Stimme ist so deutlich und scharf wie die Ecken der Werkzeugkiste, auf der Skeetah sitzt.

»Nein.« Skeetah rührt die Medizin mit dem Finger um. »Weg da.«

»Du, Esch?«

Ich schüttele den Kopf.

»Du hast es in die Tasche gesteckt«, sagt Junior, und Manny lehnt sich an den Türpfosten und kramt in seinen Taschen. Diffuses Licht strömt in den Raum. Ich sehe Mannys Profil, seine glaszerschrammte Seite, dann hört er auf zu kramen, wendet sich uns zu, und sein Gesicht wird wieder dunkel. Ich wünschte, er würde meine Hand nehmen und sie so festhalten, wie er den dunklen Balken über ihm festhält, und dann mit mir aus dem Schuppen gehen, weg vom Pit. Mir helfen, die Sonne zu ertragen. Mich umarmen, nachdem er mein Geheimnis erfahren hat. Anders sein.

»Ich hab dich da drüben gar nicht gesehen, Junior«, sagt Manny.

»Danke«, sagt Skeet. Das Öl hat das Ivomec aufgesogen. Die Mischung ist weißgelb und cremig. Skeetah probiert sie.

»Lass das lieber«, sagt Manny.

»Wolltest du nicht was erledigen?«

»Ich will dir ja nur helfen.«

»Du kannst mir helfen, indem du aus dem Licht gehst – rein oder raus.«

»Bin schon weg.« Manny zuckt die Achseln. »Ich werd mal oben unter den Bäumen suchen. Rein komme ich auf keinen Fall; China mag mich nicht.« China sitzt vor Skeetah, schert sich nicht darum, dass ich ihm so nah bin, konzentriert sich auf die Schüssel mit dem Bacon-Fett. Sie hechelt, ihre Zunge tropft.

»China mag jeden.« Skeet zieht die Mischung wieder in die Kanüle.

»Okay.« Manny lacht. Wieder sein Lächeln. Jedes Mal, wenn ich seine Zähne sehe, packt mich die Übelkeit. Manny tritt zur

Seite, das Licht fällt herein, und ich wünschte, er würde gehen, wiederkommen, nie dagewesen sein. China tanzt auf den Hinterbeinen, weil Skeetah mit der Spritze in der Hand aufgestanden ist.

»Hier.«

Ich presse mir die Schüssel an den Bauch.

China hüpft auf den Hinterbeinen. Das Wesen, das gestern den grauen Hund zerfleischt hat, ist jetzt eine Frau, die auf der Tanzfläche im Oaks beim ersten Lick der Bluesgitarre aus der Jukebox auf ihren Partner zugeht, mit einem Drink in der Hand. China landet auf den Vorderpfoten und stemmt sich wieder hoch. Skeet hockt sich hin, legt einen Arm um ihren Hals und die Hand um ihren Unterkiefer, um ihren Kopf in den Nacken zu drücken.

»Braves Mädchen«, sagt er.

China grinst. Ihre Zunge schnellt wie ein nasser, ausgeschlagener Lappen hervor.

»Ich kenn doch mein Mädchen«, haucht Skeetah. Mit der anderen Hand setzt er die Kanüle an ihre Lippen.

China bellt, nickt. Ihre Vorderpfoten liegen wie die Hände einer Geliebten auf seiner Brust. Sie wirft den Kopf zurück, unterwürfig und flehend.

»Braves Biest«, sagt Skeetah.

China schnuppert, leckt an der Spritze.

»So ist's brav.« Skeetah schließt seine Finger, die Medizin verschwindet, und er zieht sich zurück. Die Welpen tapsen schnüffelnd um ihre Füße herum. China tritt aus Versehen auf den orangefarbenen, und er jault auf.

»Bist und bleibst mein Biest«, sagt Skeetah.

Draußen läuft Manny hin und her, durchkämmt mit den Füßen den Sand.

»*Sein* Biest hat ihm scheint's ne Abreibung verpasst.« Skeetah flüstert das in Chinas Fell; von der Tür sieht sie aus wie die staubige Glühbirne in dem dunklen Raum. Junior schleicht an der Wand entlang, um näher an die Welpen zu kommen. Auf dem Hof stiebt der Staub von Mannys suchenden Füßen auf, hüllt ihn ein und macht sein weißes T-Shirt und seine goldene Haut so dunkel wie einen angestoßenen Pfirsich.

Ich habe die Mädchen in der Schule reden hören. Es sind Gespräche, die ich aus der Luft aufschnappe, so wie man getrocknete Wäschestücke von der Leine nimmt. Die Mädchen sagen, wenn man schwanger ist und eine ganze Monatspackung Antibabypillen schluckt, dann kriegt man seine Tage. Sie sagen, wenn man Bleichmittel trinkt, wird man krank und das, was das Baby geworden wäre, kommt raus. Sie sagen, wenn man sich selbst richtig doll in den Bauch boxt, sich auf die Metallkante eines Autos wirft und tief genug getroffen wird, um Blutergüsse hervorzurufen, dann hat man vielleicht eine Fehlgeburt. Sie sagen, das soll man machen, wenn man sich keine Abtreibung leisten kann, wenn man kein Baby bekommen kann, wenn niemand haben will, was in einem drin ist.

Im Bad beuge ich mich vor und knete meinen Bauch, knete die Melone zu Brei, aber sie springt immer wieder zurück: reif. Darauf aus, ihre Saat auszubringen. Ich könnte etwas finden, das hart und groß genug ist, um mich darauf zu werfen: den Kühler von Daddys Kipplaster, Daddys Traktor, eine der alten Waschmaschinen auf dem Hof. Bleichmittel haben wir in der Waschküche. Das Einzige, was ich nicht auftreiben könnte, sind die Antibabypillen; ich hatte noch nie ein Rezept, hätte sowieso nicht genug Geld, um sie zu kaufen, habe keine Freundinnen, die mir welche geben könnten, und ich war noch nie beim Gesundheitsamt. Wer sollte mich da hinbringen? Daddy, der manchmal sogar zu vergessen scheint, dass ich ein Mädchen bin? Big Henry, einer unserer wenigen Freunde, der ein Auto hat? Manny? Manny, die Zähne im Dunkeln? *Wenn ich mich drum kümmere, wird er es nie erfahren,* denke ich, *nie wissen, und das würde ihm vielleicht Zeit geben. Zeit wofür?* Ich drücke. *Anders zu sein. Mich zu lieben.*

Das sind meine Möglichkeiten, und letztlich bleibt keine übrig.

Die Sonne ist vor Stunden untergegangen, und ich sitze auf dem Toilettensitz und schiebe das Handtuch, das Randall als Vorhang angetackert hat, beiseite, um auf den Hof zu schauen. Ich sehe Skeetah, der Holz zur Schuppentür schleppt. Die nackte Glühbirne leuchtet nach draußen, erhellt den Sand, in dem er kniet. Er zieht Nägel aus den Planken. Insekten schwirren am Rand des Lichtkegels herum. Der Rahmen für den Zwinger, der tagelang wie eine umgefallene Vogelscheuche in der Erde gesteckt hat, steht jetzt wieder. Er baut ihr ein Haus. Er passt auf sie auf, untersucht sie auf Krankheiten. Er weiß, was Liebe ist.

»Vertammtnochmal.«

Daddys Pick-up fährt so langsam auf den Hof, dass ich ihn trotz des gluckernden Motors fluchen höre. So fährt er immer, wenn er stockbesoffen ist. Ganz langsam, mit Fernlicht. Seine Scheinwerfer zerstören die goldene Blase, die Skeet umhüllt, und fluten den Hof mit Licht. Skeetah hebt den Arm mit dem Hammer und legt die Hand über die Augen. Daddy parkt neben seinem Kipplaster, der rostpockig und still dasteht, seit ich heute Morgen versucht habe, ihn anzukurbeln. Daddy lässt das Licht an und steigt aus.

»Vertammtnochmal, sag ich!«

Daddy versucht, diese Aussage durch das Zuschlagen der Wagentür noch zu unterstreichen, aber es gelingt ihm nicht. Seine Hand rutscht am Metall ab, und die Tür fällt so leise zu, dass ich es von meinem Platz auf dem Klo direkt am Fenster nicht mal hören kann.

»Vertammt sei Van's Salvage«, murmelt Daddy, »die hatten

das Teil, das ich brauch, nicht mal da.« Er lehnt sich seitlich an seinen Wagen, als wäre er ein Mensch, und spricht fast so leise wie an den Abenden, wenn er sturzbetrunken nach Hause kam, als Mama noch gelebt hat. Mama ging dann immer nach draußen, ihm entgegen, nahm ihn in den Arm wie ein Kind. Sie war nur ein paar Zentimeter kleiner als er und konnte seinem ganzen Gewicht standhalten. Er sprach flüsternd mit ihr, wenn sie die Betonstufen nach oben stiegen, die die Treppe zur Veranda bildeten. Wir haben nie gehört, was er zu ihr sagte. Ich stelle mir vor, dass er ihr eine Liebeserklärung gemacht hat, weichgespült vom Schwarzgebrannten.

»Du hast dein Licht angelassen«, sagt Skeetah.

»Und wie soll ich jetz nach dem Sturm Geld verdien?« Daddy haut gegen seinen Wagen, aber es ist ein ungeschickter Schlag, halbherzig. Er gleitet ab in ein Streicheln. »Was sagst du?«

»Ich hab gesagt, du hast dein Licht angelassen.« Skeetah zieht an einem widerspenstigen Nagel, hat den Kopf konzentriert gesenkt. Er beobachtet Daddy aus dem Augenwinkel.

»Oh.« Daddy greift in den Wagen und drückt den Knopf, um die Scheinwerfer auszuschalten. Er geht langsam auf Skeetah zu. Das ist sein betrunkener Gang: zielgerichtet, schwerfällig. »Was machst du?«

»Nichts.« Skeetah hält inne, hört auf, an dem Nagel zu ziehen, bleibt aber vorgebeugt.

»Nichts?«

»Gar nichts.«

»Ich seh doch, dass du was machst, also kannst du nich nichts machen.«

»Bist du nicht müde?«

»Was?«

»Du bist den ganzen Tag nach Ersatzteilen für den Kipplaster rumgefahren.«

»Allerdings«, sagt Daddy. »Bei U-Pull-It, bei Salvage, überall ham se mich angeguckt wie blöd. Keine Teile für Kipplaster. Keine Hilfe beim Absuchen der Wagen. Gucken mich an, als hätten sie kein blassen Schimmer, wovon man spricht, wenn ich ihnen sag, dass ein schlimmer Sturm kommt.«

Skeetah richtet sich auf, balanciert auf den Fußballen, macht sich darauf gefasst zu warten, bis Daddy fertig ist.

»Das da sind Bretter. Etwa von meinen Stapeln?«

»Nö.«

»Die hab ich fürs Haus zusammengesucht. Du pfuschst mir dauernd rein. Willst du, dass die Fenster kaputt gehn?«

»Daddy, ich hab dein Holz nicht genommen.«

»Woher hast du es dann?«

»Hab es oben im Wald gefunden.« Skeet schiebt den Hammer auf seinem Bein auf und ab. Er wartet auf den Moment, in dem Daddy ausrastet.

»Gar nix hast du im Wald gefunden.« Daddy fuchtelt mit der Hand in der Luft herum, als wolle er plötzlich aufgestobene Nachtkäfer verjagen, als kämpfe er sich durch die glänzenden braunen Insekten, deren Panzer so hart wie Karamellbonbons sind. Er spuckt aus. »Oder?«

»Doch.« Skeetah ist ganz ruhig. Der Hammer ist still.

»Blödsinn!«, brüllt Daddy. »Alles tu ich für euch, und ihr schert euch nen Dreck drum!« Er hebt wieder die Arme, als würde er noch mehr Käfer aufscheuchen. Er streckt die Hand aus, um Skeetahs Arm zu packen, ihn hochzuziehen und ihn dann wegzustoßen, vermute ich. Das macht er immer, wenn er grob sein will, uns demütigen will: Er zieht uns zu sich heran, schüttelt uns und stößt uns dann so heftig von sich weg, dass wir in den Dreck fallen. So, dass wir hinfallen wie Kleinkinder, die Laufen lernen: Dreck im Gesicht und an den Händen, das Gesicht nass von Tränen oder Schnodder, beschämt und kleinlaut. Skeetah ist stocksteif, so gerade wie der Hammer, der an seiner Seite hängt. Daddy will ihn wegstoßen, aber er lässt nicht schnell genug los; es ist, als seien seine Hände taub für das, was sein Gehirn ihnen befiehlt, und so halten sie Skeetahs Schultern ganz fest. Er schüttelt Skeetah.

»Lass mich los, Daddy.« So leise, dass ich es kaum hören kann.

China steht in der Schuppentür. Sie knurrt nicht. Sie bellt nicht. Sie steht nur da, den Kopf zur Seite geneigt, die Vorderbeine breit und fest auf dem Boden; ihre Brüste verleihen ihr Masse, der Rest von ihr verschwindet im Dunkel des Schuppens. Sie ist ganz ruhig.

»Lass los!«

»Alles tu ich!« Daddy stößt Skeetah mit solcher Kraft weg, dass er selbst davon nach hinten kippt, aber er kann sich gerade noch fangen.

Skeetah stolpert rückwärts, landet aber in der Hocke, immer noch auf den Füßen. China stürmt los. Skeet hält den Hammer wie einen Schläger.

»Warte«, ruft Skeetah. »Warte!« Seine Stimme klingt nass. China bleibt wie angewurzelt stehen. Sie ist eine der abblätternden Statuen auf dem Friedhof neben dem Park, ein vom Regen streifig gewordener Engel, der hell leuchtet.

»Soll sie doch«, sagt Daddy, der jetzt die Arme hängen lässt. »Kann mir nur recht sein.«

Skeetah bewegt sich langsam seitwärts auf China zu, legt den Hammer ab und seine Hand auf ihre Schnauze. Sie ist Marmor unter seinen Fingern.

»Ich würde mit ihr rausfahren und sie erschießen.«

»Nein.«

»Das Tierheim anrufen. Dann kannst du zusehen, wie sie sie wegbringen.«

Skeetah hat den Arm um Chinas Rücken und Bauch gelegt,

seine Hand ist irgendwo zwischen ihren Brüsten verschwunden. China dreht sich nicht zu ihm, um ihn zu lecken. Sie beobachtet immer noch Daddy. Skeetah reibt mit der anderen Hand ihre Brust, streicht mit breiten Abwärtsbewegungen immer wieder über ihr Fell.

»Ich versuch uns zu retten«, sagt Daddy. Skeetah hockt sich hin. »Ihr müsst endlich lernen, mich zu schätzen. Hast du gehört?«

Die Nachtkäfer antworten sssssssssicher. Skeetah ignoriert Daddy, streichelt China, blickt zwischen den beiden hin und her.

»Bring die vertammten Bretter wieder da hin, wo du sie herhast. Kapiert?«

Chinas Schwanz senkt sich, aber ihre Ohren sind immer noch abwärts am Schädel angelegt wie ein Federkranz. Skeetah spricht flüsternd und murmelnd mit ihr.

»Hast du gehört?«, schreit Daddy und macht einen halbherzigen Schritt auf Skeet zu. Chinas Schwanz richtet sich auf.

»Ja«, sagt Skeetah. Er hat sich zu Daddy gewandt, schaut ihm direkt ins Gesicht, mit ruhiger, offener Miene, nur sein Mund bewegt sich ganz leicht, als er spricht. »Ja.«

»Gut.« Daddy tritt zurück. Skeet lehnt sich an China, um sie zurückzuhalten. Daddy dreht sich um und geht zum Haus. Er schlurft seitwärts, langsam und zielstrebig, beobachtet Skeet und China, die zusehen, wie er sie mit dem abgelegten Hammer und dem umgefallenen Zwingerrahmen allein lässt, mit dem Raunen von Insekten, Wald und Wind, hier in der dunklen Weite, die sich um sie herum ausbreitet wie ein Brautschleier.

Der sechste Tag

EINE RUHIGE HAND

Daddy zerlegt die Reste des Hühnerstalls. Die Hühner und der Hahn haben ihn schon lange verlassen. Nach Sommern mit schweren Regenfällen ist das Holz weich und faul geworden, und dann haben die kurzen, gnadenlos kalten Winter es ausgetrocknet und das Holzinnere ausgehöhlt, sodass der Stall schief wurde und allmählich in die Erde einsank. Früher war Mamas Wäscheleine daran befestigt; das andere Ende hing an einer Kiefer. Nach Mamas Tod hat Daddy die Wäscheleine an einem näher stehenden Baum angebracht, aber er hat sie nicht fest genug gespannt, und wenn Randall und ich Wäsche waschen und sie mit Holzklammern draußen aufhängen, dann gibt die Leine nach, und unsere Hosen schleifen im Schmutz.

Skeetah hat bei den Hunden im Schuppen geschlafen, nachdem er gestern Abend Daddy mit dem Hammer gegenübergestanden hatte. Ich sitze auf dem Sofa am Wohnzimmerfenster und warte darauf, dass er hereinkommt; ich weiß, er wird ums Haus herumgehen und die Vordertür nehmen, um hinten nicht Daddy über den Weg zu laufen. Aber bisher ist Skeet nicht aufgetaucht. Er konnte immer am längsten die Luft anhalten, als wir anfingen, in der Grube baden zu gehen; er hockte auf dem schlammigen, von Gerümpel zerklüfteten Grund, während wir anderen ihn wie ängstliche Boote umkreisten, ihn an die Oberfläche riefen, aber er blieb, wo er war, und ließ in aller Ruhe Blasen aufsteigen. Ich mache öfter Pause und schmuggle Dosen mit Würstchen ins Badezimmer, wo ich alle fünf Stück sofort verschlinge. Sie sind so leicht, dass sie aus Luft sein könnten. Heute Morgen habe ich versucht zu lesen, dann aber bei der Suche nach dem Goldenen Vlies aufgehört, mal wieder abgelenkt von Medea, die nur noch an Jason denken kann, mit rotem Gesicht und brennendem Herzen, eingehüllt in süßen Schmerz. Die Göttin hat sie mit Liebe geschlagen, und nun hat sie keine andere Wahl. Ich konnte mich nicht konzentrieren. Mein Bauch war wie ein Tier, und in meinem Kopf tauchten immer wieder Gedanken an Manny auf; ich hatte meinen eigenen zärtlichen Schmerz. Ich schob das Buch zwischen Wand und Bett, schlich in die Küche und klaute etwas von Daddys Hurrikan-Vorräten. Ich esse, aber nichts kommt in meinem Magen an, nichts sagt mir, dass er voll ist mit Essen, mit mehr als nur Essen.

Klack, klack, klack macht der Hammer. Das Holz knarrt. Ein Brett fällt runter. Daddy fängt an zu fluchen, beschimpft Hurensöhne, Arschlöcher und vertammte X-und-Ypsilons. Ich habe die Nase voll vom Warten. Ich greife mir noch eine Dose Würstchen und stopfe sie in die Tasche meiner Shorts. Ich werde zu Skeet gehen, wie Medea zu ihrem Bruder ging, bevor sie mit den Argonauten flohen. Ich werde meine Hilfe anbieten.

Skeetah sieht aus, als hätte ihm jemand auf beide Augen gehauen. Der Klang von Daddys Hammer dringt abgehackt durch die Schuppentür. Er pulsiert gleichmäßig, wie Blut. China liegt auf der Seite, die Welpen quieken an ihren Zitzen. Ihr Kopf ruht auf ihren Pfoten, und sie blickt nicht auf, als ich über die Schwelle trete. Junior ist eine Krähe, er hockt neben der Tür auf einer Metalltonne und isst eine Packung Erdnussbuttercracker. Ich kriege Hunger.

»Irgendwas stimmt nicht«, sagt Skeetah. Er sitzt auf dem Boden, mit dem Rücken an der Wand. Er lässt seinen Kopf nach hinten fallen, und sein Adamsapfel tritt so weit vor, dass er wie ein Knochen aussieht.

»Was denn?«, frage ich. Seine Augen glänzen fiebrig.

»Sie ist – zu entspannt. Normalerweise lässt sie sie trinken und stößt sie dann weg, sobald sie genug haben, aber jetzt saugen sie schon fast eine Stunde lang, und sie rührt sich gar nicht.«

»Vielleicht ist sie ja bloß müde, wie du gestern meintest.«

Daddys Hammer erschüttert den Raum.

»Das ist es nicht.«

»Was denn dann?«

»Ich glaub, ich hab ihr zu viel gegeben.«

»Du hast es gemacht, wie Manny gesagt hat.«

»Woher willst du wissen, dass Manny sich auskennt?«

»Rico hat es ihm vermutlich gezeigt.«

»Und wer sagt, dass Rico ihm zeigt, wie man es richtig macht, wenn er weiß, dass Manny es mir zeigt?«

»Das würde er nicht machen.«

»Wer?«

»Manny.« Ich verschlucke seinen Namen. Er kann nicht so fies sein. Das weiß ich.

Skeetah spricht zur Decke, hat die Augen weit aufgerissen, die Ellbogen über die Knie gelegt und die Hände gefaltet; das ist sein Gebet.

»Das kannst du nicht wissen«, sagt er.

»Es haben sich nicht immer alle gegen dich und China verschworen, Skeet.«

Er kriecht über den Boden und wedelt vor Chinas Gesicht mit der Hand. Sie folgt ihm mit den Augen, seufzt so tief, dass sie auf ihrem Linoleumfußboden eine Staubwolke aufwirbelt.

»Hat auch keiner gesagt, Esch.« Skeetah legt seine Hand auf Chinas Nacken, so vorsichtig, wie Mama immer die Kekse aus dem Ofen gezogen hat. China atmet noch einmal tief ein und stößt einen der Welpen beiläufig von sich weg. »Gut so, meine Kleine.«

»Sie braucht wahrscheinlich bloß was zu essen.«

»Ich darf sie nicht verlieren.« Skeetahs kahler Kopf sieht schlammig aus nach der Nacht auf dem sandigen Schuppenfußboden. Mamas Arme sahen immer so aus, wenn sie auf dem kleinen Gartenbeet, das sie hinter dem Haus angelegt hatte, Grünzeug erntete. Das Beet war umzäunt mit Holzlatten von einem alten Babybett, das Daddy am Straßenrand gefunden hatte. Es ist gefährlich, was Skeetah sagt, dass er auch nur denkt, China könnte sterben. Leichtfertig, es laut auszusprechen, es zu beschwören und dadurch möglich zu machen.

»Warum nimmst du nicht ein Bad?« Ich denke an die Schnittwunden an seiner Taille, sehe, wie sie unter Randalls altem Verband rot werden und sich entzünden. Wir fangen uns hier auf dem Pit so leicht Geschwüre ein, wie wir früher die streunenden Hunde eingefangen haben, und ich weiß genug darüber, um zu kapieren, dass es sich um bakterielle Infektionen handelt. Er wird nicht in die Klinik gehen wollen, und Daddy wird ihn auch nicht hinbringen wollen, wenn es so weit kommt. »Wegen deinem Bauch.«

»Mir geht's gut.« Er streichelt Chinas Kopf im Rhythmus von Daddys Hammerschlägen.

»Du musst beim Kampf sauber sein. Gesund. Und sie auch. Wenn du verletzt bist, was soll sie dann machen?« Das dringt zu ihm durch. Berührt seinen Stolz. Er hört auf, China zu tätscheln, lässt seine Hand auf dem warmen Hügel ihres Schädels ruhen. Sie seufzt und stößt einen weiteren Welpen weg. Das Dreieck aus Sonnenlicht auf dem Fußboden verschwindet kurz und erscheint erneut, von Wolken verdeckt und dann wieder befreit; als Skeetah zu mir hochschaut, blinzelt er.

»Na schön. Pass auf sie auf.« Skeetah steht auf, geht zur Tür und schubst Junior im Vorbeigehen so doll, dass er fast von der Tonne fällt.

»Mistkerl!«, ruft Junior.

»Und pass auf, dass Junior nichts anfasst.«

China tritt kraftlos nach den Welpen. Sie rutscht auf dem Rücken entlang, um von ihnen wegzukommen, und hört erst auf, sich zu winden, als sie mit dem Rücken an der Wand liegt. Die Welpen geben quiekende Laute von sich, recken die Pfoten in die Luft, rollen hilflos auf die Seite. Ihre Augen sind abgeschnittene Fingernägel. Es sind vier: der weiße China-Klon, der rote, der wie Kilo aussieht, der gestromte Kümmerer und der schwarz-weiße mit dem gemusterten Fell. Sie kullern von China weg. Ich hocke mich in die Türöffnung, mein Bauch drängt nach vorne und drückt gegen meine Oberschenkel und Knie; ich ziehe mein T-Shirt weg von meinem Bauch. China beäugt uns alle träge, legt dann den Kopf auf die Pfoten, schließt die Augen und schläft ein, soweit ich es beurteilen kann.

»Esch?«

»Was denn, Junior?« Die Welpen rudern auf dem Boden herum. Junior springt von seinem Thron, landet dumpf neben mir auf der Erde und hockt sich hin.

»Sie müssen wieder zu China«, sagt er. Er legt die Arme auf die Knie und lässt die Hände baumeln, aber selbst dann sieht es noch so aus, als wolle er nach ihnen greifen. »Sie gehn sonst durch die Tür raus.«

»Wie solln sie das denn machen, wenn wir hier sitzen?«

»Durch die Lücken.« Junior bewegt eine Hand zwischen uns. »Hier.«

»Fass sie nicht an.« Ich ziehe wieder an meinem T-Shirt. Juniors Atem riecht nach Erdnussbutter. Ich bin so müde; es durchströmt mich wie heftiger, blind machender Regen. Chinas Ohr zuckt im Schlaf. Ich wünschte, sie könnte sprechen.

»Ach Esch!« Junior beugt sich vor, bleibt auf den Füßen hocken und neigt sich langsam den Welpen entgegen. »Ich setz sie nur wieder zurück. Siehst du?« Er fasst den weißen am Nacken, greift mit seiner ganzen Hand ins Fell, und schiebt ihn dreißig Zentimeter zurück, sodass er näher an China ist. Sie atmet schläfrig. Junior dreht sich lächelnd zu mir um. Seine Lippen bleiben über den Zähnen geschlossen, über den zahlreichen Lücken und den Fäulnisspuren in den Spalten. »Siehst du?«

»Dann machs, aber schnell.« Chinas Schwanz bewegt sich ruckartig im Schlaf, dann liegt sie wieder still. »Bevor sie aufwacht.«

»Okay.« Junior hebt den roten Welpen auf und setzt ihn neben seine Schwester. Seine Lippen teilen sich über den Zähnen, und jetzt lächelt er richtig.

»Beeil dich«, flüstere ich. Ich möchte so schlafen wie China, mich in den kühlen Sand im Schuppen legen.

»Geht klar«, flüstert er. Der schwarz-weiß gescheckte windet sich ein bisschen in seiner Hand, wabbelt blind wie ein Regenwurm herum, ehe er ihn absetzt.

»Du darfst sie aber nicht noch mal anfassen«, hauche ich. Ein Muskel in Chinas Seite zuckt: ein weißes Laken auf der Wäscheleine, das im Wind flattert. »Hörst du?«

Junior nimmt den letzten Welpen, den gestromten Kümmerer, am Bauch hoch. Sein Daumen und sein Mittelfinger berühren sich, als er den Brustkorb umfasst. Der Welpe ist dünn, hat kein Milchfett angesetzt wie die anderen. Junior hebt ihn an seine Nase; von so nah dran sieht sein Fell aus, als bewege es sich. Flöhe bahnen sich ihren Weg durch die flaumigen Haare. Sein Kopf fällt zur Seite, und er reißt ihn herum in die andere Richtung. Ich bin erstaunt, dass sein Hals so viel Kraft hat, obwohl er nur eine Kinderhand voll Fell, Haut und Knochen ist.

»Hörst du?«

»Jo.« Junior rührt sich nicht.

»Setz ihn ab!«, zische ich. Ich würde Junior am liebsten ohrfeigen, aber ich weiß, das würde China wecken. Junior schnüffelt an dem Welpen, und ich schwöre, wenn ich nicht hier wäre, würde er ihn ablecken. China gibt ein klagendes, schläfriges Knurren von sich.

»Verdammt noch mal!« Ich packe seinen stockdürren Arm hart. Grabe meine Fingernägel hinein. Hoffe, dass er Angst in meiner Hand spürt.

»Ist schon gut, Esch!«, jammert Junior und entzieht sich mir, den Welpen immer noch im Arm. China tritt mit den Pfoten.

»Mach schon!« Ich grabe tiefer. Ich schwitze, meine Achseln sind heiß. Ich brenne. »Junior!«

»Na gut.«

Juniors Lächeln ist verschwunden. Seine Mundwinkel verziehen sich angespannt und entblößen das untere Zahnfleisch. Das ist sein Weingesicht. Sein Rücken ist schmal und hart wie ein Lineal. Er beugt sich vor und lässt den Welpen aus seiner Hand rollen. Er purzelt auf die Seite, bleibt liegen und schiebt den Kopf über den Boden. Junior zieht seinen Arm weg, legt ihn an seine Brust und schaut mich nicht an. Stattdessen starrt er auf die Welpen und flüstert wütend durch seine verzogenen Lippen.

»Das tat weh, Esch. Das hat echt wehgetan.«

»Und wenn Skeet reingekommen wäre? Wenn China aufgewacht wäre?«

Meine Hände fühlen sich schwach an, jetzt, da sie Junior nicht mehr festhalten. Als er noch ein Baby war, haben Randall und ich ihn uns auf dem Sofa hin und her gereicht, ihn gefüttert, seinen Bauch massiert, ihm den Kopf gestreichelt. Randall meinte, er würde die Stirn runzeln wie Mama.

»Wegen dir blute ich.« Junior spuckt in seine Hand und reibt damit über seinen Unterarm, wo ich rote Striemen in der Form von zwinkernden Augen hinterlassen habe. »Du hättest es nicht so doll zu machen brauchen.«

»Du hörst ja nicht«, sage ich. Als er klein war, hat Junior nie geweint.

»Trotzdem.« Er reibt sich mit der bespuckten Hand über die Augen.

»Man kann nie wissen«, sage ich. China schnaubt erneut im Schlaf. »Das weißt du doch, oder Junior?« Meine Hand wedelt in Chinas Richtung. »Du kennst sie doch.«

China schlaf-knurrt noch einmal, hoch und scharf. Ich berühre Junior am Rücken, streiche über die Murmelkette seiner Wirbelsäule. Er entzieht sich, hält sich immer noch den Arm und schaut mich an. Seine Augen sind wie das dunkle Herz einer Auster. Ich drehe mich zu China um, will sichergehen, dass sie noch schläft, will sichergehen, dass ihre Welpen sich nicht zu weit entfernen, will sichergehen, dass mein T-Shirt immer noch nicht am Bauch anliegt. Ich bin wieder müde. Junior setzt sich im Sand auf seine Beine, weit genug weg von mir, dass ich ihn nicht packen kann, aber doch neben mir. Ich hatte erwartet, dass er unter das Haus laufen würde.

»Tut mir leid«, sage ich.

Junior beugt sich vor, stützt sich im Sand auf die Arme und reckt den Po in die Luft. Er nickt in Richtung der Welpen. Als er noch ein Baby war, ist er so immer eingeschlafen, auf dem Sofa, oder im Bett bei Randall. Die Welpen paddeln wieder blind von China weg, so als schwämmen sie durch tiefes Wasser, auf Junior zu. Ich frage mich, ob er sich wohl heimlich in den Schuppen geschlichen hat, wenn wir mit China draußen waren, ob er schon öfter mit ihnen gespielt hat.

»Können wir heute in den Park gehen?«, fragt er. Daddy schlägt zweimal gegen den Stall und flucht. Er ist verkatert. Er wird böse sein. Ich ziehe den Deckel der Würstchendose ab, nehme eins raus und reiche es Junior. China rollt sich zur Wand, um ihren Welpen im Schlaf zu entkommen, so gut es geht, und ich nicke.

»Ja, können wir machen.«

Als wir kleiner waren und Mama uns morgens zur Schule wecken musste, hat sie uns immer zuerst am Rücken berührt. Und wenn sie spürte, wie wir uns unter ihren Händen wanden, uns auf den Morgen zubewegten, sagte sie mit sanfter Stimme, wir müssten aufwachen, es sei Zeit für die Schule. Nachdem sie gestorben war, musste Daddy uns wecken, aber er hat uns nicht angefasst. Er hat neben unserer Zimmertür laut an die Wand geklopft und gebrüllt: *Aufwachen*. Als Skeetah in einem schwarzen Muscle-Shirt und Jeans-Shorts wieder zum Schuppen kommt, schwitzt er bereits. Er weckt China so, wie Mama uns geweckt hat. Die Welpen rollen von ihm weg. Er setzt sie in eine größere Kiste, wo sie sich unbeobachtet wälzen und mit den Pfoten kratzen.

»Sie muss aufstehen«, sagt Skeet. Als wir ihm sagen, dass wir in den Park gehen, hat er einen Entschluss gefasst. »Sie muss es ausschwitzen.«

Skeetah legt China eine Leine an, hebt sie hoch und wirft sie sich über die Schulter. Ihre Hinterbeine baumeln zwischen seinen Oberschenkeln, sodass er nur schwer laufen kann. Das hat er nicht mehr gemacht, seit sie ein Welpe war. Damals hing sie lächelnd über seiner Schulter und leckte das Salz von seinen Ohren und seinem Nacken. Jetzt runzelt sie mit halb geschlossenen Augen die Stirn, döst mit nickendem Kopf ein. Eine dünne Speichelspur hängt bis auf seinen Rücken hinunter. Skeetah schiebt China immer wieder hoch, und erst als wir ums Haus herum sind, eine alte Badewanne und die Karosserie eines Autos, das ich nie habe fahren sehen, umrundet haben und über den Graben auf den ausgefransten Asphalt der Straße gesprungen sind, setzt er sie ab. Kiefern wiegen sich auf beiden Seiten im plötzlich aufkommenden Wind, und China schwankt mit ihnen. Sie zittert. Ihr weißes Fell hat Skeetahs hart aussehende Schultern mit Staub bedeckt. Er runzelt die Stirn. Er zerrt an ihrer Leine.

»Komm schon.«

Junior stößt mich in die Rippen.

»Bin gleich wieder da«, sagt Junior, und dann rennt er zum Haus zurück.

China blickt ihm geistesabwesend nach. Skeetah zerrt noch einmal an ihrer Leine und geht los. Sie setzt sich mühsam in Bewegung und trottet hinter ihm her. Die Kette zieht an ihren Ohren, umringt ihren Kopf wie ein Würgeisen. Skeetah läuft leicht gebückt und schaut sich nicht um. Ein Habicht kreist über uns, lässt sich von einem Luftstrom tragen. Spiralförmig schwebt er abwärts und verschwindet flügelschlagend in den fedrigen Baumwipfeln. Unser Haus hat die Farbe von Rost und ist unter den Eichen und hinter all dem Schrott beinahe unsichtbar, so schief wie es steht. Die Zementblöcke, auf denen es ruht, haben die Farbe des Sandes. Ich folge Skeetah, der so schnell geht, dass seine Gestalt in der Mittagshitze schon verschwimmt. Ich erwarte, dass Junior mit einem Ball wiederkommt, aber dann höre ich das Knirschen und Mahlen von Fahrradreifen und sehe, wie er die Straße entlangstrampelt, im Stehen. Das schwerfällige schwarze Rad wackelt bei jedem Tritt. Es ist selbst für Junior zu klein. Als er mit einem Schlenker neben mich fährt, sehe ich, dass es keinen Sattel hat. Deshalb fährt er im Stehen. Ich lache.

»Wo hast du das denn her?«

»Gefunden«, keucht Junior. Sein Lächeln ist mehr wie ein Ausatmen, und dann keucht er noch mal und steuert von mir weg, um im Kreis um Skeetah herumzufahren. China, die normalerweise jeden Fahrradfahrer jagt, trottet nur langsam weiter und beachtet

Junior gar nicht. Skeetah seinerseits beachtet sie nicht, sondern läuft geradeaus weiter, mit krummem Rücken, ein verkrampfter, besorgter Strich in der Landschaft. Die Leine bleibt straff. Ich renne, um sie einzuholen.

Während wir ins Zentrum von Bois Sauvage laufen, weg von unserem Pit, erscheinen nach und nach die Häuser, anfangs vereinzelt hinter Bäumen versteckt, dann näher aneinander stehend, bis es nur noch kleine Waldstücke sind, die sie voneinander trennen. Wir gehen an Big Henrys unangemessen schmalem Haus vorbei. Marquises kleines rosa Häuschen, das nur drei Fenster hat, steht in einem Garten voller Rhododendren und wirkt selbst wie eine verwelkte Blüte. Das Haus von Rich Boy Franco ist grün, und aus irgendeinem Grund hat jemand aus seiner Familie die unteren sechzig Zentimeter der Baumstämme im Garten weiß angestrichen. Zwei ältere Jungs namens Joshua und Christophe haben ein grau-blaues Haus mit einer eingebauten Veranda an der Seite und wild wuchernden Bougainvilleas unter den Eichen im Garten, und dann kommt Mudda Ma'ams ins Beige verblichenes gelbes Haus, das von Glyzinien überwachsen ist. Mannys Wohnwagen steht auf der anderen Seite von Bois Sauvage, abseits von diesem Teil des Viertels: die kleine katholische Kirche, der unordentliche Friedhof, auf dem Skeetah den Rasen gemäht hat, der öffentliche Park mit dem Sandparkplatz, der in Bois den Eindruck von Ordnung und Anstand aufrechterhalten will. Was ihm nicht gelingt. Der Wald verwischt die Grenzen des Parks. Akazienbäume wölben sich wie Basketballspieler mit langen anmutigen Armen darüber und werfen rosafarbene Blüten ab, als wären es Bälle. Kiefern wachsen im Graben am Parkrand, neben den netzlosen Basketballkörben, unter dem zerfetzten Sonnendach des lückenhaften hölzernen Klettergerüsts, das langsam im Sand versinkt, neben den steinernen Picknicktischen, deren Ecken vom Regen rund geworden sind, und sogar mitten auf dem grasüberwucherten Baseballfeld. Wartungsarbeiter, meistens Sträflinge aus dem Kreisgefängnis in grün-weißen Overalls, erscheinen einmal im Jahr und versuchen halbherzig, den sich ausbreitenden Wald zurückzuschneiden, das blühende Gras und die Kiefernsetzlinge abzumähen. Die Wildnis von Bois Sauvage schert sich nicht darum, und wir sind der Verwahrlosung ein weiteres Jahr ausgeliefert.

Junior fährt jauchzend von mir weg, das Gummi seiner unzureichend aufgepumpten Reifen klingt wie eine Säge, die sich durch einen Baumstamm frisst. Er schießt abwärts in den Graben und wieder hinaus, sodass sein Rad kurz durch die Luft fliegt, ehe er wieder landet, mit einem solchen Satz, dass er beinahe auf den nichtvorhandenen Sattel gespießt wird. Er schaut sich um, voller Stolz, und fährt dann schlingernd in den Park hinein. Skeetah zieht immer noch entschlossen China an der Leine hinter sich her. Sie lässt beschämt Kopf und Schwanz hängen. Er folgt Junior nicht in den Park zu den Basketballkörben, wo Leute spielen.

»Was machst du?«

»Ich zwinge sie zum Laufen, damit es rauskommt.«

»Ihr seid schon drei Kilometer zum Park gelaufen, meinst du nicht, dass sie es längst ausgeschwitzt hat?«

»Nein.« Skeetah schnappt sich Chinas Kette und fängt an zu traben, weg von mir, in Richtung Friedhof. Die Hitze ist eine nasse blaue Decke. Ich drehe mich um und folge Junior zum Basketballplatz. Auf der kleinen, windschiefen Tribüne unter den Bäumen sitzen Leute; ich sehe lange, dunkle Schatten um ihre Gesichter, lange, glänzende, an den Oberschenkeln gekreuzte Beine, kurze Shorts: zwei Mädchen. Auf Wolken folgt Sonne, und die Gesichter werden deutlich: Shaliyah und ihre Cousine Felicia. Ich bleibe, wo ich bin, am Rand des Feldes, auf der anderen Seite des Schattens unter der Eiche und der Tribüne, und setze mich ungeschickt ins Gras. Es fühlt sich an, als würde ich hinfallen.

Manny ist auf dem Platz, macht einen Spin Move und entfaltet sich dann wie eine Luftschlange, um den Ball in den Korb zu werfen. Ich frage mich, ob sie seine Verletzung sehen kann, so wie ich, ob sie sie daran erkennen kann, wie sein Arm zurückschnappt, wenn er einen zu schnellen Korbleger macht, so als könne er ihn nicht weit genug ausstrecken. Ich frage mich, ob sie sieht, wie er den Arm beim Rennen vor der Brust hin und her schwenkt, so als hätte er immer noch die Hoffnung, die Verletzung zu überwinden, sie zu heilen, seinen Körper wieder so makellos und vollkommen zu machen, wie er vorher war. Ich frage mich, ob sie bemerkt, dass er den Arm beim Sex bevorzugt, dass er das meiste Gewicht auf die linke Seite verlagert, sodass er immer nah an meinem rechten Ohr ist, dort atmet. Eine Ameise krabbelt über meinen Fußknöchel; sie schnuppert mit ihren Fühlern. Ich wische sie weg ins stachelige Gras. Schweiß ist in mein T-Shirt gesickert, zwischen meine Brüste, die sanft pulsieren. Sie tun jetzt ständig weh. Meine Haut fühlt sich an, als würde ihre dunkle Farbe die Hitze anziehen, deshalb schaue ich unwillkürlich zu der schattigen Stelle hinüber, sehe, wie das Stückchen Metall, das Shaliyah an ihrem Arm trägt, durch die Blätter des Baumes das Sonnenlicht auffängt und golden zurückwirft. Ich werde mich nicht dort hinsetzen.

Big Henry, Marquise, Javon, Franco, Bone und Randall sind auf dem Platz. Ihr Atmen ist ein Seufzen. Sie stoßen abgehackte Flüche aus. Alle mit nacktem Oberkörper, außer Big Henry. Sie schubsen sich, fallen hin und nehmen in Kauf, dass der Beton ihnen die Haut an Händen, Knien und Ellbogen abreißt wie Blütenblätter. In ihren Gesichtern mit den geöffneten Mündern zeigt sich die Aufregung, ihre Mienen ähneln Skeetahs Gesichtsausdruck, wenn er Chinas Kette um seine Hand wickelt und so fest zieht, dass sie sich in seine Haut eingräbt, wenn er sagt: *Schau hin, schau sie an – FASS*. Es ist der gleiche Ausdruck, den die meisten von ihnen beim Ficken haben. Unter der Eiche fächert sich Shaliyah mit einer Pralinenschachtel Luft zu. Sie reibt sich erst den einen, dann den anderen Arm und schnippt mit der Hand, als wolle sie den Schweiß, den sie dort gefunden hat, wegschleudern. Sie ist so ruhig und selbstbeherrscht wie eine Hauskatze; es ist die Art, auf die sich alle Mädchen, die nur einen Jungen kennen, bewegen. Zentriert, als würde die Liebe, die dieser Junge für sie empfindet, sie tief im Boden verankern wie die Wurzeln eines Baumes, die selbst von einem Hurrikan nicht herausgerissen werden. Die Liebe als Gewissheit. So muss China sich fühlen, denke ich auch jetzt, als ich mich umschaue und sehe, wie Skeetah um das ganze Basketballfeld herumrennt, die Leine immer noch straff gespannt.

Manny nimmt eine Auszeit und geht mit geschlossenen Augen schwer atmend hinüber zu dem Korb, der am nächsten bei mir ist. Er lehnt sich an die Stange, streckt seinen Arm, zieht sich an den Hüften zurück. Randall verschränkt die Hände hinter dem Kopf und starrt auf die Straße, beobachtet Skeetah und China, die dort rennen. Manny schwenkt seine Arme in großen Kreisen, streckt die Muskeln, lässt den Blick über den Spielfeldrand schweifen, und als er mich sieht, kaum zwei Meter von ihm entfernt, zucken seine Mundwinkel.

»Los, weiter«, brüllt Manny.

Das Spiel fängt wieder an, und Manny benimmt sich wie China, wenn sie Milben im Ohr hat. Sie rennt dann im Kreis herum, jagt ihren Schwanz, schlägt mit dem Kopf gegen Büsche in der Hoffnung, sie herausschütteln zu können, bis Skeetah sie sich zwischen die Knie klemmt, ihren Kopf festhält und sie behandelt. Manny rennt auch so hin und her auf dem Platz, bahnt sich einen Weg zwischen Big Henry und Marquise hindurch, um Korbleger zu versuchen. Er geht an Randall heran, um Jump Shots zu machen, die der unweigerlich blockt und aus dem Feld schlägt, und obwohl Mannys Würfe wegen seines lädierten Arms immer niedriger werden, wirft er wieder und wieder, ignoriert Francos Rufe, den Ball zu passen. Mannys Gesichtsausdruck wird der von China, als sie zum ersten Mal die Ohrmilben hatte; sie war erst halb ausgewachsen, hatte noch einen kurzen Oberkörper und lange Beine. Als die Milben bei der Hitze lebhafter wurden und sie wie wahnsinnig ins Ohr bissen, ging sie auf Juniors letzten streunenden Hund los, der braun-schwarz war und dem ein Ohr fehlte, und biss ihm das andere Ohr ab. Bone wirft den Ball zu Manny, und Manny fängt ihn, zuckt zusammen, weil es im Arm zieht, und drängt Big Henry unter den Korb, obwohl Bone der zweite große Mann auf dem Feld ist und obwohl Big Henry mindestens fünfzehn Zentimeter größer ist als Manny und doppelt so dick. Big Henry schiebt die Knie zusammen, und sie fallen beide hin und rutschen über den Asphalt.

»Wir spielen hier nicht Football!«, kreischt Marquise.

»Foul!«, brüllt Manny und springt wieder auf.

»Was soll das heißen, verdammt?«, fragt Big Henry verdutzt, während er Zehen und Fingerspitzen aufsetzt und sich mühsam hochrappelt.

»Spielt einfach!«, sagt Randall. Er schwenkt den Arm in Richtung Straße, wo Skeetah in der Ferne verschwunden ist. »Lasst uns einfach weiterspielen, verdammt.« Er legt die Hand auf Manny, der auf Zehenspitzen vor Big Henry steht, drückt Mannys Schulter und wird wie Skeetah für China. Manny beruhigt sich. Das Spiel wird langsamer, und als er seine letzte Auszeit nimmt, geht er zu dem Korb in der Nähe von Shaliyah. Er winkt mit den Fingern, und sie lacht.

Das Spiel verläppert und kommt zu einem trägen Ende durch Randall, der von der Mitte aus durchzieht und einen Dreier versenkt. Marquise trabt zum Wasserhahn, gefolgt von Franco. Randall lässt den Ball im Gras ausrollen und kommt zu mir herüber, ehe er die Hände auf die Knie legt. Schweiß tropft wie Wasser von ihm ab, und er ist so atemlos wie ein Pferd. Big Henry landet neben mir im Gras, anmutig wie ein Reiher, lässt sich dann nach hinten fallen und legt einen Arm über seine Augen, weil die Sonne hinter den Wolken hervorkommt und uns blendet.

»Gut gespielt«, sagt Randall.

»Danke«, sagt Big Henry keuchend.

»Was zum Teufel macht Skeet da?« Randall spuckt beim Sprechen Schweiß.

Manny geht zur Tribüne hinüber, auf Shaliyah zu.

»Rennt mit China.«

»Das sehe ich. Aber was soll das?«

»Er hat ihr gestern eine Wurmkur verpasst und meint, heute wär sie krank.«

»Echt?«

»Ich glaub, er hat Schiss, dass er ihr zu viel gegeben hat.«

Randall verzieht den Mund, als äße er eine saure Weintraube; er kaut auf der Innenseite seiner Wange.

»Was kann er da machen.« Es ist eine Feststellung. Ich zucke die Achseln und schaue zur Tribüne. Shaliyah hat Manny anscheinend einen Sportdrink gekauft, denn er steht unter der Eiche und hält die Flasche schräg, damit ihm die Flüssigkeit direkt in den Hals läuft. Die Sonne schimmert durch die Eichenblätter und trifft hier und da auf seine Haut, sodass sein ganzer Körper so mosaikartig glänzt wie die Glasnarbe in seinem Gesicht.

»Was?«

»Was kann er da machen?« Diesmal stellt Randall es als Frage.

»Nichts«, sagt Big Henry. Er hat die Arme zu beiden Seiten ausgestreckt. Er schaut mich an. Er ist eigentlich nicht fett, aber sein Dicksein ist überall zu merken: Seine Hände sind wie Baseballhandschuhe, sein Kopf wie eine Melone, seine Brust wie ein Tonnengrill, seine Beine wie Äste, die aus einem unbezwingbaren Stamm herauswachsen. »Kann man gar nix machen«, sagt Big Henry. Ich habe das Gefühl, er kann durch mein T-Shirt hindurchgucken und meine geschwollenen Brüste sehen, meinen Bauch, der sich im Sitzen ein bisschen zu sehr vorwölbt und mehr als fett aussieht. Er grinst, so zaghaft und sanftmütig wie er sich auch bewegt, aber es wirkt wie ein Nachtrag.

»Tja, Scheiße.« Randall faltet sich zusammen und wischt sich das Gesicht an seinen Basketballshorts ab. »Scheiße.«

»Bist du fit für das Summer-League-Spiel morgen?«

»Jepp.« Randalls Stimme wird von den Shorts gedämpft; durch den Stoff klingt sie zittrig.

»Zahlen sie dieses Jahr dein Basketball-Camp?«

»Weiß nich. Trainer sagt, entweder ich oder Bodean.«

»Nervös?«

»Sie nehmen nur einen, und ich mach in jedem Spiel doppelt so viel Punkte wie Bodean. Ich arbeite härter als er.«

»Denkst schon an die ganzen Talentscouts im Camp, oder?«, sagt Big Henry lachend.

»Schätze, ich seh in einem schwarzen Trikot am besten aus.« Randall lehnt sich zurück und legt den Kopf in die Hände. »Oder in Hellblau.« Randall lächelt, aber ich weiß, dass er es ein Stück weit ernst meint, dass er bereits weiß, auf welches College er am liebsten will.

Big Henry stützt sich auf die Ellbogen. Manny setzt sich neben Shaliyah auf die Tribüne, lehnt sich an sie und reibt seine schweißnasse Schulter an ihrer. Sie kreischt und will aufspringen, aber er zieht sie an sich. Sie windet sich und kreischt noch einmal, lachend. Die Sonne scheint auf mich nieder, verbrennt mich, lässt den Schweiß, das Wasser und das Blut verdampfen, bis nur noch meine Haut, meine vertrockneten Organe und morschen Knochen übrig sind: eine Rosine von einem Körper. Wenn ich könnte, würde ich in mich hineingreifen und mir das Herz und den kleinen nassen Samen, aus dem das Baby wird, herausreißen. Die beiden als Erstes loswerden, damit der Rest nicht so wehtut.

»Von dem Gras kriegst du Juckreiz.«

»Weiß ich«, sagt Randall. Er dehnt das Gummiband seiner Shorts. »Wasser.« Er geht über das Gras zum Wasserhahn – geschmeidig, groß und schwarz.

»Ich weiß, dass dir hier ganz schön heiß ist.« Big Henry berührt meinen Handrücken mit zwei Fingern und drückt ihn.

»Ja.« Manny reibt den Schweiß von seiner Stirn an Shaliyahs Wange. Ihr Kreischen wird zu einem lauten Aufschrei. Ihre Zähne sind unglaublich weiß.

»Willst du dich in mein Auto setzen? Es steht im Schatten. Die Fenster sind offen.« Big Henry schaut zur Tribüne hinüber, rollt sich auf die Seite und steht mit einer einzigen schnellen Bewegung auf. Manchmal vergesse ich, dass er mal Athlet war.

»Okay.« Die Wolken ziehen jetzt langsamer, bleiben in der Ferne über den Baumwipfeln hängen, als hätten sie genug von der Sonne. »Okay.« Ich schaue zu Boden, als ich aufstehe, als ich mich vom Platz abwende und weggehe. Ich kann der Versuchung, mich umzudrehen, kaum widerstehen. Ich sehe nicht mal, dass Junior neben mir auf seinem Fahrrad angerast kommt und jauchzend einen Schlenker auf mich zu macht. Er lacht. Unter den Bäumen auf dem Sandparkplatz steht Javons Wagen. Er strahlt wie der beginnende Sonnenuntergang. Marquise lehnt an seiner Stoßstange. Randall rennt hinter uns zu ihnen hinüber, legt sich halb auf Big Henrys Kühlerhaube und die Windschutzscheibe, sodass sein nasser Rücken wie Pudding aussieht. Big Henry und ich setzen uns ins Auto, bei offen stehenden Türen, ein Bein draußen, Köpfe zurückgelehnt. Big Henry spielt Outkast.

Randall macht Witze, und Big Henry lacht. Als die Sonne an den Rand der Baumkronen stößt, brechen wir auf, und Manny ist inzwischen mit seinem Mädchen auf dem Platz. Sie spielen zu zweit, einer gegen einen, und er neckt sie, indem er ihr den Ball aus der Hand schlägt, sodass er über den ganzen Platz hüpft. Ihr Lachen wird vom sanfter werdenden rosa Wind davongetragen. Big Henry macht seine Tür zu. Ich knalle meine zu, und Randall rutscht schnell rüber auf die Beifahrerseite der Windschutzscheibe. Junior hält sich oben am Türrahmen fest, immer noch auf seinem Fahrrad stehend, und Big Henry greift durchs Fenster und legt seine große Pranke auf Juniors Hand. Big Henry gibt Gas und schaltet dann runter, und so folgen wir Skeetah und China, die jetzt beide rennen, schlotzend schwarz und gleißend hell im Licht der untergehenden Sonne und der jagenden Wolken, den ganzen Weg bis nach Hause.

Die Welpen fiepen nach Milch. Sie haben Daddy bis in den kiefernschwarzen Abend hinein auf den Stall einhämmern hören, den er Nagel für Nagel, Brett für Brett auseinandernimmt. Sie räkeln und reiben sich aneinander. Skeetah hebt einen nach dem anderen am Nackenfell hoch und setzt sie vor China ab, die immer noch die Nase auf dem Boden hat. Er hat ihr die Kette noch nicht abgenommen; sie liegt schwer und zackig wie eine Fahrradkette auf einem Haufen im Sand neben China. China atmet durchs Maul, aber mit jedem Ausatmen scheint etwas Nasses hinten in ihrem Hals stecken zu bleiben. Sie nickt bei jedem Atemzug. Ihre Beine sind still, aber der Schweiß, den Skeetah ihr entlockt hat, erfasst den roten Staub auf ihrem Fell und kanalisiert ihn, sodass er wie Wasserfarbe an ihr herunterläuft. Unter der Glühbirne sehen meine Arme schwärzer und schmutziger aus als je zuvor. Ich binde mein Haar mit einer Strähne von unten zurück, die ich um die restlichen Haare winde und festknote. Ich will es aus dem Gesicht haben. Mama hatte unrecht: Ich besitze keinen Glanz. Ich besitze gar nichts.

»Randall!«, schreit Daddy. Es ist seltsam, die Nacht ohne sein Hämmern zu hören.

»Jo«, sagt Randall von der Schuppentür aus. Big Henry steht neben ihm. Junior hängt auf Randalls Rücken, packt seine Schultern, seinen Bizeps, verliert den Halt und rutscht an dem Schweiß ab. Skeetah schaut zur Tür und schüttelt bei Daddys Ruf den Kopf. Chinas Kette hängt locker in seinen Händen. China sieht aus, als fräße sie Erde.

»Komm mal her.«

Randall seufzt, packt Juniors Unterarme, beugt sich vor und hievt ihn wieder hoch.

»Ja, ja.«

Ich gleite auf seinen Platz in der Tür neben Big Henry, damit ich alles im Blick habe. Junior leckt sich die Finger, während Randall losgeht, und steckt sie in Randalls Ohren.

»Iih. Ich hab doch gesagt, du sollst das lassen.« Randall reibt sich die Ohren, aber ich weiß, dass er das Nasse nicht rauskriegt. »Ich setz dich gleich ab.«

»Nein, Randall, bitte nicht.«

»Dann hör auf. Das ist total eklig.« Randall bleibt stehen, verschränkt die Arme unter Juniors Po zu einem Sitz und hievt ihn noch einmal hoch. »Was denn?«

Daddy hat erst eine Wand des Hühnerstalls plattgemacht. Die Hühner laufen benommen und verwirrt um seine Füße, offenbar verwundert, weil er ihr Haus auseinandernimmt, obwohl sie seit Jahren nicht mehr darin gesessen oder geschlafen haben. In dem Zwielicht der Glühbirne im Schuppen und den Lichtkegeln von Daddys Autoscheinwerfern sehen sie schwarz aus. Daddy lässt den Hammer fallen, und die Hühner stieben auseinander, flattern auf wie Blätter im Wind.

»Der Sturm hat jetzt einen Namen. Wie immer, wenn es schlimm kommt, ist es eine Frau. Katrina.«

»Es gibt einen neuen Sturm?«, fragt Randall.

»Was glaubst du, wovon ich die ganze Zeit geredet hab? Ich wusste, dass er kommt«, sagt Daddy. *Wie immer, wenn es schlimm kommt*, wiederhole ich. *Eine Frau.* Er schüttelt den Kopf und betrachtet stirnrunzelnd den Stall. »Wir werden was ausprobieren.«

»Was denn?«

»Setz dich auf meinen Traktor, und ich lotse dich zu dieser Wand hier.« Daddy zeigt auf die längere Wand. »Und dann reißen wir das verdammte Ding nieder.«

Randall hievt noch einmal. Junior hat sein Gesicht auf Randalls Schulter gelegt.

»Ich kann das Teil nicht fahren.«

»Du brauchst bloß den Gang einlegen und aufs Gaspedal zu drücken. Wie man lenkt, weißt du ja.«

»Müssen wir das unbedingt im Dunkeln machen?«

Daddy tritt zur Seite, und ich kann seinen Kopf sehen, der kaum bis zu Randalls Schulter reicht. Sein Gesicht sagt, er lächelt, aber seine Stimme sagt Nein, tut er nicht.

»Was soll das heißen, müssen wir es unbedingt abends machen? Das Tiefdruckgebiet draußen im Golf ist zu einem Hurrikan geworden. Wir haben nich genug Holz, um die Fenster zu vernageln, und du sitzt hier und fragst, wieso wir das abends machen müssen?«

Randall schweigt. Junior rutscht wieder ab.

»Er ist unterwegs nach Florida. Er kommt schräg, und was glaubst du, wen er treffen wird?«

»Florida«, seufzt Randall. »Flauen sie nicht normalerweise ab, nachdem sie was getroffen haben?« Randall hievt Junior, der versucht, sich mit den Füßen an Randalls Taille zu klammern, nicht wieder hoch. Junior gleitet ab. Sein Kinn verschwindet hinter

Randalls Schulter, und sein Kopf sinkt bis zu Randalls Schulterblättern. »Ich sag ja nur, dass du ihn besser fahren kannst als ich.«

»Das weiß ich selbst.« Daddy tut das Kompliment ab. Normalerweise funktioniert es, wenn Randall ihm eins macht. »Aber ich kann nicht sehen, ob er im richtigen Winkel trifft. Wenn du es machst, kann ich dir sagen, wie du reinfahren sollst, damit das ganze Ding auf einmal umfällt.«

Juniors Füße sind auf der Höhe von Randalls Knien. Junior landet im Sand und kann sich gerade noch abfangen. Ich würde ihn am liebsten in den Schuppen rufen, denn ich weiß, dass er Daddy auf die Nerven geht und er davon nur noch böser wird, aber ich tue es nicht. Er gibt heute Abend den Patroklos neben Randalls Achilles.

»Komm schon.« Daddy läuft in die Dunkelheit hinein, ohne abzuwarten, ob Randall ihm folgt. Randall geht um die Ecke, die Hände im Nacken verschränkt, und schüttelt den Kopf. Junior folgt ihm auf dem Fuße.

Skeetah lässt China von der Kette und schlingt sich das Metall immer wieder um Unterarm und Schulter, bis es einen soliden silbernen Flügel bildet. China trottet in ihre Ecke und kippt um, mit einem Schlag, anstatt sich wie sonst zuerst anmutig hinzusetzen und dann langsam über die Flanken und die Seite abzurollen. Sie legt den Kopf auf das Linoleum, das Skeetah offenbar sauber gefegt hat, denn sie wirbelt keinen Staub auf. Skeetah geht zur Tür, legt die Kette auf das Ölfass, rückt sie zurecht, befingert die einzelnen Glieder. Er erträgt es nicht, China anzuschauen.

»Meinst du, es hat geholfen?«, fragt Big Henry.

»Weiß ich nicht«, sagt Skeetah.

»Vielleicht is sie bloß müde«, sage ich zu den beiden, weil ich hoffe, dass diese Worte Skeetahs Stirn glätten, die tiefen, knotigen Furchen dort entwirren. Dass sie ihn dazu bringen, nicht mehr auf seine Hände zu starren. Big Henry tritt von einem Bein auf das andere und lehnt sich schließlich an den Türpfosten. Bei der Bewegung werden die Heuschrecken, Grillen und Grashüpfer laut, sie klingen verärgert.

»Du bist ziemlich lange mit ihr gerannt.«

»Ja.« Skeetah spielt mit den Kettengliedern, wie er früher mit Leber, Haferflocken oder Roter Beete aus der Dose gespielt hat. Das war, bevor er älter wurde, bevor seine Knie muskulös wurden, seine Schultern knotig und er anfing, sein Essen in sich hineinzuschaufeln – ob Limabohnen, Pilze oder Gekröse –, als wäre ihm ganz egal, was er aß.

»Und sie stillt noch. Sie ist bestimmt nur müde.«

Daddys Traktor brummt in der Dunkelheit, schüchtert die Insekten ein. Er rollt über Äste, ausrangierte Plastikmülleimer, abgerissene Kotflügel. Sie zerbersten krachend. Daddy hinterlässt Trümmer. Randall und Junior gehen hinterher, stolpern über den Müll. Skeetah schüttelt den Kopf.

»Scheiße, er wird sie die ganze Nacht draußen behalten.« Skeetah holt Chinas Schüssel von hoch oben auf dem Regal, wo er sie versteckt hat; sie steht so hoch, dass er sich auf die Zehenspitzen stellen muss. Randall oder Big Henry hätten sie erreichen können, ohne sich auch nur zu recken. Daddy lässt den Traktor laufen, schwingt ein Bein über das andere und ist unten. Skeetah füllt Chinas Fressen in die Schüssel und stellt es auf die Tonne. »Warte kurz.«

Big Henry rückt zur Seite, um Skeetah durch die Tür zu lassen, dann lächelt er mir zu. Der Mond scheint wie eine Neonlampe hinter seinem Kopf. Ein heißer Wind weht, und die Haarsträhnen, die sich losreißen und mein Gesicht berühren, fühlen sich an wie losgelöste Spinnweben, die umherschweben. Randall steigt auf den Traktor und setzt sich. Junior zieht sich hoch und klettert über das Metall.

»Was soll das?«, fragt Daddy Junior.

»Ich will Randall helfen.«

»Nein. Komm runter.«

»Ich bin ihm nicht im Weg, versprochen.«

»Komm runter.«

»Bitte.«

»Ich hab Nein gesagt.«

Randall rutscht auf dem Sitz nach vorne und zeigt hinter sich. »Er kann hinter mir sitzen. Er stört nicht.«

Junior lehnt sich Daddy zum Gefallen zurück, damit er denkt, er wolle gehorchen, wolle abspringen, aber er hält trotzdem noch den Sitz fest und klettert nicht nach unten.

»Bitte, Daddy.«

Daddy räuspert sich und spuckt aus. Sein T-Shirt hat ein klaffendes Loch am Nacken und ist am Saum ganz wellig, so als hätte jemand daran gezerrt.

»Beeil dich«, sagt Daddy.

Daddy winkt Junior in den Traktor, und Junior klettert hoch, gleitet hinter Randall auf den Sitz, schlingt die Arme um Randalls Taille mit dem erwartungsvollen Blick eines Kindes, das gleich Karussell fahren wird. Skeetah kommt mit einer Tasse voll irgendwas durch die Hintertür des Hauses gestürmt. Motten schwirren wie aufstiebende Asche um seinen Kopf. Er geht an mir vorbei, und ich rieche Bacon-Fett.

»Sie muss etwas fressen«, sagt Skeetah, als er das Fett, das die Farbe von Kiefernharz hat, über Chinas Futter sprenkelt. China schaut ihn an und wendet sich ab. Er schiebt ihr die Schüssel hin, aber sie beachtet ihn nicht. Seine Augen sind Dunkelheit in seinem Gesicht. »Komm schon.«

China schneidet ihm eine Grimasse, zeigt Zähne und rotes Zahnfleisch. Die Welpen rutschen über das Linoleum auf sie zu, als röchen sie die Milch durch ihre Zitzen, durch ihr rosiges Fleisch. Ihre Nippel sehen aus wie ausgespucktes Kaugummi.

»Komm schon.« Daddy winkt den Traktor vorwärts. »Das ist die Ecke. Genau hier.«

»Also dann«, flüstert Skeetah und beachtet die kriechenden Welpen gar nicht, als er Chinas Schüssel so nah zu ihr hinschiebt, dass sie ihren Kopf hineinlegen könnte. Die Linien zwischen Skeets Muskeln sehen aus, als seien sie mit Kohle gefüllt.

»Also dann!«, ruft Daddy. »Fahr jetzt genau geradeaus, bis hierher.« Randall lässt den Motor aufheulen, und der Traktor macht einen Satz. Juniors Kopf wird nach hinten geschleudert, aber er hält sich fest. Man hört Holz knacken, und dann ein metallisches Schaben, als Randall erneut aufs Gaspedal steigt und der Traktor einen weiteren Satz nach vorn macht. »Stopp! Du hast Maschendraht im Kühlergrill.«

Daddy zieht an dem Draht, dann an Kühlergrill und Haube. Er reißt, beugt sich so weit vor, dass sein Gesicht fast im Grill steckt, entwirrt den Draht und zieht dann erneut. Randall macht nichts.

»Los jetzt«, fordert Skeetah China auf.

Chinas Ohren liegen flach wie Plastikmesser an ihrem Kopf an, und ihr Maul ist rosa und feucht wie rohes Hühnerfleisch, außer dass man die Knochen sieht. Sie zittert, ihre Muskeln sind von unzähligen Ticks befallen. Ihr ganzer Körper wird geschüttelt, sie ist jetzt auf Augenhöhe mit Skeetah und ignoriert scheinbar den erdfarbenen Welpen, der um ihre Schüssel herumtapst, um an die Milch zu gelangen. Er ist die Kopie des Vaters, derjenige, der wie Kilo aussieht; er ist der dickste, der besternährte, der Rüpel. Platzt fast vor Lebenslust und Verheißung. Wenn die Augen der Welpen irgendwann aufgehen, werden seine bestimmt die ersten sein.

Der Traktor ist im Leerlauf, und der Motor dreht, es hört sich an, als würde er gleich losfahren.

»Nicht jetzt!«, schreit Daddy, während er zerrt, aber sein Ächzen verschluckt das *Nicht*, und ich weiß nicht, was Randall hört, aber er lässt die Bremse los und legt einen Gang ein, und der Traktor rollt nach vorne. »Nicht!«, brüllt Daddy. Er zieht den Arm zurück, seine Hand ist im Draht gefangen, und er verdreht sie so doll, dass sein Arm lang und faserig aussieht.

Der rötliche Welpe kriecht weiter, umrundet Chinas Schüssel, schnüffelt an ihrer Zitze. China rollt sich herum und steht auf. Das Brummen des Traktors ist ihr Knurren. Ihre Zehen zeigen nach vorn, ihr Kopf ist erhoben. Skeetah lässt sich zurückfallen. Der rötliche Welpe tapst auf sie zu; eine fette Milbe. China schnappt zu, schließt das Maul um den Nacken des Welpen, wie sie es macht, wenn sie ihn trägt, aber diesmal ist nichts Behutsames an der Bewegung. Ihre Augen sind ganz weiß. Sie kaut. Sie schleudert ihn durch die Luft wie einen zerbissenen Reifen, der so klein geworden ist, dass Skeetah ihn nicht mehr fassen kann.

»Nicht!«, brüllt Skeetah. »Nicht!«

Randall schaltet wieder in den Leerlauf, aber durch den kleinen Hügel, auf dem der Stall steht, rollt der Traktor zurück, als der Motor leerläuft.

»Nein!«, ruft Daddy.

Daddy kriegt seine Hand frei. Sie ist ölbeschmiert. Er drückt sie an seine Brust. Sein Hemd ist mit Öl bedeckt. Daddys Kinn hängt schlaff herunter. Er geht ins Licht des Schuppens hinüber. Das Öl auf seinem T-Shirt färbt sich rot. Der Ton, der aus seinem offenen Mund kommt, klingt wie ein Knurren.

»Nein!«, ruft Skeetah.

Das Blut auf Daddys T-Shirt hat die gleiche Farbe wie der fleischige Welpe in Chinas Maul. China schleudert ihn von sich. Er schlägt dumpf auf dem Blech auf und rutscht hinunter. Randall kommt angerannt. Big Henry kniet neben Daddy im Sand, wo Daddys Mittel-, Ring- und kleiner Finger der linken Hand liegen, sauber abgeschnitten wie gefällte Baumstämme. Das Fleisch seiner Finger ist rot und feucht, wie Chinas Lippen.

Skeetah kniet im Sand und tastet nach dem verstümmelten Welpen; er stößt mit dem Kopf und mit den Schultern gegen Blechtonnen, Werkzeugkästen und alte Kettensägen.

»Warum hast du das gemacht?«, wimmert Skeetah.

»Warum?«, flüstert Daddy Randall und Big Henry zu, die sich über ihn beugen, während das Blut seinen Unterarm hinunterrinnt. Sie halten Daddys Handgelenk fest, um die Blutung zu stoppen. Skeetah schlägt auf alles Metall ein, das ihm im Weg liegt. Chinas Maul ist blutverschmiert, und ihre Augen strahlen, wie Medea. Wenn sie sprechen könnte, würde ich sie fragen: *Ist Mutter sein so?*

Der siebte Tag

KÄMPFENDE HUNDE UND KÄMPFENDE MÄNNER

WIR WAREN ZU VIELE im Auto, als wir ins Krankenhaus fuhren. Daddy saß vorn, die Hand mit einem rot getränkten Handtuch umwickelt. Big Henry am Steuer. Junior, Randall und ich auf dem Rücksitz. Blutgeruch, wie am Golf bei Ebbe. Und dazu Hundegeruch, als säße China mitten auf dem Fahrersitz, leckte sich mit ihrer blutigen Zunge die Barthaare und drückte ihre Nase an den abwesenden Skeet. Daddy, der wimmernd ein- und ausatmete, klang wie eine größere Version der Welpen. Ich fragte mich, ob er es trotz der Schmerzen wohl bemerkte. Sein Nacken war lang und sehnig, wie der eines gebratenen Truthahns. Wir fuhren hintenrum zum Krankenhaus, kilometerlang durch den Wald, vorbei an einsamen Häusern, die wie Beuteltiere in der Dunkelheit kurz im Scheinwerferlicht auftauchten und wieder verschwanden. Ich durfte Juniors Hand halten. Als wir beim Krankenhaus ankamen, wurde Daddy von Randall und Big Henry halb durch die Tür geschleppt, halb getragen und an zwei Krankenpfleger übergeben, die dort standen, als hätten sie auf uns gewartet, und ihn in einen Rollstuhl verfrachteten. Wir setzten uns in die Eingangshalle. Die Krankenpfleger schoben Daddy neben unsere Sitze. Dann überließen sie uns der flüsternden Nachtschwester, die für die Aufnahme zuständig war. Sie erhob sich und kam mit einem Klemmbrett in der Hand hinter ihrem

Schreibtisch hervor; sie trug einen pinkfarbenen Kittel mit roten Herzchen darauf und rote Crocs. Daddy lehnte sich im Rollstuhl nach vorne, und das Blut rann wie ein ausgehungerter Strom an seinem Oberschenkel hinunter bis auf den Sitz. Sie fing an, Fragen zu stellen, schaute Daddy an, als er sich aufrichtete und sein Kopf nach hinten fiel, und sah seine Hand. Die Schwester hatte eine Lücke zwischen den beiden Vorderzähnen, genau wie Mama. Sie schob sich das Klemmbrett unter den Arm, legte die Hände auf die Griffe und wollte Daddys Namen wissen. Randall antwortete, während sie Daddy wegschob, und folgte den beiden.

Junior schlief aufrecht auf seinem Sitz ein und sank hinüber zu Big Henry, der krumm dasaß, die Ellbogen auf die Knie gestützt, und versuchte, sich das Blut von den Fingern zu wischen. Es verteilte sich auf seiner Hand zu einem rosafarbenen, ausgefransten Fleck, wie eine Qualle. Drei Sitze von uns entfernt saß ein weißes Paar; der Mann hatte eine Glatze und flaumiges Pusteblumen-Haar um die Ohren herum, die Frau hatte rote Haare, die zu einem lockigen, dünnen Afro frisiert waren, wie ihn ältere weiße Frauen oft tragen. Ihre Kleidung war sauber und an den gebügelten Säumen ausgeblichen. Alle paar Minuten rieb die Frau das goldene Kruzifix auf ihrer Brust, und der Mann nahm seine silbern gerahmte Zweistärkenbrille ab und polierte die Gläser. Sie starrten die ganze Zeit auf die Theke am Empfang, schauten nie zu Big Henry und seinen Händen, zu Juniors Füßen, die im Schlaf strampelten, als träume er vom Fallen, oder zu mir herüber. Ich fragte mich, auf wen sie wohl warteten, aber ich habe es nie erfahren, denn die Schwester holte sie ab, und sie verschwanden. Der Wartebereich war sauber geschrubbt und fahl; es roch nach Putzmittel, Kaffee und Mattigkeit.

Als Randall und Daddy aus dem langen Flur wieder auftauchten, war es drei Uhr morgens. Randall sah in dem Licht älter aus als Daddy, und Daddys Augen waren glasig, so als wäre er betrunken; sie glänzten wie die gläsernen Wasserflaschen, die ich gefüllt hatte. Aber er war nicht böse. Er schlurfte neben Randall den Flur entlang, seine Hand bis zum Handgelenk verbunden und verklebt, sodass sie aussah wie ein dichter Webebär-Kokon in einem Pekannussbaum, ein Gespinst von Larven, die an den reifen grünen Blättern knabbern, um später in der Herbsthitze schwarzgeflügelt auszuschwärmen. Nur würde Daddys Hand nicht heil und quirlig wieder zum Vorschein kommen. Anstelle der Motten würde Daddys Hand der kahlgefressene Ast sein, der wie ein Knochen unter der Hülle zurückbleibt.

Jetzt schläft Daddy. So viel hat er zuletzt in der Woche nach Mamas Tod geschlafen, als ich ihn am Tisch vorfand, auf dem Sofa, neben dem Waschbecken im Bad, oder auf dem Flur mit dem Oberkörper auf der Türschwelle und den Beinen draußen. Dosen und Flaschen, hauptsächlich Bier, lagen wie kleinere Versionen seiner selbst um ihn herum, wo immer er sich aufhielt. Die Sonne steht über den Baumwipfeln, durchflutet die kleine Lichtung um das Haus herum. Alle Ventilatoren an allen Fenstern sind eingeschaltet; das Haus summt, als sei es lebendig. Big Henry schläft auf dem Sofa. Randall schnarcht in seinem Zimmer. Daddys Tür ist zu. Drei Wände des Hühnerstalls stehen noch, der Traktor berührt die eine ganz leicht, als wolle er eine dicke, muskulöse Gummischulter zum Anlehnen bereitstellen. Junior schaut sich eine Wiederholung von *Reading Rainbow* an; der Ton ist so leise, dass er kaum die Ventilatoren übertönt. Er stellt ihn nicht lauter.

Skeetah haben wir gestern Abend im Schuppen zurückgelassen. Er ist nicht mit uns zum Auto gerannt. Als wir nach Hause kamen, schlief er in seinem Bett in dem Zimmer, das er sich mit Randall teilt, in sein Bettzeug eingewickelt, sodass nur seine Umrisse zu erkennen waren. Er hatte seine Schuhe noch an, sie ragten wie Borsten an einer Zahnbürste aus seiner Bettdecke heraus.

Anstelle des Vorhangs hatte er ein Stück Blech angeschleppt, das er vermutlich vom Dach von Mother Lizbeth und Papa Josephs Haus geholt hatte, und es in die Türöffnung des Schuppens gezwängt. China lag wie ein blasser Biskuitteig-Klumpen draußen im Sand; ihre Kette war an einer halb verrosteten Autokarosserie festgemacht. Er hatte sie von den Welpen getrennt. Als ich heute Morgen aufwachte, war er weg. China auch.

Daddy sitzt an seine Kissen gelehnt im Bett, als ich mit einer Schale Hühnernudelsuppe in sein Zimmer komme. Ich trage die Suppe auf einem Topflappen, und sie schwappt leicht über den Rand. Daddy isst Cracker, einen nach dem anderen, steckt sie sich zwischen die Lippen und zieht sie sich in den Mund. Sein Kauen klingt wie Papier, das zusammengeknüllt wird. Ich stelle Schüssel und Löffel auf den Nachttisch, wo schon ein Glas Leitungswasser, eine Budweiser-Dose, die er als Aschenbecher benutzt hat, und seine Medikamente gegen Schmerzen und Wundinfektion stehen. Sein Arm liegt auf einem Berg aus alten Decken und Häkelkissen, die Randall gestern Abend aufgestapelt hat. Daddy starrt auf den alten Schwarz-Weiß-Fernseher, der gegenüber vom Bett auf der breiten Spiegelkommode steht. Seit Mamas Tod hat er nichts in diesem Zimmer verändert: Dort stehen kleine gläserne Kerzenhalter mit pfirsichfarbenen Kerzen darin und die beiden kleinen Kunstblumensträuße in den gedrungenen, tassenähnlichen Vasen, die Mama links und rechts auf der Kommode platziert hat. Ein paar Fotos von uns, Polaroids, hat Mama zwischen Glas und Rahmen des Spiegels gesteckt. Es gibt ein gerahmtes Bild, auf dem sie und Daddy sich gegenüberstehen. Ihre Hände liegen auf seiner Schulter, ihr Haar ist geglättet und weich zurückgebunden, ihr Kleid vorne ausgeschnitten, sodass ihr Schlüsselbein zu sehen ist, kompakt und wunderschön glänzend wie eine Türklinke aus Messing. Sie lächelt mit geschlossenem Mund. Daddy lächelt gar nicht, aber er hat die Hände um ihren Rücken gelegt und den Kopf so ernst und stolz zur Seite geneigt, wie Skeetah es immer macht, wenn er bei einem Kampf neben China steht, sie allen zeigt, ehe das wilde Raufen losgeht, das schneidende Bellen und Beißen.

»Beweg mal die Antenne«, sagt Daddy. Seine Stimme klingt so trocken wie die Cracker. Er beugt sich zur Seite, holt neben dem Bett ein Korbtablett hervor und zieht es sich auf den Schoß. Die Schale wackelt in seiner linken Hand. Als er sie abstellt, kleckert ein bisschen Suppe auf den Topflappen.

Es kommt nur Rauschen. Ich nehme die rechte Antenne und richte sie auf.

»Nach unten«, sagt Daddy.

Die Lüftung im Fensterrahmen bläst keine Luft ins Zimmer. Jeder Tag scheint heißer zu sein als der vorige. Ich nehme die linke Antenne und spreize die beiden auseinander wie eine Astgabel.

»Genau.«

»Katrina hat das Festland von Florida erreicht … Meilen von Miami entfernt.« Die Regionalnachrichten laufen. Die Wetterfrau spricht mit dem Moderator, und sie zeigt auf den interaktiven Bildschirm vor sich, aber der Fernseher ist so alt und die Auflösung so schlecht, dass die Landkarte wie Beton aussieht und der Sturm wie ein Ölfleck.

»Ersten Berichten zufolge gab es einige Tote. Weiß man … und wo … die Prognose?« Mikes Stimme ist glatt und geschmeidig, wenn wir sie durch das Rauschen hören können.

»… noch unklar. Der Sturm ist momentan … der Stufe eins … abflauen … noch ändern.« Das Haar der Frau ist hell; sie könnte blond sein.

»Was raten Sie unseren …, Rachel?« Der Fernseher ächzt und rauscht, deshalb spreize ich die Antennen noch ein bisschen weiter.

»… so gut es geht auf den Sturm vorbereiten. Katrina ist unterwegs … sofern er nicht abschwächt … in nordwestlicher Richtung, sollten sich außerdem auf … wird die Regierung Evakuationsmaßnahmen anordnen.«

»Was bedeutet das genau?«

»Das heißt, die Zuschauer sollten … zu Hause auf den Hurrikan vorbereiten, sondern stattdessen … eine mögliche Evakuation …« Rachel scheint zu lächeln.

»Ich sehe nichts, Esch.«

Ich trete einen Schritt zur Seite. Mike wendet sich der Kamera zu.

»… Schnellstraßen sind für die Evakuation geöffnet. Es ist ratsam, sich frühzeitig auf den Weg … stundenlang … Verkehr stecken zu bleiben.«

»Du stehst immer noch im Bild«, sagt Daddy. Er bläst auf seine Suppe und rührt sie um, aber er isst nichts. Stattdessen lässt er seine gesunde Hand hinter dem Tablett auf seinen Schoß sinken.

Mama lächelt heiter auf dem Foto. Sie hat keine Ahnung, dass sie drei Jahre später in dem Bett, in dem Daddy jetzt mit drei fehlenden Fingern liegt, verbluten wird. Auf einem der Polaroids tanze ich in der Küche. Das war bei einer von Mamas und Daddys Partys, bei denen seine Freunde, und ein oder zwei von ihren, sich trafen, um Bier zu trinken und Austern und Kartoffeln zu essen, die im selben Öl, gewürzt mit demselben Sand und Salz, goldbraun gebraten worden waren. Mama schloss den Radiorekorder in der Küche an, legte Kassetten von der Bobby »Blue« Band, Denise LaSalle und Little Milton ein, und ich tanzte, während die Menge klatschte und sich über meine ruckartigen Kopfbewegungen amüsierte, während wir alle in der Küche schwitzten. Mama sagte, *Super mein Schatz, meine kleine Tanzmaus*, und dann bewegte ich mich noch ausladender, schwenkte die Arme noch wilder. Ließ mich von der Musik ausquetschen. Jetzt schaue ich mich an, und dann Mama, den hüpfenden Randall und den dunkeläugigen, grinsenden Skeet, der auf seinem Foto aussieht, als hätte er Würmer, und kann mich nur mühsam davon abhalten, die Bilder vom Spiegel zu reißen, mit in mein Zimmer zu nehmen, auf meinem Bett auszubreiten und zu versuchen, sie zu dekodieren, sie wie ein Jumbo-Puzzle neu zusammenzusetzen.

»Vorbereitungen … ichtig«, sagt Rachel.

Ich schließe Daddys Zimmertür.

China atmet bellend. Nach jedem Einatmen atmet sie mit einem Bellen aus, das knallt wie ein Schlag mit der flachen Hand. Der Ton wird bis in den Wald getragen. Auf der Hintertreppe hört es sich an, als käme sie näher, aber ich sehe sie nicht mit Skeetah auf das Haus zukommen. Es gibt nur den Tag, heißer als der vorige, die Luft so dicht wie Wasser kurz vor dem Siedepunkt. Und plötzlich greift ihre Stimme. Es sind noch andere Hunde in der Nähe, im Wald um das Haus herum, auf der anderen Seite des Pit, weiter unten an der kurvigen, kieszerfressenen Straße, und die stimmen in ihr Bellen ein. Sie umringen sie wie ein Chor. Ihr Gebell kracht über den Himmel, kommt von überall gleichzeitig. Irgendwo da draußen, das weiß ich, ist Skeetah, mitten unter diesen Hunden, zieht sie an sich. Er ist die Hand an der Leine. Die ausgestreckte Hand. Er packt zu, und sie kommen, er lässt locker, und sie verteilen sich über die rote Erde, zwischen den Kiefern, den Bächen, den Eichen. Sie heulen. Sie hacken.

China stößt einen großen Schrei aus, und ganz plötzlich sind sie still.

* * *

Randalls Spiel ist heute. Ich wische mit der Handfläche den Badezimmerspiegel ab, und das Glas bekommt an den Rändern Risse, die spiegelnde Oberfläche blättert ab wie Glitzerfolie. Ich öle meine Hände ein und streiche mit den Fingern durch mein Haar, das sich in ruhigere Ringel legt. Ich wähle zwei Haarklemmen aus, die Mama in einer Plastikschale unter dem Waschbecken hinterlassen hat, und schiebe sie mir hinter den Ohren ins Haar, sodass es mein Gesicht wie ein Kopfkissen umrahmt. Junior singt einen unverständlichen Text zu der Musik im Fernsehen; seine Stimme klingt heller als die eines Mädchens. Ich lächle, drehe den Kopf nach rechts und nach links. So sehe ich aus, denke ich. Dies ist die Lüge. Skeetah ist ein Geruch, ehe ich ihn erblicke: öliger Hundeschweiß, grüne Kiefernnadeln und ein ungewaschener Gestank nach Milch, die zu lange draußen in der warmen Küche gestanden hat. Er bleibt in der Tür stehen. Ich reibe mir Vaseline auf die Lippen und presse sie aufeinander, damit sie glänzen.

»Was war das für ein Krach?«

»Was meinst du?«

»China, dieses wilde Gebell.«

Draußen übt Randall Dribbeln. Ich sehe ihn durch das Fenster, wie er schmettert, den Ball gegen die Hauswand wirft, ihn auffängt, wenn er zurückprallt, und erneut wirft. Die Sonne steht senkrecht am Himmel und scheint voll auf die Lichtung, wo er trainiert. Er wärmt sich auf. Der Ball ist nicht voll aufgepumpt, und wenn er ihn berührt, klingt es mehr wie ein Klatschen.

»Nichts.«

Der Kragen von Skeetahs T-Shirt ist ausgeleiert wie ein Latz. Er schaut daran hinunter, schüttelt den Kopf, nimmt den Stoff mit beiden Händen und zieht. Das Shirt reißt. Das frisch gewachsene Haar auf seinem Kopf ist so stachelig wie Klettband.

»Es klang aber nicht wie nichts.«

Das T-Shirt ist schwarz, die nassen Stellen darauf sind also Schweißflecken. Es kann kein Blut sein. Das würde ich erkennen. Skeetah lässt das T-Shirt los, und es klatscht nass auf die Fliesen.

Sein Geruch schwebt durch den Raum wie Rauch von brennendem, nassem Laub.

»Sie hat's vergessen.«

»Was vergessen?«

»Wer ich gestern war.«

»Meinst du nicht eher, sie hat den Welpen vergessen?«

Randall fängt den Ball jedes Mal, wenn er vom Korbbrett zurückspringt, und wirft ihn wieder hoch. Er lässt ihn nie den Boden berühren. Er bewahrt ihn davor, immer wieder dieses platte, platschende Geräusch zu machen. Seine Lippen sind an den Mundwinkeln nach unten gezogen, sie lächeln.

»Nein. Sie hat mich vergessen.«

Skeetah bückt sich, dreht den Wasserhahn in der Badewanne auf und zieht den Hebel für die Dusche hoch. Das Wasser sprüht kalt heraus, erzeugt einen feinen Nebel.

»Wie lange willst du China angekettet lassen?«

»So lang wie nötig.« Skeetah kickt seine Schuhe durch den Raum; erst den einen, dann den anderen. »So lange, wie es nötig ist.« Er pellt sich die Socken von den Füßen wie eine Bananenschale, und sie riechen scheußlich. Mein Magen zieht sich zusammen.

Big Henry thront auf der Kühlerhaube seines Autos. Marquise sitzt neben ihm, so weit vorgebeugt, dass er nur aus Rücken, Armen und Beinen zu bestehen scheint und aussieht wie ein Krebs, während er auf dem blauen Metall einen Blunt baut. China steht vor Big Henry, ihre rosa Zunge hängt so gerade wie ein Ausrufezeichen aus ihrem Maul. Sie lächelt und schneidet anschließend eine Grimasse, immer wieder. Dadurch hat sie zwei Gesichter. Das Rosa der Erde auf ihrem Fell wird von einem braunen Schmutzrand überlagert, der die Umrisse ihrer Muskeln an Lende, Rücken und Schultern klar und sauber wie ein Filzstift nachzeichnet. Big Henry neigt sich zur Seite, berührt mit der Fußspitze leicht den Boden, als wolle er jeden Augenblick losrennen. Ich stecke die Hände in meine kurzen Shorts und schaue hinunter auf meine Tennisschuhe, die ich geschrubbt habe, bis sie so weiß wie möglich waren: cremeweiß, ein schmutziges Beige in der Farbe von Eiweiß, das mit Pfeffer gekocht wurde. Big Henry wendet sich von China ab, die gerade wieder eine Grimasse schneidet. Ich setze mich auf die andere Seite neben Marquise, dicht an Big Henrys Windschutzscheibe. Marquise rutscht nach vorne, um mir Platz zu machen.

»Meinst du, er ist so weit?«

»Wer?«, fragt Marquise.

»Mit dir red ich nicht, du Blödmann.« Big Henry lacht, ehe er sich mit einem Seitenblick auf China und mich auf die Lippen beißt.

»Skeetah?«, frage ich. Big Henry schüttelt über das vorsichtige Abmessen, Füllen und Stopfen, das Marquises zuckender Rücken signalisiert, hinweg den Kopf.

»Randall.«

Randall drängelte sich vermutlich gerade mit Skeet im Badezimmer, zischte ihm entweder zu, er solle sich gefälligst beeilen und aus der Dusche kommen, oder wusch sich mit Waschlappen und Seife über dem Waschbecken und hinterließ Seifenschaum auf Ablage, Fußboden und Toilette, daran gewöhnt, Skeet zu ignorieren, vermutlich in Gedanken schon bei seinem Spiel. Er ist schon seit Jahren zu groß, um sich am Waschbecken zu waschen.

»Der is schnell. Is bestimmt gleich so weit.«

»Ich mein das Spiel.« Jetzt lächelt Big Henry ein bisschen, verzieht ganz leicht die Mundwinkel.

»Ach so.« Ich nicke mit rotem Kopf. »Hat den ganzen Tag geübt. Der is so weit.« Mein Schweiß macht die Rückseite meiner Oberschenkel glitschig; ich rutsche über das Metall wie ein

Klumpen Schlamm, der bei starkem Regen bergab rutscht, und komme langsam und klebrig an Marquises Rücken zum Halt.

»Wow, Esch, ich wusste gar nicht, dass du so an mir interessiert bist.« Marquise dreht sich um und grinst um den Blunt herum, den er gerade anleckt, um ihn zuzukleben. Er zwinkert mir zu. Seine Zunge ist an den Rändern weiß, Fetzen vom Zigarettenpapier sind abgeblättert und bleiben kleben wie Krümel. Ich kenne dieses Zwinkern, dieses Grinsen. So hat er auch gelächelt, als wir zum letzten Mal Sex hatten, ungefähr vor einem Jahr, als er fertig war und sich mit dem Rücken zu mir abwischte; da hat er dieses Grinsen wie eine Handvoll Salz nach hinten über die Schulter geworfen. Ich halte mich an der Rille fest, wo die Windschutzscheibe auf die Kühlerhaube trifft, und ziehe mich weg von ihm, damit wir uns nicht mehr berühren. Ich mag sein Grinsen nicht.

»Lass sie in Ruhe, Marquise.«

»Ich mach sie doch nur an.«

»Zu heiß, um irgend jemand anzumachen.«

Ich rutsche an der Seite des Wagens herunter, bis ich stehe, mit gesenktem Kopf, um meine Shorts zurechtzuziehen, damit sie nicht in den Schritt rutschen und mich bloßstellen. Als ich schließlich wieder hochschaue, betrachtet mich Big Henry mit dem gleichen benommenen, halb konzentrierten Blick, mit dem er China angeschaut hat, so als starre er mich an, denke aber an etwas anderes. Ich zucke die Achseln, und als mir klar wird, dass keine Frage gestellt wurde, zucke ich noch einmal die Achseln.

»Ich geh mal Randall holen.« Ich setze mich abrupt in Bewegung und fange stolpernd an zu rennen. Spüre, wie sie mir nachblicken.

Als wir losfahren, schläft Daddy. Ich stelle ihm einen vollen Becher Wasser und ein Päckchen Cracker auf den Nachttisch und rücke die Fläschchen mit seinen Medikamenten näher zusammen, damit er leichter rankommt. Er schläft mit offenem Mund, das Gesicht schlaff von der Medizin, und sabbert. Während Juniors und Randalls Gesichter im Schlaf babyhaft, dick und glatt aussehen, ähnelt Daddys Schlafgesicht dem von Skeetah: höckerig, die Haut gespannt: ein im Kampf erstarrtes Gesicht. Von der Kommode strahlt mich Mama an, streichelt Daddy mit beiden Händen, lächelt.

Ich bin froh, dass ich im Auto hinten am Fenster sitze, mit Juniors knochigem, unruhigem Körper auf dem Schoß, in der Mitte Skeetah, der an dem Blunt zieht, und neben ihm am anderen Fenster Marquise, kaum zu sehen durch die Qualmwolke. Big Henrys Kopf könnte unter der Basecap jedes beliebigen Jungen sein, und Randall lehnt mit geschlossenen Augen an der Kopfstütze. Alles an ihm ist still, nur seine Augenlider hüpfen auf und ab wie Libellen. Ich glaube nicht, dass er träumt. Junior bewegt sich, und ich halte ihn ganz fest; er ist mein Schutzschild.

Das Summer-League-Spiel findet in der Sporthalle der Grundschule in St. Catherine statt. Miss Dedeaux hat uns erzählt, dass die Grundschule früher die schwarze Schule des Bezirks war, ehe die Schulen 1969 zusammengelegt wurden, nach dem letzten großen Hurrikan, als die Leute so erschöpft waren vom Auffinden und Wiederbegraben der aus der Erde gerissenen Leichen ihrer Verwandten, vom Schlafen in Zelten auf den Plattformen, die einst die Fundamente ihrer Häuser gewesen waren, vom meilenweiten Laufen oder Radfahren, um frisches Wasser und Nahrungsmittel zu bekommen, dass sie nicht mehr die Kraft hatten, sich weiter gegen das Gesetz zu wehren, das die Rassentrennung abschaffte. Daddy hat die Schule besucht, als sie noch ausschließlich für Schwarze war, und Mama auch. An einem ihrer Bluesabende, nachdem ich bis zum Umfallen getanzt hatte, hat Mama mir erzählt, wie sie sich kennengelernt haben, dass

Daddy sie auf dem Flur immer wieder an den Haaren gezogen und sich über ihre Kleinmädchenzöpfe lustig gemacht hatte, wo doch der Rest von ihr schon so erwachsen war, und wie sie sich eines Tages umgedreht und ihn so doll in die Brust geboxt hatte, dass ihm der Atem stockte. Da hörte er auf, sie an den Haaren zu ziehen, und fing an, ihr stattdessen Geschenke in ihr Pult zu legen: kleine Pekannuss-Süßigkeiten, die er bei seiner Großmutter mitgehen ließ, in Zeitung gewickelte ganze Pekannüsse, Brombeeren, die heiß und staubig waren von der Sonne und vom Straßengraben und schwarzen Saft verkleckerten. So hat es mit den beiden angefangen.

Jetzt hängt entlang der Wand neben der Tür Bastelpapier in einer improvisierten Ausstellung. Die Bögen flattern im Wind des Großventilators, und am Imbissstand rollt eine Frau mit handgelegter Wasserwelle, einem Goldzahn und azaleenfarbenen Lippen die Augen in Richtung Junior, der absichtlich trödelt, als wir an ihr vorbeigehen. Die Leberflecken in ihrem Gesicht gehen an einigen Stellen in Sommersprossen über, wie chaotisch verteilte Farbspritzer. Auf ihrem Klapptisch liegen Tüten mit Kartoffelchips, fein säuberlich aufgereiht, eine dicht an der anderen. Ich packe Junior an den knochigen Schultern und schiebe ihn nach oben auf die Tribüne, wo wir uns hinsetzen.

In der Sporthalle ist es dunkel, die Stahlstreben unter der Decke verlieren sich in einem feuchten Dunst, der einer Wolkendecke ähnelt; hier in den oberen Tribünenreihen ist es heißer als unten. Big Henry sitzt neben Marquise, der sich breitbeinig auf einen Ellbogen stützt und versucht, ihm einen Sportdrink abzubetteln. Randall ist schon auf dem Feld und spielt sich ein, wirft seinen Mannschaftskameraden den Ball zu, während sie sich umeinander und zwischen einander hindurchschlängeln, Korbleger probieren, Rebounds holen und den Ball in hohem Bogen passen. Skeetah rutscht auf der Bank nach hinten, bis sein Po den Boden berührt, streckt die Beine aus, sodass die Schuhsohlen zum Feld zeigen, und stützt sich mit ausgebreiteten Armen auf dem Sitz hinter sich ab. Er wirkt etwas gelöster, nicht mehr so zugeschnürt. Er wischt sich mit dem T-Shirt über die Stirn, und sofort erscheinen dort neue Perlen. Er nickt lässig. Er lächelt, seine Zähne sind weiß und ebenmäßig: glänzendes Elfenbein. Er ist high.

»Du staunst, dass ich mitgekommen bin.« Skeetah spricht mit dem Feld, sein Lächeln ist ermattet. Er schließt feierlich die Augen.

»Jo.«

»Was geschehn is, is geschehn.« Skeet zuckt die Achseln, seine Schultern heben und senken sich wie geschmeidige Federn. »China wird zu mir zurückkommen. Zu sich selbst. Bald.«

»Hast du sie ihr schon wiedergebracht zum Säugen?«

»Jo. Hab ihr das Maul zugehalten. Immer wenn sie den Kopf zu ihnen gedreht hat, hab ich ihr eins auf die Nase gegeben.«

»Meinst du, die andern drei kommen durch?«

»Scheiße, ja. Und ob die durchkommen werden.« Skeetah legt den Kopf auf die Bank hinter seinen Schultern. Er schluckt, und sein Adamsapfel gleitet nach unten wie eine Maus durch den Schlund einer Schlange. »So leicht geb ich nich auf.«

Junior klopft mir auf den Oberschenkel, hämmert einen Morse-Code.

»Esch?«

»Geh schon. Aber bleib weg vom Imbissstand.«

Junior lächelt, mit fehlenden Vorderzähnen, verschluckt dann aber die Antwort und gibt sich Mühe, vertrauenswürdig auszusehen, damit ich ihm glaube, dass er sich vom Imbiss fernhalten wird.

»Und geklaut wird auch nichts.«

Junior jammert und zieht flehend die Mundwinkel nach unten.

»Nein.«

»Hier.« Big Henry greift in seine Hosentasche, holt eine Handvoll Kleingeld heraus und lässt es wie Murmeln in die aufgehaltene Hand fallen, die Junior ihm entgegenstreckt. Junior rennt mit großen Schritten die Stufen hinunter. Sein T-Shirt weht wie eine schlappe Fahne hinter ihm her.

»Sagt nicht mal Danke.« Marquise streicht sich über seine Zopffrisur.

»Danke!«, schreit Junior.

Big Henry legt die Ellbogen auf die Knie und schüttelt den Kopf. In dieser vorgebeugten Haltung ragt sein Gesicht wie eine Überraschung aus der breiten Rundung seines Rückens heraus. Er schaut zu mir herüber, und es ist so, als hätte er mir das Geld gegeben, als hätte er es in meine Hand fallen lassen wie blasse Pekannuss-Süßigkeiten, wie mehlige Pekannüsse oder sonnengeschwärzte Brombeeren. Skeetah schaut mit hängenden Augenlidern auf das Spielfeld, wo Randall und seine Mannschaftskameraden im düsteren Licht jetzt schon vor Schweiß glänzen wie die dunklen, regennassen Steine, die den schlammigen Strand der Grube bedecken. Big Henry fragt die Luft vor sich, aber alle wissen, mit wem er spricht.

»Willst du irgendwas?«

Seine Hände sind so ganz anders als Mannys, groß und breit, und sie bewegen sich so bedächtig wie die Wedel der verkümmerten Palmen, die als fremdartige Gewächse im Golf von Mexiko unregelmäßig verteilt am Strand gepflanzt wurden, wenn der schleppende, von den Düneninseln ausgebremste Wind sie streift.

»Nein«, sage ich. Ich muss auf die Toilette.

Ich schlängele mich durch Grüppchen von Mädchen und Jungs, die zum Teil mit mir zur Schule gehen, zum Teil aus Bois Sauvage oder St. Catherine kommen, bis ich die unterste Stufe der

Tribüne erreiche. Die Halle ist immer noch halb leer. Alle Eltern, sechs oder sieben insgesamt, sitzen mit ihren Kleinkindern in der ersten Reihe. Kleine Mädchen rutschen taumelnd und patschend auf den Bänken herum; die Jungs tragen weiße T-Shirts, ärmellose Hemden, Basecaps, Basketballshorts. Man hört Gelächter und schrille Rufe. Alle flirten oder bringen durch Knuffe, Witze und Erröten zum Ausdruck, was sie insgeheim gerne tun würden.

Auf dem Feld blinzelt Randall heftig gegen den Schweiß an, der ihn blendet. Sein T-Shirt klebt an seiner Taille, so eng wie eine geschlossene Knospe. Er springt hoch, um einen Rebound zu holen, erhebt sich aus der Gruppe von Spielern, aber die anderen umschwirren ihn ärgerlich, und er fällt hin. Der Schiedsrichter pfeift, und Randall geht mit federnden Schritten an die Freiwurflinie. Nichts an ihm scheint irgendetwas anderes zu berühren: weder das Feld, noch den Ball noch das Hemd, an dem er mit den Fingerspitzen zieht, damit seine Haut atmen kann. Er ist ein Bayou-Kranich, der sich leicht macht, um nicht in den dunklen, sumpfigen Boden einzusinken, wenn er zum Flug abhebt.

»Entschuldigung angenommen.«

Mit ihm zusammenzustoßen ist ein Schock. Er ist solide, gedrungen, hat die Art von Brust, die Männer kriegen, wenn ihre Muskelpakete schlaff werden. Seine frische Blässe verleiht dem Braunton seiner Haut einen Rotstich, der heller wird, als er bei meinem Anblick den Kopf schief legt und das Licht, das durch die Tür fällt, auf sein Gesicht trifft. Er trägt einen goldenen Grill, denselben, den er getragen hat, als Skeetah und er China und Kilo zusammengebracht haben, um sich zu paaren. Er öffnet den Mund ein Stück weiter, und man sieht die Buchstaben, die mit speichelpolierten Edelsteinen in das Gold eingelassen sind, auf jedem Zahn einer: R-I-C-O.

»'tschuldigung.«

Manny steht seitlich hinter ihm. Er trägt blau, und er und Shaliyah und Rico müssen gerade beim Friseur gewesen sein, denn seine Locken sind so kurz geschnitten, dass nur noch schwarze Wellen übrig sind, aber sein Gesicht fällt auch ohne die Umrahmung der Haare auf; es ist wunderschön: die starke Nase, das Kinn, das in eine Mulde mündet, wo ein frischer blauer Fleck ist, die glänzende Narbe im Gesicht, durch die seine restliche Haut nur noch lebendiger wirkt. Er wirft den Kopf zurück und verzieht das Gesicht auf die lässige Was-geht-Art, mit der Jungs sich begrüßen. Zu mir. Shaliyah steht in Sandalen und Minirock neben ihm, ihr ganzer Körper ist sanft gewellt wie eine Straße mit tiefen Spurrillen, die vom Regen geglättet wurden. Selbst hier, wo wir nicht mal Eintritt bezahlen müssen, trägt sie goldene Ohrringe, Armband und Halskette.

»Was geht?«, sagt Rico, und ich schere aus über den Rand des Basketballfeldes, als er sich hastig an mir vorbeischiebt. Manny zieht an Shaliyahs Hand, und die beiden folgen Rico. Ich wate durch eine Flut von Kindern an der Tür, die alle in Juniors Alter oder jünger sind und kleine Bonbons tauschen, die sie aus dem Wachspapier lecken, oder salzige Käsechips oder neonfarbene Getränke, von denen sie mit ihren kurzen, knochigen Fingern die Etiketten abgepult haben. Die Toiletten sind in einem Extragebäude hinter der Turnhalle, und ich renne dorthin.

Auf der Toilette ist es dunkel, noch dunkler sogar als in der Turnhalle, und der Raum ist klein, mit nur einem Waschbecken und zwei dunkelgrünen Kabinen. Die Wände sind aus grauen Betonziegeln. Ich gehe in die Kabine, die am weitesten von der Tür entfernt ist, schließe hinter mir ab, pinkele in der Hocke und spüle, wische dann den Sitz ab und setze mich auf die Schüssel, die schmal genug ist, um sich wie ein Sitz anzufühlen. Ich stecke die

Nase zwischen die Oberschenkel und atme. Mein Bauch und mein zusammengedrücktes T-Shirt fühlen sich an wie ein Kissen, das in meinen Schoß gequetscht ist. Ich wünschte, ich könnte es herausziehen. Meine Augen brennen. In meiner Brust schwingt eine Machete hin und her und hoch und runter, zerschlägt alles Lebendige, hinterlässt einen Pfad, auf dem das Grün breiig und tropfend liegen bleibt. Mein Gesicht auf meinem Bein ist nass. Ich bleibe so, bis es aufhört, bis die Toilette nicht mehr tickt, die Tür quietschend aufgeht und die Machete, die nach Lebenssaft und Metall riecht, eine Pause einlegt.

Ich wische mir mit dem T-Shirt das Gesicht ab, mache die Kabinentür auf, und da steht er, zieht die Tür zum Flur hinter sich zu und versiegelt die Dunkelheit.

»Hier ist das Damenklo«, sage ich lahm.

»Hab an dich gedacht«, sagt Manny, und schon hat er mich in die Kabine zurückgeschoben, die Tür hinter uns geschlossen, meine Arme gepackt und uns umgedreht, sodass er auf der Toilette sitzt. Er öffnet den Reißverschluss seiner Hose, und ich fasse seinen Schwanz so hart an, dass es wehtun könnte. Es soll wehtun. Er zuckt nicht zusammen, er konzentriert sich ganz auf meine geöffneten Shorts. Er zieht mich zu sich hinunter, sodass ich auf ihm sitze, und dann ist er drin. Es ist leicht, feucht. Er packt meine Schultern, zieht mich fest nach unten, krümmt sich nach hinten, weg von mir, zieht mich noch tiefer, schiebt sein Gesicht in meine Brust. Zum ersten Mal hat er mich oberhalb der Taille angefasst, seine Hände näher an mein Gesicht gebracht. Mich berührt.

»Warte«, sagt er, schiebt mich hoch, bis ich stehe, zieht mir Shorts und Unterhose aus und drückt mich wieder auf sich. Meine Klamotten verfangen sich an einem Knöchel und hängen dort wie halb angeklammerte Wäschestücke auf der Leine. So haben wir es noch nie gemacht. Seine Hände liegen auf meinem Arsch, und er will nach unten schauen, will alles sehen, aber das bringt unsere Gesichter ganz dicht zueinander. Schweiß bildet sich an seinem Haaransatz, bleibt in den roten Furchen von der Haarschneidemaschine kleben, die oben auf seiner Stirn verlaufen wie Ameisenstraßen. Er verzieht das Gesicht, schaut nach unten, dann weg, über meine Schulter, zur Decke.

Ich packe sein Gesicht.

In meinen Händen fühlt sich sein frisch rasiertes Kinn wie eine Katzenzunge an. Meine Finger sind auf seiner blasseren Haut so schwarz wie Borke.

Er wird mich anschauen.

Er zieht die Schultern hoch, wendet den Kopf zur Seite. Zuckt wie ein gefangener Fisch. Ich rolle die Hüften. Es ist einfach zu gut.

Er wird mich anschauen.

Er schnauft, legt den Kopf auf meine Schulter. Ich ziehe kräftig, und meine Hände gleiten über sein Gesicht. Ich packe erneut zu.

Er wird mich anschauen.

Er stöhnt, gräbt die Hände in meine schwitzende Taille. Seine Augen sind geschlossen. Seine Wimpern sind länger als die aller Mädchen, die ich kenne. Wunderschön. Die Daumen seiner langen Hände drücken sich in meinen Bauch, damit er mich noch einmal zu sich ziehen kann, aber dann geraten sie ins Stocken. Er drückt noch einmal fest zu: mein Bauch springt zurück. Er schaut nach unten und wieder hoch, Auge in Auge: Alles, was ich mir je gewünscht habe, hier. Er schaut. Er sieht mich, und seine Hände gleiten nach vorn und betasten die Honigmelonen-Rundung, die Schwellung, die mehr ist als nur eine Schwellung, das Fett, das kein Fett ist, das knospende Baby, und seine Augen sind so schwarz, gänzlich schwarz, so schwarz wie eine Nacht ohne Sterne. Alles, was ich mir je gewünscht habe. Er weiß es.

»Scheiße!«, schreit Manny, zieht mich hoch und stößt mich von sich. Ich knalle gegen die Tür hinter mir, die raue Katzenzunge seines Gesichts ist weg, und stattdessen bekomme ich Stahl zu fassen, Luft, nichts. Die Toilette riecht wie das Salz im Sumpfschlick, wie Kaulquappen, die im schrumpfenden Flachwasser verenden, und er zieht seinen Reißverschluss hoch, quetscht mich in die Ecke der Kabine, als er die Tür aufmacht, und lässt mich in der dunklen Toilette stehen, mit triefenden Schenkeln und schmerzhaft prallen Brüsten. Eine von Mamas Haarspangen baumelt an einer Strähne meiner Haare, ehe sie ins Klo fällt und in der schäbigen Schüssel versinkt. Ich wische mich ab, spüle, betrachte den sich drehenden Wasserwirbel, wie ein Babysturm, der die Spange einsaugt und immer tiefer trägt, bis sie verschwunden ist.

Ich habe die Schwelle des Toilettenraums schon drei Mal überquert, aber jedes Mal, wenn ich denke, ich sei fertig mit Weinen und könnte zurück zum Spiel gehen, mich neben meine Brüder setzen, als wäre nichts geschehen, fangen meine Augen wieder an zu schwimmen, und meine Brust brennt heißer als die helle Luft draußen, wo die Bienen schläfrig in den Königinblumen herumkrabbeln, und ich muss wieder in die Toilette zurück. Ich gehe in die andere Kabine, ziehe die Füße hoch, hocke mich auf den Klositz. Presse das Gesicht an meine salzigen Knie. Sobald ich atmen kann, verlasse ich die Kabine, um mir kaltes Wasser ins Gesicht zu spritzen, aber meine Augen sind immer noch rot, die Lider in dem Zerrspiegel geschwollen. Und dann denke ich, Manny hat mich gesehen und sich von mir abgewandt, von dem, was ich trage, hat sein verbranntes goldenes Gesicht aus meinen Händen gezogen, und schon weine ich wieder, weine um das, was ich war, was ich bin und was ich sein werde, wieder.

»Esch, ist alles klar?«

»Alles klar.«

»Big Henry hat gesagt, ich soll nach dir schauen. Ich hab ihm gesagt, ich will nicht auf die Damentoilette gehen, aber er meinte …«

»Ich komme schon. Warte kurz.«

Immerhin ist mein Gesicht trocken. Vielleicht werden alle nur denken, ich sei high. Ich will, dass Junior vor mir um das Gebäude herum in die Turnhalle geht, deshalb gehe ich langsam, aber er geht ebenfalls langsamer, um mich nicht zurückzulassen, und wir brauchen zehn Minuten, bis wir wieder auf der Vorderseite sind.

»Ist alles okay, Esch?«, fragt Junior.

Halbherziges Händeklatschen flattert auf wie kleine Fledermäuse. Hier und da ein Freudenschrei. Klingt leer.

»Jepp.« Ich atme durch den Mund. Auf dem Klo habe ich so heftig geweint, dass mir übel wurde. Kinder laufen am Eingang zur Turnhalle umher wie unsere Hühner zu Hause, und ich rechne damit, dass Junior mit ihnen wegrennt und ich mich allein in die Halle schleichen kann, aber er tut es nicht. Er schiebt seinen Arm unter meinen Ellbogen, als wolle er mir Geleitschutz geben, und ich halte den Kopf gesenkt und die Augen halb geschlossen, sodass ich nur anonyme Beine, Tennisschuhe und Füße in Goldsandaletten sehe, während Junior mich die Tribünentreppen hinaufführt. Wir gehen um Big Henry herum und setzen uns eins höher, ein Stückchen weg von Skeetah, sodass Junior und ich am weitesten von der Menge und dem Spielfeld entfernt sind, hier oben im Dunkeln. Erst nach dem Hinsetzen wird mir klar, dass Manny und seine Freundin und Rico ein paar Sitze unter uns sitzen, etwas weiter rechts. Manny hat sich vorgebeugt, weg von ihr, als wolle er gleich aufspringen und nach unten aufs Spielfeld rennen. Sein T-Shirt spannt sich über seinen Schultern, über seinem verkrampften Rücken, und ich wende den Blick ab.

»Esch?«, fragt Skeetah. Er ist inzwischen nicht mehr ganz so high, seine Augen sind nicht mehr so trübe.

»Mir geht's gut.« Ich versuche, es laut zu sagen.

»Der Scheißnigga.« Skeetah berührt sanft mein Knie und unterstreicht seine Worte mit einem Nicken. Es fühlt sich an, als berühre er die Traurigkeit in mir mit seiner Hand, deshalb ziehe ich mein Knie weg und presse die Lippen zusammen. Schon jetzt kommen mir wieder die Tränen. Er berührt mein Knie noch einmal, diesmal nur mit einem Finger: leicht und schnell. »Das Arschloch.« Er spuckt das Wort an Mannys Rücken, laut genug, dass Big Henry es hören kann.

»Was is denn los?«, fragt Big Henry. Ich schüttele den Kopf und schaue zu Boden.

Skeetah schlägt mit beiden Handflächen auf die Bank. Es knallt laut. Rico, der Manny in die Seite geknufft und mit ihm geredet hat, während seine Hände wie Vögel umherschwirrten, dreht sich bei dem Geräusch um und lächelt, um sein Gold zu zeigen. Manny schüttelt den Kopf, aber Rico steht trotzdem auf, steigt zwei Stufen auf einmal hoch und bleibt bei mir und Skeetah stehen. In der Finsternis leuchten seine Zähne.

»Hab gehört, deine Hündin hat unsere Welpen gekriegt«, sagt Rico.

»Unsere Welpen?«, fragt Skeetah.

»Jo, unsere. Ich dachte, wir teilen sie halbe-halbe auf.«

»Ach ja?«

»Sindse gesund?«

»Das fragst du besser deinen Cousin.«

»Ich will sie sehen.«

»Da gibt's für dich nix zu sehen.« Skeetah richtet sich langsam zum Sitzen auf. Er beugt sich beim Sprechen vor, mit gekrümmten Schultern, die Muskeln angespannt.

»Was soll das heißen?«

»War Chinas erster Wurf. Ein paar tot geboren, ein paar gestorben.«

»Manny sagt, einer sieht aus wie Kilo. Den will ich haben.«

»Der ist tot.« Skeetah steht auf und ist kaum größer als Rico, der eine Stufe unter ihm steht, und halb so breit. Aber Skeetah legt den Kopf schief, kneift die Augen zusammen und schaut Rico direkt an. Ich weiß, dass er keine Angst hat, dass er nie Angst haben wird. »China hat ihn getötet«, sagt er, und es liegt Poesie in seiner Stimme. Er singt fast, als er es sagt, hämisch.

»Tja, dann will ich einen andern.«

»Der einzige, der für dich übrig bleibt, ist der Kümmerer.«

»Was zum Teufel soll ich mit einem Zwerg?« Rico lacht, als er das sagt. Es klingt so metallisch und hart wie seine Zähne.

»Tja, mehr hab ich nicht. Den und einen schwarz-weißen. Beide klein.«

Skeetah lässt den Weißen weg, den, der ein Klon von China ist.

»Manny?«

»Jo.« Manny kommt die Treppe hoch zu uns, schaut Skeetah und Rico an. Ich ignoriere seine schwarzen Augen.

»Hast du nich gesagt, Skeetah hätte nen weißen, der wie China aussieht?«

»Hatter auch«, sagt Manny.

»Is es nich ein bisschen früh für Ansprüche auf die Welpen *meiner Hündin*?«, sagt Skeetah. Er beugt sich vor, zerrt an der Leine. »Die sind eine Woche alt. Du weißt so gut wie ich, dass sie erst sechs Wochen überstehn müssen, ehe man sie weggeben kann. Bis also sechs Wochen rum sind, hast du hier gar nix zu melden, kapiert?« Skeet lächelt und reibt sich die Daumen mit seinen Fingern, hält die Hände locker zusammengeballt, als spüre er schon, wie sie Rico treffen, oder Manny. Ich weiß, dass er derjenige ist, auf den er es abgesehen hat: Manny. Big Henry und Marquise bewegen sich, leicht und beiläufig, um Skeetah zu flankieren.

»Ihr miesen kleinen Bois-Sauvage-Nigger, haltet euch für sonst wen, was! Euch mach ich alle *fertig*.«

»Jetzt kommt alle mal wieder runter«, sagt Manny. »Muss ja nich so sein.«

»Arschloch!« Skeetahs Stimme ist durchdringend, überschlägt sich fast, und sein Gesicht zerfällt in Stücke. »Du dreckiges Arschloch!«

»Das lässt du dir gefallen von diesem kleinen Nigga? Dem würd ich an deiner Stelle so eine reinhaun …«

Darauf hat Skeetah gewartet. Skeetah geht auf Rico los. Er macht es mit seinem ganzen Körper, mit der beständigen Wut und der flinken Kraft der Kleinen schlägt er auf Ricos breites, schwitziges Gesicht ein: Er ist so grimmig wie China. Die Schiedsrichter auf dem Feld pfeifen, und um uns herum stehen die Leute auf, als wollten sie La Ola machen. Manny versucht, seinen Cousin Rico zu fassen zu kriegen, und Big Henry streckt die Arme nach Skeetah aus, aber dann hat Manny seinen Cousin wieder gegen Skeetah gestoßen, ihn wie einen Ball durch die Luft geworfen, und Manny boxt auf Skeetah ein, und Marquise stürzt sich auf Manny, und Big Henry schiebt seinen Körper wie eine Schranke zwischen sie, um das Ganze zu beenden, aber dann haut ihm Rico eine rein, und sie fangen an zu kämpfen, fallen die Treppe hinunter und reißen die Menge auseinander wie ein Stück Stoff.

Randall ist mitten auf dem Spielfeld und erkämpft sich gerade den Ball aus dem Knäuel, in das einer der Schiedsrichter seine Pfeife kreischen lässt, als er innehält, abgelenkt vom Aufruhr unter den Zuschauern, und sieht, wie die Jungs sich auf den Rängen verprügeln, während Junior und ich Arm in Arm am Rand der Sitzreihen entlang nach unten zur Tür rennen. Randall sieht verloren aus auf dem Platz, wie er den Ball in seiner erschlafften Hand hält. Der andere Schiedsrichter pfeift zu Skeetah und Rico und Manny und Big Henry und Marquise hinüber, die sich jetzt kämpfend am Spielfeldrand entlangbewegen und von der Menge in brechenden Wellen, wie sie bei uns nur vor Hurrikans auftreten, zur Tür hinausgetragen werden.

»Mach, dass du weg kommst, Batiste!« Randalls Trainer brüllt ihn an: Das grüne Handtuch, mit dem er sich bisher nur das Gesicht abgewischt hat, knallt wie eine Fahne in heftigem Wind. »Das sind deine Leute, oder? Du bist das! Das war's für dich! Verschwinde!«

Randall lupft den Ball an die Turnhallenwand, und er prallt zurück auf den Platz. Spieler, die nicht vom Kampf gelähmt sind, versuchen, ihn zu fangen. Ich ziehe Junior am Arm, und wir sind die Ersten, die durch die Tür sind; er ist schnell. Randall springt mitten in die Kämpfenden, als sie gerade durch die Türöffnung schwanken, und brüllt sie alle miteinander an, stößt Flüche und Verwünschungen aus und holt sie einen nach dem anderen aus ihrer Wut heraus, bis er in ihrer Mitte steht, größer als sie alle, so schwarz wie Eisen und so starr und unnachgiebig wie ein Gittertor.

»Was habt ihr für'n Problem, verdammt?«

»Was bildest du dir'n ein, du Großkotz«, brüllt Rico. Manny hält ihn an der Schulter fest und zieht ihn von Randall weg.

»Lass mich los!«, sagt Skeetah. Sein Gesicht ist mit kleinen Kratzern übersät. Big Henry hält seinen Arm fest, und Marquise steht neben ihnen, schwer atmend, mit funkelnden Augen. »Den bring ich um, den Wichser. Der kriegt gar nix von mir!«

»Wir sehn uns morgen, du kleine Drecksau«, schnaubt Rico; seine Lippen bluten. »Mit deinem bescheuerten Hund.«

»Ihr wisst genau, dass man keinen Hund in den Ring schicken kann, der grad Welpen gekriegt hat.« Big Henry macht einen Schritt auf Manny und Rico zu, stolpert mit Skeetah vorwärts. Big Henrys Lippen sind geschwollen, aufgedunsen und feucht.

»Ich weiß schon, wieso ich diese Sau noch nie leiden konnte«, zischt Marquise. Er hat eine blutunterlaufene Schramme auf der Stirn.

»Scheiß drauf«, sagt Skeetah. »Scheiß drauf, verdammt. Der kriegt keinen von meinen Welpen.«

»Skeetah« – Randall beugt sich zu Skeetah hinüber, die Hände immer noch erhoben –, »wenn du sie morgen kämpfen lässt und Kilo gewinnt, dann sterben die Welpen. Das weißt du genau.«

»Kilo gewinnt aber nicht«, schreit Skeetah und springt gegen Big Henry, der ihn mit beiden Armen festhält, wie in einer Umarmung.

»Das kannst du nich machen«, sagt Big Henry.

»Mein Cousin kommt mit seinem Hund, Boss. Der kämpft für China. Wenn er gewinnt, verpisst du dich«, sagt Marquise.

»Und wenn ich gewinn?«, fragt Rico.

»Dann verpisst du dich auch«, sagt Skeetah.

Randall stößt Skeetah mit dem Ellbogen in die Brust und hebt einen Finger in Richtung Rico, als wolle er ihn zum Stillsein ermahnen.

»Dann kriegst du einen Welpen«, sagt Randall.

»Welchen ich will?«, knirscht Rico.

Randall sieht Skeetah an und nickt bedächtig.

»Welchen du willst.«

Skeetah schüttelt den Kopf.

»Arschlöcher«, sagt Skeetah.

Rico lächelt; sein Name ist mit Blut in seine Goldzähne eingraviert. Skeetah spuckt aus.

»Ja«, sagt Randall. »Ja.«

Der achte Tag
ZEIG'S IHNEN

»Esch?«

Junior fasst mich an, und ich drehe mich von ihm weg.

»Gehst du zu dem Kampf?«

Ich bin heute Morgen aufgewacht und hatte Schmerzen.

»Skeetah sagt, ich darf nicht mit, wenn du nicht auch mitkommst.«

Jemand hat mich geschlagen.

»Er will gleich China waschen.«

Ich wurde im Schlaf geschlagen.

»Er und Randall ham sich gestritten, weil Randall sagt, er soll nich mit ihr hingehen. Er sagt, sie gehört da nich hin.«

Ich werde nicht aufstehen, um aufs Klo zu gehen. Ich will nichts essen.

»Er sagt, Skeet is blöd und wir verderben immer alles. Wie sein Spiel. Sagt, jetzt kann er nur noch ins Camp, wenn Skeetah das Geld besorgt.«

Ich rolle mich ein. Unter Kopfkissen und Laken rolle ich mich um die Schmerzen herum zusammen, um das durchsickernde Geheimnis. Wie ein Ball.

»Randall hat den Ball heut Morgen so doll versenkt, dass der Korb abgerissen is. Skeet musste ihn repariern.« Junior tippt mir auf die Schulter.

»Er hat ihn kaputt gemacht. Esch?«

Es soll aufhören.

Ich versuche, das ganze Mythen-Buch zu lesen, aber ich schaffe es nicht. Ich bleibe in der Mitte stecken. Als ich das Buch weglege, mir das nasse Gesicht abwische und meinen Morgenatem einatme, unter dem Laken so reif wie der Nachmittag, habe ich bei folgender Stelle aufgehört zu lesen. Medea tötet ihren Bruder. Am Anfang kennt ihr Neffe, der den Argonauten von ihr erzählt, sie als mächtige Frau, die ihrer Familie hilft, genau wie ich versucht habe, Skeet zu helfen, an dem Tag, als China von dem Ivomec krank wurde. Aber bei Medea geht die Hilfe wegen der Liebe schief. Der Autor schreibt, es gibt zwei verschiedene Versionen, wie es passiert ist. Die eine besagt, dass sie ihren Bruder belogen und ihn zu den Argonauten auf das Schiff eingeladen hat, als sie geflohen sind, und dass Jason ihm aufgelauert hat. Dass sie ihren Bruder sterben sah, ihr eigenes Gesicht auf seins gelegt hat, das aufgeschlitzt wurde wie ein Huhn: rosige Haut zu blutigem Fleisch zerhackt. Die andere Version besagt, dass sie ihren Bruder selbst umbringt, dass ihr Bruder mit ihr und den Argonauten flieht, sich in Sicherheit wähnt, und sie ihn in Stücke hackt: Leber, Magen, Brust und Schenkel, und die Teile einzeln über Bord wirft, damit ihr Vater, der sie verfolgt, langsamer fährt, um die Körperteile seines Sohnes aufzusammeln.

Ich lese das immer wieder. Es kommt mir so vor, als läge sie bei mir unter der Bettdecke, als schwitzten wir beide, bis wir Wasser sind. Um ihr zu entkommen, Mannys Geruch zu entkommen, der nach einer Nacht und einem Morgen immer noch an mir klebt, stehe ich auf.

Junior sitzt im Flur vor meiner Tür auf dem Fußboden.

»Wieso sitzt du hier?«

Junior zuckt die Achseln, schaut zu mir hoch.

»Ich wollte rausgehen, aber Skeetah will China waschen, und dann wird's schlammig unter dem Haus. Wieso bist du nicht aufgewacht?«

»Ich war müde.«

»Daddy hat gefragt, wieso du ihm heut Morgen nichts zu essen gebracht hast. Randall hat ihm gesagt, dass es dir nicht gut geht.«

»Hat Randall für Daddy Eier gemacht?«

»Jepp.«

»Was macht er jetzt?«

»Schläft. Er hat rumgebrüllt wegen dem Hurrikan, meinte, er hört nich auf. Dass die Frau in den Nachrichten sagt, er kommt direkt auf uns zu. Randall hat gesagt, er soll sich beruhigen. Er und Big Henry sind zum Laden gefahren und haben Bier geholt, und dann is Daddy eingeschlafen.«

Junior folgt mir über den Flur zu Daddys Zimmer. Randall hat eine Decke vor das Fenster genagelt. Er hat sie einmal gefaltet und über dem Lüftungskasten aufgehängt, der summt und Licht hereinlässt. Daddy schläft im Sitzen, nach vorne gekrümmt, so wie ich ihn gestern zurückgelassen habe. Der Fernseher ist leise gestellt, er knistert wie ein Silvesterkracher. Auf dem Bildschirm sieht man eine Karte vom Golf, und Katrina dreht sich wie ein Kreisel, den der lange Arm von Florida gerade in Gang gesetzt hat. Neben dem Bett stehen zwei Bierdosen, eine davon ist offen, beide sind beschlagen. Ich mache die Tür bis auf einen Spalt zu.

»Gehst du zu dem Kampf?«

Junior berührt meinen Oberarm, und ich bleibe vor dem Badezimmer stehen. Er kneift mich, und ich schaue zu ihm hinunter, sehe seine großen dunklen Augen, die Zahnlücken, die langen Wimpern. Er reißt die Augen noch weiter auf, voller Hoffnung.

»Hm, Esch? Bitte!«

»Wer hat dir die Haare geschnitten?«

»Randall hat sie mir heut Morgen abrasiert. Er meinte, es is zu heiß für Haare.«

»Da hat er recht.« Ich lege eine Hand auf seinen Glühbirnenkopf und schüttele ihn leicht.

»Esch.« Er grinst und sieht aus wie Skeet auf dem Bild in Daddys Zimmer. Die Luft ist dick, so dick wie das Wasser in der Grube.

»Na gut«, sage ich. »Gehen wir hin.«

Ich setze mich seitwärts aufs Klo und lege die Arme auf die Fensterbank; mein Körper fühlt sich an, als sei ich überall von Katzenwelsen gestochen worden, mein Bauch kommt mir vor wie ein Senkblei. Vor dem Schuppen fühlt Skeetah mit einer Hand die Temperatur des Wassers aus dem Schlauch: Es ist so heiß draußen, dass das Wasser garantiert schon kocht, wenn es aus dem Hahn kommt. Für China wird er das Wasser laufen lassen, bis es kalt wird. Als Skeetah China zum ersten Mal bespritzt, zittert sie. Sie steht breitbeinig und mit geradem Rücken da, den Kopf hoch erhoben. Sie leckt an dem Wasserstrahl, und es ist, als wäre sie nie krank gewesen. Sie sieht so kokett aus wie ein Mädchen mit Lutscher im Mund, wie sie da an dem Schlauch schleckt. Sie niest und schließt die Augen, und der Dreck läuft flächig an ihren Seiten hinunter. Es ist das erste Mal seit Tagen, dass ich sie ohne Leine sehe.

»Auf geht's«, sagt Skeetah. »Gleich wirst du wieder glänzen.«

Skeetah stellt das Wasser ab, nimmt eine fast leere Flasche Geschirrspülmittel und gießt den Rest über ihrem Rücken aus. Er fängt an zu schrubben, und die Seife wird rostgrau. Er reibt die Seife über ihren langen flachen Kopf und ihr Gesicht. Er zieht ihr Fell zurück, sodass ihre zusammengebissenen Zähne bloß liegen, die scharfen gebogenen Reißzähne auf dem rosigen Zahnfleisch. Ihre Augen sind Schlitze, halb geschlossen vor Wonne. Sie reckt sich in Skeetahs Hände hinein. Er zieht und lockert ihren Körper, massiert sie. Sie reckt die Nase in die Luft und sieht so lang und schön aus wie ein ausgebreiteter Flügel. Er kniet sich vor sie hin, streicht mit der Hand über ihre Brust, und sie leckt ihn glücklich.

»Du bist zu mir zurückgekommen«, sagt er.

»Du solltest nicht mit ihr da hingehen.«

Randall kommt um die Hausecke. Ich erwarte, einen Ball in seinen Händen zu sehen, aber da ist keiner. Es ist, als würde seine Nase fehlen.

»Du kannst mich mal, Randall.«

»Du hast keinen Grund, sauer zu sein. Ich schon.«

»Sie gehört mir. Das sind meine Hunde.«

»Du hast totalen Mist gebaut. Ich musste was machen.«

»Der Scheißcoach.« China grinst gegen das Zurückziehen ihres Fells an. Skeetah schrubbt fest. China sieht gestreift aus. »Und scheiß auf Rico. China ist kein bisschen schwach.«

»Du denkst immer noch nicht an die Welpen.«

Skeetah dreht den Hahn auf. China dreht sich unter dem Wasserstrahl im Kreis.

»Bleib!«, ruft Skeetah, und sie erstarrt. »Du hattest kein Recht, *meinen* Hund wegzugeben.«

»Und du hattest kein Recht, *mir* das Spiel zu vermasseln. Wie soll ich jetzt ins Camp kommen?«

»Wenn er so was zu dir gesagt hätte, wärst du auch auf ihn los.« Skeetah schneidet ein Gesicht. »Und wie er Esch angeglotzt hat!«

»Rico hat Esch angemacht?« Randall, der die ganze Zeit auf und ab gegangen ist und dabei eine Rille in die schlammige Erde gewühlt hat, bleibt abrupt stehen.

Skeetah schnaubt, wirft einen Blick zu dem Fenster, hinter dem ich sitze, aber die Sonne draußen ist zu hell. Er kann mich unmöglich sehen. Sein Mund verzieht sich, als habe er in einen

Pfirsichstein gebissen, und er lacht kurz auf, ein bitteres, lautes Bellen.

»Du hast echt keine Ahnung, oder?« Skeetah verschiebt seinen Daumen über der Schlauchöffnung, bis das Wasser in zwei harten glitzernden Strahlen herausschießt. Wenn es auf Chinas Seite trifft, klingt es massiv. »Du brauchst heut nicht hingehn. Das hat nichts mit dir zu tun. Wieso gehst du nicht trainieren?«

Randall schüttelt den Kopf, schiebt die Zehen in trockenen Sand. Staub wirbelt auf und schwebt in der stehenden Luft. Er schaut zum Badezimmer, und ich lehne mich zurück, bis ich den kühlen, glatten Spülkasten durch mein T-Shirt spüre.

»Ich gehe hin«, höre ich ihn sagen. »Du hast was versprochen. Du hast gesagt, du bezahlst mein Camp, wenn sie durchkommen«, sagt er lauter.

»Ist ja gut!«, ruft Skeetah. »Du wirbelst Staub auf, Randall!«

»Du bist genau wie Daddy. Ständig von irgendwas besessen.« Ich höre, wie die Seitentür zur Küche schabend auf- und wieder zugeht, als Randall Skeetah allein lässt und ins Haus kommt.

Das Wasser hört auf zu fließen. Ich lehne mich so weit vor, dass ich gerade noch so aus dem Fenster schauen kann. Skeetah kniet wieder vor China und spritzt den letzten Rest des Spülmittels auf ihr Fell. Er schrubbt sie weißer als weiß: Sie ist das kalte, wolkige Herz eines Eiswürfels.

»Wahnsinn, wie du glänzt«, haucht Skeetah China ins Ohr. »Weiß wie Koks.« Er streicht ihr übers Fell, seine Hand ist wie eine Messerklinge. »Blendend weiß.«

Die wenigen schmutzigen Höfe, die dünnwandigen Häuser und Wohnwagen von Bois Sauvage geben neben dem Wald ein trauriges Bild ab – als würde man einen Welpen an einem ausgewachsenen Hund messen. Hier gibt es Badelöcher, die nur große Pfützen sind. Manche, die von kleinen klaren Bächen gespeist werden, sind auch so groß wie Swimmingpools, aber die Erde färbt die Löcher schwarz, und die Bäume verseuchen sie mit Blättern, wie ein Hund mit Flöhen verseucht ist. Es gibt Gruppen von Magnolienbäumen, die so hoch, grün und glänzend sind, dass man unmöglich hinaufklettern kann, und in ihrer Nähe duftet es immer nach Pfirsichen. Es gibt Eichen so groß und alt, dass ihre schwarzen Äste so dick sind wie Stämme und bis auf den Boden reichen. Es gibt Tümpel voller Glibber und hoher gelber Gräser, in denen es nachts von Fröschen wimmelt, die rülpsend im Chor singen. Es gibt Lichtungen, auf denen Rehe grasen, aufschrecken und weiß blitzend davonspringen. Es gibt Schildkröten, die sich eilig durch Kiefernnadeln und Schlamm hindurchackern, um nicht im Topf zu landen. Marquise hat uns mal erzählt, dass er nach einem heftigen Regenguss mit Bone und Javon in diesen Wald gegangen ist, um nach ein paar Pilzen zu suchen, die sie nehmen wollten, und da haben sie einen Wolf gesehen, schlank wie ein Fuchs, schmutzig grau, der hat sie angeschaut, als hätten sie auf ihn geschossen, und ist dann verschwunden.

Der Pfad, der in eines der tieferen Waldstücke führt, beginnt ein Stück vom Haus entfernt, weiter oben an der Straße. China führt uns, sie läuft entspannt an der Leine; die Kette ist aus stumpfem Stahl, das Halsband aus Chrom. Skeetah hat es gestohlen. Er hat sich den Kopf frisch rasiert und trägt ein Handtuch wie einen Schal um den Hals. Big Henry trägt Junior auf den Schultern, und Randall läuft mit einem großen Stock in der Hand hinterher, den er aufgehoben hat, als wir über den Graben gesprungen sind. Skeetah hat ihn ausgelacht und gemeint, *Der wird gegen die Hunde nicht viel nützen.* Dann zeigte er auf China und sagte, *sie schon.* Randall nimmt den Stock trotzdem mit. Marquise und sein Cousin sind wahrscheinlich schon da. Krähen krächzen. Ich lausche auf die Jungs und die Hunde, irgendwo da draußen im Wald, aber ich höre nur das Schschsch der Kiefern, die sich gegenseitig zum Stillsein ermahnen, das Knistern der Eichen und die harten, breiten Blätter der Magnolien, die wie klappernde Pappteller klingen, wenn der Wind in sie hineinfährt – dieser knackige Wind, der da draußen im Golf vor Katrina dahinfegt und zu uns vordringt wie die leise Stimme von jemandem, den man reden hört, ehe er einen Raum betritt.

Eine Wolke verdeckt die Sonne, und es wird dunkel unter den Bäumen. Sie zieht vorbei, und das Gold fließt durch die Blätter, fällt auf Borke und Boden: Blattgoldmünzen. Bald kommen wir zu einem Vorhang aus Ranken, die an den niedrigsten Ästen hängen und bis auf den Nadelteppich am Boden reichen, und wir kriechen hindurch. Skeetah staubt Chinas Brust ab und winkt uns zu. Wir sind lange gelaufen, als ich das erste winzige Bellen höre.

»Müde?«, fragt Randall.

»Nein«, antworte ich. Mein Bauch fühlt sich an, als sei er voll Wasser und tut weh davon, aber das sage ich ihm nicht. Ich schiebe einen Ast zur Seite und lasse ihn dann wieder los, aber er zerkratzt trotzdem meinen Arm. Medeas Reise führte sie zum Wasser, das die Autobahn des Altertums darstellte, wo der Tod so nah war wie die Wellen, die Sonne, der Wind. Wo es so viele Tode gab wie Fische, die mit schwingenden Flossen im Wasser standen, die Oberfläche beobachteten und den Meeresboden überschatteten. China bellt, als wolle sie dem Hund antworten.

Die Lichtung ist eine breite ovale Mulde, die ein ausgetrockneter Tümpel sein muss, der bei Regen groß und tief wird; der Boden ist mit trockenem gelbem Schilf bedeckt, die Bäume stehen im Kreis um die Mulde herum. Die Jungs mit ihren Hunden bilden Grüppchen, reden und rauchen, lassen Blunts und Zigaretten herumgehen, fragen *Wie alt ist deiner* oder *Wo hast du das Halsband her* oder *Wie viele hat sie gekriegt?* Es sind ungefähr zehn

Hunde da und etwa fünfzehn Jungs. Ich bin das einzige Mädchen. Marquises kleiner Bruder Agee ist auch da, und er und Junior fangen an, um die Wette auf einen grauen Baum mit niedrigen Ästen zu klettern, der außerhalb des Kreises der kämpfenden Hunde und kämpfenden Männer steht. Die Hunde sind braunloh, schwarz-weiß, gestromt, rötlich wie die Erde. Keiner von ihnen ist so weiß wie China. Sie leuchtet im Sonnenschein auf der Lichtung, hat die Ohren aufgestellt, den Schwanz leicht erhoben. Die Hunde dösen, laufen hin und her, bellen, ziehen an der Leine und lehnen sich auf die Lichtung hinaus, wo sie kämpfen werden. Sie wollen in die Sonne, wollen sie auf ihren feuchten schwarzen Nasen spüren. Sie werden sich heute alle aneinander messen, einer gegen den anderen. Die Jungs wurden von dem Gerede über den Kampf zwischen Kilo und Boss zur Lichtung gelockt wie die Argonauten zu Jason, als sein Abenteuer begann. Sie werden ebenfalls ihre Hunde in den Ring schicken; jeder hofft auf einen guten Kampf, wilden Mut, einen Sieg, damit sie aus dem Wald, ihrer gefährlichen Ägäis, heimkehren und sagen können, *Meine Hündin hat's geschafft* oder *Mein Nigga hat ihn fertiggemacht*. Manche der Jungs sind nervös; sie stopfen die Hände in die Hosentaschen, ziehen sie wieder heraus, schwenken ihre Schweißtücher durch die Luft und schlagen nach Mücken. Manche sind zuversichtlich: runde Schultern, Grinsen im Gesicht. Big Henry wischt sich mit einem Schweißlappen, den er aus der Hosentasche gezogen hat, das Gesicht ab, und Randall stützt sich auf seinen Stock und betrachtet mit gerunzelter Stirn die spielenden Hunde. Über uns kreist ein Habicht, dreht ab, verschwindet.

Marquise steht neben einem Jungen, der sein Cousin sein muss; sie sind beide pekannussbraun, haben beide goldene Ringe im Ohr und sind beide klein, aber der Cousin ist ein bisschen dicker. Sein T-Shirt ist so groß, dass es ihn verschluckt.

»Was geht?«, fragt Marquise. »Das' mein Cousin Jerome.«

»Cous hat mir von euerm klein' Problem erzählt.« Jerome wirft Marquise einen Blick zu und wischt sich dann mit einem bereits nassen Tuch, das er aus seiner Tasche gezogen hat, den Kopf ab. »Braucht euch keine Sorgen machen.« Er zieht an seiner Leine, und sein Hund Boss, der in der Sonne gelegen hat, steht auf, kommt zu Jerome herüber und sitzt. Er ist ganz schwarz mit weißer Schnauze.

»Dass er groß ist, hast du ja gesagt, Cous, aber …« Marquises Flüstern geht in Lachen über. »Ich hätte nicht gedacht, dass du so groß meinst.«

Boss ist riesig. Groß und dick, und seine Vorderbeine sind so gebogen, dass er von vorne wie ein Hufeisen aussieht. Während Chinas Fell seidig ist, ist Boss' Fell borstig, so borstig, dass ich seine verheilten Kampfnarben sehen kann. Sie sind schwarz und wulstig wie Blutegel. Er lässt die Zunge heraushängen und lächelt. Mit jedem Hecheln bläht sich sein Brustkorb auf und zieht sich wieder zusammen, und er atmet so heftig, dass Jeromes T-Shirt sich kräuselt.

»Wo's n der andre Hund?«

Marquise, der gerade seine eigene Hündin Lala tätschelt, der er die Ohren gestutzt und Ohrringe eingestanzt hat, die gleichen, die er selbst trägt, steht auf und weist mit dem Kopf über die Lichtung. Marquise lässt Lala nie kämpfen. Sie ist hellbraun und fast so sauber wie China. Sie liegt auf Kiefernnadeln und blickt mit einer hochgezogenen Braue zu uns hinüber. Skeetah hat mir mal erzählt, dass Marquises Hund bei ihm im Bett schläft, im Haus, jede Nacht. Skeetah hat die Achseln gezuckt und gelächelt, als er es erzählte, aber so wie sein einer Mundwinkel nach oben und der andere nach unten gezogen war, habe ich gedacht, wenn Daddy nicht wäre, dann würde China auch jede Nacht am Fußende von Skeetahs Bett schlafen.

Auf der anderen Seite der Lichtung zerrt Kilo an der Leine, die Rico festhält. Er schnüffelt am Boden, blickt abwesend und schlägt seine Krallen in die Erde. Klumpen fliegen hoch, zwischen seinen Hinterbeinen hindurch: Er wühlt sich durch das trockene Gras bis hinunter auf den Grund des Teichs. Ich frage mich, ob da unten Frösche sind, trockene, kühle Frösche, die sich in den Ritzen des aufgebrochenen Schlamms verstecken. Ob sie sich jetzt so flach wie möglich machen, um den scharfen Pfoten zu entkommen. Rico steht halb in der Sonne, halb im Schatten, lacht in die Richtung von Manny und einem älteren dunklen Jungen, der zu einem Hundekampf im Wald mit neu aussehenden weißen Schuhen erschienen ist. Ricos Grill blitzt, aber Manny, der die Arme verschränkt hält, ist noch goldener als Ricos Lächeln, und ich hasse ihn dafür.

»Boss hat von Baton Rouge bis Pensacola schon überall gekämpft«, sagt Jerome. »Und er hat öfter gewonnen als verloren.« Boss lässt sich wieder im Kiefernnadelstroh nieder und schnaubt hinein, sodass es wie Federn vor seinem Gesicht aufstiebt. »Er's bereit.«

Ich schiebe mich in den Schatten neben Randall, der seinen Stock immer wieder in die Tonerde stößt. Big Henry zieht sich sein T-Shirt vom Bauch, um Luft hereinzulassen. Er grinst mich an. Skeetah steht in der Sonne; der einzige Junge auf der strohgelben Lichtung, der mit den Hunden dem Sonnenlicht trotzt. Er ignoriert uns, schaut an uns vorbei in den Wald hinein, so still wie China neben ihm, die uns ebenfalls ignoriert und in die Ferne starrt, im Stehen, ohne sich je hinzusetzen. Ich frage mich, ob er sie darauf abgerichtet hat, neben ihm stehen zu bleiben, nicht einmal ihre Hinterbeine durch das Hinsetzen zu beschmutzen, damit sie immer glänzen. China ist so weiß wie der Sand, aus dem einmal eine Perle wird, Skeetah so schwarz wie eine Auster, aber die beiden stehen einmütig zusammen vor diesen Jungs, die nicht wissen, was es bedeutet, einen Hund so zu lieben, wie Skeetah es tut.

Die Jungs treffen sich in der Mitte des Kreises, sorgen wohlweislich dafür, dass ihre Hunde am Rand bleiben; sie reichen die Leinen ihren Freunden. Sie stecken die Köpfe zusammen, um die Kämpfe auszuhandeln.

»Was soll das heißen, du willst Boss?«

»Deiner ist zu groß für meinen.«

»Er's 'n Kleiner, aber echt rauflustig.«

»Sie kann's mit jedem hier aufnehmen, sie ist nicht schwach.«

»Ich sage, zwei ist das Limit.«

»Ich sag drei.«

»Wen kümmert denn, was du sagst, ej?«

»Ich sag auch zwei.«

»Sugar schafft mindestens zwei.«

»Homeboy schafft drei.«

»Ojacc kann sie alle fertigmachen, einen nach dem andern.«

Alle stöhnen im Chor.

»Buddy Lee genauso.«

»Truck wird jeden durch die Mangel drehen, problemlos.«

»Hast du Slim gesehen? Kapierst du, was der mit Kilo machen kann?«

»Keiner kämpft mit Kilo außer Boss.«

»Wizard hat's auf Kilo abgesehen.«

»Ich sag doch, Kilo ist für keinen da außer für Boss.«

»Ihr habt's alle gehört. Kilo is für keinen zu haben außer Boss.«

Die Jungs in der Mitte des verödeten Kreises sind so geladen wie die Luft vor einem Sturm. Skeetah und China stehen am Rand. Die Wortgefechte der Jungs steigern sich zu einem wütenden Brummen, und die Luft, die vorher still war, fegt plötzlich über die Lichtung, wirbelt Sand auf und zwingt die Jungs, die Augen zu schließen. Vielleicht hat Daddy recht; vielleicht hat Katrina es doch auf uns abgesehen. Big Henry hält sich sein Tuch vor die Nase. Hat Medea den Helden Glück gewünscht, ehe sie sich auf den Weg machten? Hat sie auf dem Deck des Schiffes gestanden, wie ich jetzt auf dieser Lichtung stehe, fraulich, reif, und den Regen beschworen, damit er ihre Abreise verschleiern möge, ihren Betrug bemänteln? Hatte Jason ihr gesagt, dass er sie liebt? Manny hält Kilos Leine und schaut China an. Skeetah und China stehen reglos.

»Auf geht's«, sagt Marquise.

Skeetah und China verlassen den Kreis und stellen sich neben uns, aber ein Stück weiter, ein bisschen näher dran, Skeet in seinem T-Shirt, das im Nacken und den Rücken runter langsam feucht und dunkel wird, China still bis auf die Ohren, die zucken, um die Mücken zu verjagen, die sich dort niederlassen wollen.

Skeetah hat China kämpfen lassen, sobald er sie für ausgewachsen hielt, mit etwa einem Jahr. Bei den Kämpfen gegen Hunde von Jungs aus Bois Sauvage und St. Catherine gab es immer einen klaren Sieger. Sie hat gegen jeden dieser Hunde gekämpft. Außer bei zwei Kämpfen am Anfang, als China gekämpft, aber mehr als der andere Hund geblutet hat und eines ihrer Ohren aufgeschlitzt wurde, gewann sie, indem sie den anderen Hund überwältigte und mit den Zähnen seine Kehle packte, das Gesicht wie eine Faust gespannt. Der andere Hund jaulte auf, und Skeet rief sie zurück, und daran erkannten alle, dass China gewonnen hatte.

Jetzt schnüffelt kein Hund an China. Kein Hund kommt angelaufen und schnappt spielerisch nach ihr, schleckt über ihr Gesicht oder ihre Schultern. Sie und Skeet stehen abseits, und als der erste Kampf zwischen den ersten beiden Hunden anfängt, sind sie die Einzigen, die noch still stehen. Der Kampf ist schnell und schmutzig. Die Hunde treffen sich in der Mitte und taumeln am

Rand des Teichbetts entlang, wirbeln Sand und goldenes Stroh und Stöckchen und Blut auf. Sie winden sich, fauchen und winseln. Der Graue jault als Erster laut auf, aber es ist der Braun-Weiße, der zu Boden geht, sich zurückzieht, dem unbarmherzigen Licht, der heißen Grube, den sengenden Windstößen, den Krallen, dem Zucken und den Zähnen entkommen will. Die Jungs packen die Hunde an den Hinterbeinen, ziehen sie voneinander weg, fluchen und lassen sie wieder los. Junior hüpft hinter Big Henry von einem Bein aufs andere, und Big Henry wischt sich den Nacken ab, obwohl er das so oft macht, dass sich gar kein Schweiß sammeln kann und sein Nacken gar nicht erst klebrig wird. Randall, der seinen Stock immer wieder wie ein Trommelmajor zwischen den Fingern gedreht hatte, hat damit aufgehört und schaut dem Kampf zu, während er den Stock wie einen Schlagstock hält. Der Graue wird winselnd weggezogen, während sich der Braun-Weiße immer noch dem Griff seines Besitzers entgegenstemmt. Skeetah tätschelt die zuschauende China einmal, klopft ihr nur kurz auf den Kopf, und sie leckt seine Finger. Sie entzieht sich nie.

»Ojacc hat ihn gekriegt«, sagt der Besitzer des Grauen und gesteht damit die Niederlage ein. Der Junge, der zu dem Braun-Weißen gehört, lächelt und tätschelt seinem Hund den Kopf.

Marquises Hündin Lala hüpft wie ein Kaninchen in die Arena, ihre goldenen Ohrstecker blitzen, und bellt den braun-weißen Hund an, als wolle sie ihm gratulieren. Ojacc ist immer noch kampflustig. Er krümmt sich wie ein Fragezeichen, entreißt ein Bein den Händen seines Besitzers und beißt zu. Lala kommt schliddernd zum Halt, aber der Braun-Weiße gräbt dennoch seine Zähne in ihr Bein wie einen Tacker. Der Junge zieht, und Marquise reißt mit beiden Händen an Lalas Leine. Der Braun-Weiße lässt knurrend los.

»Warte!«, schreit sein Junge.

»Verdammte Scheiße!«, brüllt Marquise, und Lala humpelt winselnd zu ihm. Er kniet sich vor ihr hin, und sie verschmilzt mit ihm, macht ihrer buttergelben Farbe alle Ehre. Die Hunde bellen und stellen sich auf die Hinterpfoten, ziehen an ihren Leinen, und die Jungs müssen sich anstrengen, um dagegenzuhalten. China bewegt kurz die Beine, und ihre Brüste schwingen. Skeetah schüttelt den Kopf und spuckt aus. Die Jungs wickeln sich die Leinen um die Handgelenke oder Unterarme. Die Hunde ziehen, bis sie keine Luft mehr bekommen und ruhig werden, sich auf dem Gras und Stroh niederlassen, das Kinn auf die Pfoten legen. Marquises Hündin hört nicht auf zu winseln, und als er ihr eine Hand übers Maul legt, läuft Sabber heraus. Nach dem nächsten Kampf lässt Marquise sie los, und sie setzt sich mit dem Rücken an seine Beine, das Gesicht zum Wald gewandt, und lässt den Kopf hängen. Junior rennt zu ihr hin und tätschelt ihr den Kopf. Als alle Hunde außer Kilo und Boss gekämpft haben, sitzt Lala mit dem Hinterteil auf dem Schoß von Marquises kleinem Bruder, hat den Kopf auf Juniors Oberschenkel gelegt und leckt ihm das Bein.

Rico und Kilo gehen in die Mulde. Die anderen Hunde und Jungs atmen schwer, sind blutig, haben schweißverklebtes Fell. Rico lächelt, und Kilo grinst, stämmig, aber hoch gewachsen neben seinem eher kleinen Herrchen; sein Fell ist so rot wie die Erde unter den Kiefernnadeln, und ebenso sauber und trocken. Rico wickelt sich die Leine um die Faust, holt Kilo ein, streicht ihm über die raue Seite, blickt hoch und sagt: »Bereit?«

Jerome verlässt uns. Boss tappt neben ihm her. Gut einen Meter vor Kilo und Rico bleiben sie stehen. Boss wirft zweimal den Kopf nach hinten und schaut Jerome an, stößt dabei mit der Stirn gegen die Leine und lächelt, und Jerome geht langsam neben ihm in die Hocke und flüstert ihm etwas ins Ohr. Auf der anderen Seite des Kreises haucht Rico etwas in Kilos Ohr, aber der Wind wird wieder stärker, eine Wolke verdeckt die Sonne, und ihre Stimmen verlieren sich im Raunen der Baumkronen um uns herum. Dann lässt der Wind kurz nach und legt gleich wieder zu, die Wolke zieht weiter, die Lichtung wird zu einer hellen Kugel, und Jerome brüllt »Fertig!« und hakt Boss' Leine los, während Rico von Kilo zurücktritt. Boss und Kilo sind an nichts und niemanden mehr gebunden, und schon rasen sie durch die Arena, wütend auf den jeweils anderen, der ihnen auf Augenhöhe entgegentritt, weder Schwanz noch Kopf eingezogen hat.

»Pack ihn, Junge!«, schreit Jerome. Er klatscht wie als Ausrufezeichen in die Hände, immer wieder. »Pack ihn!«

Sie treffen sich in der Mitte. Sie stellen sich gleichzeitig auf die Hinterbeine, ihre Vorderpfoten treffen sich auf Schulterhöhe, als wollten sie tanzen. Boss dreht als Erster den stumpfschwarzen Kopf zur Seite. Der erste Biss ist seiner. Kilo bäumt sich auf und entwindet sich. Im Fallen schnappt er zu und gräbt die Zähne in Boss' Hals.

»Schüttel ihn! Schüttel ihn!«, schreit Rico und beugt sich so weit vor, dass es aussieht, als würde er mit dem Gesicht zuerst in die Arena fallen.

Kilo beachtet ihn nicht. Kilo beißt und lässt los, schnappt und beißt erneut. Seine Zähne blitzen weiß, dann rot, dann noch mal.

»Greif ihn dir, Junge!«, brüllt Rico.

Boss will nicht gegriffen werden. Sein Kopf ist ein Messer, und er schneidet eine klaffende, tropfende Wunde in Kilos Schulter. Blut rinnt über Kilos Fell. Boss ist langsamer als Kilo. Aber er ist stark.

»Komm schon, Junge!«, brüllt Jerome.

Sie fallen beide, getrennt voneinander. Kilo kommt vor Boss wieder hoch, knurrt, springt los. Boss hievt sich auf die Pfoten und tritt Kilo entgegen. Sie sind Zahn an Zahn. Sie kauen sich gegenseitig die Gesichter an, küssen sich. Sie knurren einander in den Rachen.

»Komm schon, Junge!«, brüllt Jerome.

Aber Boss denkt, er wird zurückgerufen, dass er zu Jerome rennen soll. Schwarz wie verbranntes Öl zischt und wirbelt er durch die Luft, kippt um und wird zu einer Pfütze im Sand, weil Kilo sich auf ihn gestürzt und seine Zähne in Boss' Rücken versenkt hat. Boss schmeißt sich seinerseits mit einem zerfetzenden Knurren gegen Kilo.

»Ruf ihn zurück!«, brüllt Jerome. Der Kampf ist nicht mehr sauber. Jerome hat einen Fehler gemacht.

»Kilo!«, schreit Rico, und dann packt er Kilo an den Hinterbeinen. »Kilo!« Es ist mehr ein Husten als ein Schrei. Kilo lässt los, schleudert in einer Wolke aus Staub und Haaren und Blutstropfen den Kopf zurück. Jerome packt Boss an den Vorderbeinen. Rico zerrt Kilo an den Hinterbeinen durch die Arena, weg von Boss. Beide Hunde sind mit Bisswunden übersät. Ricos T-Shirt ist nicht mehr so weiß.

Jerome kniet sich hin und drückt seinen Lappen in die Wunde auf Boss' Rücken. Der Lappen wird schwarz, und als er den Schnitt abwischt, fließt das Blut sauber nach. Er drückt erneut, wartet, bis es nur noch tröpfelt. Boss' weiße Schnauze ist rotgestreift. Jerome nickt Rico zu.

»Noch mal?«, ruft Jerome.

»Jo«, sagt Rico.

Junior lässt Lalas Kopf in den Sand fallen.

»Ich geh wieder zum Baum rüber«, sagt er zu Marquises kleinem Bruder. »Kommst du mit?« Sie verlassen Lala, die sich aufsetzt und verwirrt dreinschaut. Big Henry steht mit über der Brust verschränkten Armen da. Randall starrt auf Boss' Rücken; sein Stock hängt seitlich an seinem Bein herunter, bis er ihn hochnimmt und sich auf die Schulter legt. Er seufzt.

Jerome gibt Boss einen Klaps auf das Hinterteil, und er rennt los über die Lichtung, auf Kilo zu. Die beiden Hunde verschmelzen zu einem. Sie haben zwei Köpfe, vier Beine, zwei Schwänze. Sie sind eine Bestie aus der Urzeit, die sich zornig und gierig knurrend aus dem Meer erhebt. Boss' Kopf schwingt nach hinten, wird für einen Augenblick unterscheidbar, und er vergräbt seine Zähne hinter Kilos Schulter.

»Scheiße«, haucht Randall.

Kilo gurgelt und zieht sich komplett zusammen, während er Boss am Vorderbein packt.

»Schüttel ihn, Junge!«, brüllt Rico.

»Pack ihn!«, schreit Jerome.

Sie kochen, rot gegen schwarz. Kilo versucht, Blut zu ziehen. Boss knurrt und schüttelt immer wieder den Kopf, gibt Kilo zurück, was er bekommt. Keiner von beiden wird zerfetzt; keiner knickt ein.

»Sie sind quitt«, sagt Big Henry.

Boss' und Kilos Zähne versenken sich bei jedem Angriff und jeder Erwiderung ineinander. Sie schärfen die Klingen ihrer Reißzähne an einem Schleifstein aus Fleisch. Beide halten fest. Keiner gibt nach.

»Macht Schluss«, sagt Skeetah.

»Boss!«, schreit Jerome, packt Boss an den Hinterbeinen und zieht.

»Kilo!« Rico greift zu.

Die Hunde gehen auseinander, werden weggezogen. Boss hat viele Bisswunden, und seine weiße Schnauze war nie weiß, sondern immer schon rot. Kilos rötliche Schultern sehen aus wie mit noch röterem Stoff bedeckt, einem schäbigen weinroten Schal, und sein Atem ist das lauteste Geräusch auf der Lichtung. Man hört es über dem auf- und abflauenden Wind. Daddys Hurrikan streckt seine Fühler aus.

»Kilo hat's«, sagt Rico.

»Du spinnst wohl«, sagt Jerome.

»Was soll das? Er hatte ihn«, sagt Manny.

»Keine Ahnung, was du gesehn haben willst, aber Kilo hat todsicher nich gewonnen«, sagt Marquise.

»Alle haben gesehn, dass Kilo ihn hatte«, sagt Ricos Freund mit den weißen Schuhen, die inzwischen gelbbraun geworden sind.

»Ein Scheißdreck haben sie gesehn. Es war unentschieden«, sagt Big Henry, und plötzlich reden alle auf einmal. *Kilo hatte ihn. Nein, Boss hatte ihn. Biste blind, Nigga? Nee, aber du!* Alle Jungs streiten sich. Die Hunde um sie herum bellen und wälzen sich in den Kiefernnadeln und lecken ihre Wunden und wedeln mit den Schwänzen. Sie halten ihre feuchten Schnauzen in den auffrischenden Wind.

Rico steht auf. Er hat Kilo, der blutet und lächelt, sauber gemacht. Rico macht Kilos Leine fest und führt seinen Hund, der mit gesenktem Kopf hinter ihm hertrottet, über die Lichtung zu uns. Mit finsterem Blick schaut Rico Skeetah an, der immer noch abseits am Rand der Arena steht und einen Finger eine Haaresbreite über Chinas Kopf hält. Sie strahlt so hell, dass man sie kaum anschauen mag.

»Und wann krieg ich nun mein' Welpen?«, fragt Rico Skeetah.

»Mein Hund hat nich verlorn«, sagt Jerome, klickt die Leine fest und steht still.

»Gibt keinen klaren Sieger«, sagt Marquise.

»Du hörst doch, was alle sagen. Unentschieden«, sagt Randall, macht ein paar Schritte nach vorn und stellt sich neben Jerome, Rico gegenüber. Rico schnaubt und spuckt aus. Ich wünschte, der Wind würde die Spucke auffangen und zu ihm zurückblasen, direkt in sein Gesicht oder auf seine ach so weißen Schuhe. Randalls Stock liegt über seinen Schultern und in seinem Nacken, und seine Arme hängen darüber wie die einer Vogelscheuche. Big Henry bleibt an ihm dran, flankiert Marquise. Manny kommt langsam über die Lichtung, der Junge mit den vergilbten Schuhen dicht hinter ihm. Sie gehen alle aufeinander zu, treffen sich in der Mitte. Wie die Hunde.

»Ich sagte« – Rico zeigt mit dem Finger auf Skeetah und China, die an seiner Seite hechelt –, »wo is mein Welpe?« Er geht auf Skeet und die Jungs zu, die sich locker um Rico und Jerome gruppiert haben. Marquise wippt auf den Zehenspitzen, lässt seine Hände kreisen. Wenn ich ein Junge wäre, würde ich, glaube ich, wie Marquise kämpfen.

»Nein«, sagt Jerome. »Mein Hund hat nich verlorn. Höchstens isses unentschieden.«

»Interessiert mich'n Scheißdreck, was du sagst«, sagt Rico, und sein Finger schwenkt jetzt auf Jerome, sein Blick bleibt aber auf Skeetah gerichtet. »Und ich will den weißen.«

»Es ist unentschieden. Gleichstand.« Randall stellt sich vor Skeetah, Rico in den Weg. Er rollt die Schultern, greift mit einer Hand den Stock, schwenkt ihn aus und hält ihn wie einen Baseballschläger. Alle kommen dichter zusammen, immer dichter, bilden ein schwarzes Knäuel im hellen Tageslicht. »Ihr könnt das nicht entscheiden.«

»Doch«, sagt Skeetah. »Können wir.« Er hakt die stumpfe schwere Kette von Chinas Halsband ab, lächelt; sie lächelt ebenfalls.

Wie soll das denn gehen?, brüllte Randall im Flüsterton an Skeetah gewandt, während Rico Kilo laut lachend über die Lichtung führte, um ihn abzureiben. *Sie ist Mutter!* Die Jungs und ihre Hunde verteilten sich um das Rund der Lichtung herum; das Knäuel hatte sich aufgelöst, war ausgefranst. *Und er ist Vater*, sagte Skeetah und wies auf Kilo, *und was zum Teufel macht das schon?* China stubste Skeetah mit der Schnauze in die Seite. *Ihre Zitzen*, sagte

Randall. *Sind für die Welpen, und du brauchst dir deswegen keine Sorgen zu machen*, hauchte Skeetah. *Die Welpen*, sagte Randall, *was ist mit den Welpen? Wir kämpfen alle*, sagte Skeetah. *Jeder. Und jetzt lass mich in Ruhe, verdammt, ich muss mit meinem Hund reden*, sagte er.

»Randall?« Junior und Marquises kleiner Bruder sind von ihrer Akazie heruntergeklettert. »Lässt Skeetah jetzt China kämpfen?«

»Geht wieder zu euerm Baum«, sagt Randall. »Das mein ich ernst. Los, hoch mit euch.«

»Geh schon«, sage ich zu Junior. »Und kommt nicht runter, ehe es vorbei ist.«

Junior hebt einen Stock auf und wirft ihn zu Marquises kleinem Bruder, der ein hellgrünes Hemd trägt, das mit rosa Blütenblättern von dem Baum bestäubt ist, und dazu Jeans-Shorts mit Bügelfalten. *Das war seine Mutter,* denke ich.

»Fall nicht runter«, sage ich.

»Okay, okay«, schnaubt Junior, damit ich merke, dass ich ihn nerve, und dann rennen die beiden weg.

Marquise spricht laut mit einer Stimme, die sich Gehör verschaffen will, und er sagt, er findet, Rico ist ein Mistkerl und sein Hund ein Schwächling, und fuck, nein, Kilo hat auf keinen Fall gewonnen. Big Henry schüttelt den Kopf und wischt sich unablässig mit seinem Schweißtuch über die Stirn. Jerome stimmt Marquise lauthals zu. Man kann deutlich erkennen, dass sie Cousins sind. Boss liegt wieder zu Jeromes Füßen, leicht blutend, Zunge rausgestreckt, jetzt wieder grinsend. Blut läuft ihm ins Auge, und er blinzelt. Kilo rekelt sich im Stroh auf dem Rücken, rollt sich immer wieder zu einem C zusammen. Randall schwenkt seinen Stock hin und her, immer wieder, wie einen Golfschläger jetzt, erwischt damit Ranken und reißt sie von den Ästen ab. Er schaut mich mit gespannter Oberlippe an.

»Tja.« Randall schwenkt den Stock, der Erde und trockene

Kiefernnadeln in die Luft schleudert. »Sie werden sterben. *Scheiß Camp!*« Er spuckt aus.

Von der anderen Seite der Mulde beobachtet uns Manny. Als die Hunde gekämpft haben, sich wie Speichen um das Rad der Lichtung drehten, zähneknirschend Muskel an Muskel und Zahn an Zahn kämpften, da fiel es mir leicht, mein Blickfeld einzuschränken und Manny auszuweichen. Mannys Augenbrauen sind zusammengewachsen, seine Augen sind groß; sie wirken beinahe, als täte es ihm leid. Ich rede mir ein, dass es mir egal ist, und stelle mir vor, ich wäre so groß wie Medea, trüge ein grün-lila Gewand, geschmückt mit Knochen und Gold. Obwohl es sich seltsam anfühlt, ziehe ich meine Schultern zurück, als ich auf Skeetah zugehe, der am Rand der Lichtung zwischen Palmbüschen kniet, China etwas ins Ohr flüstert und sie dabei so kräftig streichelt, dass ihre Haut unter seiner Hand Wellen schlägt. Skeetah glättet ihr Fell und redet mit ihr. Ihr Fell sieht im Schatten silbern aus. China steht ganz still und starrt über die Lichtung. Skeetahs Zunge schnellt aus seinem Mund, und eine Rasierklinge, von der ich nicht wusste, dass er sie in der Backentasche hatte, kommt kurz zum Vorschein und gleitet über seine Zungenspitze, ehe er alles wieder einfährt. Er rezitiert irgend etwas, und er sagt es so schnell auf, dass es klingt, als würde er singen. *China White,* haucht er, *meine China. China bleich, pack zu und färb sie rot und weiß, China. Scharf wie Kokain, China, wenn sie dich einatmen, blutet ihre Nase, China. Lass sie bluten, China, kehr ihr Innerstes nach außen, China, sie solln glauben, sie hätten die Klinge gesnifft, China. Sie solln zittern, China, solln dich lieben, solln dich brauchen, China, zeig ihnen, dass sie ohne dich nicht leben können, China, so sehr sie das auch wollen. Meine China,* murmelt er: *zeig's ihnen, zeig's ihnen, zeig's ihnen.*

Als Skeetah Rico auf der Lichtung gegenübertritt, hat er Chinas Kette auf dem Boden liegen lassen und das Chrom von ihrem

Hals genommen. Sie steht an seinem rechten Bein, Ohren aufgestellt, Schwanz gerade, und rührt sich nicht. Ich könnte nicht mal sagen, ob sie atmet. Sie ist weiß, unglaublich weiß. Sie ist das reine weiße Herz einer Flamme. Kilo ist ganz rot, nur Muskel, ein schlagendes Herz auf der Lichtung. Er bellt einmal schrill, und Rico klickt die Leine los und gibt ihm einen Klaps. Kilo rennt.

»Los«, sagt Skeetah.

China schießt über die Lichtung, noch ehe Kilo in der Mitte angekommen ist, und begegnet ihm mit einem grimmigen Grollen. Für sie gibt es kein Schnappen nach Beinen oder Gesicht. Für sie gibt es nur Kilos Nacken. Sie erhebt sich mit ihm, wirft den Kopf nach vorn, beißt zu.

»Pass auf, Junge!«, schreit Rico.

China packt Kilo noch einmal hinten am Nacken. Sie taucht mit dem Gesicht in ihn ein. Als sie zurückzieht, sind ihre Kiefer geschlossen, und sie reißt ein Stück Fell ab. Sie sperrt das Maul auf, als wolle sie Luft schnappen, und versenkt dann erneut ihre Zähne.

»Komm schon, Kilo!«, schreit Rico.

Sie würde sich am liebsten mit dem Kopf in ihn hineinwühlen wie ein Wurm in die rote Erde.

»Kilo!«, schreit Rico.

Kilo duckt sich vor dem Zugriff ihres Kopfes. Er schnappt sich Chinas Bein. Es ist ein schwacher Zug, lässig, und ich vermute, Rico hat ihm das beigebracht.

»Jetzt schüttel sie durch, Junge!«, brüllt Rico.

Kilo schüttelt. China bohrt immer weiter, verwandelt das, was ein Schal war, in ein hellrotes Halstuch, aber Kilo zieht an ihrem Bein, schwenkt es hin und her; seine Muskeln kochen, sodass sein Fell nicht mehr Erde, sondern wieder Wasser ist, eine rote Flut. Er knurrt bei jedem Ruck, aber als China mit ihren messerscharfen Kiefern sein Ohr und die eine Seite seines Gesichts verschluckt und zubeißt, entgleitet ihm das letzte Knurren zu einem Winseln.

»Pack sie!«, brüllt Rico.

Skeetah verschränkt seine Arme andersherum und senkt den Kopf. China küsst mit Zunge und Mund Kilos Gesicht, wie eine Geliebte, wie die Mutter den Vater, tief.

»Pack sie, verdammt noch mal!«, brüllt Rico.

»China!«, ruft Skeetah, und China lässt Kilo los, obwohl er immer noch an ihrem Fuß nagt. Sie schaut sich nach Skeetah um, als wolle sie sagen: *Ich komme, Liebster, hier bin ich.*

»Kilo!«, brüllt Rico. Er packt Kilo an den Hinterbeinen und zieht den Hund zu sich. Kilo öffnet schmatzend die Lippen, als hätte er gerade etwas Leckeres gegessen, und Chinas Bein ist frei. Sie springt zu Skeetah; ihr Lächeln ist rot, so als wäre ihr Lippenstift verschmiert. Das Blut an ihrem Bein sieht aus wie ein purpurfarbener Strumpfhalter.

»Wahnsinn! Er braucht sie nicht mal wegzuziehen«, sagt Jerome.

Rico wischt Kilos Hals ab, bis das Blut eher wie eine Halskette als wie ein Tuch aussieht. Er untersucht seinen Hund, der so heftig atmet, dass der Sand mit Spucke und Blut besprüht wird. Seine Nase berührt fast den Boden. Manny beugt sich zu Rico hinunter und flüstert etwas. Ich weiß, was auch immer Manny zu ihm sagt, zeigt seine Gemeinheit, zeigt, dass er Jason ist, der Medea verrät, der um die Hand der Tochter des Königs von Korinth anhält, nachdem Medea für ihn ihren Bruder getötet und ihren Vater verraten hat. Mannys Lippen bewegen sich, und ich lese, *Die bringt's doch nich, die feige Sau.* Er schaut dabei zu China hinüber, aber es fühlt sich an, als schaue er zu mir.

»Bist du bereit?«, fragt Skeetah. China steht neben ihm. Die Blutflecken auf ihrem Körper scheint sie gar nicht zu bemerken, ihre Lippen sind fest geschlossen, ihr Brustkorb dehnt sich aus und zieht sich wieder zusammen. Sie steht fest auf dem Bein, das Kilo zerbissen hat und das über dem Knöchel klebrig-rot und wund ist.

Rico bringt Manny mit einer Handbewegung zum Schweigen. Manny und Rico stehen ruhig da. Die Jungs haben sich bewegt. Sie haben sich hinter Rico und hinter Skeetah gruppiert, sodass ich an den Rand treten muss, um das trockene Teichbett und die roten Blutspritzer darin noch sehen zu können. Der Kreis von Jungs, in dem die Hunde den ganzen Tag lang gekämpft haben, hat sich aufgelöst wie Nebel.

»Und ob«, sagt Rico. Er gibt Kilo einen Klaps. Kilo steht grunzend auf, taumelt kurz und rennt dann in die Mitte der Arena. Er ist ein Bach, der zum Fluss wird.

»Los!«, sagt Skeetah. China hebt den Kopf zur Sonne und bellt, einmal, zweimal. Es klingt wie ein Lachen. Sie gräbt die Pfoten in das Stroh und sprintet los.

»Schnapp sie dir!«, brüllt Rico.

Kilo wirbelt um Chinas Schulter. Dreht sich und beißt zu. China beißt zurück, erwidert den Kuss mit brutaler Wildheit.

»Schnapp sie dir, Junge!«, brüllt Rico.

Sie erheben sich, stellen sich auf die Hinterbeine und umklammern einander mit den Vorderpfoten. China tritt mit den Vorderbeinen, drückt sich von Kilos Brust weg, um sich wie eine Peitsche auseinanderzurollen und den Kopf nach hinten zu schwingen, damit sie erneut zubeißen und reißen kann, aber als sie sich zurücklehnt, scheint Kilo ihre Brüste zu entdecken, weiß, voll, schwer und warm, und wie ein Welpe senkt er den Kopf zum Trinken. Aber er trinkt nicht. Er beißt. Er verschlingt ihre Brust.

»Nein«, sagt Skeetah.

»Schüttel sie«, ruft Rico.

Kilo ist ein Strudel, er dreht China im Kreis herum, schüttelt sie. Sie klammert sich mit ihren Pfoten an ihn, das Maul aufgerissen, und versucht, ihm die Augen auszubeißen. Aber Kilo lässt nicht los.

»Spring!«, brüllt Skeetah. »Spring, China!«

Das sagt er zu ihr, wenn sie von einem Baum springen soll. Luftsprünge machen. Fliegen. China buckelt und stemmt sich gegen Kilo. Sie sammelt sich, zieht sich zusammen wie ein Muskel. Sie leckt Kilos Ohr und beißt, dann lehnt sie sich zurück und stößt sich gleichzeitig mit den Pfoten ab. Sie reißt. Ihre Brust ist blutig, aufgerissen. Der Nippel nicht mehr da.

»China!«, ruft Skeetah, und China landet auf den Vorderpfoten und rennt bereits auf ihn zu.

Kilo heult auf und fällt nach hinten; sein Ohr ist zerfetzt.

»Komm her, Kilo!«, ruft Rico, und Kilo rennt zu Rico, schleift dabei das zerfetzte Ohr über den Boden, stößt mit dem Kopf gegen Ricos Bein und hinterlässt einen blutigen Abdruck.

»Ich hab's dir ja gesagt, Skeet«, sagt Randall.

»Halt den Mund«, sagt Skeetah.

Die Wunde ist eine rote Flamme, die ihre Brust verzehrt.

»Sie kann nicht kämpfen«, sagt Randall.

Skeetah krault China am Hals und flüstert ihr ins Ohr. Diesmal kann ich nicht verstehen, was er sagt. Skeetah murmelt so dicht an Chinas Kopf, dass ich hinter dem von roten Adern durchzogenen weißen Ohr nur die eine Hälfte seiner Lippen sehen kann. Von ihrer Brust tropft Blut. China leckt Skeetah die Wange.

Rico steht da und lächelt bereits.

»Vielleicht nehm ich doch nich den weißen«, sagt Rico. »Vielleicht nehm ich lieber den bunten, der mehr von Kilo in sich hat.« Er lacht.

Skeetah steht gerade, und China, stämmig und weiß, schaut zu ihm hoch.

»Sie kämpft«, sagt Skeetah.

Randall zieht sich den Stock von der Schulter und schwingt ihn herum, sodass er vor ihm ist.

»Sie hat mehr als genug abgekriegt«, sagt Randall.

»Cous, verloren ist verloren«, sagt Big Henry, langsam, als wolle er die Worte einzeln schmecken.

»Sie hat nicht verloren«, zischt Skeetah.

Rico lacht.

Skeetah zuckt die Achseln und berührt mit dem Finger Chinas Nasenspitze.

»Sie gehört mir, und sie kämpft.«

Kilo schneidet eine Grimasse.

»Na los, machen wir dem Nigga die Freude«, sagt Rico zu Kilo.

Schweiß und Blut rinnen rot und grau an Chinas Brustkorb hinunter.

»Auf geht's, Kilo.«

Kilo rennt los.

»Los, China!«, schreit Skeetah, und China rast vorwärts. Von ihrer Brust tropft Blut und hinterlässt eine Spur auf dem Gras.

Sie treffen aufeinander. Sie erheben sich. Sie umarmen sich. Sie beißen zu, Nacken an Nacken. Sie bringen einander zum Knurren, und der Wind fegt über die Lichtung und trägt das Knurren davon.

Kilo packt erneut Chinas Schulter und wirft den Kopf nach hinten, um sie zu schütteln.

Skeetahs Fäuste sind fest geballt, sein ganzer Körper scheint zu knistern.

»Zeig's ihnen!«, ruft Skeetah, kaum lauter, als wenn er spricht.

China hört es.

»Zeig's ihnen.«

Sie ist Feuer. Sie wirft den Kopf nach hinten in die Luft, als würde sie Sauerstoff tanken, Kraft schöpfen, und drückt sich dann wieder auf Kilo hinab, nimmt seinen Nacken zwischen die Zähne. Sie rollt sich ihm entgegen und leckt ihn, eine liebende Flamme. Sie dreht sich um und ist über ihm, obwohl er immer noch ihre Schulter festhält. Er windet sich unter ihr. Sie kaut. Das Feuer lässt das Wasser verdunsten.

Zeig's ihnen zeig's ihnen zeig's ihnen sie können nicht ohne dich leben, sagt Skeetah. China hört ihn.

Hallo Vater, sagt sie züngelnd. *Ich habe keine Milch für dich*. China lodert. Kilo schnappt wieder nach ihrer Brust, aber sie schüttelt ihn mit der Schulter ab. *Aber ich habe das hier*. Ihre Kiefer sind eine Mausefalle, die um Kilos Nacken herum zugeschnappt ist.

Kilos Aufschrei ist laut und hoch, als würde der Wind pfeifen, der an Chinas Zähnen vorbeiweht.

Skeetah lächelt.

Skeetah ruft: »Komm, China!«

China dreht sich, reißt ein Stück aus Kilos Kehle heraus.

China kommt.

»Warte! Warte!«, schreit Rico schwitzend, mit verzerrtem Gesicht. Er schleppt Kilo über den sandigen Boden des Teichs. Manny kniet sich hin, schaut mich, Skeetah und China mit einem einzigen Blick an, und es sieht aus, als wenn er uns alle hasst. Ich wünschte, es würde nicht wehtun, aber das tut es doch.

Kilo jammert.

Rosa Akazienblüten schweben im Wind auf und ab. Marquises Bruder hat Junior allein gelassen; er ist schnell vom Baum geklettert und hat sein Gesicht in Jeromes Bein vergraben; seine rosa bestäubten Schultern zittern. Junior hockt noch in der Akazie, seine Hände auf den Ästen sind ganz weiß und zucken, als wolle er das Holz durchbrechen. Mit aufgerissenen Augen hat er seinen Blick auf den winselnden Kilo geheftet. Junior schüttelt sich im Takt zu Kilos Klagelauten, und sie werden zu einem Lied.

Der neunte Tag

HURRIKANFINSTERNIS

Die Geräusche von jemandem, der sich im Badezimmer übergibt, wecken mich. Im Halbschlaf sehe ich mich selbst im Bad, über die Toilette gebeugt, eine Hand hinten an der Kloschüssel, kotzend. Aber dann wird das Würgen lauter, klingt so, als würde sich meine Zunge von unten aufwickeln und aus meiner Kehle hinausrollen, und mir wird klar, dass ich mich nicht übergebe. Ich bin dabei nie so laut, mache nicht solche Geräusche. Das Badezimmer verschwindet, und ich erwache im Zwielicht der Morgendämmerung, sehe die Zimmerdecke, Junior, der in seinem Einzelbett schläft und Decke und Kissen auf den Boden gestrampelt hat, und unsere rissige Tür.

Es ist Daddy, der im Badezimmer auf dem Boden hockt. Daddy hat eine Hand an der Schüssel, ein Knie auf dem Boden. Daddy sieht aus, als wolle er ins Klo abtauchen, seine Zunge ausspucken.

»Daddy?«

»Hol Randall«, haucht er, und dann krümmt sich sein Rücken, und es hört sich an, als würde er in Stücke gerissen.

Im Flur ist es noch dunkel. Randall liegt in seinem Bett, Skeetah nicht. Nach dem Kampf gestern hat er China unter der Glühbirne an der Hintertür gewaschen. Er hat sie abgerubbelt und sich dann auf die Stufen gesetzt und aus einer schmutzigen, zerknautschten Tube eine antibiotische Salbe auf die Stellen getupft, an denen Kilo sie gebissen und ihr das Fell abgerissen hat. Ihr Bein, ihre Schulter und ihre abgerissene Brust sahen wie rohes Fleisch aus, und Skeetah hat die verschlissene elastische Binde, mit der er seinen Bauch verbunden hatte, genommen und in drei Teile geschnitten. Dann hat er Chinas Bein, Hals und Schulter und ihren Bauch verbunden und den Verband festgesteckt. Während er sie zusammenflickte, stand sie ruhig hechelnd mit zusammengekniffenen Augen da und ließ ihn gewähren. Alle paar Minuten wedelte sie mit dem Schwanz, und er tätschelte sie an einer Stelle, die nicht rot war: an den Pfoten, am Rücken, am Schwanz. Anscheinend hat er bei ihr im Schuppen geschlafen. Ich muss Randall zwei Mal anstoßen, ehe er aufwacht. Er rollt die Augen, bis sie ganz weiß sind, und hebt schützend die Arme vors Gesicht.

»Was denn?«, sagt er. »Was is los?«

»Daddy is im Bad und kotzt.«

Randall schaut mich an, als könne er mich nicht erkennen.

»Was?«

»Daddy. Im Bad. Ihm ist schlecht.«

Randall nickt mir blinzelnd zu. Er wacht langsam auf.

»Er sagt, du sollst kommen.«

Als wir das Ende des Flurs erreichen, geht Randall bereits mit federnden Schritten, schüttelt sich den Schlaf aus Armen und Beinen. Daddy hat den Kopf aufs Klo gelegt, das Gesicht zu uns gewandt und die Augen geschlossen. Seine Arme hängen mit den Handgelenken nach unten auf den abgestoßenen Fliesen, sodass sie aussehen wie Kiefernsetzlinge.

»Mir ist schlecht«, stöhnt Daddy. »Es hört nich auf.«

»Komm mit, Daddy.«

»Nein.« Daddy versucht, Randall wegzustoßen, als er sich über ihn beugt und ihm unter die Achseln greift, aber Daddy ist schwach, und seine Hände fallen zurück wie trockene Äste. »Muss beim Klo bleiben.«

»Ich stell dir ’n Mülleimer nebens Bett.« Randall zieht Daddy hoch, bis seine Brust in der Luft ist, aber Daddys Beine spielen nicht mit, und er hängt so schlaff da wie ein Laken auf der Wäscheleine, bevor man es glatt gezogen und festgeklammert hat. Als unsere Großeltern noch lebten, hat Mama immer die ganze Bettwäsche aus beiden Haushalten auf einmal gewaschen, und das war so viel, dass Daddy zusätzliche Leinen spannen musste. Mama lief daran entlang und hängte die Teile zuerst gebündelt auf, ehe sie sie auseinanderzog. Die Laken waren so dünn, dass man beinahe hindurchsehen konnte. Sie bildeten schattige Räume, in denen wir Verstecken spielten. Im Winter machten sie unsere Gesichter schmerzhaft kalt, aber im Sommer war es so heiß, dass die Laken nicht lange nass blieben. Trotzdem steckten wir unsere Gesichter hinein, um die verborgenen kühlen Stellen zu finden. Einmal hinterließen wir schlammige Spuren darauf, und Mama brüllte uns an, weil wir sie dreckig gemacht hatten; von da an ließen wir unsere Hände über ihnen schweben und schoben nur unsere Nasen hinein, um hindurchzuschauen und vielleicht einen von den anderen zu entdecken, der gerade durch den ausgebeulten Korridor nebenan lief. Jetzt ist das Waschen und Aufhängen der Wäsche meine und Randalls Aufgabe: Ich glaube, Skeetah weiß nicht mal, wie die Waschmaschine funktioniert.

»Nimm seine Beine«, sagt Randall, also bücke ich mich und hebe sie hoch. Daddy ist schwerer, als er aussieht. Seine Augen sind geschlossen, und er atmet pfeifend in seinen Bizeps hinein; sein Atem gurgelt in der Kehle. »Und los.«

Ich muss auf dem Flur rückwärts gehen, daher kommen wir nur langsam voran. Nach Mamas Tod hat Daddy mir und Randall beigebracht, wie man die Waschmaschine bedient. Es war unsere Aufgabe, die Bettwäsche zu waschen und aufzuhängen. Zuerst haben wir sie nur gewaschen, wenn Daddy es uns gesagt hat; später haben wir sie gewaschen, wenn sie so schmutzig war, dass wir mehrmals nachts aufwachten und uns am Schienbein oder am Knöchel kratzen mussten, weil es so juckte. Am Anfang, als wir beide noch zu klein waren, um die Laken über die Leine zu legen, haben wir sie so aufgehängt: Wir hielten das nasse Laken zwischen uns, zählten bis drei, warfen den feuchten Baumwollstoff mit Schwung hoch und hofften, er würde auf der Leine hängen bleiben. Daddys Knöchel fühlen sich so glatt wie Orangen an. Ich hätte nicht gedacht, dass sie so weich sind.

»Eins, zwei, drei«, sagt Randall, und wir hieven Daddy hoch wie früher die Laken und rollen ihn auf das Bett. Einen Augenblick lang ist Randall nur halb so groß, dünn wie ein langgezogener Gürtel, nur Haut und Knochen, mit Knien so groß wie Softbälle, und wir sind wieder Kinder; Mama ist gerade gestorben, und wir hängen ihre Laken auf die Leine. Meine Augen brennen. Daddy hinterlässt auf dem Kopfkissen eine feuchte Spur. Er stöhnt und hält sich die verletzte Hand.

Es stehen jetzt noch mehr halb leere Bierdosen auf dem Nachttisch. Sie wackeln, als Randall sich neben das Bett kniet, um Daddys Medizin zu suchen, die auf dem Boden steht.

»Tut deine Hand weh?«, fragt Randall. Daddy rollt sich auf die Seite, dreht das Gesicht zu uns, und ich gehe ins Badezimmer und hole den Mülleimer. Ich stelle ihn ihm vor die Nase, direkt neben das Bett. Im Eimer liegt Bonbonpapier und zusammengefaltetes Toilettenpapier, aber er ist fast leer. Randall schaltet Daddys Nachttischlampe an und liest die Aufschrift auf den Fläschchen, um festzustellen, welches das Schmerzmittel ist. Er ist groß und dunkel, jeder Zentimeter von ihm ist mit Muskeln bepackt, und manchmal frage ich mich, ob Daddy wohl darüber staunt, wie diese Riesenmaschine von einem Jungen aus ihm und Mama entstanden ist. Manchmal frage ich mich, ob er über Randall staunt. Und dann sehe ich Manny, der auf der Lichtung fast so hell strahlte wie China, und frage mich, was wohl bei der Mischung aus ihm und mir herauskommen wird: etwas goldenes Breitschultriges wie er oder etwas schwarzes Kleines wie ich, oder etwas, das mehr ist als jeder von uns. Einmal ist Daddy zu einem von Randalls Spielen gekommen und die ganze Zeit an der Tür der Sporthalle stehen geblieben, hat mit der Baseballkappe in der Hand vor sich hin genickt, mit gerunzelter Stirn auf das Spielfeld geschaut und dem Spiel halb abwesend zugesehen. Er ist noch vor der Halbzeit gegangen.

»Daddy, hier steht, du hättest zu diesen Antibiotika keinen Alkohol trinken dürfen. Mit den Schmerzpillen auch nicht.«

Daddy schüttelt den Kopf und liegt still.

»Bier ist nichts«, krächzt er ins Kopfkissen. »Is doch fast wie Limo.«

»Vermutlich musst du dich deshalb übergeben.«

»Ich kann nicht einfach liegen bleiben.« Daddys gute Hand zittert. »Muss das Haus fertig machen.«

»Esch, hol ein Glas Wasser.« Randall greift nach einer Bierdose, zerquetscht sie mit seinen langen Fingern, die sich wie Spinnenbeine um sie schließen. »Und nimm die hier mit.«

Ich lade die Bierdosen in mein T-Shirt. Daddy murmelt etwas. Als ich mit dem Wasser wiederkomme, reicht Randall gerade Daddy die Tabletten, und Daddy hat sich immerhin auf einen Ellbogen gestützt, auch wenn sein Kopf noch seitlich an der Kopfleiste klebt. Er stürzt das Wasser und die Tabletten hinunter, als würde das schnelle Einnehmen verhindern, dass sie später wieder hochkommen.

»Der Hurrikan«, sagt Daddy.

»Du sagst uns, was wir tun sollen«, sagt Randall und bittet mich, Daddy zwei Scheiben Brot für seinen Magen zu bringen und sie auf den Nachttisch zu legen.

Aus der Brise ist heute ein Wind geworden, der stärker und heftiger als gestern durch den Wald und über die Lichtung bläst. Ich taste in der Metallkiste hinten auf Daddys Pick-up nach einer Taschenlampe, einem Hammer und einem Bohrer. Die Nägel liegen alle unten auf dem Boden der Kiste, wie die Federn und das Stroh in einem Hühnerstall. *Zuerst die Fenster*, hat Daddy gesagt. *Ihr müsst alle Fenster vernageln.* Die Nägel herauszusuchen dauert lange; ich steche mir in den Finger und lutsche daran, aber es kommt kein Blut, es tut nur weh. Ich frage mich, ob sich Chinas zerbissene Brust im Maul ihres Welpen wohl so ähnlich anfühlen wird, wenn sie geheilt ist: hart, ein verheilter Schmerz.

Skeetah kommt aus dem Schuppen und schiebt das dünne Blech, das er neuerdings als Tür benutzt, wieder an seinen Platz. Er dreht den Wasserhahn auf, beugt sich hinunter und trinkt, lässt dann das Wasser über seinen Kopf laufen. Als er zu mir herüberkommt, rinnt ihm das Wasser wie Perlen am Hals hinunter und bis über die Schlüsselbeine, und ich muss an Kilos roten Schal denken.

»Was macht ihr alle in Daddys Wagen?«

»Er is krank«, sagte ich.

Randall lehnt halb im Wagen, halb draußen, um das Radio auf den schwarzen Sender einzustellen. Seine Beine sind so lang, dass er mit dem ganzen Fuß auf der harten Erde vor der Beifahrertür steht. Er brüllt gegen die Windschutzscheibe, damit Skeetah ihn hört. »Wir sollen das Haus für den Hurrikan bereit machen.«

»Er sagt, zuerst die Bretter«, erkläre ich Skeetah. Er trägt kein T-Shirt, und sein Gürtel ist so eng um seine Shorts geschnürt, dass der Hosenbund daran herunterhängt wie ein Duschvorhang und das Leder ihm in die Haut schneidet. Es sind dieselben Shorts, die er gestern getragen hat. Ich hatte recht, er hat bei China im Schuppen geschlafen.

»Ich kann nicht«, sagt Skeetah. »Ich muss China noch mal waschen und ihre Wunden behandeln. Damit sie nicht schlimmer werden.«

»Wie lang wird das dauern? Fünfzehn, dreißig Minuten?« Randall lehnt sich jetzt aus dem Wagen heraus, die Musik wird hinter ihm wieder lauter. Sie klingt schwach und metallisch, weil Daddy im Pick-up keine Bässe hat. Der Song geht klimpernd zu Ende, und die Ansagerin spricht mit einer weichen, ruhigen Stimme, die fast so tief klingt wie die eines Mannes.

»Hurrikan Katrina ist inzwischen zu einem Hurrikan der Kategorie drei angewachsen. Er soll im Laufe des Montagvormittag bei Buras-Triumph in Louisiana auf Land treffen. Das *National Hurricane Center* hat für den Südosten von Louisiana und die Küstengebiete von Mississippi und Alabama eine Hurrikan-Warnung herausgegeben. Hier auf JZ94.5 werden wir Sie über die Entwicklung des Sturms –« Randall schaltet das Radio aus. Skeetah bewegt die Lippen und schaut auf den Boden. Seine Augenbrauen, die so dunkel und gerade sind, dass sie wie aufgemalt wirken, treffen sich und bilden einen Haken. Daddys machen das auch. Meine sind so fein, dass man sie kaum sehen kann.

»Ich muss zum Laden, um ein paar Sachen zu besorgen. Verband und so«, sagt Skeetah.

»Dann bring ein paar Konserven mit.« Randall rollt die Augen.

»Dafür hab ich kein Geld.«

»Und womit wolltest du dann –« Randall hält mitten im Satz inne. »Scheiße. Ich hol was aus Daddys Brieftasche. Nimm das Billigste. Irgendwas in Dosen. Wir werden nichts kochen können.«

»Weiß ich«, sagt Skeetah.

»Ich hätte lieber nicht fragen sollen.« Randall reibt sich den Kopf. »Lass dich nicht erwischen.«

»Mach ich nicht.«

»Wie fährst du hin?«

»Ich hab Big Henry schon angerufen.«

»Beeil dich und komm schnell wieder.« Randall schaltet das Radio wieder ein. Der Rapper klingt wie ein Eichhörnchen. Randall fängt an, an dem Knopf rumzuspielen, beugt sich dann aber noch mal nach draußen. »Wir brauchen deine Hilfe!«

»Jepp«, sagt Skeetah. Er wischt sich den Wasserschal ab, und er verläuft zu einer Krawatte, die zwischen seinen Rippen hinabrinnt. Die Luft ist so heiß und schwül, dass das Wasser trotz des Windes nicht verdunstet. »Schaut mal nach China«, sagt er, und ein plötzlicher Windstoß nimmt ihn mit ins Haus.

»Junior?«

Ich brauche ihn, um die Nägel aus der Kiste zu klauben. Seine dünnen Spinnenfinger können das besser als meine. Er ist nicht in seinem Bett, aber sein Bettzeug und Kissen liegen immer noch auf dem Fußboden. Ich hebe sie auf, lege sie auf die Matratze. Der Vorhang vor unserem Fenster flattert. Ich schalte den Ventilator aus.

»Junior.«

Er ist auch nicht im Bad. Wer immer es zuletzt benutzt hat, hat den Toilettensitz hochgeklappt gelassen, wie üblich. Die Tür zu Skeetahs und Randalls Zimmer ist zu; ich höre Skeetah drinnen rumoren. Unten in der Mitte ihrer Tür ist ein Loch, wo Skeetah mal bei einem Wutanfall eine Kerbe ins Holz getreten hat; Daddy ist von hinten auf ihn losgegangen und hat ihn dafür heftig getreten und dann versucht, ihm eine Ohrfeige zu verpassen.

»Is Junior bei dir?«

»Nee.« Die Wände sind so dünn, dass es klingt, als stünde Skeetah neben mir. Es war wegen China, dass Skeet gegen die Tür getreten hat: Als China fett wurde und ihre Brüste offensichtlich anschwollen und Daddy merkte, dass sie tragend war, hat Daddy zu Skeet gesagt, er wolle nicht eine Horde von Hunden auf dem Pit haben. Er war betrunken, als er das sagte, und er hat es nie wieder gesagt, nachdem Skeet, als er ihn ohrfeigen wollte, seinen Arm abgefangen und gesagt hatte: *Schlag mir nicht ins Gesicht*, so als würde er es überall sonst akzeptieren, nur da nicht.

»Junior?«

Er steht neben Daddys Bett, mit dem schmalen kleinen Rücken zu mir, den kahlen Kopf gesenkt. Ein Arm hängt seitlich herunter, und den anderen hält er vor sich, als wäre er beim Eierlaufen und balanciere ein gekochtes Ei auf einem Löffel. Nur dass kein Löffel da ist, sondern bloß sein Zeigefinger, den er still unter Daddys schlafende Nase hält. Er berührt fast Daddys rauen Oberlippenbart, die nackte Hühnerhaut über seinen Lippen. Ich habe Junior noch nie so reglos gesehen.

»Was machst du da?«

Junior zuckt zusammen. Er dreht sich um und versteckt schnell den Finger hinter seinem Rücken. Unter seinen Augen sind blaue Flecken, sodass er wie ein nervöses braunes Männlein aussieht. Ich greife nach seinem Finger, ziehe ihn aus dem Zimmer und schließe die Tür.

»Esch«, flüstert Junior. Er schaut auf den Boden, als könne er durch ihn hindurchsehen, bis nach unten zu seinen Sandmulden unter dem Haus.

»Was sollte das denn?«, frage ich. Ich drücke und spüre nur Haut und Knochen. Sein Finger ist immer noch ausgestreckt. Er stöhnt und will die Hand wegziehen, aber ich halte sie fest.

»Er hat nicht geatmet.«

»Was soll das heißen, er hat nicht geatmet?«

Ich zerre ihn den Flur entlang, und er dreht und windet sich und lässt die Füße schleifen, aber ich kriege ihn bis in unser Zimmer. Ich knie mich vor ihm hin.

»Was hast du dort gemacht?«

Junior schaut meinen Hals an, meine Hand, überall hin, nur nicht in meine Augen. Ich schüttele ihn, und er schaut mich an.

»Es sah aus, als würde er schlafen, aber dann sah es so aus, als würde er nicht mehr atmen, darum wollte ich seinen Atem fühlen. Lass mich los!«

»Geh nicht mehr da rein, wenn er schläft.« Ich schüttele noch einmal Juniors Arm. »Er ist krank.«

»Weiß ich«, jammert Junior. »Ich weiß, dass er krank is.« Junior ballt die Hand zusammen und zieht unvermittelt, und seine Faust gleitet durch meine Hände wie ein nasses Tau und ist frei. »Ich weiß, was mit seiner Hand ist und dem Bier und der Medizin.« Er wippt. »Ich hab's gesehn, wie er sich verletzt hat. Ich hab ihn gefunden!« Wird lauter. »Ich krieg Sachen mit!«

»Was hast du gefunden?«

»Seinen Ring!«

»Junior!«

»Hier!«, schreit Junior. Seine kleinen, karamellgelben Milchzähne sind nicht zu sehen, ich sehe nur seine feuchte rosige Kehle, und er wird wieder zum Kleinkind, das immer den Mund offen hat, immer nach der Brustwarze suchte, nach unseren Fingern griff, nach der Decke, seinem Schnuller, den Pfoten seiner verlorenen Hunde, und daran saugte. Ganz kurz ist er wieder Baby Junior, und dann nicht mehr; dann ist er eine Miniaturausgabe von Skeetah, und die Hand, mit der er nicht Daddys Atem überprüft hat, gleitet in seine Tasche und holt etwas heraus, etwas kleines Rotbraunes in der Größe eines Quarters, und wirft es durchs Zimmer. »Er hat ihm sowieso nichts mehr genützt!« Er atmet, als wäre er gerannt, und dann hoppelt er den Flur hinunter wie eine Spinne. Beinah hätte ich ihn an der Treppe erwischt.

»Randall!«, brülle ich, »halt Junior fest.«

Randall hechtet aus dem Wagen und wird zu einer langen schwarzen Linie, die sich um die Hausecke zieht, hinter der Junior verschwunden ist, und dann höre ich ihn unter dem Haus klopfen. Junior hat sich so flach hingelegt, dass ich ihn nicht sehen kann.

»Junior«, brüllt Randall, »komm da raus!«

Junior bleibt still.

»Sonst komm ich runter und hol dich!«, sagt Randall mit zusammengebissenen Zähnen, und anscheinend ist er schon losgekrochen, denn Junior ist auf meiner Seite des Hauses aufgetaucht und versucht wegzurennen. Seine Augen sind weiß und rollen wie bei einem Kaninchen, aber ich schnappe ihn mir, und er tritt und tritt, und ich bin beinahe erstaunt, dass er kein Fell hat.

»Was hat er gemacht?« Randall kommt um die Ecke, vorne ganz rot beschmiert von der Erde.

»Er hatte Daddys Ehering.«

»Was?« Randall runzelt die Stirn.

»Er hatte Daddys Ehering. Er hat ihn an dem Finger gefunden und abgenommen. Er war in seiner Hosentasche.« Mit jedem Wort entgleiten Randall seine Gesichtszüge weiter, bis es wie eine zersprungene Glasscheibe aussieht, voller Furchen, und ich weiß, das kommt daher, dass er nicht glauben kann, was ich sage.

»Mann, was zum Teufel ist los mit dir?«, schreit Randall. Er zerrt Junior von mir weg, und seine andere Hand trifft hart auf Juniors dünnen Hintern. »Was ist los mit dir?«, brüllt Randall, und seine Stimme überschlägt sich. Er schlägt noch einmal zu. »Junior!«

Junior rennt im Kreis auf der Flucht vor Randalls Hand, sodass die beiden sich drehen, aber Randall ist schneller und stärker, und seine Hand trifft wieder und wieder.

»Das. Ist. Echt. Übel. Du. Bist. Echt. Krank!« Randall schlägt zwei Mal zu, und seine Hand ist steif wie ein Brett. »Wieso hast du das getan?«

»Sie hat ihn ihm geschenkt!«, heult Junior. Seine Stimme

klingt wie eine Sirene. »Und er konnte ihn sowieso nicht mehr gebrauchen!« Er schluchzt. »Ich wollte ihn haben!« Er heult. »Sie!«

Skeetah lacht, als wir ihm erzählen, was Junior getan hat.

»Er ist echt wild.«

»Er ist böse.«

»Habt ihr ihn wenigstens gefunden? Er ist bestimmt oben und will ihn irgendwo bunkern.«

»Ich hab ihn gefunden«, sage ich. Er lag auf meinem Bett, und ich habe ihn mit einer Handvoll Toilettenpapier genommen und im Waschbecken gewaschen. Das Gold war alt und stumpf, ganz blass, fast silbern, und nichts daran sah aus, als hätte er je Mamas Haut berührt. »Er war voller Blut.« Ich musste mich übergeben, nachdem ich ihn gewaschen hatte.

Junior hat Schluckauf und beugt sich tief in die Werkzeugkiste hinten auf Daddys Pick-up, um Nägel herauszusuchen. Sein schluchzender Schluckauf hallt laut von der Metallbox wider. Er lässt die Nägel, die er auf der Ladefläche findet, fallen, und sie machen pling.

»Was hast du damit gemacht?«, fragt Skeetah.

»Ihn in meine oberste Schublade gelegt«, sage ich.

Skeetah lacht. Seine Zähne sind milchweiß, sein Lächeln breit.

»Wir sollten nach den Fingern suchen. Kostenloses Protein.« Er lacht. »Wir könnten sie China zu fressen geben.«

»Sei still. Das ist echt fies«, sage ich.

»Keine Ahnung, was mit ihm los ist.« Randall schüttelt den Kopf.

Skeetah lacht, als er in den Schuppen geht, das Holz hinter sich herziehend; Minuten später hören wir ihn immer noch kichern und mit sich selbst reden. Als Big Henry vorfährt, um Skeetah abzuholen, schiebt Skeetah das Blech wieder vor die Schuppentür und lächelt in sein T-Shirt hinein. Big Henry parkt und kommt langsam herauf, ein Getränk in der Hand, und ich staune, dass es kein Bier ist. Ich nicke Big Henry zu, bleibe aber mit verschränkten Armen hinter Junior auf der Ladefläche stehen. Junior hat immer noch Schluckauf und lässt Schnodder in die Werkzeugkiste tropfen.

»Was ist mit ihm?«, fragt Big Henry, und ich schaue zu ihm rüber und stelle fest, dass er mich ansieht, mich fragt. Er hat sich die verirrten Haare und den Ziegenbart abrasiert, sodass sein Gesicht ganz glatt ist und heller als der Rest von ihm. Es wirkt weich wegen dem Schweiß, der es zum Glänzen bringt. Ich betrachte Juniors schmalen, knochigen Rücken; er lässt einen weiteren Nagel fallen. *Pling*.

»Komm«, sagt Skeetah lachend, und die beiden fahren weg.

Vernagelt die Fenster.

Ich lasse Junior die Nägel in sein T-Shirt legen und sage ihm, er soll sich neben Randall und mich stellen, während wir versuchen, die passenden Bretter für die Fenster zu finden, sie ums Haus herumschleppen und dort abstellen, wo sie festgenagelt werden sollen. Randall hat den einzigen Hammer mit heilem Stiel, den wir finden konnten. Meine Aufgabe ist es, das Holz unten festzuhalten, jedenfalls so hoch, wie ich komme, während Randall die Nägel einschlägt. Junior atmet zuckend. Er versucht jedes Mal, seine Lippe zu verschlucken. Als wir die Bretter angenagelt haben, ist immer noch Glas zu sehen, ein Spalt oder eine Handbreit, ganz egal, wie oft wir die Holzstücke hin und her schieben. Randall konzentriert sich, schlägt sich aber trotzdem zweimal auf die Finger, hüpft eng im Kreis herum, als bediene er einen Bohrer, und flucht leise. Da unterbricht Junior sein Schluckauf-Atmen und fängt an zu kichern. Ich auch. Der Lehm ist durch den Regenmangel zu Staub geworden, und wenn Randall auf die Nägel klopft, vibriert das Brett, und der angetrocknete Dreck rieselt rot auf meinen Kopf herunter.

Holt die Wasserflaschen rein.
Die Ballonflaschen, die Junior und ich unter dem Haus herausgefischt haben, stehen in kleinen Grüppchen in der Küche. Sie sehen aus wie zusammengekauerte Kaulquappenblasen, die sich gesellig aneinander drängen: im Innern trüb. Als Junior und ich sie hereinbrachten, waren sie staubig und undurchsichtig. Ich wasche für Junior und mich je ein Spültuch aus, und wir setzen uns auf den Küchenboden und putzen los. Wir befinden uns in einer Hurrikanfinsternis. Durch die Bretter vor den Fenstern ist es im Haus so dunkel, dass Juniors weißes T-Shirt der hellste Gegenstand ist. Wir sitzen in dem Viereck aus Licht, das durch die offene Tür hereinfällt, und reiben, bis die Tücher rosa sind. Das hier werden wir trinken. Das hier werden wir zum Kochen benutzen. Randall versucht, die Lücken zwischen den Brettern zu füllen, aber es gelingt ihm nicht. Es ist nicht genug Holz da. Durch die freiliegenden Glasstreifen fallen dünne, geschmeidige Lichtstrahlen, die das Hausinnere durchschneiden wie Stromleitungen. Daddy steht aus dem Bett auf, flucht, stößt gegen alles Mögliche und wankt ins Badezimmer. Er übergibt sich. Er schreit nach Wasser, und ich schicke Junior hin, um ihm welches zu bringen. Als ich pinkeln gehe, nehme ich die Taschenlampe mit, die ich in Daddys Werkzeugkiste gefunden habe, und stelle fest, dass Daddy die Toilette verfehlt hat und eine Spuckpfütze auf dem Badezimmerfußboden steht. Ich wische sie mit den Tüchern auf, die wir zum Saubermachen der Wasserbehälter benutzt haben; als wir die Tücher mit nach draußen nehmen, um sie unter dem Schlauch auszuspülen anstatt in der Küchenspüle, die voller Geschirr ist, läuft das Wasser rot und gelb aus ihnen heraus.

Tankt den Wagen voll.
Junior sitzt mit baumelnden dünnen schwarzen Beinen in der Mitte. Randall fährt. Ich hänge meine Hand aus dem Beifahrerfenster, lasse den Wind mit ihr spielen, sie vom Wind festhalten. Beide Fenster sind offen, weil Daddy keine Klimaanlage hat, und meine Beine kleben an den Flickenteppichen, die Mama über den Sitz gelegt hat, als wir klein waren und die Polster im Sommer so heiß wurden, dass es sich anfühlte, als würden sie unsere Haut zum Schmelzen bringen. *Die sind zu heiß für die Kinder*, hat sie gesagt. Sie hatte die Teppiche ausgeklopft, bis sie sauber waren, sie dann gewaschen, über die Sitze gelegt und festgestopft. Ehe Randall sich auf den Fahrersitz setzte, sah ich, dass Daddys Seite ganz durchgesessen war. Der übrige Stoff fühlt sich noch fast so dick an wie als Mama ihn reingelegt hat. Ich weiß noch, wie es gejuckt hat, als ich zum ersten Mal vorne bei den beiden mitgefahren bin, aber ich habe mich nicht beklagt. Damals passten wir alle auf den Vordersitz, und es gab keine Anschnallpflicht. Jetzt fahren wir nach Norden über Land in Richtung Interstate, wo die nächste Tankstelle ist. Die Kiefern biegen sich pfeifend am Straßenrand, der Wind, der in Stößen kommt, bringt sie zum Tanzen. Das Stückchen Himmel vor uns über den Baumkronen ist bedeckt, grau, nur manchmal kommt plötzlich die Sonne raus, brennt sich hindurch wie Feuer durch Wachspapier. An der Tankstelle lässt Randall Junior gar nicht erst aussteigen, um in den Laden zu gehen und etwas zu finden, worum er betteln könnte; ich gehe rein und zahle bar, und Randall zapft. Die Klimaanlage ist so kalt gestellt und das Neonlicht so hell, dass ich kaum atmen kann; mir ist heiß, mein Körper ist so nass wie ein triefender Schwamm, meine Brüste und mein Bauch sind mit kochendem Wasser gefüllt, meine Glieder brennen. Randall macht den Tank voll, und auf dem Heimweg dreht er auf der Nebenstraße auf, gibt so richtig Gas. Wir rasen mit heulendem Motor über den Asphalt, vor-

bei an den Bäumen; wir überholen den Himmel und den Wind. Junior bleckt die Zähne und grinst.

Kocht alles, was im Kühlschrank ist.

Im Kühlschrank sind sechs Eier. Ein paar Tassen kalter Reis. Drei Scheiben Fleischwurst. Ein leerer Pappkarton von der Tankstelle mit abgenagten Hühnerknochen. Eine Zwei-Liter-Tüte Milch. Ketchup und Mayonnaise. Der Herd ist ein Gasherd, und als Randall die Brenner anzündet, erglüht die Küche orangefarben, und an den Wänden steigen Schatten hoch. Der Tag versucht, die offene Tür zu erleuchten, scheitert aber. Junior sitzt in dem trüben Licht an der Tür, das Kinn auf die Knie gelegt, die Knie umschlungen. Er zeichnet Muster in den Sand auf dem Fußboden. Er ist sauer, weil Randall gesagt hat, er darf nicht fernsehen. Dass er immer noch in Schwierigkeiten steckt. Randall brät die Eier mit dem Bacon-Fett, das Daddy in der alten Blechkanne auf der Anrichte aufbewahrt; er schüttet auch den Reis und die kreolische Gewürzmischung dazu. Ich brate die Wurstscheiben, und China muss das wohl riechen, denn sie fängt an, laut und bettelnd zu bellen. Wir verteilen die Eier und den Reis auf vier Teller, schneiden die Wurst in halbe Scheiben und heben noch etwas für Skeetah auf. Junior und Randall trinken die Milch. Ich bringe Daddy seinen Teller, aber er schläft, deshalb stelle ich ihn auf den Nachttisch und lasse ihn wieder allein, dösend in der Höhle seines Zimmers. Obwohl es dunkel ist, schläft er mit seinem schlimmen Arm über den Augen.

Parkt meinen Wagen auf der Lichtung an der Grube.

Die einzige echte Lichtung auf dem Pit ist an der Grube. Sie mussten damals die Bäume fällen, um Platz für die rangierenden Kipplaster zu schaffen, die die Erde aufrissen. Randall fährt Daddys Pick-up ums Haus herum und streift dabei die Bäume. Die

Spiegel auf beiden Seiten bleiben nur knapp verschont. Die Hühner laufen unter entrüstetem Gegacker vor dem Wagen weg; sie werden immer wieder vom Wind erfasst und hochgehoben, sodass sie tollpatschig auf und ab flattern. Randall parkt neben der provisorischen Feuerstelle, auf der wir das Eichhörnchen gegrillt haben; an dem Metallrost kleben kleine verkohlte Holzklumpen, und rote Ameisen laufen darüber. Ein lebender Strich. Während wir die Wagenfenster hochdrehen und die Werkzeugkiste verschließen, kniet sich Junior neben den Grill. Als wir fertig sind, macht Randall eine Kopfbewegung zu Junior, die *Los komm* bedeutet; Junior hat einen Finger in die Ameisen gesteckt, und sie haben sich zu einem Wirrwarr auf seiner Hand zerstreut. Sie kurven herum, stechen ihn, übersäen seine Haut mit Bissen. Junior sitzt mit stolzer Miene da und sagt, *Seht nur, wie lange ich das aushalte.* Als Randall ihn am Arm packt und ich die Ameisen wegwische, ist Juniors Haut weiß-rot und geschwollen, und die Pusteln werden immer größer.

Was ist bloß los mit dir, Junior?, will Randall wissen.

Kauf das Billigste, was du kriegen kannst, hatte Randall gesagt, also rechne ich mit Pappkartonhälften voller Tomatensuppe in Dosen, als Skeetah und Big Henry den Kofferraum ausladen. Skeetah zieht einen großen Sack Hundefutter heraus, wirft ihn sich über die Schulter und trägt ihn zum Schuppen. Dann zieht er einen weiteren Fünfzig-Pfund-Sack Hundefutter heraus und setzt ihn neben dem ersten ab. Die beiden sehen aus wie pummelige Zwillinge. Aus dem Schuppen kommt Chinas schrilles Gebell. Sie hat Hunger.

»Schon gut!«, brüllt Skeetah, und sie hält mitten im Bellen inne, verschluckt es. Er schiebt die dünne Blechtür zur Seite, und sie kommt ruhig herausspaziert, berührt ihn mit dem Kopf, steckt die Nase in sein Hosenbein, leckt ihm die Hand. Er hockt sich hin und streichelt sie.

Randall, Junior und ich sitzen seit ungefähr einer Stunde auf dem Hof; unsere Aufgaben sind erledigt, und im Haus ist es zu dunkel und zu heiß. Es ist wie eine geballte Faust. Junior hatte vorher mit einer alten Verlängerungsschnur gespielt, die er als Seil benutzte. Er hatte sie immer wieder an Bäumen festgemacht und sie wie ein Springseil herumgewirbelt. Der Baum war sein Spielkamerad, aber es war niemand da, der in der Mitte stehen und springen konnte. Schließlich hatte Randall die Schnur abgemacht, und ich war hingegangen und hatte das andere Ende genommen. Während der Himmel sich verdunkelte und die Sonne nur noch ab und zu durch die Wolken drang, schlugen wir das Kabel für Junior, und er sprang im Sand Seil.

Randall geht als Erster zum Auto. In einer Ecke des Kofferraums stehen zwei Kartons mit offenen Deckeln. In dem einen sind ungefähr fünfzehn Dosen Erbsen, mit grün beschrifteten Silberetiketten, und ein paar Dosen Schmalzfleisch. Der zweite Karton enthält ungefähr ein Dutzend Tüten Instant-Nudeln. Randall nimmt den Karton mit den Erbsen und dem Fleisch, ich den mit den Nudeln. Randall trägt den Karton mit einer Hand. Seine Muskeln treten hervor. Er zuckt die Achseln in Richtung Skeetah und hebt die andere Hand, als würde er einen Ball in die Luft werden, um einen zu hoch hängenden Korb zu treffen.

»Wozu hast du so viele Erbsen gekauft?«

»Das war alles, was sie hatten.«

»Und nur drei Dosen Fleisch?«

»Die Regale waren leer. Mehr gab's nich.«

»Ich hab doch gesagt, kauf nichts, was man kochen muss. Was sollen wir mit einem Karton Nudeln anfangen?«

»Wir werden sie essen.« Skeetah blickt von China hoch. Er untersucht gerade ihre Brust, zieht den vergilbten Verband ab, um die verkrusteten Linien um die wässrigen Wunden herum zu betrachten. China leckt seinen Unterarm.

»Und womit sollen wir die Nudeln kochen? Du weißt doch, dass schon bei Gewitter der Strom ausfällt; was glaubst du, was bei einem Hurrikan passiert?«

»Wir haben doch den Grill im Wald. Wir können sie auf dem Feuer kochen.«

»Das Holz wird *klitschnass* sein.«

»Es wird sowieso keine große Sache. Vermutlich dreht er ab und zieht an uns vorbei.«

»Nein, Skeet. Wir haben den ganzen Tag Radio gehört. Es ist ein Hurrikan der Kategorie drei, und er kommt direkt auf uns zu. Und du kaufst zwei Säcke Hundefutter! Wie lange werden wir wohl mit diesen Erbsen auskommen, was meinst du?«

»Wir haben doch noch was im Haus!«

Ich kann Erbsen nicht ausstehen. Mein Magen, der mir neuerdings Streiche spielt und mich dazu treibt, zu jeder Tages- und Nachtzeit zu essen, um das Baby zu füttern, brennt.

»Wohl kaum genug für fünf Leute!«, sage ich, und meine Stimme ist so hart, wie ich sie noch nie gehört habe.

Skeetah nimmt China den Verband ab, und ihre Brust hängt frei herunter, bereits wund und welk vom Nichtgebrauch; sie ist ein dunkles Mal auf ihrem Körper, der einmal so makellos weiß gewesen ist. Die Wunde lässt den Rest von ihr noch schöner erscheinen. Skeetah schaut China an, als würde er am liebsten in sie eintauchen und ertrinken.

»Habt ihr schon mal Hundefutter probiert?«, fragt Skeetah.

Randalls Karton wackelt, und er sieht aus, als wolle er damit werfen.

Big Henry macht den Kofferraum zu und hebt seine großen Handflächen, als wolle er uns beschwichtigen.

»Hört zu, wir haben ein bisschen was übrig. Mama und ich haben Anfang des Sommers kistenweise Getränke und Konserven eingekauft, und seitdem haben wir uns aus ihrem Garten ernährt, damit sie länger halten. Marquise hat bestimmt auch was übrig, denn seine Mama schimpft schon seit geraumer Zeit, dass er zu viel isst, weil sie auch sichergehen will, dass sie im Fall der Fälle genug zu essen haben. Skeetah, du brauchst kein Hundefutter zu essen.«

»Es ist salzig. Schmeckt wie Pekannüsse. Wenn es ganz schlimm kommt, dann essen wir eben das gleiche wie China.« Skeetah streicht China von der Schulter bis zum Hals übers Fell, an ihrem messerscharfen Kiefer entlang, und hält ihr Gesicht fest, das durch die nach vorne geschobene Haut ganz faltig wird. Es sieht aus, als wolle er sie zu sich heranziehen, um ihr einen Kuss zu geben. Sie blinzelt. Ich würde ihr am liebsten einen Fußtritt verpassen. Randall schultert seinen Karton, nimmt mir den Nudelkarton ab und dreht sich um, um ins Haus zu gehen. Junior bindet sein Verlängerungskabel gerade an einen alten Rasenmäher und zerrt daran, als würde er Tauziehen spielen. Die Sonne scheint, funkelt wie Feuer, dringt durch die Lücken zwischen den Bäumen und lässt Skeetah und China, die Auge in Auge voreinander knien, hell leuchten. Skeetah hat die Unterhaltung bereits vergessen, und China hat sie gar nicht erst gehört.

»Wir sind keine Hunde«, sagt Randall. »Und du auch nicht.« Er geht zwischen Daumen und Zeigefinger des Hauses hindurch, es ballt sich zur Faust, und er ist verschwunden. Der Tag bewölkt sich und bleibt so.

Der zehnte Tag

IM ENDLOSEN AUGE

ICH HABE SKEETS EIER und Fleischwurst gegessen. Er war draußen im Schuppen bei China, hat sie sauber gemacht. Ich habe alles aufgegessen und dann noch den Teller abgeleckt. Ich hätte auch den Teller noch essen können. Randall warf mir einen kurzen Blick zu und fing dann an, alle Dosen aus dem Schrank zu holen. Wir setzten uns an den Küchentisch und sortierten, stapelten und zählten sie: vierundzwanzig Dosen Erbsen, fünf Dosen Schmalzfleisch, eine Dose Tomatenmark, sechs Dosen Suppe, vier Dosen Sardinen, eine Dose Mais, fünf Dosen Thunfisch, eine Schachtel Cracker, ein paar Cornflakes, die man ohne Milch essen könnte. Der Reis, der Zucker, das Mehl und der Maisgrieß waren nutzlos. Und wir hatten fünfunddreißig Päckchen Fertignudeln.

»Scheiße!«, brüllte Randall und warf die Dose Tomatenmark, die er in der Hand hatte, quer durch den Raum. Draußen zwischen den Gebäuden blies der Wind.

Nach dem Frühstück höre ich sie reden, als ich im Bad bin. Der Hahn draußen kräht, und China antwortet ihm mit einem Bellen. Sie sind in Daddys Zimmer. Als ich pinkele und mich vorbeuge, um ein Stück Klopapier abzureißen, drückt sich mein Bauch beharrlich in meine Oberschenkel. Ich ignoriere das, mache leise die Tür auf und schleiche mich in den Flur, um Randall und Daddy durch die offene Tür zu belauschen.

»Ich weiß«, sagt Randall. »Trotzdem haben wir nicht genug.«

»Ihr esst sie doch sowieso immer trocken.«

»Junior isst sie trocken, sonst keiner.«

Daddy atmet tief ein, sodass ich den Widerstand des Schleims in seiner Kehle hören kann, und dann hustet er ihn aus.

»Ich habe genug Geld, falls es nach dem Sturm einen Notfall gibt. Man kann nie wissen, was passiert.«

»Aber was ist –«

»Es sind nur ein paar Hundert, Junge«, sagt Daddy mit pfeifender Stimme. Er hat immer nur Randall so genannt, und auch ihn nur ein paar Mal. »Ich hab dafür gesorgt, dass wir genug Konserven haben, um ein paar Tage auszukommen. Nicht mehr und nicht weniger.«

»Ich glaube nicht, dass es genug ist.«

»FEMA und das Rote Kreuz kommen immer mit Essen durch. Bis dahin reicht's. Wenn es nicht allzu schlimm wird, haben wir vielleicht sogar noch Gas.«

»Alle wachsen noch, Daddy. Esch, Junior, ich. Sogar Skeet. Wir haben Hunger.«

»Wir kommen zurecht mit dem, was wir haben.« Daddy hustet. »So war es immer, und so bleibt es auch.« Er räuspert sich und spuckt aus. »Eure Mama –« sagt er und hält inne. »Habt ihr meinen Ehering gefunden?«

»Jo. Junior hat ihn gefunden«, sagte Randall. »Ich hol ihn dir.«

Und dann höre ich nur noch das Geräusch des Ventilators auf Daddys Kommode, der kräftig und gleichmäßig bläst und die heiße Luft etwa einen Meter weit bewegt, ehe seine Wirkung in dem engen heißen Zimmer gänzlich abklingt. Ich folge Randall in mein und Juniors Zimmer, durchstöbere meine Schublade, finde den Ring, lege ihn in die Mitte seiner schwitzigen Handfläche, damit er ihn Daddy zurückgeben kann, der ihn in seine Hosen-

oder Hemdtasche stecken oder ihn sich an einer Kette um den Hals hängen wird, damit er wenigstens noch in Kontakt mit seiner Haut kommt, denn den Finger dafür hat er ja verloren.

Nur Daddy hält es im Haus aus, so dunkel und stickig, wie es ist. Wir anderen gehen nach draußen, wann immer wir können. Der Himmel ist mit einem blaugrauen Laken bedeckt, die Sonne ist nicht zu sehen, und draußen ist es nur besser als drinnen, weil ein kräftiger Wind weht, einer, der an meinen Kleidern zerrt und meinen Körper so zeigt, wie er ist. Das Licht kommt von überall und nirgends. Die Hühner sitzen auf niedrigen Ästen, alten Zaunpfählen, einer alten Waschmaschine, auf dem Kipplaster und dem Feuerholz, das mal ihr Stall war. Sie kauern eng zusammen, es wirkt, als könnten sie es nicht ertragen, auf dem Boden zu sein, in dem wehenden Sand. Ich setze mich auf die Stufen, und Junior setzt sich neben mich, so dicht, dass seine feuchte Haut mich berührt. Randall setzt sich mit seinem Ball auf den Benzintank, wirft ihn hoch und fängt ihn wieder, ehe der launische Wind ihn mitnehmen kann.

Skeetah stapelt alles Mögliche vor dem Schuppen auf. Ich würde sagen, er mistet den Schuppen aus, aber das kann ich nicht, denn er holt weder die Geräte noch die Ölfässer noch die kaputten Rasenmäher, Fahrradrahmen oder Blumentöpfe heraus. Sein Stapel ist nur für China: Hundefutter, Ketten, Leinen, Decken, ihre Fressnäpfe. Er wäscht ihre Näpfe mit den Händen aus und stellt sie auf die Stufe neben Junior und mich, wo sie kleine Pfützen ausschwitzen. Er trägt ihre Decke zur Wäscheleine und hängt sie auf, dann bückt er sich tief und kriecht zwischen dem Gerümpel auf dem Hof herum. Er sucht etwas.

»Was macht er da?«, fragt Junior.

Ich zucke die Achseln.

Skeetah kommt mit einem dicken Stock in der Hand wieder hoch, einem Ast, der bei einem Gewittersturm abgebrochen ist, und fängt an, auf die Decke einzuschlagen. Staubschauer quellen stoßweise heraus wie kalter Regen. Manchmal schwebt der Staub ein bisschen länger in der Luft, als er sollte, wie eine langsame Wolke, und mir wird klar, dass etwas von China in der Decke steckt, dass ihre Haare herauskommen. Ich muss an Haferflocken mit Milch denken, an Rice Krispies mit Zucker.

»Wir brauchen mehr zu essen«, sage ich.

Randall fängt seinen Ball und drückt ihn sich an den Bauch.

»Hast du ne Idee?«

Ich sauge an meiner Lippe. Habe Lust, etwas zu kauen.

»Bis jetzt nicht«, sage ich.

Randall runzelt die Stirn. Junior legt den Kopf an meine Schulter.

»Ich bin müde«, sagt er.

Ich würde am liebsten sagen, *Es ist zu heiß, um dich bei mir anzulehnen*, aber ich schaue seine Baseball-Knie an, seinen Kopf, der zu groß und zu schwer für seinen sehnigen Hals zu sein scheint, und sage stattdessen: »Willst du ein paar Nudeln?«

»Ja.«

Skeetah klopft mit finsterem Blick die Decke aus. China springt von ihrem Platz neben dem Eimer auf, wo sie gelegen hat, und rennt los, kaum dass ihre Zehen sich in die Erde gekrallt haben. Sie rennt breit grinsend auf den Stapel Holzlatten zu, die früher der Hühnerstall waren, und springt. Sie bellt. Sie versucht, nach den Federn zu schnappen. Die Hühner flattern nach unten und kauern sich zusammen. China prescht vorbei, dreht ab zu den Zaunpfählen, springt wieder hoch und trifft die Hühner fast mit dem Kopf. Sie stieben kreischend auf und lassen sich dann wieder auf dem Holz nieder. China ignoriert das Dutzend im Baum und geht auf die Waschmaschine los. Sie fliegt durch die Luft und landet obendrauf, und die Hühner, die dort saßen, flattern auseinander.

»Skeet!«, brülle ich.

»China«, ruft Skeet und versetzt der Decke einen weiteren Schlag.

Ich gehe in das dunkle Haus, um Juniors Nudeln zu kochen, und Daddy schläft so tief, und es ist so still, dass es sich anfühlt, als wäre ich dort drinnen ganz allein.

»Wir sollten nach Eiern suchen«, sagt Randall. Er sagt es, während Junior auf der Treppe sitzt, das Gesicht in die Suppenschale steckt und die Brühe schlürft, nachdem er die Nudeln in langen, sich windenden Fäden übers Kinn in den Mund hat flutschen lassen. Er kann es nicht leiden, wenn ich die Nudeln vor dem Kochen in Stücke breche.

»Sie müssen in den Kühlschrank.«

»Wir können sie kochen, dann halten sie sich ein paar Tage.«

Junior trinkt den Rest der Suppe aus, den Kopf immer noch über die Schüssel gebeugt. Ich wünschte, ich hätte mir auch welche gemacht; beim Gedanken an Salz fängt meine Zunge an zu flattern. Juniors Rücken ist wie der Panzer einer jungen Schildkröte: so dünn, dass er einbrechen würde, wenn man darauf tritt.

Skeetah legt die gefaltete Decke oben auf den Stapel aus Futtersäcken, zusammen mit den Leinen, Chinas Übungsreifen und den Spritzen und Medikamenten, die er von dem Bauern geklaut hat. Junior steckt einen Finger in die Schüssel, fährt damit über den Boden, um die Gewürze zu erwischen, und leckt ihn ab. Er stürmt in die Küche, feuert die Schüssel ins Spülbecken und stürmt wieder hinaus. Er rennt zu Randall hinüber. Seine Fußsohlen blitzen gelb auf, die gleiche Farbe wie Chinas Augen.

»Du solltest dir Schuhe anziehen«, sage ich.

»Kommst du mit, Skeet?«, fragt er, als Randall aufrecht vom Gastank rutscht und schon mit zusammengekniffenen Augen in den Wald schaut, in den Sand, in den Wind.

»Ich komm nach. China braucht noch Bewegung. Sie wird eingepfercht sein, und das mag sie nicht.«

Randall schüttelt den Kopf und geht um die Waschmaschine, den Rasenmäher, den kaputten alten Wohnwagen herum, als suche er sich einen Weg aus einem Labyrinth. Die Hühner gackern ihn an, ihre Federn plustern sich auf und legen sich mit dem Wind wieder an, als er vorbeigeht. Ich habe Hunger.

»Wir könnten gut ein Paar Augen mehr gebrauchen«, sage ich. »Mama hat dir auch beigebracht, wie es geht, und du weißt genau, dass Junior noch nicht weiß, wie man sie entdeckt.«

»Gleich.« Skeetah zuckt mit den Schultern. China, die neben seinem Knie steht, legt den Kopf schief und streckt die Zunge raus, als sähe sie mich zum ersten Mal. Ihre Ohren sind umgeklappt wie Servietten.

Ich seufze. Keine Ahnung, ob er mich bei dem Wind überhaupt hört. Dann folge ich Randall zwischen den Schrottteilen hindurch über den Hof, um mich auf die Suche zu machen. Der Wind drückt so heftig gegen mich, dass ich mir vorstelle, es wäre der Wind, den Medea rief, nachdem sie ihren Bruder erschlagen hatte, um das Boot so schnell vorwärts zu treiben, dass das Kielwasser zu blutigem Schaum wurde; ich habe kaum genug Kraft, um beim Gehen dagegenzuhalten. An Morgen wie diesem, wenn ich Hunger habe, ist die Übelkeit immer am schlimmsten. Ich höre, wie China sich mit Skeetah balgt, wie das Blech vom Schuppen wackelt, wie er lacht und China bellt, aber ich lasse die beiden in Ruhe und hefte meinen Blick auf den Boden.

Die Hühner haben ebenfalls Vorbereitungen für den Sturm getroffen; sie haben ihre Eier weggepackt, sie gut versteckt. Als Randall, Junior und ich uns unter den Eichen und Kiefern verteilen, um zu suchen, hockt Randall sich zu Junior und erklärt ihm, wie Mama uns beigebracht hat, Eier zu finden. *Such, ohne zu suchen*, sagte sie. *Sie werden dich finden. Du musst nur herum-*

laufen, dann zeigen sie sich schon. Sie ging leicht vorgebeugt wie Randall, ihre starke Hand lag sanft auf meinem Nacken und beruhigte mich wie einen Hund. *Die meisten sind braun und haben noch ein paar Federn dran*, sagte sie und zeigte mit dem Finger in eine Richtung. *Die Eier sehen wegen der Mamas so aus. Die Farbe der Mama ist auch die Farbe des Eis.* Ihre Lippen waren rosa, und wenn sie sich so vorbeugte, dann roch ich den Duft des Babypuders, der vorne aus ihrem Kleid aufstieg, sah die mit Leberflecken übersäte Haut in ihrem Ausschnitt und die weiche Kurve ihrer Brüste, die nach unten in ihren BH fielen. *Genau wie du und ich*, sagte sie. *Wie du und ich. Siehst du?* Sie lächelte mich an, und ihre Wimpern trafen aufeinander, wie eine Venus-Fliegenfalle. Ihr dicker Arm rieb sich an meinem, und ich folgte ihrem Finger, und dort lag ein ganzer Schatz an Eiern, eins neben dem anderen: cremefarben, weiß, braun, dunkelbraun und gesprenkelt, sodass sie fast schwarz wirkten. Die Hennen lauerten murmelnd. *Der Hahn haut immer ab, der Fiesling*, sagte sie. *Aber die Mama, die Mama bleibt da. Siehst du?*

Die Kiefern zucken vor einem Himmel, der alles wie ein nasses T-Shirt bedeckt. Hier unten füllt Randall Juniors T-Shirt mit Eiern, die sie an den schwierigsten Stellen entdecken und auflesen, Stellen, die nur Junior mit seinen Stecknadelfingern erreichen kann: in den hintersten Winkeln des Motors des Kipplasters, auf der Erde unter einem stinkenden alten Kühlschrank, in den Spiralfedern einer von Tieren zernagten Matratze. Ich suche und finde nichts.

Die Eier vorne in Juniors T-Shirt sind warm; sie ziehen seinen Ausschnitt zu einem V herunter, und an der Stelle, wo sich seine Schlüsselbeine treffen, sieht es aus, als hätte er zwei Murmeln unter der Haut. Ich lege die Eier in den schwarzen, genarbten Kochtopf, in dem Mama immer Gumbo gekocht hat, und zähle sie, während sie über den Topfboden rollen und liegen bleiben. Randall hält die Seiten von Juniors T-Shirt fest, weil Junior sich unwillkürlich den rollenden Eiern entgegenbückt. Vierundzwanzig. Wir haben vierundzwanzig Eier zum Kochen, Aufheben und Essen. Das ist immerhin etwas.

Als Manny auftaucht, ist keine Sonne da, die ihre Hand ausstrecken und ihn wie einen Hund kraulen könnte, um ihn zum Leuchten und zum Strahlen zu bringen. Er brennt nicht, aber dennoch glüht er, wie ein verlöschendes Feuer, bei dem die Hitze klar und deutlich in der Asche weiterlebt. Ich sehe ihn als Erste, weil ich auf den Stufen sitze. Junior und Randall stehen mit dem Rücken zu ihm, während sie die Eier in den Topf legen. Als Manny sieht, wie ich ihn anschaue, bringt ihn das Geheimnis mitten im Schritt aus dem Gleichgewicht wie ein loser Schnürsenkel, und seine Augen werden groß, wirken weißer als zuvor in seinem Gesicht. Aber er geht weiter, wird größer und wirklicher in dem trüben Licht, dem Wind und dem schaukelnden Grün des Tages, bis seine Schritte lauter sind als die Insekten, die eins nach dem anderen still werden, so als wäre er der nahende Sturm. *Wo gehen sie hin?*, denke ich, und er schaut auf Randalls Rücken statt in meine Augen, und ich hasse ihn und frage mich, ob ich je aufhören werde ihn zu lieben.

»Cous«, sagt er.

Randall lässt beinahe das vierundzwanzigste Ei fallen, das er gerade in der Hand hat.

»Scheiße.« Randall dreht sich um.

»Sorry.« Mannys Schultern. Seine Schultern und seinen Nacken habe ich am meisten geliebt. Ich möchte nur einmal meinen offenen Mund auf seinen Nacken legen. Er ist das Hellste auf der ganzen Lichtung. Ich möchte ihn noch einmal über mir leuchten sehen, nur einmal. Aber er schaut Randall an und grinst halb. Erst dann kann ich die Narbe in seinem Gesicht erkennen, die

Haut, die falsch wächst. Er ist nicht meinetwegen gekommen. »Könn' wir reden?«

Randall bückt sich, legt das Ei in den Topf, drückt mir den Topf in die Hände und spricht mit Manny, während er mich anschaut. »Jo«, sagt er. »Kannst du die aufsetzen?« Sie gehen zusammen nach draußen und bleiben am Fuß der Hintertreppe stehen.

Ich stehe da mit dem Topf. Die Eier kullern gegeneinander. Sie klingen wie Steine auf dem Grund eines trockenen Bachbetts, die von einem Fuß abrollen.

»Junior, geh spielen«, ruft Randall durch die Tür. Junior stürmt davon, von seinen Aufgaben erlöst. Er ist nur noch ein kahler Kopf und verwackelte Arme und Beine. Ich lasse über der Spüle Wasser in den Topf fließen, bis alle Eier bedeckt sind.

»Skeetah nich da?«

»Glaub, der is im Wald mit China.«

»Is ne echte Bestie.«

»Jepp.«

Ich streue Salz ins Wasser, aber im Streuer ist mehr Reis als Salz.

»Hat der Trainer dich wegen dem Spiel angerufen?«

»Hat gesagt, sie schicken Bodean ins Camp.«

»Wusste ich nicht.«

Ich zünde mit einem Streichholz den Ofen an und stelle die Flamme hoch. Ich stelle mich ein Stück von der Tür entfernt ins Dunkel der Küche, damit sie mich nicht sehen können, und spähe durch das Fliegengitter.

»Tut mir leid«, sagt Manny.

»Tja.« Randall seufzt.

»Ich weiß gar nicht, was los war.«

»Mein bester Freund hat sich mit meinem Bruder geprügelt, das war los.«

»Ich hatte ganz andern Mist im Kopf. Ging gar nich gegen Skeet.«

»Er glaubt was anderes. Er denkt, du hast ihn absichtlich seinen Hund vergiften lassen.«

»So'n Scheiß würd ich nie machen. Du kennst mich doch.«

Randall hat nichts in den Händen. Manny wedelt sich Luft zu, als würde er Mücken verscheuchen.

»Er glaubt auch, dass du hinter meiner Schwester her bist.«

»Randall, hör auf, Mann.«

»Was willst du?«

»Wir sind wie Familie.«

Manny schiebt die Hände in die Hosentaschen und krümmt sich, als wolle er sich auf einen Schlag vorbereiten, als schäme er sich für das, was er gesagt hat.

»Rico's deine Familie. Ich bin kein Blutsverwandter.«

»Aber so gut wie.«

»Das ist das Problem.« Randall schüttelt den Kopf wie ein Pferd, das die Zügel abwerfen will. »Ich bin der Einzige.«

»Das stimmt nicht.«

»O doch.«

»Ich hab Junior mit euch allen aufwachsen sehn. Das is echt.«

»Und Esch und Skeet?«

»Die auch.«

»Nein«, sagt Randall. »Das is nich dasselbe.« Luftblasen, so winzig wie die, die im Wasser aus den Mündern der Fische aufsteigen, steigen vom Boden des Topfes nach oben und sammeln sich in der Mitte, die von Dampf benebelt wird. »Ich muss noch was machen. Wir sehn uns später.«

Randall geht in die Küche, und ich blicke vom Topf auf, als hätte ich nicht auf Zehenspitzen im schwachen blauen Licht der Gasflamme gestanden, als hätte ich nicht zugehört.

»Das braucht ewig, bis es kocht. Kannst weggehen«, sagt Randall. Er schaut mich nicht an, als er das sagt; er ist groß und aufrecht. Er geht vorbei und macht die Tür zu seinem Zimmer zu. Ich höre sie einschnappen, und schon bin ich durch die Fliegengittertür und renne los, immer noch auf Zehenspitzen. Meine Füße berühren kaum den Boden. Da ist er, geht weg, wird unter den Bäumen kleiner; eine untergehende Sonne. Ich springe über den Graben auf die Straße.

»Warte!«, rufe ich. Meine Stimme ist so hoch, wie ich sie noch nie gehört habe.

Manny bleibt stehen, dreht sich um, und sein Gesicht gleicht einer Magnolienblüte im Wind, seine Augen sind ihr hellgelbes Herz. Kaum hab ich es gesehen, ist es schon wieder weg.

»Was?«, sagt er, als ich ihn einhole. »Will Randall noch was?«

Mannys Blick gleitet an mir vorbei zum Graben, zur Straße, nach oben zum Himmel, der die Farbe einer frisch geschrubbten Pfanne hat.

»Nein«, sage ich. »Ich.«

»Ich muss los.« Er dreht sich um, zeigt mir seinen Hinterkopf, sein Haar, seine Schultern. Kaum hab ich es gesehen, ist es schon wieder weg.

»Ich bin schwanger.«

Er bleibt im Profil stehen. Seine Nase ist wie ein Messer.

»Und?«

Sein Haar wächst so schnell, dass es sich schon wieder lockt. Schweißtropfen bedecken seinen Haaransatz.

»Es ist deins.«

»Was?«

»Deins.«

Manny schüttelt den Kopf. Das Messer schneidet. Der Schweiß rinnt über seine Narbe und wird auf den bröckelnden Asphalt geschleudert.

»Hier is nix, was mir gehört«, sagt er. Manny schaut mich kurz an, als er das sagt. Schaut mich direkt an, zum zweiten Mal überhaupt. »Nichts.«

Nichts. Aus irgendeinem Grund sehe ich Skeetah, als ich die Augen niederschlage, Skeetah, wie er neben China kniet, immer bei ihr kniet, sie krault und liebt und kennt. Skeetahs Gesicht, als er Rico gegenüberstand, als er zu China sagte, *Zeig es ihnen.*

Ich stürze mich auf ihn wie China.

Ich habe mit Skeetah und Randall aus Spaß gekämpft, als wir kleiner waren. Einmal habe ich Skeetah bei einem Ringkampf in den Bauch geboxt, und meine Arme fühlten sich an wie Nudeln, als hätte er keine Muskeln, die ich treffen konnte, und ich keine Muskeln, mit denen ich ihn schlagen konnte. Wenn Randall sich mit mir anlegte, haute ich ihm so in die Brust, dass er keine Luft mehr kriegte. Einmal auf der Mittelschule habe ich mich mit einem Mädchen im Umkleideraum geprügelt, weil sie sich über meine knospenden Brüste lustig gemacht hatte; sie spottete, ich müsste meiner Mama sagen, dass ich einen Sport-BH brauchte. Meine Mama war da schon vier Jahre tot. Dieses Mädchen zog an der Stelle, wo ein BH-Träger säße, an meinem T-Shirt, und ich wirbelte zu ihr herum und holte blind aus, wollte ihr das Gesicht einschlagen, trat nach ihren Schienbeinen, stieß ihr die Ellbogen in die Rippen, schlug sie mit meinem ganzen Körper. Sie war doppelt so stark wie ich, aber ich überraschte sie mit meinem Angriff, bevor sie mich wegstoßen konnte. Ich fiel über die Bank und zog mir an den Schränken eine Schnittwunde am Arm zu, aber das Mädchen hatte eine fette dunkellila Beule am Kopf und eine Lippe, die so rosa und schwammig aussah wie die Lippen eines eingelegten Schweinekopfs. Sie sagt immer noch jedes Mal Hallo zu mir, wenn wir uns auf dem Gang begegnen, drei Jahre nach dem Vorfall. Ich bin schnell.

Ich ohrfeige ihn immer wieder, meine Hände sausen durch die

Luft wie ein schwarzer Wirbelwind. Sein Gesicht ist heiß und brennt wie kochendes Wasser.

»He! He!«, schreit Manny. Er wehrt sich, so gut es geht, mit Ellbogen und Unterarmen, aber ich komme trotzdem durch. Ich schlage so hart zu, dass meine Hände wehtun.

»Ich liebe dich!«

»Esch!« Die Haut an seinem Hals ist rot, seine Narbe ganz weiß.

»Ich habe dich geliebt!«

Ich treffe seinen Adamsapfel mit dem V, wo sich mein Daumen und meine Zeigefinger treffen. Er röchelt.

»Ich habe dich geliebt!« Das ist Medea, die das Messer schwingt. Medea, die zusticht. Ich harke mit den Fingernägeln sein Gesicht und hinterlasse rosa Kratzer, die rot werden und sich mit Blut füllen.

»Blöde Kuh! Was ist los mit dir?«

»Du!«

Manny packt mich unter den Achseln, hebt mich hoch und wirft. Ich fliege nach hinten. Meine Zehen treffen als Erstes auf, schaben über die Straße, dann landen meine Fersen, aber ich bin zu schnell, um anzuhalten, und falle mit dem Hintern aufs Pflaster. Ich versuche, mich mit meinen brennenden Händen abzustützen, und dann brennen sie noch schlimmer. Ich habe mir die Haut abgeschürft.

»Was kommst du zu mir und behauptest, dass was meins ist, obwohl du jeden fickst, der sich auf dem Pit blicken lässt?«

»Du bist der Einzige, mit dem ich zusammen war!« Ich stürze mich wieder auf ihn.

»Geh lieber zu Big Henry mit dem Quatsch!« Manny duckt sich und schubst mich wieder von sich weg, aber diesmal nehme ich den Ausschnitt seines T-Shirts mit.

»Ich weiß es!«, sage ich. »Ich weiß, dass es deins ist!«

»Ist es nich.«

»Ich sag's Randall.«

»Glaubst du, die wissen nich, dass du ne Nutte bist?« Er spuckt dabei aus, und es ist rot; ich habe ihn blutig geschlagen.

Manny schüttelt verächtlich den Kopf, springt rückwärts von mir weg und rennt die schmaler werdende Straße hinunter, wird von den raschelnden Büschen verschluckt, und ich zittere wie das Laub, wie das Grün um mich herum, das sich unter den ersten tastenden Windstößen des aufkommenden Sturms biegt.

»*Du* bist eine!«, brülle ich.

Morgen, denke ich, *wird alles reingewaschen sein*. Was ich im Bauch trage, ist unaufhaltsam; es wird kommen wie jeder unerträgliche neue Morgen. Ich schaue zu, wie Manny immer kleiner wird, und meine Rippen zerbrechen wie trockenes Sommerholz und brennen, brennen, brennen.

»Das Baby wird es beweisen«, schreie ich. »Es wird sich zeigen!« Aber der Wind ergreift meine Stimme, trägt sie über die Kiefern davon und lässt sie ersterben.

Randall findet mich im Straßengraben. Ich sitze da, meine Beine hängen über den Rand und werden von den Brombeerranken zerkratzt, Ameisen laufen über meine Zehen, aber es ist mir egal. Die Tränen strömen mir wie Wasser übers Gesicht, und ich bedecke es mit meinem T-Shirt, aber es ist zu heiß, und ich kann es nicht ändern. Ich kann nie und nimmer und nichts dagegen tun. Als Jason Medea verraten und ins Exil geschickt hatte, damit er eine andere heiraten konnte, tötete sie seine Braut, den Vater der Braut und zuletzt ihre eigenen Kinder und flog dann auf Drachen mit dem Wind davon. Sie schrie, und Jason hat es gehört.

»Was ist los?«

»Nichts.« Ich sage ihm das durch den Baumwollstoff.

»Wir gehen zum Haus der Weißen.«

»Wer?«

»Du und ich.«

»Wozu?«

»Wir brauchen Vorräte.« Sagt Randall, und für einen Moment beruhigt sich der Tag, und ich höre, wie er ein- und ausatmet. »Hat er was zu dir gesagt?«

»Nein.« Ich wische mir das Gesicht ab und lasse das T-Shirt an seinen Platz fallen. Meine Augen fühlen sich geschwollen und warm wie reife Weintrauben an. »Er hat nichts gesagt.«

»Du musst mir helfen, Esch.« Ich habe noch nie erlebt, dass irgendetwas an Randall weich wird, wenn er wach ist, weder die Linie seiner langen Arme noch seine Beine, die wie Stahlpfeiler sind, noch sein Gesicht, wenn er ständig mit Bauen, Auswechseln, Organisieren oder Werfen beschäftigt ist. Aber jetzt werden seine Züge doch weich, und einen Atemzug lang sieht er aus wie auf den Kinderbildern, die Mama von ihm gemacht hat, Bilder von einem Randall, den ich noch nie gesehen hatte. »Bitte, Esch.«

Ich beuge mich vor und wische mir mit dem T-Shirt das Gesicht ab, aber die Tränen fließen weiter.

»Ich kann nicht«, schluchze ich.

»Bitte«, flüstert Randall.

»Wieso?«, hauche ich.

»Ich brauche dich.«

Ich reibe und wische, als könne ich die Liebe zu Manny, den Hass auf Manny, Manny selbst einfach wegwischen. Und dann stehe ich auf, weil es das Einzige ist, was ich tun kann. Ich trete aus dem Straßengraben und wische die Ameisen von mir ab, weil es das Einzige ist, was ich tun kann. Ich folge Randall ums Haus herum, weil es das Einzige ist, was ich tun kann; ob es Stärke ist oder Schwäche, ich tue es. Ich habe Schluckauf, aber die Tränen laufen mir weiterhin übers Gesicht. Nach Mamas Tod sagte Daddy, *Wozu weint ihr? Hört auf zu weinen. Weinen ändert rein gar nichts.* Wir haben nie aufgehört zu weinen. Wir haben es nur im Stillen getan. Es versteckt. Ich lernte, so zu weinen, dass fast keine Tränen aus meinen Augen flossen, sondern ich das heiße salzige Wasser schluckte und spürte, wie es meine Kehle hinunterrann. Es war das Einzige, was wir tun konnten. Ich schlucke und blinzle durch die Tränen, und dann renne ich los.

Am Anfang ist der Lauf durch den Wald mit Randall leichter; während ich und Skeet Hand in Hand gesprintet sind, joggen Randall und ich eher. Ich gerate am Anfang nicht aus der Puste, und ich zwinge mich, Fragen zu stellen, durch den anderen Schmerz hindurchzureden.

»Wo ist Junior?«

»Rennt hier irgendwo herum.«

»Skeet?«

»Der auch.«

Im Wald sind keine geschäftigen Eichhörnchen, keine panischen Kaninchen, keine tapsenden Schildkröten. Ich weiß nicht, wo sie hin sind, aber hier sind sie nicht. Als ich zum Himmel hochschaue, rennend in das wackelnde Grau blicke, sehe ich große Vogelschwärme, die die Sonne verdunkeln würden, wenn sie durch die immer dichter werdenden Wolken zu sehen wäre. Sie fliegen alle weg, Richtung Norden. Die Schwärme drehen und wenden, tauchen ab und schwingen sich höher; sie gleichen Randalls Händen an einem Basketball, Skeets an einer Leine und meinen Beinen beim Wettlauf. Ich beobachte die Vögel, bis sie hinter den Baumkronen verschwinden, und dann sind nur noch wir da, und der Wald, die raschelnden Blätter unter unseren Füßen. Ranken streifen meine Arme, meinen Kopf; wir preschen vorwärts, bis wir auf der Lichtung vor dem Zaun, der Wiese, der Scheune und dem Haus herauskommen und ich auf die Knie sinke und Randall sich weit zurücklehnt, als wolle er sich auf den Rücken fallen lassen. Wir atmen beide schwer und sehen nass aus, wie Neugeborene.

Die Kühe und die Reiher sind nicht da. Randall springt über den Zaun, ohne die Hände zu Hilfe zu nehmen, er springt hoch wie ein Reh, aber ich krieche unten durch. Mein Bauch fühlt sich an wie eine Schüssel, in der Wasser schwappt. Ich verschlucke inzwischen das meiste, und mein Gesicht ist hauptsächlich vom Schweiß nass. Wir gehen über die Wiese und versetzen dabei den Kuhfladen und den Pilzen Fußtritte. Das Gras kommt mir dichter vor, kräftiger. Diesmal ist kein blauer Lieferwagen zu sehen, kein weißer Mann und keine weiße Frau, kein Hund, der uns verfolgt. Die Fenster des Hauses und der Scheune sind mit dicken Sperrholzplatten vernagelt, aber als ich ein Ohr an die Platte vor dem Fenster lege, das Skeetah eingeschlagen hat, während Randall mich hochhebt, indem er einen Arm um die sanfte Rundung meines Bauches legt und mir den anderen wie einen Sitz unter den Po hält, höre ich die großen, einfältigen Kühe in der Scheune rumoren. Sie geben kleine muhende Klagelaute von sich und stoßen gegen die Wände, als suchten sie nach einem Fluchtweg. Ich wische mir über die Augen.

»Das Haus«, sagt Randall.

Randall lässt mich langsam herunter. Das Holz unter meinen Händen ist rau. Als ich die Bretter vor mir anschaue, sehe ich einen dunklen Fleck, der wie Farbe aussieht, einen weinroten Riss, wo Skeetah aus dem Fenster gefallen ist; es ist sein Blut. Ich frage mich, ob der alte humpelnde Mann wohl gelächelt hat, als er es sah, ob er sich gefreut hat über die Tatsache, dass der Junge sich verletzt hatte, oder ob der humpelnde Weiße das Fenster einfach nur kopfschüttelnd zugenagelt hat, voller Zorn, sodass der Hammer mit Wucht niederging und die Nägel so krumm und schief schlug wie Kommas.

Am Haus sind die Bretter gleichmäßiger und fester angebracht. Es ist kein Flickwerk aus verschieden großen Brettern wie bei uns; es gibt keine Spalten, durch die man die Scheiben sehen kann. Das Sperrholz ist so glatt und fest geschlossen wie Augenlider.

»Hier.« Randall versucht, einen Finger zwischen Brett und Wand zu schieben, aber nur sein Fingernagel passt in den Spalt. »Versuch du's mal«, sagt er, aber meine Finger passen auch nicht dazwischen. Ich glaube, nicht mal Junior würde es schaffen. »Wir hätten ein Stemmeisen mitbringen sollen.«

Ich schüttele den Kopf.

»Verdammt!«, brüllt Randall. Er schlägt gegen das Holz, und es beult ein, bekommt in der Mitte eine Delle, und man hört, wie Holz und Glas splittern. Als Randall die Hand zurückzieht, ist seine Haut aufgerissen; er hat sich verletzt und hinterlässt eine Blutspur auf dem Brett. Er hält sich die Hand. Sein Gesicht sieht aus, wie ich mir die Scheibe hinter dem Brett vorstelle: von kantigen Linien durchzogen, in Einzelteile zerlegt, die auseinanderrutschen, mit schwarzen Rissen dazwischen. Seine Augen sehen feucht aus. »Scheiße.« Das Blut sammelt sich in den Mulden zwischen seinen Fingerknöcheln, läuft über und tropft durch die Finger auf den Boden. Er schaut mich an. »Ich würde das selbst mit Stemmeisen nicht schaffen.«

»Du bist nicht Skeet«, sage ich. Meine Tränen schmecken wie rohe Austern.

»Es muss gehen, Esch.«

»Es ist zu dick.«

»Wir müssen es versuchen.«

Randall zieht ein Knie an die Brust, als wolle er sich eine Hose anziehen, und tritt dann mit der Hacke heftig in die Delle in der Mitte der Holzplatte. Das Glas dahinter klirrt. Er tritt noch einmal, und das Holz bricht auf; es klingt wie ein Schuss. Randall hält inne, und wir schauen uns beide erschrocken um, aber es erscheint kein alter Mann, der sein Gewehr wie eine Axt schwingt, auch keine Frau in pinkfarbenen Kleidern. Man hört nur die muhenden Kühe in der Scheune und den Wind, der durch die Blätter rauscht. Die heiße Luft ist so nass, dass sie Regen sein könnte.

»Einmal noch«, sagt Randall und tritt erneut zu, setzt seine ganze Muskelkraft ein gegen den heißen Tag, gegen das versiegelte Pfefferkuchenhaus; das Brett bricht in zwei Teile, fällt aber wegen der Nägel nicht herunter, und Randall krümmt sich auf dem Boden und hält sich sein schlimmes Knie.

»Falsches Knie«, sagt er und pustet auf die Kniescheibe, als hätte er sich das Knie aufgeschlagen und wollte den Schmerz und den Splitt wegpusten, so wie Mama es immer gemacht hat, als wir noch klein waren. Wenn die Kratzer oben auf den Knien waren, legte sie zum Reinigen der Wunde immer unsere schmutzigen Füße an ihre Brust, und wir konnten durch die Fußsohlen hindurch ihren Herzschlag spüren. Er war genauso stark wie der dumpfe Aufschlag unserer Füße auf dem Boden beim Gehen. »Guck mal rein.«

Ich lege ein Auge an den Schlitz und sehe Dunkelheit und dünne, flatternde Vorhänge. Die Dunkelheit ist von einem leeren Geruch nach Putzmittel und Raumspray durchsetzt. Zwei Finger passen durch den Spalt, mehr nicht.

»Da ist nichts zu holen. Es riecht sauber. Wahrscheinlich haben sie alles mitgenommen, als sie das Haus verlassen haben.«

Randall reibt sich die Haut an seinem Knie.

»Sie sah aus wie der Typ Frau, der nichts verderben lassen würde.«

Randall lacht, aber es klingt trocken und kratzt an seiner Kehle entlang wie braune Blätter, die vom Wind über den Boden getrieben werden.

»Komm«, sagt Randall.

Randall hält sich beim Gehen die Hand an die Brust und humpelt mit seinem schlimmen Knie. Ich bleibe am Rand der Lichtung stehen und blicke zurück zur Scheune, in der die Kühe in Sicherheit sind. Ich stelle mir vor, wie sie im Dunkeln vor dem muffigen Heu stehen, die feuchten Nasen zur Decke gereckt, und sich fragen, wo das Blau geblieben ist, das bittere grüne Gras, ihre Vogelvertrauten. Wie sie sich nach der Berührung eines Flügels sehnen.

Auf dem Rückweg ist es komisch, Randall laufen zu sehen, ohne dass er seine langen Arme locker schwingen lässt. Der Wald ist ein schlafendes Tier: immer noch leer. Nichts ist, wie es sein sollte. Ich höre das Rascheln vor Randall, und ich muss die Hand ausstrecken, um ihn zu stoppen, denn er achtet nur auf sein Knie.

»Guck doch.«

Es ist China. Sie lässt etwas Rostfarbenes fallen, steckt dann ihre Nase hinein und bewegt sie hin und her wie einen Schraubenzieher. Dann senkt sie den Kopf, zielt und taucht ein in das, was sie fallen gelassen hat, rollt sich darin herum; sie bewegt sich wie Rauch, die rosigen Unterseiten ihrer Pfoten wedeln durch die Luft. Ihre Augen sind fest geschlossen, die Zähne gefletscht, ihr Gesichtsausdruck lüstern. Ihr Fell färbt sich langsam rot.

»Was ist das?«, fragt Randall.

China muss ihn gehört haben, denn sie bricht mitten in der Bewegung ab und springt auf, erstarrt zu Eis, die Lippen versiegelt, den Schwanz gestreckt. Sie sieht uns, schaut auf ihre Beute, reckt die Nase in den schwelenden Himmel, bellt einmal kurz und rennt davon.

Es ist ein totes Huhn, aufgeschlitzt und noch warm. Ich stelle mir vor, dass es aussieht wie die Innenseite meiner Kehle, ganz pink von Salz und Blut.

»Das ist eins von unsern«, sage ich, aber Randall schweigt und setzt halb hüpfend, halb gehend seinen Weg zum Pit und zu unserem Haus fort.

»Was soll das werden?«

Randall sagt es, als hätte er den ganzen Tag im Park trainiert, sich verausgabt, bis er noch dunkler wurde, noch aufrechter ging, bis er nur noch aus Muskeln und Atem bestand. Er ist müde, und er steht in der Tür zu seinem Zimmer. Die Deckenlampe im Flur brennt, und er starrt in den Raum. Es war ein langer Weg. Ich schlurfe den Flur entlang, eine Flasche Alkohol und ein feuchtes Küchentuch in der Hand, um seine Faust zu behandeln, die er dicht genug vor sein Gesicht hält, um daran zu lutschen. Junior hat an seinen Fingerknöcheln gelutscht, bis er zwei war, dann hat er aufgehört.

Skeet sitzt auf seinem Bett. China hat die Vorderpfoten auf seinen Schoß gelegt und reckt die Schnauze in die Luft; wenn sie den Hals bewegt, ist sie so anmutig wie die Schönhäutchen, die draußen im Bayou wachsen und sich über das Wasser neigen. Sie leckt Skeetah das Kinn. An ihrem Maul kleben noch rosafarbene Schlieren von dem Huhn. Skeetah lächelt, dieses scheue Lächeln, das ich nicht mehr bei ihm gesehen habe, seit wir klein waren und er öfter Päckchen mit Kool-Aid geklaut und den bitteren Puder herausgesaugt hat, von dem seine Zähne neonblau oder blutrot wurden. Die Welpen ächzen und jaulen in ihrem Eimer, der zusammen mit den Fünfzig-Pfund-Säcken Hundefutter, den Leinen, den halb zerfetzten Reifen und Chinas Decke in einer Zimmerecke steht.

»Ich hab sie reingeholt wegen dem Sturm.« Skeetah schaut nicht hoch.

»Vergiss es«, sagt Randall.

»Ich lass sie nicht draußen im Schuppen.«

»Wieso nicht?«

»Weil der nicht stabil genug ist, deswegen.«

»Der is total in Ordnung.«

»Er ist zu wacklig für sie.«

»Das hier ist ein Haus, Skeetah. Für Menschen. Nicht für Hunde.«

Skeet blickt auf. Das scheue Lächeln ist verschwunden. Er unterbricht Chinas Lecken, indem er ihr mit beiden Händen das Maul zuhält, und sie sitzt so reglos da wie die ganzen Wracks draußen auf dem Hof. Mit ihren verkrusteten Wunden wirkt sie ebenso verrostet wie sie.

»Ich lasse sie auf keinen Fall da draußen.«

Randalls Gesicht zerspringt zu Scherben, und übrig bleibt nur ein offenes Fenster.

»Das sag ich Daddy.«

»Tu, was du nicht lassen kannst.« Skeetah bleckt die Zähne. Er lässt China los und steht auf, und sie gleitet von seinem Schoß, landet auf den Beinen und folgt Skeetah aus dem Zimmer. Alle drei stehen vor der Tür zu Daddys Zimmer, als Randall sie aufstößt und hineingeht.

»Daddy.« Nichts. »Daddy!«

Daddy liegt auf der Seite und hat uns den Rücken zugedreht. Er sieht aus, als wäre er gerade von etwas Hohem heruntergefallen, einem Baum oder einem Zaun, und hätte sich etwas gebrochen. Er rollt sich herum, um uns anzuschauen, und stützt sich auf einen Ellbogen.

»Was denn?« Das klingt mühsam abgerungen, als spräche er um die Schmerzen herum. »Was wollt ihr?«

»Skeet will die Hunde während des Sturms reinbringen.«

»Rein?« Daddys Augen glänzen im Dunkeln wie die eines Gürteltiers. »Wo rein?«

»Ins Haus.«

»Nein«, sagt Daddy. Er sinkt auf die Kissen zurück und rollt sich in Richtung seiner Hand.

»Nein«, sagt Skeetah. Er schiebt sich unter Einsatz seiner Ellbogen an Randall vorbei ins Zimmer und baut sich vor Daddy auf. China mogelt sich durch seine Beine und sitzt mit hängender Zunge da. Sie sieht fast wie ein ganz normaler Hund aus. »Ich lasse sie nicht da draußen.«

»Nein?« Daddy schaut ihn an und stützt sich wieder auf einen Ellbogen. »Was soll das heißen, nein? Ich hab gesagt, sie können nich rein, und das können sie auch nicht!« Wenn es ihm besser ginge, würde er brüllen, aber so muss er nach jedem zweiten Wort Luft holen, und was rauskommt, klingt wie ein Schnaufen.

»Wenn sie rausmüssen, geh ich auch raus«, sagt Skeetah.

»Was?« Daddy holt Luft.

»Wenn sie in den Schuppen müssen, geh ich auch in den Schuppen.« Skeetah tritt einen Schritt weiter in Daddys finsteres Zimmer, und er ist eine Leerstelle im Dunkeln, seine Stimme kommt aus keinem Gesicht, von keinem Kopf. China leuchtet wie weißer Sand auf einem mondbeschienenen Strand am Fluss.

»Du gehst auf keinen Fall« – Daddy muss husten, sein Hals ist trocken »mit dem verfluchten Hund raus in den Schuppen.«

»O doch.« Die Dunkelheit bewegt sich. »Und wenn Randall mich aufhalten will, kämpfen wir. Alle.«

»Zwing mich nicht aufzustehn.« Daddy schwingt die Beine über den Bettrand und stemmt sich mit der gesunden Hand hoch, aber seine Füße verfangen sich im Bettzeug, und er versucht, es mit der verletzten Hand zu entwirren. Dann reißt er sie wieder hoch und gerät ins Wanken. Er ist high von dem Schmerzmittel. Er schwankt, als wäre er betrunken.

Skeetah setzt sich in Bewegung, um Daddys Zimmer zu verlassen, und erscheint im Licht der Flurbirne wie ein Schwimmer, der aus einem dunklen Badesee auftaucht: Manny, der vom Grund des schwarzen Lochs hochkommt, Licht aufsaugt, durch die Oberfläche bricht, geboren wird.

»Alles hat ein Recht zu leben«, sagt Skeetah. »Und sie und die Welpen sollen leben.«

»Skeet«, sagt Randall, und Skeet und China bleiben stehen. Alle drei treffen sich im Türrahmen. China hat die Ohren flach angelegt, den Schwanz aufgestellt. Sie ist so ruhig und angespannt wie Skeetah.

»Was?«, bellt Skeetah. Sie stehen auf beiden Seiten eines Zerrspiegels, der eine groß, der andere klein, beide muskulös und sehnig, angespannt, verletzte Knöchel, geballte Fäuste.

»Ich schlaf nicht mit ihr in einem Zimmer.« Randall streckt die gesunde Hand aus und packt zu.

»Stopp!« Daddys Stimme ist hart und laut. Dann fällt er in sich zusammen, als hätte es ihn alle Kraft gekostet, das rauszubringen. »Nein. Keine Schlägerei.«

Ich muss mich vorbeugen, um ihn zu verstehen. Er schwankt und drückt den gesunden Arm in die Matratze, um sich aufrecht zu halten.

»Er ist Kategorie fünf«, sagt Daddy. »Die Frau in den Nachrichten hat gesagt, Kategorie fünf.«

»Oh«, sage ich, aber es ist mehr ein Ausatmen als ein Wort. Daddy hat schon mal einen Sturm der Kategorie fünf erlebt, aber wir sind zu jung, um uns an den letzten Hurrikan der Kategorie fünf zu erinnern, der die Küste getroffen hat: Camille, vor fast vierzig Jahren. Aber Mama hat uns Geschichten davon erzählt.

»Sie bleibt im Zimmer, Skeet. Wenn ich sie nur einmal woanders erwische, schmeiß ich sie mitten im Sturm raus, klar? Randall, find dich damit ab.«

Daddys Arm knickt ein.

»Ich brauche Suppe, Esch.«

Skeetah verschränkt die Arme und schaut Randall mit schief gelegtem Kopf an wie ein Hund. Randall schüttelt seinen Kopf.

»Wir schlafen doch meist sowieso im Wohnzimmer, Randall«,

sage ich flüsternd. Mir fällt ein, wie liebevoll er zu mir war, als er mich im Graben aufgelesen hat.

»Esch«, haucht Daddy. Er legt sich wieder auf die Seite, mit dem Gesicht zur Tür.

»Ja, Daddy«, sagt Randall. »Ich bring dir welche.« Er schiebt sich mit steifen Armen an uns vorbei und lässt mich und Skeetah auf dem Flur stehen. In der Küche geht zischend das Gas an.

»Alle Wesen verdienen eine Chance, Esch«, sagt Skeet, und er und China gehen durch die Tür in sein Zimmer. China streckt sich auf dem Boden aus und stellt die Ohren wieder auf. Ihr Schwanz klopft, und sie lächelt. Die Haut auf beiden Seiten ihrer verschorften Brust ist gespannt. Skeetah nimmt die Welpen einen nach dem anderen heraus, legt eine Hand um ihre runden Bäuche und setzt sie auf den Boden, wo ihre Schnauzen anfangen zu zucken und sie sich robbend auf China zubewegen. Sie schaut sie an, wie sie zuvor die Hühner angeschaut hat. Sie leckt. »Alle«, sagt Skeetah und schaut durch mich hindurch.

Der elfte Tag

KATRINA

Als Mama mir zum ersten Mal erklärt hat, was ein Hurrikan ist, dachte ich, alle Tiere würden vor dem Sturm weglaufen, würden fliehen, ehe er kam, würden schon Tage vorher ihre Nasen in den Wind halten und Bescheid wissen. Vielleicht ihre rosigen warmen Zungen herausstrecken, um es zu schmecken, um ganz sicherzugehen. Die Rehe würden ihre Gefährten anschauen und davonspringen. Die Füchse würden mit sich selbst reden, die Schultern rollen, und weg wären sie. Vielleicht machen die größeren Tiere es auch so. Aber inzwischen glaube ich, dass andere Tiere wie Eichhörnchen und Kaninchen es überhaupt nicht so machen. Vielleicht fliehen die Kleinen nicht. Vielleicht halten die Kleinen auf ihren Ästen oder auf der nadelübersäten Erde inne, recken ihre Nasen in den Wind und spüren die herannahende Sturmluft, die für sie nach Salz riecht, nach Salz und reinen, brennenden Flammen, und bereiten sich vor wie wir. Die Eichhörnchen tragen Federn, Kiefernnadeln, abgeworfene Haarbüschel und Eicheln in die Eingeweide ihrer Bäume, polstern sie aus, damit sie sich tief im Innern verkriechen können, wo sie so sicher sind, dass sie das Krachen des Sturms um sich herum kaum hören. Die Kaninchen hocken im Profil da, Schenkel an Schenkel gestellt, riechen den Geruch des Sturms, der sie so plötzlich trifft wie ein lautes Geräusch, und dann wühlen sie sich durch den roten Lehm und den Sand nach unten, an allen Wurzeln vorbei bis dahin, wo die Erde schwarz und kühl wird, graben geräumige Tunnel, die so tief sind, dass sie direkt über den Grundwasserreservoirs liegen, die wir mit unseren Brunnen anzapfen, und wenn der Hurrikan tobt, hören sie oben und unten das Wasser plätschern, während sie gut aufgehoben im Schoß der Erde sitzen.

Gestern Abend haben wir im Wohnzimmer, dessen Fenster wir mit lückenhaften Holzplatten ausgekleidet hatten, Schlafplätze hergerichtet. Für Randall und mich nebeneinander auf dem Boden, für Junior auf der Couch. Wir brachten unsere schlappen Kopfkissen, unsere Laken und Spannlaken und unsere alten Wärmedecken, die nach einigen Kurzschlüssen schon längst nicht mehr warm wurden, aus den Zimmern herüber. Wir stapelten alles zu dünnen Matratzen auf, durch die wir die Noppen des Teppichs noch spüren konnten, wenn wir uns darauf setzten. Wir wuschen das ganze Geschirr ab. Wir füllten die Badewanne und die Waschbecken in der Küche und im Bad randvoll mit Wasser, das wir zum Waschen und zum Spülen der Toilette verwenden konnten. Wir aßen ein paar von den gekochten Eiern, und Randall kochte für uns alle Nudeln. Wir nahmen die heißen Schüsseln auf den Schoß und sahen fern. Jeder durfte einmal eine Sendung auswählen. Randall schaute sich eine Renovierungs-Show an, in der ein frisch verheiratetes Paar das Arbeitszimmer in ihrem Haus in ein minzgrünes Kinderzimmer verwandelte. Ich suchte mir einen Dokumentarfilm über Geparden aus. Junior kam als Letzter dran, und nachdem die Zeichentrickfilme einmal auf dem Bildschirm waren, ließen wir sie weiterlaufen, auch nachdem Junior eingeschlafen war, denn immerhin brachten sie bunte Farben in die Dunkelheit. Daddy blieb in seinem Zimmer, ließ aber die Tür offen. Skeetah blieb mit China und den Welpen in seinem Zimmer, aber seine Tür war geschlossen.

Ehe ich im flackernden Licht des Fernsehers und einer staubigen Lampe einschlief, las ich. Im alten Griechenland bedeutete Wasser für alle seine Helden, für Medea, ihren verstümmelten Bruder und ihren unglücklichen Vater den Tod. Im Bad auf dem Klo hörte ich, wie draußen Metall auf Metall schlug, vermutlich weil irgendeine kaputte Maschine sich wie ein absackender Grabstein zur Seite neigte und gegen eine andere stieß, und ich wusste, es war der Wind, der heftigen Regen vor sich hertrieb.

Am Tag bevor ein Hurrikan eintrifft, klingelt das Telefon. Als Mama noch lebte, ging sie ran; es ist ein Anruf von der Landesregierung bei jedem in der Region, der von einem Sturm betroffen ist. Seit wir Mama verloren haben, geht Randall ran; er lässt das Band mindestens einmal jeden Sommer laufen. Einmal ist Skeetah rangegangen und hat aufgelegt, ehe die Aufzeichnung über das Hallo hinausgekommen war. Junior ist noch nie rangegangen, und Daddy auch nicht. Ich habe den Anruf gestern zum ersten Mal entgegengenommen. Eine Männerstimme spricht; sie klingt wie ein Computer, als hätte der Mann eine eiserne Kehle. Ich weiß nicht mehr genau, was er sagt, aber in groben Zügen erinnere ich mich noch. *Evakuation angeordnet. Hurrikan wird morgen auf die Küste treffen. Sollten Sie sich entschließen, in Ihrem Haus zu bleiben, und es bis zu diesem Zeitpunkt nicht verlassen haben, übernehmen wir keine Verantwortung. Sie wurden gewarnt.* Und *Ihr Handeln kann folgende Konsequenzen für Sie haben.* Es folgt eine Liste. Und ich weiß nicht genau, ob er es ausdrücklich sagt, aber es fühlt sich so an: *Sie können sterben.*

In dem Moment wird der Hurrikan Wirklichkeit.

Der erste Hurrikan, an den ich mich erinnere, kam, als ich acht war, und von den zwei oder drei, die jedes Jahr hier durchkommen, war er der schlimmste, den ich je erlebt habe. Mama ließ mich neben dem Stuhl knien, den sie vors Fenster geschoben hatte. Schon damals passten unsere Bretter nicht genau zusammen, und es gab Spalte, durch die wir hinausspähen und im Dunkeln den Fortgang des Sturms verfolgen konnten. Das batteriebetriebene Radio lieferte keine konkreten Informationen, aber der Hof schon: die Bäumen bogen sich fast bis zum Abknicken, sahen aus wie Angelschnüre; leere Ölfässer flogen klappernd über den Hof, das Wasser rann in klaren Bächen über den Boden und grub tiefe Furchen in die Erde. Mamas Bauch war dick, weil sie mit Junior schwanger war, und ich legte meine Hand darauf und starrte nach draußen. Junior war eine Überraschung, ein glücklicher Zufall; mich, Skeetah und Randall hatte sie im Abstand von jeweils einem Jahr bekommen, und dann war sieben Jahre lang nichts passiert. Ich kniete mich neben sie, legte ein Ohr an ihren Bauch und hörte das wässrige Rauschen in ihrem Innern, während draußen der Wind an Ästen und Wurzeln zerrte, bis er drei Meter vom Haus entfernt einen Baum entwurzelte. Mama schaute mit einem Auge durch die Lücke der Bretter vor dem Fenster. Sie wiegte sich hin und her, als würde das Baby in ihr sie nicht stillsitzen lassen. Sie strich mir übers Haar.

Dieser Sturm, Elaine, war Kategorie drei gewesen. Katrina, hatte der Nachrichtensprecher gestern am späten Abend, als wir uns im Wohnzimmer niedergelassen hatten, gesagt und damit Daddy bestätigt, hatte Kategorie fünf erreicht.

Während Elaine tobte, hatten Randall und Daddy geschlafen. Skeetah hatte auf der anderen Seite neben Mama gesessen, mir gegenüber, und sie hatte uns von dem großen Sturm erzählt, den es gegeben hatte, als sie klein war, von der Legende: Camille. Sie sagte, Mother Lizbeths und Papa Josephs Haus sei abgedeckt worden. Sie sagte, sie könne sich am deutlichsten an den Geruch danach erinnern, ein Geruch nach Müll, der draußen in der heißen Sonne vor sich hin fault und in dem es von Maden wimmelt. Sie sagte, die gerade Verstorbenen und die schon früher Verstorbenen hätten überall am Strand gelegen, auf den Straßen und im

Wald. Sie sagte, Papa Joseph habe ein Skelett auf dem Hof gefunden, das blitzblank war, von dem alles Fleisch und alle Kleider abgewaschen worden waren, das aber trotzdem stank wie ein fauler Zahn im Mund. Sie sagte, Papa Joseph habe die Überreste nicht zur Kirche gebracht, sondern sie in einen Austernsack gesteckt und in den Wald getragen; sie glaubte, er habe die Knochen dort begraben. Sie sagte, sie und Mother Lizbeth hätten meilenweit laufen müssen, um Wasser aus einem artesischen Brunnen zu holen. Sie sagte, sie sei krank geworden, so wie die meisten, weil selbst dieses Wasser nicht sauber war, und sie hatte geträumt, dass sie dieses Wasser nie mehr loswerden würde, weil sie gar nicht mehr aufhören konnte, es auszuscheißen, auszupinkeln und auszukotzen. Sie sagte, es würde nicht noch einmal so einen Sturm wie Camille geben, und wenn doch, dann wollte sie ihn jedenfalls nicht miterleben.

Ich bin gestern Abend nach allen anderen eingeschlafen, und jetzt bin ich vor allen anderen aufgewacht. Daddy schnarcht so laut, dass ich ihn bis hierher höre. Randall schläft mit dem Gesicht zum Sofa, auf dem Junior schläft, der mir den Rücken zukehrt und sich eingerollt hat, als wolle er etwas verstecken. Juniors einer Arm und sein eines Bein hängen vom Sofa herunter, und die Bettdecke reicht bis auf den Boden. Der Fernseher ist tot. Im Haus ist es so still wie sonst nie, das elektrische Brummen ist weg; während wir schliefen, hat der aufziehende Sturm unser Haus in den Würgegriff genommen. Wir haben keinen Strom mehr. Durch den Spalt im Wohnzimmerfenster sehe ich, dass der Morgen so dunkelgrau und undurchsichtig ist wie schmutziges Spülwasser. Der Regen pladdert auf das rostige Blechdach. Und der Wind, der gestern nur zu sehen war, seufzt und sagt Hallo. Ich liege hier im Dunkeln, ziehe mir das dünne Laken bis zum Kinn hoch, starre an die Decke und gebe keine Antwort.

Mama hat Elaine Widerworte gegeben. Hat den Sturm besprochen. Hat uns in seine Mitte hineingezogen und uns beschützt. Dieses Geheimnis in meinem Körper, das kein Geheimnis mehr ist: Werde ich es beschützen? Wenn ich mit diesem Sturm sprechen könnte, ihn wie Medea für harmlos erklären könnte, würde dieses Baby, das so groß ist wie mein Fingernagel, der Nagel meines kleinen Fingers, es vielleicht hören? Würde es sich an meine Worte erinnern, wenn es geboren ist, würde es mich durch sie besser kennen? Würde es mich aus Mannys Gesicht anblicken, mit seiner goldenen Haut, mit meinem Haar? Würde es seine rosigen Finger nach mir ausstrecken, nach mir greifen?

Die Sonne will sich nicht zeigen. Sie muss da sein, über dem wütenden Hurrikan, der sich gegen die Küste wirft wie China gegen die Blechtür des Schuppens, wenn sie raus will und Skeetah sie nicht lässt. Aber hier auf dem Pit sind wir gefangen in der Stunde, in der die Sonne sich hinter den Bäumen verbirgt, aber noch nicht über den Horizont getreten ist, in der sie kommt und geht, das Licht von überall und nirgends kommt und alles grau ist.

Ich liege wach und sehe nur dieses Baby, das Baby, das ich im Geiste schon fertig geformt habe, eine schwarze Athene, die nach mir greift. Die mir diesen Namen gibt, als sei es meiner: *Mama*. Ich schlucke und schmecke Salz. Diese Stimme, die in meinem Kopf dröhnt, wird von einem Zug überlagert, der einen langen, hohen Pfeifton ausstößt. Und dann verschwindet sie, und es ist nur noch das Geräusch des Windes da, wie eine Schlange, groß genug, um die ganze Welt zu verschlingen. Sie gleitet auf ein Gebirge zu. Und wieder klingt der Wind wie ein Zug, und das Haus knarrt. Ich rolle mich zu einer Kugel zusammen.

»Habt ihr das gehört?«

Es ist Skeetah; ich kann ihn kaum sehen. Er ist nichts als ein etwas dunklerer Schatten, der sich im dunklen Durchgang zum Flur bewegt.

»Ja«, sage ich. Meine Stimme klingt, als sei ich erkältet, weil sich der ganze Schleim vom Weinen in meiner Nase angesammelt hat. *Ein Zug*, sagte Mama. *Camille kam, und der Wind klang wie ein Zug*. Als Mama mir das erzählte, vergrub ich mein Gesicht in ihrem Knie. Ich hatte schon mal Züge gehört, als wir am Austernschalenstrand schwimmen waren, wo die Züge, die durch St. Catherine fahren, laut in der Ferne pfeifen. Ich konnte mir nicht vorstellen, dass Wind sich so anhören kann. Aber jetzt höre ich den Wind und kann es.

»Wo ist die Lampe?«

»Auf dem Tisch«, sagte ich mit piepsiger Stimme. Skeetah ging zum Tisch, stieß im Halbdunkel gegen alle möglichen Gegenstände und fummelte an der Petroleumlampe herum, bis sie brannte.

»Komm mit« sagt Skeetah, und ich folge ihm nach hinten, in sein und Randalls Zimmer, das kleiner wirkt, als es ist, und eng, heiß und rot im Schein einer kleineren Petroleumlampe, die Skeet im Schuppen gefunden haben muss. Nachdem er Daddys offene Tür aus dem Augenwinkel betrachtet hat, schließt er hinter uns die Tür. Der Wind kreischt. Bäume strecken ihre Äste aus und schlagen mit ihren Gliedern gegen das Haus. Skeet setzt sich aufs Bett, neben China, die sich ausgestreckt hat und träge den Kopf hebt, um mich anzuschauen, und sich dann in einem Rutsch mit der Zunge über Nase und Maul fährt. Ich klettere auf Randalls Bett und umschlinge meine Knie mit beiden Armen. Im Welpeneimer ist alles ruhig.

»Hast du Angst?«

»Nein«, sagt Skeetah. Er reibt mit einer Hand von Chinas Nacken über ihre Schulter, ihren Rücken, ihren Oberschenkel. Sie lässt ihren Kopf zurückfallen und leckt sich erneut.

»Ich schon«, sage ich. »So hat sich der Wind noch nie angehört.«

»Wir sind noch nicht mal in der Bucht. Wir sind weit genug oben im Wald, wir werden okay sein. Die Batistes leben hier oben schon seit so vielen Jahren und haben alle möglichen Hurrikane überstanden. Glaub's mir.«

»Weißt du noch, wie Mama erzählt hat, dass sich der Wind so angehört hat, als Camille gekommen ist?« Ich drücke meine Knie noch heftiger. »Elaine war nichts gegen das hier.«

»Ja, weiß ich noch.« Skeetah krault China am Kinn, und es ist, als wolle er ihr irgendetwas entlocken, denn sie reckt sich grinsend vor und versucht, ihn zu küssen. »Ich weiß noch, wie sie das gesagt hat.« Er hört auf mit dem Kraulen, beugt sich vor, um seine Ellbogen auf die Knie zu stützen, reibt seine Hände aneinander und schaut weg. »Aber ich erinnere mich nicht mehr an ihre Stimme«, sagt er. »Ich erinnere mich genau an ihre Worte, ich sehe uns, wie wir neben ihr knien, aber ich hör nur meine eigene Stimme, die die Worte sagt, nicht ihre.«

Ich möchte ihm sagen, dass ich ihre Stimme kenne. Ich möchte den Mund aufmachen und ihre Stimme herauslassen wie eine Nachahmung, möchte Mama für ihn lebendig machen, ihm zeigen, wie ich sie höre. Aber es geht nicht.

»Immerhin haben wir die Erinnerung«, sage ich. »Junior hat gar nichts.«

»Weißt du noch, was das Letzte war, was sie zu dir gesagt hat?«

Als Mama Junior geboren hat, hat sie das Kinn auf die Brust gelegt. Sie keuchte und stöhnte. Ihr Stöhnen endete in einem Fiepen, das wie das Quietschen von schlechten Bremsen klang, wenn ein Auto anhält. Aber geschrien hat sie kein einziges Mal. Skeetah, Randall und ich schauten heimlich zu, wir standen auf der Kiste einer alten Klimaanlage vor ihrem Fenster, und nachdem sie Junior hinausgepresst hatte, sobald er schrie, ließ sie den Kopf zur Seite fallen und schaute uns an; ihre Augen waren wie Spiegel, und ich dachte, sie würde uns anbrüllen, dass wir vom

Fenster weggehen und nicht so neugierig sein sollten. Aber das tat sie nicht. Sie sah uns. Sie blinzelte langsam. Die Haut über ihrer Nase schlug Furchen, und sie biss sich auf die Lippe. Dann schüttelte sie den Kopf, hob das Kinn zur Decke wie ein Tier auf dem Schlachtblock, so wie Daddy und Papa Joseph Schweine vor das Messer hielten, und schloss die Augen. Dann fing sie an zu weinen. Sie hielt sich mit beiden Händen ihren flach gewordenen Bauch, der so weich wie ein erschlaffter Fußball war. Ich hatte sie noch nie weinen sehen. Aber gesagt hat sie kein Wort, auch nicht, nachdem Daddy ihre Freunde Tilda und Mister Joe gerufen hatte, um auf uns aufzupassen, auch nicht, nachdem er sie und Junior nach draußen in den Wagen getragen hatte und sie zusammengesunken an der Scheibe lehnte und uns anschaute, während Daddy losfuhr. Sie schüttelte nur den Kopf. Vielleicht sollte das *Nein* bedeuten. Oder *Keine Angst – ich komme wieder.* Oder *Tut mir leid.* Oder *Tu's nicht. Werde nicht wie die Frau in diesem Bett, Esch*, hätte sie sagen können. Und nun bin ich doch so geworden.

»Nein«, sage ich. »Das weiß ich nicht mehr.«

»Ich aber«, sagt Skeetah und legt das Kinn in seine Fäuste. »Sie hat gesagt, sie liebt uns, als sie in den Wagen gestiegen ist. Und dann hat sie gesagt, wir sollen brav sein. Uns umeinander kümmern.«

»Das weiß ich nicht mehr.« Ich glaube, Skeetah bildet sich das ein.

»Hat sie aber.« Skeetah setzt sich auf, lehnt sich wieder auf dem Bett zurück und legt ganz ruhig eine Hand auf Chinas Hals. Sie seufzt. »Du siehst ihr ähnlich. Weißt du das?«

»Nein.«

»Doch. Du bist nicht so groß wie sie, aber im Gesicht. So um die Lippen und die Augen rum. Je älter du wirst, desto mehr siehst du ihr ähnlich.«

Ich weiß nicht, was ich sagen soll, deshalb schneide ich eine

Grimasse und schüttele den Kopf. *Aber Mama, die Mama bleibt da, siehst du?* Ich vermisse sie so sehr, dass ich Salz schlucken muss und mir vorstelle, wie es wie Zitronensaft in die frische Wunde meiner Brust rinnt. Ich spüre, wie es brennt.

»Hast du das gehört?«

»Was?« Ich klinge schon wieder verschnupft. Riesige Blätterbündel schlagen aufs Dach. Es regnet stark und unaufhörlich, das Wasser trifft in dicht aufeinanderfolgenden, heftigen Schwällen auf das Haus. Immerhin klingt der Wind nicht schon wieder wie ein Zug.

»Das«, sagt Skeetah. Er hat den Kopf schief gelegt, das Ohr zum Fenster gerichtet. Seine Augen glänzen im Licht der Lampe. Er steht auf, und China steht ebenfalls auf. Ihre Ohren sind gerade, der Schwanz aufgestellt, die Zunge unsichtbar. Irgendwo draußen im Sturm bellt ein Hund.

»Ja«, sage ich, und dann stehen wir alle drei am Fenster und spähen durch den Spalt zwischen den Brettern. Wir hören den Hund, aber wir können ihn nicht sehen; was wir aber sehen, sind die Kiefern, die dünnen Bäume, die sich im Sturm biegen, bis sie beinahe abbrechen. Selbst die Eichen verlieren in dem grauen Licht und dem peitschenden Regen Blätter und Äste. Der Hund bellt laut, so schnell wie Trommelschläge, und die Art, wie das Bellen am Ende immer höher wird, erinnert mich an Mamas Stöhnen, an die sich biegenden Kiefern, an einen Körper, der sich nicht mehr selbst zusammenhalten kann, an etwas, das kurz vor dem Zerbrechen ist. Die hohen Töne sind wie kleine Risse. Der Hund umkreist das Haus, sein Bellen ist abwechselnd nah und fern. Ist es einer von Juniors Kötern, ein räudiges Familienmitglied, das Schutz sucht, einen kühlen Platz unter dem Haus bei einem Jungen mit knorrigen Knien und ohne Regen?

»Unmöglich.« Skeetah beugt sich zum Fenster vor, als könne

er sich durch die Scheibe und das Brett schieben und diesen unsichtbaren Hund retten, der für ihn, das weiß ich, so wie China ist. Sie erhebt sich auf die Hinterbeine, drückt die Pfoten gegen die Wand, lehnt sich an Skeetah und stößt mit dem Kopf an seinen Oberschenkel. Ihr glatter weißer Kopf und die schlaffen Ohren sind so weich wie die Babydecken, in denen Daddy Junior nach Hause brachte, als er aus dem Krankenhaus zurückkam und Mama nicht. *Hier is euer kleiner Bruder. Claude Adam Batiste der Zweite. Ihr könnt ihn Junior nennen.* Und dann: *Eure Mama hat's nicht geschafft.* Der suchende Hund bellt noch ein letztes Mal, ehe der Regen und der Wind so heftig werden wie ein Würgehalsband und ihn zum Schweigen bringen. China antwortet mit einem Knurren, verschluckt es aber, als Skeetah sich vor sie hinkniet, ihr Gesicht in beide Hände nimmt und ihr die Ohren nach hinten streicht, sodass ihre Augen nur noch Schlitze sind und sie grinsen muss, weil ihre Haut stramm gezogen wird und ihr Kopf ein nackter Schädel sein könnte.

China jault plötzlich und fängt dann an zu bellen, springt auf Skeetahs Bett hin und her und über seine Knie; deshalb schaue ich aus meiner zusammengekauerten Haltung auf Randalls Bett hoch, von meinem Bauch, von meinem Versuch, mich in mir selbst zu verkriechen, um in Sicherheit zu sein. China schaut zur Decke, ihre Zähne schimmern im Dunkeln, sie bellt gellend.

»China, was ist …?« Skeetah streckt die Hand aus, um sie zu packen, sie vom hektischen Herumwirbeln und Rennen abzuhalten, und dann gibt es einen lauten, ohrenbetäubenden Knall. Als er ertönt, springt China mit einem Satz von Skeetahs Bett und rast zur Tür, als wolle sie das Holz mit ihren Zähnen zersplittern. Skeetah reißt die Tür auf, und Randall rennt mit einer Lampe in Daddys Zimmer, während Junior sich an seine Taille klammert und der Wind draußen brüllt und das Haus bebt. Die Lampe wäre nicht nötig gewesen; Daddys Zimmerdecke hat ein Loch, und in der Öffnung wogen die Äste eines Baumes. Ein riesiger Busch, der falsch herum wächst. China bellt und steckt die Nase in den Wind.

»Daddy!« Randall rennt in den Wind und den Regen, der durch das klaffende Loch hereinströmt. Der graue Tag boxt sich hindurch. Daddy hockt auf Knien vor der Kommode und schiebt sich einen Briefumschlag in die Hose. Dann steht er auf und sieht uns.

»Ab mit euch!«, sagt Daddy. Er gestikuliert, und der Verband an seiner verletzten Hand blitzt weiß auf. Beim Aufstehen wirkt Daddy schlapp, aber dann strafft er sich plötzlich wie eine Wäscheleine im Wind, schiebt uns aus dem zerstörten Zimmer auf den Flur hinaus und zieht die Tür hinter sich zu. Junior lässt Randall nicht mehr los.

»Wir bleiben im Wohnzimmer.« Daddy sagt das, während er sich aufs Sofa fallen lässt, seinen Kopf nach hinten in die Kissen drückt, wie Mama ihren ins Kopfkissen gedrückt hat, und dabei seinen Hals entblößt. Er blinzelt zu viel.

»Deine Hand«, sagt Randall.

»Der geht's gut«, sagt Daddy. »Wir bleiben hier, bis der Sturm vorbei ist.«

»Wann, glaubst du?«, fragt Skeetah.

»In ein paar Stunden.«

China quiekt und bellt erneut.

»Sie hat es gewusst«, sage ich.

»Was gewusst?« Daddys Gesicht ist feucht, und ich weiß nicht, ob es Wasser oder Schweiß ist.

»Nichts«, sagt Skeetah.

»Das mit dem Baum«, sage ich gleichzeitig. Skeetah reibt China den Nacken, und sie lässt ein unterdrücktes Knurren hören, setzt sich, legt den Kopf an Skeetahs Oberschenkel und Hüfte und wendet ihm das Gesicht zu.

»Gar nichts hat sie gewusst«, sagt Skeetah, und dann gehen sie wie ein einziges Wesen, ein neues Tier, auf den Durchgang zum Flur zu, wo der Wind in einer dünnen Schicht unter Daddys Tür hindurchpfeift. Sie gehen wieder in Skeetahs und Randalls Zimmer.

»Komm ins Wohnzimmer, Skeet«, sagt Daddy. Er rollt die Augen und schließt die Lider. Entblößt die Zähne. »Bitte.«

Ich nehme meine Decken, wickele mich darin ein und setze mich an den Platz, auf dem ich vorher gelegen hatte. Skeetah kommt mit China zurück, stellt den Eimer und Chinas Fressen, ihre Leinen und Spielsachen in die Ecke des Wohnzimmers, die am weitesten von Daddy entfernt ist, neben dem Fernseher. Skeetah drapiert seine Decke in die Ecke wie einen Sessel, und China nimmt auf seinem Schoß Platz. Lang gestreckt und weiß liegt sie da, legt den Kopf auf eine Pfote und fängt an, sich die rosigen Polster unter ihren Fußsohlen zu lecken. Skeetah tätschelt sie, stellt seine kleine Petroleumlampe ab, und im Halbdunkel glänzt China in deren Lichtschein buttergelb.

»Junior«, ruft Randall, »ich weiß, dass du dir nicht in die Hose gemacht hast.«

Junior beugt sich vor, berührt den Boden unter seinem Po und steckt den Kopf zwischen die Beine.

»Hab ich auch nicht.«

»Und wieso ist dann hier alles nass?«

Wir sitzen verängstigt und gelangweilt im Wohnzimmer. Ich versuche, im Licht der Petroleumlampe zu lesen, aber der Klang der Worte kommt nicht an gegen das Geräusch des Windes und des Regens, der unerbittlich auf das Haus niedergeht; sie bleiben Fragmente. Jason hat wieder geheiratet, und Medea klagt. *Verbannt, o Zeus. Ich bin allein.* Und dann: *Der Tod, o der Tod soll unseren Streit entscheiden. Des Lebens kleine Tage enden nun.* Ich schlage das Buch zu, ohne die Seite zu markieren, und setze mich darauf. Mir ist kalt. Skeetah und China sehen aus, als wären sie eingeschlafen, seine Hand liegt auf ihrer Flanke und ihr Brustbein auf seinem Knie, aber als Randall das sagt, öffnen beide gleichzeitig einen Spalt breit die Augen. Das halbe UNO-Kartenspiel, das Randall Junior beibringen wollte, klebt um Juniors Beine herum auf dem Boden. Ich schüttele meine Decken ab; der dünne Luftstrom, der säuselnd unter Daddys Tür hervorkommt, fegt zielstrebig und brüsk an mir vorbei wie ein Junge auf dem Schulkorridor, und dann, *Wieso sind meine Shorts nass? Ist es weg? Blute ich? Sollte ich nicht Krämpfe haben?* Ich stehe auf. Der Boden unter mir ist dunkel.

China rollt sich auf die Füße und bleckt die Zähne, und Skeetah packt sie am Genick, als sie zum Sprung ansetzt. Er hält sie fest. Er steht auf und schaut sich ruhig im Raum um.

»Das ist Wasser. Es kommt ins Haus«, sagt Skeetah.

»Hier kommt kein Wasser ins Haus. Das Holz wird nur ein bisschen feucht vom Regen«, sagt Daddy.

»Es kommt durch den Fußboden hoch«, sagt Skeetah.

»Da gibt's nix, wo es herkommen kann.« Daddy winkt ins Zimmer, wedelt mit der Hand, als wolle er einen von uns davon abhalten, ihm etwas zu geben, das er nicht haben will: sein Antibiotikum, einen Brief von einem Lehrer, eine Broschüre des Fördervereins der Schule.

»Seht doch«, sagt Randall und geht an das Fenster auf der Straßenseite, bückt sich wie ein alter Mann und späht nach draußen. »Lauter Bäume auf der Straße.«

»Aber Wasser siehst du keins«, sagt Daddy.

»Nein.«

Skeetah und China gehen an Junior vorbei, der noch vor dem Sofa steht, an der Stelle, wo Randall ihn stehen gelassen hat. Junior hebt erst den einen, dann den anderen Fuß; er betrachtet seine Fußsohlen, als könne er nicht fassen, dass er Füße hat und dass sie nass sind. Er zieht sich die Shorts vom Körper weg, aber sie kleben trotzdem an ihm. Skeetah schaut aus dem Fenster, China steht neben ihm.

»Da«, sagt Skeetah. Randall und ich rennen zu dem Fenster auf Skeetahs Seite, aber Junior ist als Erster da, und wir drängeln uns dicht aneinander, mit nassen Füßen. Der Teppich unter unseren Füßen ist wie ein vollgesogener Schwamm. Daddy starrt zum Fenster, als wäre es nicht zugenagelt, als könne er hindurchschauen.

Auf dem Hof bildet sich ein See. Er bewegt sich unter den umgestürzten Bäumen wie ein kriechendes Tier, eine breitnasige Schlange. Ihr Kopf verschwindet unter dem Haus, in dem wir stehen, ihr Schwanz wird immer breiter, als hätte sie etwas gefressen, das größer war als sie selbst, und dieser riesige Schwanz erstreckt sich hinter ihr bis in den Wald hinein, zur Grube. China bellt. Der Wind kräuselt die Wasseroberfläche. Es kommt auf uns zu.

Meine Zehen stehen im Wasser.

»Die Grube«, seufzt Randall.

Da steht Daddy auf und geht langsam ans Fenster. Jeder einzelne Knochen in seinen Gelenken scheint in die falsche Richtung gebogen zu sein. Randall tritt zur Seite, damit Daddy hinausschauen kann.

»Nein«, sagt Daddy.

Ich rühre mich, und das Wasser leckt an meinen Knöcheln. Es ist kalt, so kalt wie beim ersten Bad im Frühsommer. China bellt, und als sie vom Fensterbrett springt, landet sie mit einem Platsch.

»Daddy?«, sagt Randall. Er legt den Arm um Junior, der sich mit aufgerissenen Augen an Randalls Bein klammert. Doch ausnahmsweise wirkt Randalls Arm nicht wie Stahl oder Gummi oder Stein; er ist leicht gebeugt und sieht sanft und schlaff aus, einfach nur menschlich.

»Daddy!«, jammert Junior, aber er vergräbt sein Gesicht in Randalls Hüfte, und die schluckt den letzten Teil des Wortes. Junior wird ein paar Zentimeter größer; vermutlich hat er sich auf die Zehenspitzen gestellt. Das Wasser reicht mir bis an die Waden.

»Seht doch«, sage ich.

Zwischen den Bäumen ist etwas langes Dunkelblaues zu sehen. Es ist ein Boot. Jemand ist gekommen, um uns zu retten. Aber dann kneife ich die Augen zusammen, und der Wind flaut ganz kurz ab und klärt die Luft, und da ist es kein Boot mehr, und niemand ist da, um uns zu retten. Es ist Daddys Pick-up. Das Wasser hat ihn mitgenommen, ihn vom Pit weggeschoben. Die Schlange ist zum Fressen und zum Spielen gekommen.

»Dein Wagen«, sagt Skeetah.

Daddy fängt an zu lachen.

Die Schlange hat den ganzen Hof verschlungen, und jetzt reißt sie unter dem Haus ihren Schlund auf.

»Mach die Dachluke auf«, sagt Daddy.

Das Wasser schlägt an meine Kniekehlen.

»Sie klemmt«, sagt Randall. Er zieht an der Schnur, die von der Lukentür herunterhängt, die sich in der Flurdecke befindet.

»Los«, sagt Skeetah.

Das Wasser steigt an meinen Oberschenkeln hoch. Skeetah reicht mir den Eimer mit den Welpen.

»Schnell«, sagt Randall.

Die drei Welpen geben quiekende Laute von sich, die wie flüsterndes Gebell klingen. Es sind ihre ersten Worte.

»Kräftig ziehen«, sagt Daddy. Er runzelt die Stirn und hält eine Hand hoch, so als würde er an der Schnur ziehen.

Das Wasser kriecht mir bis über den Schritt, und ich springe hoch.

»Okay«, brüllt Skeetah. Er zieht sich an der Schnur hoch, als hinge er an einer Seilschaukel über dem See, und die Lukentür schwingt knarrend nach unten.

»Hoch mit euch!«, sagt Randall und schiebt Junior die Leiter hoch auf den Dachboden. China schwimmt neben Skeetah. Ihr Kopf wackelt dabei wie eine Boje.

»Los!«, sagt Skeetah und schubst mich zur Leiter. Ich gleite durchs Wasser, meine Zehen schleifen über den Flurteppich. Er packt mich am Rücken und stützt mich, während ich mit dem Eimer in der Hand vorsichtig auf den Dachboden klettere.

»Esch!«, sagt Junior.

»Hier bin ich.« Juniors Augen leuchten hell in der Dunkelheit. Der Wind schlägt gegen das Dach, und es knarrt. Randall kommt als Nächster, dann Daddy, und zuletzt Skeetah und China. Ich klemme mir den Eimer zwischen die Knie und setze mich auf einen Stapel Kisten; ich ziehe einen zerbrochenen Gegenstand heraus, der sich in meinen Oberschenkel bohrt. Weihnachtsschmuck. Randall sitzt auf einer alten Kettensäge, Junior kauert neben ihm. Daddy holt das Päckchen hervor, das er sich in den Hosenbund gesteckt hat, nachdem der Baum in sein Zimmer gefallen war. Es ist eine durchsichtige Plastiktüte. Er öffnet das Päckchen und zieht Fotos heraus. Kurz bevor Skeetah die Lukentür zuzieht und uns im Dunkeln einschließt, macht Daddy eine Bewegung, als wolle er eins der Bilder berühren, zögerlich, so leicht, wie man eine Wimper entfernt, aber dann hält sein glitzernder Finger inne, und er wickelt die Bilder wieder ein und schiebt sie in seine Hose. *Mama.*

Die Tür zum Dachboden fällt ächzend zu.

Das Dach ist dünn; man hört jeden Windstoß, jeden Regenschwall. Und es ist so dunkel, dass wir einander nicht sehen können, aber wir hören China bellen, und ihr Bellen klingt wie das eines dicken Hundes, ganz tief, wie dicht gewebter Stoff, der zerreißt.

»Ruhig, China!«, sagt Skeetah, und China macht so schnell und fest das Maul zu, dass ich das Klacken ihrer Zähne hören kann. Ich stecke das Gesicht in den Eimer; die Welpen hören nichts. Sie wimmern immer noch. Ich betaste sie mit der Hand. Sie sind noch flaumig, ihr Fell wird gerade erst seidig glatt, und sie winden sich unter meiner Berührung. Der weiße, der gestromte und der schwarzweiße. Sie strecken die Zungen raus, suchen nach Milch.

»Das Haus«, sagt Randall, und seine Stimme ist stabil und ruhig, aber ich kann meine Panik kaum verbergen, als das Haus sich neigt, so langsam wie ein losgemachtes Boot.

»Das Wasser«, sagt Skeetah. »Das kommt vom Wasser.«

»Scheiße«, schreit Daddy, und wir halten uns alle im Dunkeln fest, als das Haus sich noch ein Stück weiter neigt.

»Wasser«, sage ich.

»Es ist noch nie bis hierhergekommen.« Daddy atmet hörbar ein. »Der verdammte Bach.«

»Daddy«, sage ich und bin überrascht, wie klar meine Stimme ist, wie sicher und fest, wie eine Hand, die man im Dunkeln halten kann. »Auf dem Dachboden ist Wasser.«

Das Wasser ist diesmal schneller; mit flüssigen Fingern greift es nach meinen Zehen, meinen Knöcheln und kriecht an meinen Waden hoch. Eine schnelle Verführung. Der Wind heult.

»Einmal ist eine Familie…«, sagt Randall.

»Das wissen wir«, sagt Daddy. Vierzehn Leute sind bei Camille ertrunken. Auf ihrem Dachboden. Das Haus hebt sich wieder von seinem Ziegelfundament und wackelt.

»Wir werden nicht auf diesem verfluchten Dachboden ertrinken«, sagt Skeet, und ich höre ein lautes Klopfen, immer wieder. Ich hebe den Kopf, und Trümmerteile fallen mir in die Augen. Er schlägt gegen das Dach. Er will einen Ausgang machen.

»Weg da«, sagt Randall. »Junior, geh zu Esch.« Ich spüre Juniors kleine Nadelfinger an meinem Handgelenk, und er stößt irgendwo gegen, und dann hockt er wie ein Affe auf dem Eimer, der zwischen meinen Beinen klemmt. »Ich hab's.«

Randall schwenkt im Dunkeln etwas, und als es das Dach trifft, macht es eine Delle, einen Spalt, durch den Licht fällt. Ächzend haut er gegen das Holz. Was auch immer er da schwenkt, es reißt ein Loch. Er schleudert es noch einmal nach oben, und das Holz bekommt ein kleines Loch, kaum größer als mein Finger, und ich sehe, dass es die Kettensäge ist, die er mit dem stumpfen Ende gegen das Dach stößt.

»Ist hier oben« – Randall stößt zu – »irgendwo Benzin?«

»Weiß ich nicht«, schreit Daddy. Der Sturm spricht durch das Loch mit uns, schickt Wind und Regen hindurch. Wir schauen blinzelnd hin. Das Wasser ist bis über meinen Schritt gestiegen. Das Haus neigt sich.

Randall kurbelt, einmal, dann noch mal. Er zieht das Kabel ein drittes Mal zurück, und die Säge springt an. Er stößt sie durch die fingerbreite Öffnung, schneidet eine Zickzack-Linie, zieht sie wieder heraus, schneidet noch eine Zickzack-Linie, dann eine Klammer zwischen beide, ehe die Säge tuckernd ausgeht. Er versucht, sie wieder anzuschmeißen, aber es klappt nicht. Stattdessen schwenkt er sie wie einen klobigen Hammer, und das Holz birst krachend und biegt sich nach außen. Er schleudert die Säge erneut nach oben, und das geschlossene Augenlid, das er ins Dach gesägt und geschlagen hat, flattert. Das Dach geht auf. Der Sturm brüllt: *Ich warte schon auf euch.* Licht durchflutet den überfluteten Dachboden, der so geschlossen wirkt wie ein Sarg. Randall schnappt sich Junior, der herumwirbelt und sich an seinem Rücken festkrallt, die kleinen Hände so fest zusammenpresst wie Wäscheklammern, und dann klettert Randall nach draußen in das hungrige Maul des Sturms.

Es ist fürchterlich. Es ist der Wind, der auf uns eindrischt wie ein Stromkabel, das als Peitsche benutzt wird. Es ist der Regen, der wie Steine in die Augen sticht und uns zwingt, sie zu schließen. Es ist das Wasser, das strudelt und steigt und sich nach allen Seiten ausdehnt, braun mit einer roten Unterströmung, als wäre der Lehmboden des Pit eine Schnittwunde, die nicht aufhören will zu bluten. Es ist der Sperrmüll vom Hof, die Kühlschränke und Rasenmäher, der Wohnwagen und die Matratzen, die wie eine Flotte auf den Fluten treiben. Es sind Bäume und Äste, die abbrechen und klingen wie eine endlose Serie explodierender Knallfrösche, immer wieder, ununterbrochen. Und wir, dicht aneinandergedrängt auf dem Dach, ich mit dem Drahthenkel des Eimers über der Schulter, meinen zitternden Körper an das Plastik gedrückt. Es ist überall. Daddy kniet hinter uns, versucht, uns alle an sich zu pressen. Skeetah hat China umarmt, die jault. Auf dem Hof kippt Daddys Pick-up langsam auf die Seite.

Skeetah beugt sich vor und zupft an seinen Jeans. Er zieht die Hosen aus, versucht, sie ruhig vor sich zu halten; die Beine flattern im Wind. Er steckt Chinas Hinterbeine in den Schritt und wirft sich dann ein Hosenbein über die Schulter und klemmt sich das andere unter seinen Unterarm.

»Bind sie zusammen!«, schreit Skeetah.

Ich mache einen Knoten. Meine Finger sind steif und taub. Ich ziehe, so doll ich kann, an dem nassen Stoff, teste den Knoten. Chinas Kopf und Beine liegen flach an Skeetahs Brust, werden vom Stoff festgedrückt. Sie ist sein Baby im Tragetuch, und sie zittert.

»Guck mal!«, sagt Skeet und zeigt auf etwas. Ich folge seinem Finger zu dem leeren Gerippe von Mother Lizbeths und Papa Josephs Haus. Die obere Hälfte und der Dachvorsprung liegen über Wasser. »Es steht auf einem Hügel!«, schreit Skeetah.

»Wie sollen wir da hinkommen?«, brüllt Randall.

»Der Baum!« Skeetah bewegt sich zentimeterweise über das Dach zu einer ausladenden Eiche, deren Äste unser Haus berühren und bis zu Mother Lizbeths Haus hinüberreichen. Wie ein Klettergerüst ragt sie aus dem brodelnden Wasser. »Wir klettern auf den Baum!«

»Nein!«, brüllt Daddy. »Wir bleiben hier!«

»Und wenn das Wasser weiter steigt?«, fragt Randall. »Lieber riskieren wir's, als hier zu ertrinken!«

Juniors Zähne sind fest aufeinandergepresst, seine Lippen zurückgezogen. Die Augen hat er sperrangelweit aufgerissen. Während Randall sich langsam über das Dach zum nächstgelegenen Ast bewegt, schaut Junior zurück. Randall legt einen Arm über seine Brust und hält Juniors Arm fest.

»Genau wie in der Grube, Junior, als wir zum ersten Mal schwimmen waren! Gut festhalten!« Randall hockt sich neben Skeetah an den Dachrand, beide ziehen den Kopf ein wie die Vögel, plustern gegen den starken Wind die Federn auf und halten ihre Bündel dicht an sich gedrückt. Skeetah springt.

Er greift nach dem erstbesten wippenden Ast und landet halb im Wasser, halb draußen. China jault auf und fängt an zu strampeln, aber Skeetah packt sie mit einer Hand fester und hangelt sich mit der anderen an dem Ast abwärts, bis er ins Wasser eintaucht. Dann stößt er sich ab und greift nach dem nächsten schaukelnden Ast. Er springt und greift zu. Ich schultere meinen Eimer und suche mir einen Weg zum Rand. Der Wind drückt mich platt an das Dach. Randall springt und landet mit dem Bauch zuerst auf dem gleichen nahen Ast. Seine Arme sind jetzt wieder aus Stahl; er hält Junior ganz fest. Skeetah und Randall krabbeln beide mit einem Arm und beiden Beinen an den halb kahlen Ästen der Eiche entlang, benutzen ihre Glieder, um sich und ihre Last weiterzuziehen, bis sie Wasser erreichen. Dann stoßen sie mit den Füßen, schießen in die Höhe und ergreifen den nächsten federnden Ast. Randall hält inne, stützt sich auf seinem Ast ab und schaut zurück.

»Los, komm!«, brüllt er.

Ich hocke am Rand des Dachs, kralle mich mit Zehen und Fingern am Blech fest. Rücke den Eimer zurecht. Mein Herz ist ein verwundeter Vogel, der mit den Flügeln gegen meinen Brustkorb schlägt. Ich habe das Gefühl, keine Luft zu kriegen.

»Spring«, sagt Daddy.

Ich beuge mich vor und springe.

Der Hurrikan schließt mich in die Arme. Ich schwebe. Ich lande auf dem dicksten Ast, das Holz zerfurcht mich, der Eimer klappert, ich kann kaum atmen, meine Augen scheinen zu bersten. Ich kralle mich am Holz fest und krabbele an dem Ast entlang. Meine Füße tauchen immer wieder ins Wasser ein, der Stahlbügel des Eimers gräbt sich in meine Schulter, so schwer ist meine lebendige Last bereits. Das Gerippe von Mother Lizbeths Haus ist so weit weg; ich weiß nicht, ob ich sie bis dahin tragen kann. Ich bewege mich zentimeterweise bis zum Ende des Astes, bis zu der Stelle, wo er ins Wasser eintaucht und sich mit dem Baumstamm verbindet. Ich packe mit Händen und Füßen zu. Springe. Greife nach dem nächsten Ast, wo Randall auf mich wartet. Die Äste, die wir uns schnappen, zittern, biegen sich im Wasser und in der Luft. Die dünneren Äste wackeln wie lose Wäscheleinen. Der Baum ist ein lebendes Tier, das gegen das Wasser kämpft und versucht, uns von seinem Rücken abzuwerfen.

Ich schaue mich um und sehe Daddy durch die Luft fliegen. Er trifft mit dem Oberkörper so hart auf den Ast, dass sein Körper zusammenklappt und sein Gesicht beinahe ins Wasser eintaucht. Er steht unter Schock; er hat sich selbst k.o. geschlagen. Er schaut hoch zu uns, blinzelt. Flüstert, aber wir hören es nicht, wir sehen es nur. *Weiter.*

Skeetah hat es bis zur Mitte des Baums geschafft, der jetzt

noch wie eine Knospe aus dem Wasser ragt, und er schwimmt und schubst sich von Ast zu Ast. Wir folgen ihm durch die schaukelnden Zweige und das wogende Wasser. Durch Plastiktüten, die wie Vögel über die Wasseroberfläche gleiten. Durch die Wäscheleine, die wie ein Fischernetz zwischen den Ästen hängt. Durch unsere Kleider, die aus dem überfluteten Haus geschwemmt wurden. Durch das Sperrholz, das von den Fenstern gerissen wurde, zerstückelt von den Zähnen des Sturms. Durch den Regen, der wie ein Vorhang fällt, Daddys träge in den Fluten kreisenden Pick-up wäscht, und durch die Trümmer, bis wir uns auf dem letzten Ast versammeln, der am weitesten reicht, dem Haus unserer Großeltern am nächsten kommt. Wir umklammern einander und die schwankenden Äste. China trampelt gegen Skeetahs Brust, wirft den Kopf hin und her. Sie zuckt und ruckt, will von ihm weg, aber er hält sie mit einer weißgeknöchelten Hand umklammert. Der Eimer fühlt sich an, als reiße er die Haut an meiner Schulter auf, als würde ich drei ausgewachsene Hunde tragen und nicht drei Welpen. Während von unserem Haus aus kaum die Krone des Baumes sichtbar war, sind die Äste hier deutlich oberhalb der Flut. Das Wasser reicht bis zur Mitte des nächstgelegenen Fensters: das Haus muss auf einem kleinen Hügel gebaut worden sein, und wir haben es nie bemerkt.

»Ich schwimm hin und schlag die Scheibe ein. Dann kommt ihr rein«, sagt Skeetah.

»Beeil dich«, sagt Randall.

»Esch, du kommst mit!«, sagt Skeetah.

»Das is jetzt nicht so wichtig!«, brüllt Daddy.

»Es is nich wegen der Welpen!« Skeetah schielt zu mir herüber.

»Sie ist zu klein!«, schimpft Daddy. Er greift mit seiner gesunden Hand nach meinem freien Ellbogen. Hält fest.

»Sie ist schwanger.« Skeetah zeigt auf mich.

Daddys Miene erstarrt, und er stößt mich weg.

Daddy hat es gesehen, in der Sekunde, ehe er mich wegstieß. Mein weites T-Shirt und meine Shorts liegen an wie eine zweite Haut, sie sind triefnass. Früher bestand ich aus spitzen Ellbogen, Oberschenkeln, die so gerade wie Kiefernstämme waren, und einem Bauch so flach wie eine Autobahn, und durch meine nassen Klamotten sieht man jetzt den Unterschied. Daddy hat die Rundung an der Taille gesehen, den verräterisch vorstehenden Bauch. Daddy hat die Frucht gesehen. Ich rudere wild mit den Armen, falle aber trotzdem mit dem Eimer, den quiekenden Welpen, nach hinten. Und in der Sekunde, nachdem er mich weggestoßen hat, streckt Daddy seine gesunde Hand aus, hält sich mit der schlimmen an dem Ast fest, auf dem er hockt, und sein Blick ist so weit, so traurig und so verletzt, wie ich ihn nicht mehr gesehen habe, seit er Junior an Randall und mich übergeben hat und sagte, *Eure Mama* – und ich strampele und greife in die Luft, aber der Hurrikan erwischt mich, und ich lande auf dem Rücken im Wasser, die Welpen fliegen aus dem Eimer, öffnen zum ersten Mal die Augen zu Schlitzen und, das schwöre ich, verurteilen mich, während sie aufklatschen.

»Esch!«, schreit Randall, und Junior schlingt seine Beine noch enger um Randalls Taille, zieht sie fest wie eine Schnürsenkelschleife. Randall packt Juniors Schienbeine, die linealdünnen Waden. Randall kann nicht reinspringen. »Schwimm!«, schreit er.

Ich trete und schaufele, aber ich kann kaum den Kopf über Wasser halten. Die Flut ist ein offener Mund voller Zähne, der mich verschluckt.

»Scheiße!«, brüllt Skeetah. Er schaut auf China, die sich ruckartig gegen ihre Schlinge stemmt.

»Esch!«, schreit Junior, und das Wasser zieht mich seitwärts, weg von dem Fenster, nach draußen in Richtung Hof, auf den Schlund des Pit zu. Ich greife nach dem Welpen neben mir. Es ist der gestromte. Er fühlt sich schlaff an, und ich schiebe ihn in mein T-Shirt. Der weiße und der schwarz-weiße sind verschwunden.

»Scheiße!«, schreit Skeetah. Er packt Chinas Kopf, flüstert ihr etwas ins Ohr, während sie gegen seine Brust trampelt. Sie zeigt die Zähne und wirft sich nach hinten, weg von ihm. Sie windet sich. Ihr Oberkörper ist nicht mehr in der Schlinge, die er für sie gemacht hat. Skeetah packt China am Kopf und zieht, und ihr Körper kommt heraus. Sie zappelt. Sie fliegt von ihm weg und dreht sich in der Luft, um mit dem Bauch zuerst im Wasser zu landen. Dann schwimmt sie schon, kämpft. Skeetah springt.

Das Wasser gurgelt, und ich schreie. Mein Kopf geht unter, und ich schmecke das Wasser, frisch, kalt und irgendwie salzig, so wie Tränen im Regen schmecken. *Die Babys*, denke ich. Ich strampele extra doll, als würde ich einen Wettlauf bestreiten, und mein Kopf kommt wieder hoch, aber dann drückt die Hand des Hurrikans ihn wieder nach unten, unter Wasser. *Wer wird mich entbinden?* Und der Hurrikan sagt *Schschschschschttttt*. Er schscht mich durch das Wasser, mit tiefer, gedämpfter Stimme, aber dann spüre ich eine echte Hand, eine menschliche Hand, die sich kalt und hart wie Stacheldraht um mein Bein legt und mich zurückzieht, und dann werde ich nach oben aus dem Wasser gedrückt und von Skeet gehalten, der tritt und strampelt, so gut er kann, und mich und sich notdürftig über Wasser hält. China ist ein weißer Kopf, der in dem erbarmungslosen Wasser kreist, bellend von uns wegtreibt, und Skeetah schaut von ihr zu mir und schreit *Mach schnell! Mach schnell!* zu Randall hinüber, der mit Händen, Schultern und Ellbogen einschlägt, was noch von der Fensterscheibe und dem Holzrahmen übrig war, und dann hindurchhechtet, während Junior wie eine Muschel an ihm klebt, und Skeetah schiebt mich mit einer Hand, die sich anfühlt wie die Schlaufe einer Hundeleine, die zu fest um meinen Arm gewickelt ist, durch das Fenster, während er mit der anderen Hand Schwimmbewegungen macht, und er ruft *China, hierher, China*, aber sie ist nirgends zu sehen, und Daddy schwimmt und geht unter und paddelt wie wild auf uns zu, seine schlimme Hand leuchtet wie ein Signal, und dann ist er durchs Fenster, und wir rappeln uns alle auf, greifen nach Wänden, umgefallenen Schränken, Holzstücken, bis Randall sich zur offenen Decke aufrichtet und sich und Junior auf den halb zerstörten Dachboden zieht, wo der Hurrikan an dem eingerissenen Dach herumfummelt, und Skeet mich nach oben durch die Öffnung schiebt, während Randall mir fast das Handgelenk bricht, als er mich hochhievt, und dann stößt sich Skeet von irgendwas ab, das unter den Fluten begraben ist, und kommt durch die Öffnung zu uns nach oben, und Daddy liegt unten auf dem Rücken im Wasser, schwimmt mit einer Hand und beiden Beinen, und Randall brüllt *Hilf ihm!*, und Skeet legt sich neben das Loch im Dachboden, schaut uns mit schmerzverzerrter Miene an, reicht Daddy eine Hand und zieht ihn hoch, und der Welpe in meinem T-Shirt muss tot sein, denn er bewegt sich gar nicht, und ich ziehe ihn hervor, während ich huste und huste und das Wasser und den Hurrikan und das Pit ausspucke, und ich kann gar nicht mehr aufhören, und Skeetah stützt sich ab und schaut durch das kaputte Dach nach draußen und ruft China, schaut zu, wie sie wie eine Wasserschlange durch das strudelnde Wasser schießt, hinein in den wogenden, umstürzenden Wald, und Junior schaukelt vor und zurück, hockt auf den Fußballen und hat sich die Hände über die Augen gelegt, weil er nicht noch mehr sehen will; er wimmert *NeinNeinNeinNeinNeinNeinNeinNeinNeinNeinNEIN*.

Der zwölfte Tag

AM LEBEN

WIR SASSEN AUF DEM OFFENEN DACHBODEN, bis der Wind vom Pfeifen dahinjagender Kampfjets zu einem leichten Hüsteln abgeflaut war. Wir saßen auf dem offenen Dachboden, bis der Himmel sich von einem kranken Orange-Braun zu einem klaren Grau-Weiß erhellt hatte. Wir saßen auf dem offenen Dachboden, bis das Wasser, das unter uns wallte wie eine siedende Suppe, sich Zentimeter für Zentimeter wieder in den Wald zurückgezogen hatte. Wir saßen auf dem offenen Dachboden, bis der Regen nur noch ein Tröpfeln war. Wir saßen auf dem offenen Dachboden, bis uns kalt wurde und der leichte Wind, der noch blies, uns erschauern ließ. Wir kauerten uns auf Mother Lizbeths Dachboden dicht aneinander und versuchten, uns gegenseitig ein bisschen Wärme zu entlocken, aber es klappte nicht. Wir waren ein Haufen nasser, kalter Äste, menschliche Trümmer inmitten von allen anderen.

Ich rutschte vorbei an Daddy, der mit geschlossenen Augen etwas in seine Hände murmelte, die verstümmelte und die gesunde, die er wie zum Beten gefaltet vor sein Gesicht hielt, und an Randall, der immer noch Junior umklammerte, der sich immer noch die Augen zuhielt, zu Skeetah hinüber. Er hockte da, wo das Dach ein Loch hatte, im vorderen Teil des langgestreckten, niedrigen halben Raums, und beugte sich durch die klaffende Lücke. Er sah aus, als würde er am liebsten hinausspringen. Ich berührte ihn zwischen den Schulterblättern. Seine Haut war warm, heiß, als wäre er gerade gerannt, als herrschte brüllende Hitze. Er zuckte zusammen, schaute sich aber nicht zu mir um, ließ weiter seinen Blick über das brodelnde Wasser schweifen, über die einknickenden, umherfliegenden Bäume, die alte Waschmaschine, die wie ein Autoscooter über den Hof sauste, den Wind, der das Land in Stücke riss. Das Holz unter mir fühlte sich nass und schwammig an, als wolle es nachgeben. Ich schob meine Beine seitlich neben Skeetahs Oberschenkel, rutschte dichter an ihn heran, schob die Arme unter seine Achseln und legte das Gesicht an seine Schulter.

»Ich hab sie im Stich gelassen«, sagte er.

Er blinzelte mehrmals.

»Hast du nicht.« Ich sprach in seinen Nacken hinein.

»Doch«, sagte er. Seine Stimme klang wie eine Harke, die über einen Felsen gezogen wird.

»Uns hast du nicht im Stich gelassen«, sagte ich.

Er schüttelte den Kopf, und seine Wange streifte meine Stirn. Die Muskeln unter seinem Kinn zuckten. Er fing an zu zittern. Ich umarmte ihn fester, hielt ihn umschlungen wie die Jungs, die ich gefickt hatte, weil es einfacher war, ihnen zu geben, was sie wollten, als es ihnen zu verweigern und sie zu zwingen, mich wahrzunehmen. Meine Arme waren so stark wie noch nie.

Ich drückte. Drückte ihn mit meinem ganzen Körper. Ich konnte ihn zusammenhalten, aber er zuckte so heftig, dass es sich anfühlte, als wolle er sich selbst auseinanderschütteln, seine Gelenke auftrennen, die Rippen voneinander lösen, die Schultern ausrenken und die Knie wegschieben: sich wegzittern, bis er nur noch ein Haufen aus Haut und Knochen und schlaffen Muskeln war. Nicht mehr Skeet.

»Alles wird wieder gut«, sagte ich.

Der Hurrikan lachte. Ein Baum, von seinen Ästen getrennt,

hüpfte über den Hof und landete krachend auf Daddys Wagen, kam ganz plötzlich zum Halt, als hätte er bei Himmel und Hölle gewonnen, ohne über die Linien zu treten. Der Himmel war so nah, dass es mir so vorkam, als könnte ich einen Arm ausstrecken und darin verschwinden lassen.

Skeetah schaute mit zusammengekniffenen Augen in den Sturm hinaus, also schaute ich mit, hielt Ausschau nach etwas Weißem, nach allem, was sich in der Richtung befand, in die China getrieben war, bellend und wie wild schwimmend. Plastiktüten, ein kaputter Trockner, ein alter Kühlschrank. Wir sahen nichts, was warm war wie China, nichts, was kämpfte. Der Hurrikan schickte eine Bö, die eine Ecke unseres Hauses abschälte, ein Stück Blech klappernd in die Luft jagte.

»Er ist nicht mehr gleichmäßig«, sagte ich. »Er flaut langsam ab.« Ich konnte das Wohnzimmer sehen, ein unordentliches Puppenhaus. Die Bäume um uns herum knarrten entrüstet. Skeetah summte vor sich hin.

»China«, sagt er.

Der Traktor, der unter dem Wasser begraben gewesen war, steckte den Kopf heraus, das Dach seiner Kabine tauchte aus dem Wasser auf.

»Wenn es bis zur Mitte der Reifen gesunken ist, gehe ich«, sagte Skeetah.

Ich sagte nichts, hakte nur meine Finger ineinander, als könnte ich ihn mit einer lebendigen Kette festbinden.

Als das erste Stückchen Gummi über dem wallenden Wasser erschien, wurde Skeetah unruhig. Er war ein Schwarm Fische in meinen Armen. Der Wind blies in Böen, und die Bäume knackten. Der Himmel war von einem wirbelnden Geräusch erfüllt, einem an- und abschwellenden Pfeifen, das sich im Kreis drehte. Der Hurrikan ächzte, und es klang wie eine Million Daddys, die stöhnend ihren Stuhl zurückschieben, nachdem sie tellerweise ganze gebratene Fische verspeist haben, mit Weißbrot wegen der Gräten, und dazu Bier. Das Eisen in der Mitte des Reifens lugte hervor, wie ein Auge, das sich öffnet. Skeetah schüttelte meine Umarmung mit einer einzigen Bewegung ab: ein Schwarm Fische, der vor einem Felsen auseinanderstiebt.

»Wo willst du hin?«, fragte ich.

Skeetah war schon an mir und Randall vorbei, bei Daddy.

»Skeet?«, fragte Randall. Junior vergrub sein Gesicht in Randalls schlammigem T-Shirt.

Skeetah war bei dem Loch, durch das wir geklettert waren. Die Fensterscheibe hatte ihm Gesicht, Oberschenkel und Brust zerschnitten, und Blut lief über seine Haut. Da schaute ich meine Arme an, und Randall und Junior und Daddy; wir bluteten alle, hatten alle Schnittwunden.

»Junge«, sagte Daddy.

»Ich muss sie suchen«, sagte Skeetah.

»Der Sturm ist noch nicht vorbei.« Daddy rollte sich auf die Seite, hob die Knie und ließ sich wieder nieder, als versuche er, in eine bequemere Lage zu kommen, Halt zu finden, um aufzustehen, aber das konnten wir alle nicht, da die Dachbalken so tief hingen.

Skeetah drehte sich im Kriechen um. Sein Zucken hatte sich beruhigt. Er war wieder ein einziges Tier, oder jedenfalls dachte er, er würde es bald sein.

»Sie wartet auf mich«, sagte er, sprang durch die Decke nach unten und landete platschend im Wasser.

»Skeet!«, rief Randall.

Ich schaute aus dem zackigen Fensterrahmen, durch das aufgerissene Dach, und sah ihn in Richtung Hof waten, bis zur Taille im Wasser, den Kopf hoch, die Schultern nach hinten, die Arme erhoben, die Handflächen über dem Wasser schwebend, als könne er die Wellen beruhigen.

»Sei vorsichtig«, keuchte Daddy, und ich sah zu, wie mein Bruder fast nackt in den abziehenden Sturm hinausging. Er hielt auf das Pit zu, um ihn herum wogte die Flut, während die abgebrochenen Baumkronen und die Trümmer wie ein Labyrinth aus dem Wasser zum Vorschein kamen. Er blieb stehen, wandte den Kopf und blickte kurz zu uns zurück. Ich winkte durch das kaputte Fenster. Die Luft wurde langsam kalt. Er drehte sich wieder um und verschwand hinter einem schief stehenden Baum, im Schlund des Labyrinths. Hinter ihm blieb ein schmales Kielwasser zurück.

Als das Wasser abzog, stand der vordere Teil von Daddys Pick-up auf dem zerbeulten Gastank. Die untere Hälfte stand auf der Erde. Alles Wasser, das im Wagen gestanden hatte, war weg und hatte einen matschigen Schlamm an den Fenstern hinterlassen. Der Hof war eine einzige große Pfütze von eiskaltem Wasser, dem ersten kalten Wasser, das wir seit dem Regen im März auf unserer Haut spürten, und wir wateten hindurch bis zur Hintertür des Hauses, die weit offen stand. Die Fliegengittertür war nicht mehr da. Das Innere des Hauses war ebenso nass und schlammig wie Daddys Pick-up. Das Essen, das wir besorgt hatten, war von den Regalen gespült worden; wir suchten danach, wie wir nach Eiern gesucht hatten, und fanden ein paar silberne Dosen mit Erbsen. Im Sofa entdeckten wir ein paar Tüten Nudelsnack, die noch dicht verschlossen waren. Wir stopften alles in unsere T-Shirts. Meine Hände waren rosa von Skeetahs Blut, weil ich ihn vorhin umarmt hatte. Ich wusch sie in einer kleinen Pfütze im Wohnzimmer.

»Hier können wir nicht bleiben. Wir müssen irgendwo unterkommen.« Randall verzog das Gesicht. »Deine Hand, und das Wasser …« Randall sprach nicht weiter. »Wer weiß, was in dem Wasser drin war.«

Daddy schüttelte den Kopf, seine Lippen waren so schlaff wie bei einem Baby. Er wirkte benommen. Er starrte auf seinen Pick-up, das zerstörte Haus, den Hof, der unter den Bäumen und den Ablagerungen des Sturms gar nicht mehr zu sehen war.

»Wo«, sagte er, und es war eine Feststellung ohne Antwort.

»Bei Big Henry«, sagte Randall.

Junior hing auf Randalls Rücken. Seine Augen waren endlich nicht mehr bedeckt, und offen. Er sah betrunken aus.

»Was ist mit Skeet?«, fragte ich.

»Der findet uns schon«, sagte Randall. »Daddy?« Er hob einen Arm in Daddys Richtung und wies mit dem Kopf zur Straße.

»Jo.« Daddy räusperte sich.

»Wir kriegen das wieder hin«, sagte Randall.

Daddy schaute zu Boden und zuckte mit den Schultern. Er warf mir einen Blick zu, und Scham kroch über sein Gesicht wie eine Spinne, seitwärts, schnell, und dann schaute er am Haus vorbei zur Straße und lief langsam los, wacklig und humpelnd. Er hatte eine Wunde an der Rückseite seines Beins, die durch die Hose blutete.

Wir suchten uns einen Weg um die umgestürzten, zerfetzten Bäume herum zur Straße. Wir waren barfuß, und der Asphalt war warm. Wir hatten keine Zeit gehabt, unsere Schuhe anzuziehen, ehe die Flut ihre Faust in unser Wohnzimmer gestoßen hatte. Der Sturm hatte die Bäume wie Grashalme aus dem Boden gerissen und überall verstreut. Wo die Straße verlief, erkannten wir an den Steinen im Asphalt, die wir unter den Füßen spürten; die Bäume, die ich kannte, die Eichen in der Kurve, die Kiefern entlang der geraden Strecke, die Magnolien an der Kreuzung waren allesamt umgeknickt und zerstört. Das Rauschen des Wassers in den Gräben, das wie Stromschnellen klang, begleitete uns die Straße hinunter bis ins Zentrum von Bois Sauvage.

Das erste Haus, das wir sahen, war Javons. Die Schindeln waren abrasiert, das Dach kahl; das Haus war dunkel und sah leer aus, bis wir einen Mann, vermutlich Javon, denn er war so hell wie Manny, vor dem Holzhaufen, der mal der Carport gewesen sein musste, stehen und ein Feuerzeug anzünden sahen: ein Fünkchen Wärme in der kalten Luft, die der Sturm hinterlassen hatte. Bei den nächsten Häusern, als das Viertel allmählich dichter wurde, sahen wir, was andere erlitten hatten: Jedes Haus hatte sich dem Hurrikan gestellt, und jedes Haus hatte verloren. Franco und seine Eltern standen draußen auf dem Hof und schauten einander und die zerstörte Landschaft um sich herum verwirrt an. Ihr halbes Dach war weg. Christophes und Joshuas Veranda fehlte, und ein Teil ihres Dachs. Ein Baum war in Mudda Ma'ams und Tildas Haus gekracht. Und je dichter die Häuser standen, desto mehr Leute waren auf der Straße, die barfuß und halb nackt zwischen umgestürzten Bäumen und zerknautschten Trampolinen herumliefen, kopfschüttelnd miteinander sprachen und immer wieder die gleichen zwei Worte sagten: *am Leben am Leben am Leben am Leben*. Big Henry und Marquise standen vor Big Henrys Haus, dem ein Teil des Dachs fehlte wie allen anderen auch und das von sechs Bäumen umringt war, die mal im Garten gestanden hatten, jetzt aber das Haus wie ein grünes Gatter einzäunten.

»Es ist ein Wunder«, sagte Big Henry. »Alle Bäume sind vom Haus weggefallen.«

»Wir wollten gerade zu euch raufgehen und nach euch sehen«, sagte Marquise.

Big Henry nickte, schwenkte die Machete mit der dunklen, scharfen Klinge, die er in der Hand hielt.

»Falls wir uns einen Weg zu euch hätten freischneiden müssen«, erklärte Marquise.

»Wo ist Skeet?«, fragte Big Henry.

»Sucht«, sagte Randall und schob Junior ein Stück weiter seinen Rücken hoch.

»Wonach?«, fragte Marquise.

»Das Wasser hat China mitgenommen«, sagte ich.

»Wasser?«, fragte Big Henry, und seine Stimme ging am Ende in die Höhe, brach fast.

»Von dem Bach, der in die Grube fließt«, sagte Randall. »Das Haus wurde überflutet. Wir mussten zum alten Haus schwimmen und dort auf dem Dachboden den Sturm aussitzen.«

Ich wollte sagen: *Wir wären fast ertrunken. Wir mussten mit Gewalt durchs Dach brechen. Wir haben die Welpen und China verloren.*

»Wir brauchen eine Bleibe«, sagte ich.

»Ich bin mit meiner Mama allein«, sagte Big Henry. »Massenhaft Platz. Kommt mit.« Er drehte die Machete zwischen den Fingern und warf sie Marquise zu, der sie am Griff auffing und beinahe fallen ließ.

»Alles in Ordnung, Mister Claude?«, fragte Big Henry Daddy.

Jede Linie in Daddys Gesicht, seine Schultern, sein Hals, seine Schlüsselbeine, seine Unterarme schienen in einem Netz gefangen zu sein, das über den Boden schleifte.

»Jo«, sagte Daddy. »Ich muss mich bloß mal kurz hinsetzen. Meine Hand.« Er brach ab. Big Henry nickte, legte eine seiner großen behutsamen Hände auf Daddys Rücken und geleitete uns durch die herumirrende Menge, die umgekippten Bäume und die Elektrokabel, die wie vergessene Angelschnüre herumhingen, zu seinem Haus. Er schaute sich über die Schulter zu mir um, und sein Blick war so sanft, so zaghaft und zärtlich, dass ich meine Geschichte gerne zu Ende erzählt hätte. *Ich bin schwanger*, wollte ich sagen. Aber ich tat es nicht.

Zwischen den älteren Frauen mit Lockenwicklern, Hausschuhen und zu großen T-Shirts, den Mädchen in Sweatpants und Trägerhemdchen, den Jungs auf ihren Fahrrädern und den Männern, die in Grüppchen beisammen standen und aufeinander oder auf den Himmel zeigten, sah ich Manny. Er saß hinten auf einem silberweißen Pick-up, der halb auf der Straße stand, umgeben von abgerissenen Baumkronen. Er starrte über die Menge hinweg zu uns herüber, und von so weit weg bestand er nur aus muskulösen Schultern, goldener Haut und pechschwarzen Augen. Seine Brust und seine Beine waren mit Schlamm verschmiert. Er hob einen Unterarm zu einem kurzen, steifen Gruß. Randall beugte sich zu mir hinüber, während er Daddys und Big Henrys Rücken beäugte.

»Ist er's?«, flüsterte er.

Ich nickte und schaute zu Boden.

»Ich wusste, dass du in ihn verknallt warst, aber –« Randall räusperte sich. »Ich hätte nicht gedacht, dass er drauf eingeht.«

»Ich wollte es«, sagte ich.

»Ich schlag ihm die Fresse ein«, sagte Randall. Die Worte kamen zischend aus ihm heraus.

Ein Mädchen löste sich aus der Menge, setzte sich neben Manny auf die Ladefläche des Wagens und legte den Kopf an seine Schulter. Shaliyah. Manny saß steif neben ihr und schaute weiter zu mir herüber, und zu Randall, wartete auf ein Winken, ein Nicken, irgendwas. Ich schob die Hand in Randalls Armbeuge, und Juniors Beine rieben über meinen Handrücken. Seine Haut, und Randalls Haut, war warm; ich ging so, dass Randall mein Schutzschild war, meine warme Decke, mein Bruder.

»Nein, Randall«, sagte ich. »Das brauchst du nicht, das hab ich schon selbst getan.«

Randall schnaubte verächtlich, aber er setzte Junior nicht ab, sondern drückte seinen Unterarm an seine Taille, klemmte meinen Arm unter seinen und zog mich mit sich. Wir gingen zusammen bis vor Big Henrys Haustür.

Big Henrys Mutter, Miss Bernadine, ist halb so groß wie Big

Henry, hat breite Hüften und schmale Schultern, und ich weiß jetzt, woher er die sanften Hände hat. Sie packte Daddy in dem dunklen, heißen Haus aufs Sofa, wickelte im Licht der offenen Tür und der offenen Fenster seinen Verband ab, machte seine Hand sauber und wickelte sie wieder ein. Ihre Hände waren klein und flink wie Nachtigallen, und ebenso leicht. Sie machte Schmalzfleisch-Sandwiches, und als einer ihrer Brüder einen kleinen Generator herüberbrachte, schloss sie mit einer Verlängerungsschnur den Kühlschrank und einen kleinen Ventilator daran an, den sie im Wohnzimmer ins Fenster stellte und auf Daddys Gesicht richtete, das grau und verzerrt aussah.

Marquise war zum Haus hochgerannt, um nach Skeetah zu suchen. Er hatte seinen Hund mitgenommen: Lala glänzte wie zerlassene Butter, unberührt vom Chaos des Hurrikans. Er sagte, als er zum Haus kam, hörte Skeetah seinen Hund bellen und kam aus dem Wald. Skeetah trug nasse, schlammige Shorts, die er aus dem Hauswrack geholt hatte, war aber immer noch barfuß. Als Marquise ihn überreden wollte, mit zu Big Henry zu kommen, hatte er Marquise um sein Feuerzeug gebeten und gesagt, er würde draußen beim Haus campen, weil er auf China warten wollte. Marquise hatte versucht, es ihm auszureden, aber Skeetah hatte ihn gar nicht beachtet, deshalb war Marquise schließlich weggegangen. Als Marquise uns das erzählte, kaute er auf der Innenseite seiner Wange herum und sah aus, als schäme er sich, weil es ihm nicht gelungen war, Skeetah mit nach Bois zu bringen. »Er ist stur«, sagte Randall. »Du kannst ihn nich zwingen, wenn er nich will.«

In dieser Nacht, als Leute mit Arbeitslastern und Ketten die Straßen von Bäumen und brennenden, nassen, rauchenden Feuern befreiten, schliefen wir auf dünnen Pritschen auf Big Henrys Wohnzimmerfußboden, und seine Mutter sagte flüsternd in der Küche zu Big Henry: »Sind sie nicht einer mehr?«

»Jepp«, sagte er. »Er sucht seinen Hund.«

»Solange wie nötig«, sagte sie. »Wenigstens sind sie noch am Leben.«

»Jepp«, sagte Big Henry, und ich wusste, er betrachtete uns: Junior in meiner Achselhöhle, der im Schlaf zuckte und schwitzte, Daddy reglos wie ein Stein auf dem Sofa, Randall auf dem Bauch liegend, den Kopf in den verschränkten Armen begraben, fast diagonal in dem kleinen Wohnzimmer ausgestreckt. Ein, zwei durchnässte Insekten summten draußen, und ich fragte mich, wo Skeetah war, sah ihn an einem Feuer sitzen, den Kopf in die dunkle Nacht geneigt, die heiß geworden war, nachdem die kalte Luft, die der Sturm hinterlassen hatte, abgezogen war. Wartend.

Big Henry und sein Onkel Solly, der den Generator gebracht hatte und groß und dünn ist und überall auf seinen Unterarmen unscharfe, selbstgemachte Tattoos hat, unterhalten sich an der Haustür. Die Sonne hat die letzten Wolken, die dem Sturm gefolgt sind, weggefegt. Sie scheint durch den Türrahmen, mogelt sich an Big Henry vorbei und verbrennt mir das Gesicht.

»Die Brücke ist weggespült worden.«

»Die alte über den Bayou? Die erste oder die zweite?«

»Die kleine dritte.«

»Und die Brücke auf der Ostseite?«

»Die ist heil. Die Straße ist überschwemmt, heißt es, aber man kann durchfahren.«

»Wie sieht's da aus?«

Solly räuspert sich. Spuckt aus.

»Schlimm.« Er räuspert sich noch mal. »Richtig schlimm.« Solly zuckt die Achseln. »Was hat deine Mama gesagt, wo soll ich die Plane hintun?«

Big Henry führt ihn nach draußen und zeigt ihm die kaputte

Stelle im Dach. Er ist barfuß, und seine Füße sehen weiß und zart aus wie bei einem Baby.

»Esch.« Daddys Stimme vom Sofa klingt, als hätte er einen Topfschrubber im Hals. Ich wende den Kopf gerade so weit, dass ich aus dem Augenwinkel sein Gesicht erkennen kann. So nähert man sich einem unbekannten Hund, dem sich das Fell sträubt.

Daddy gibt ein leises Summen von sich. Er setzt sich auf und faltet seine unbrauchbare und seine gute Hand über seinem Bauch. Starrt den toten Fernseher an.

»Was Skeetah gesagt hat. Stimmt das?«

Ich betrachte den Teppich, der braun und fusslig ist und am Rand des Sofas, auf dem Daddy liegt, flauschig wird, weil dort noch nie jemand auf ihn getreten ist. Ich nicke, lasse meinen Kopf wenige Zentimeter in meine Kopfkissen rutschen.

Daddy macht ein schnalzendes Geräusch. Räuspert sich und schluckt.

»Ich hätte dich nicht wegstoßen dürfen«, sagt er.

Er reibt sich mit der gesunden Hand übers Gesicht wie eine Katze, die sich Kinn und Nase putzt. Seine Nase und seine Wangen sind fettig und glänzen im Dunkeln. Ich bin still, spüre jedes Ein- und Ausatmen so heftig wie eine Explosion.

»Es … ist passiert«, flüstert Daddy und hält inne.

Ich bewege schnell meine Augenlider, habe ein Gefühl, als hätte mir jemand kochendes Wasser über die Brust geschüttet und mein Gesicht bespritzt.

»Tut mir leid«, sagt Daddy.

Ich will sagen: *Ja.* Oder *Ich weiß.* Oder *Mir tut es auch leid.* Aber ich quieke nur leise, wie eine Maus. Frage mich, wo das Baby schlafen wird, ob es wohl zusammengerollt bei mir im Bett liegen wird. Ob ich Junior beibringen werde, wie man ihm die Flasche gibt, so wie Daddy es uns beigebracht hat. Er ist jetzt alt genug.

»Wie lange schon?«, fragt Daddy.

»Ich weiß nicht.« Meine Stimme ist so hoch, dass es klingt, als würde jemand anderes sprechen, als könnte ich mich umdrehen und ein anderes Mädchen auf dem Boden zwischen ihren Brüdern liegen sehen, das diese Fragen beantwortet.

»Sobald es geht, müssen wir das herausfinden.«

»Ja«, sage ich und schaue ihn an, sehe, dass er in sich zusammengekauert ist, weich ist statt hart wie sonst, dass seine starre Haltung schlaff geworden ist. Sehe seine hilflose Hand. Junior wird das Baby füttern, mit zwei Kissen als Armstützen auf dem Bett sitzen. Dafür wird er lange genug stillsitzen können.

»Sichergehen, dass alles okay ist.«

Ich nicke.

»Damit nichts schiefgeht.«

Daddy reibt mit seiner gesunden Hand über seine Hosentasche. Ich höre Plastik knistern. Für einen Augenblick sitzt Mama neben ihm auf dem Sofa, einen Arm auf seinen Schoß gelegt, während sie sein Knie streichelt. So hat sie immer mit ihm dagesessen, wenn sie zusammen ferngesehen haben. Ich frage mich, ob das Phantomschmerzen sind und ob Daddy seine fehlenden Finger so spüren wird, wie wir Mama spüren, anwesend in der Abwesenheit. Trotzdem ist es schrecklich, als Daddy wieder zu mir hochschaut, über meine linke Schulter zur Tür blickt, und sie nicht mehr da ist.

Wenn es ein Mädchen wird, werde ich sie nach meiner Mutter nennen: Rose. Rose Temple Batiste.

»Wollt ihr mit nach St. Catherine?« Big Henry spricht schon, während er durch die Fliegengittertür kommt; seine rosigen Füße streifen aus Versehen Randalls Kopf, und Big Henry macht einen Satz nach hinten und knallt gegen den Türrahmen. Randall schaut schläfrig hoch. Ich lege eine Hand auf Juniors Kopf und rubbele.

»Was?«

»Ich hab Benzin. Wir können fahren. Mal sehn, wie's da aussieht.«

Randall wird langsam wach. Er reckt sich und spricht gähnend.

»Wenn wir zurückkomm', fahrn wir zum Haus hoch und sehn, ob wir noch Essen finden. Wir wissen, dass ihr's auch nicht so dicke habt.«

»Wir können Skeet abholen«, füge ich hinzu.

Daddy schüttelt den Kopf. Eine Seite seines kurzen Afro ist geplättet.

»Skeetah wird nicht mitkommen«, sagt Daddy. Er hält sich das Handgelenk seiner schlimmen Hand, reibt über die Haut, als könne er sie abschälen. Der Draht, der vor dem Unfall durch all seine Knochen zu gehen schien, vor dem Hurrikan, der ihn neben Mama so groß erscheinen ließ, ist zu einem Bindfaden erschlafft. »Ich brauch was hierfür.«

Wenn es ein Junge wird, werde ich ihn nach Skeetah nennen. *Jason.* Jason Aldon Batiste.

»Wir werden schon was auftreiben«, sagt Big Henry. Ich rüttele Junior wach. Der Himmel draußen ist blau und wolkenlos.

Der Bayou, der entstanden ist, wo Bucht und Fluss aufeinandertreffen, ist so still wie an jedem beliebigen Sommertag, und dass der Hurrikan hier durchgekommen ist, ist so gut wie gar nicht zu erkennen außer an dem Wasser, das der Wind bis auf die Straße gezerrt und dort zurückgelassen hat. Wir hatten gedacht, wenn, dann würde das Wasser vom Bayou her kommen, deshalb glaubten wir, wir wären in Sicherheit, aber Katrina hat alle überrascht mit ihrer unbarmherzigen Stärke, ihrer Kraft und Ausdauer; es sind Dinge passiert, die noch nie passiert sind. Jetzt fahren alle Bewohner von St. Catherine, die in Bois Sauvage Verwandte haben und dort während des Sturms Zuflucht gesucht haben, aus Angst vor dem, was der Hurrikan in den Küstenstädten anrichten würde, in einer langen Reihe hintereinander her durch den untergegangenen Bayou wieder nach Hause. Big Henry hält sich dicht hinter dem Auto vor ihm; die Straße ist stellenweise ganz verschwunden, und wir sehen nur an dem umgeknickten Bayou-Gras, das entlang des versunkenen Asphalts wächst, dass wir nicht direkt ins Wasser fahren, dass Big Henrys Wagen nicht wie Daddys anfangen wird zu kreisen und wir untergehen. Das Wasser teilt sich und wallt wie Fischflossen seitlich von den Reifen weg, ehe sich die schlammigen Fluten wieder schließen. Ich frage mich, was der Sturm wohl vom Grund der Bucht hochgeholt hat, was er an Land geschwemmt und in dem warmen, undurchsichtigen Wasser zurückgelassen hat.

»Wo sind die Bäume?«, fragt Junior.

In Bois stehen noch welche: ein paar junge Bäume und zählebige Eichen, die dicht genug am Boden wachsen, um den schlimmsten Böen zu entgehen, aber sie haben alle Blätter und die Hälfte ihrer Äste verloren, sie sind so kahl, als wäre es mitten im Winter. Hier in St. Catherine jedoch wurden alle Bäume abgemäht, und man sieht viel zu viel Himmel. In Bois stehen die Häuser noch. Sie sind aufgerissen und zerschunden, so wie Skeetah und Rico nach der Schlägerei, und manche von ihnen neigen sich beschwipst zur Seite, so wie unseres, das halb versunken ist. Hier jedoch ist zu viel Himmel. Irgendetwas dreht sich in meiner Brust, breitet sich aus und fällt hinunter; zurück bleibt nur Leere.

Die erste Hauptstraße, auf die wir in St. Catherine kommen, die, die quer durch den Norden der Stadt führt und folglich am weitesten vom Strand entfernt liegt, ist mit Schlamm überspült. Die Häuser, die hier standen, sind verschwunden, oder sie stehen auf dem Kopf oder wurden von ihren Fundamenten gerissen und sind in die Nachbarhäuser gerutscht. Die Oberschule ist überschwemmt, und die Grundschule ist platt gewalzt wie ein Pfannkuchen; an den Drähten der Strommasten, die auf der anderen

Straßenseite noch stehen, hängt ein Quad. Ein Parkplatz, auf dem der Eigentümer sonst Sattelzugauflieger abgestellt hatte, ist leer: Acht davon liegen jetzt falsch herum auf der anderen Straßenseite wie unaufgeräumte Legosteine, und zerdrücken die Bäume. Was mal eine Wohnwagensiedlung war, ist jetzt ein Haufen umgefallener Dominosteine. Ein Wohnwagen liegt auf einem anderen Wohnwagen, der auf einem anderen Wohnwagen liegt; sie sind aufgestapelt wie Bücher. Und überall sind Leute, die halb ertrunken aussehen; ein alter weißer Mann und ein alter schwarzer Mann lagern draußen auf einer Plane, die sie unter einem einzelnen jungen Baum ausgebreitet haben; eine vietnamesische Familie hat über einer eisernen Abschleppstange, wie man sie für Wohnmobile benutzt, Laken zu einem Zelt drapiert und darunter als Fußboden Sperrholzplatten gelegt; junge Mädchen und Frauen plündern den Parkplatz und die Überbleibsel einer Tankstelle, durchsuchen die Trümmer nach etwas Essbarem, irgendetwas Brauchbarem. Menschen stehen in Grüppchen an ehemaligen Kreuzungen, von denen die Verkehrsschilder verschwunden sind. Mit einer Plastiktüte zu ihren Füßen, die ihre ganze Habe enthält, warten sie auf jemanden, der sie abholt. Niemand kommt.

»Was?«, sagt Big Henry, als hätte jemand ihm eine Frage gestellt.

Eine ältere Frau sitzt an der Ecke einer der kleineren Straßen, in die wir einbiegen, um zu der großen Straße zu gelangen, die näher am Strand verläuft. Sie hat sich ein Handtuch auf den Kopf gelegt, und der Stuhl aus Plastik und Metall, auf dem sie sitzt, neigt sich nach links. Sie winkt uns zu, und wir bleiben stehen.

»Da unten kommt man nich durch. Nich mal nah ran.«

»Ja, Ma'am«, sagt Big Henry.

»Habt ihr irgendwas zu essen?«, fragt sie. An der Seite fehlen ihr die Zähne, und ihre Haut hat diese Zwischenfarbe, bei der ich nicht sagen kann, ob sie eine Weiße oder eine hellhäutige

Schwarze ist; auf jeden Fall ist sie alt; die Linien in ihrem Gesicht kräuseln sich so, als wären ihre Nase, ihre Augen und ihre Lippen Steine, die jemand in ein stilles Gewässer geworfen hat.

»Ja«, sage ich und fische ein Päckchen von den Instant-Nudeln heraus, die wir mitgebracht haben, reiche es Big Henry nach vorne, und er reicht es durchs Fenster an sie weiter. Sie greift danach, schaut es an und fängt an zu lachen. Man sieht hauptsächlich Zahnfleisch. Auf ihrem T-Shirt ist ein blauer und ein rosafarbener Teddybär abgebildet, und es war früher einmal weiß.

»Na schön, na schön.« Sie lacht. »Na schön.«

Big Henry fährt, so weit er kann, was nur noch ungefähr dreißig Meter sind, hält dann langsam an, lenkt den Wagen so dicht an den Straßenrand, wie es geht, ohne dass er in den Graben fährt, und parkt. Die Seiten des Wagens sind mit Schlammspritzern überzogen, wie mit einem Spitzenmuster. Junior klettert wieder auf Randalls Rücken, und Randall hievt ihn hoch und verschränkt die Arme unter seinen Beinen. Juniors Wange streift Randalls: Seit dem Hurrikan habe ich ihn Junior nicht absetzen sehen. Mitten auf der Straße steht ein Haus, direkt vor uns, als wolle es die Geheimnisse bewachen, die wir weiter unten entdecken werden. Wir gehen um das Haus herum.

Es sind noch mehr Häuser auf der Straße. Eins davon, viereckig wie ein Karton, zweistöckig, wurde von seinem Fundament gerissen und zur Seite gewirbelt. Ein weiteres ist auf einem anderen Haus gelandet, Holz auf Stein, und dort liegen geblieben. Die Betonfundamente erheben sich etwa einen Meter hoch aus dem Boden, sie wirken mager und erwartungsvoll, ihrer Häuser beraubt. Eine Frau mit Baseballkappe wühlt in den Trümmern eines eingestürzten Hauses; ihr Sohn, dem Aussehen nach ungefähr in Juniors Alter, hockt am Straßenrand im Sand und starrt uns mit vorgeschobenen Lippen nach, als wir vorbeigehen. Ein Mann im gelben T-Shirt stochert mit einem Stock im Schutt um das Fundament seines Hauses herum. Wir kommen zu der Stelle, wo früher die Grundschule stand, die Turnhalle, in der Randall vor ein paar Tagen um die Chance, ins Basketball-Camp zu fahren und von einem College-Scout entdeckt zu werden, weil er Talent hat, weil er Randall ist, gespielt und verloren hat, in der Manny erkannt hat, wer ich bin, und mich verleugnet hat, in der Skeetah sich für mich geprügelt hat, und dort ist nichts weiter als ein großer Haufen Stahl und nasses Holz, und plötzlich tut sich ein riesiger Graben auf zwischen jetzt und damals, und ich frage mich, wo die Welt, in der jener Tag sich ereignet hat, geblieben ist, denn wir sind eindeutig nicht in ihr.

»Scheiße«, keucht Randall. Er umklammert Juniors Beine fester, und Junior wimmert leise, sagt aber nichts. »Alles ist weg«, sagt er.

Wir stehen in unserer kleinen Gruppe zusammen und starren auf das Chaos, und dann wende ich mich ab, und wir gehen, aber Randall setzt sich als Letzter in Bewegung. Er blickt immer wieder zurück zu der Turnhalle, die dort gestanden hat und jetzt nicht mehr da ist. Stromkabel winden sich auf der schlammverstopften Straße wie lange faule Schlangen; wir springen über sie hinweg. Ohne die ganzen Bäume sieht man sofort, dass wir uns den Eisenbahnschienen nähern, denselben Schienen, auf denen die Züge fuhren, deren heiseres Pfeifen wir als Kinder gehört haben, wenn wir in der mit Austern übersäten Bucht geschwommen sind, die bis hierher vorgedrungen ist und Bois und das Hinterland von St. Catherine verschluckt und in kleinen Stückchen wieder ausgespien hat. Ein Haus steht mitten auf den Schienen. Es ist gelb, und seine Fensterscheiben hat der Sturm eingeschlagen, aber die Vorhänge sind noch da. Sie flattern schwach. Wir klettern um das Haus herum, blicken nach Osten und nach Westen die Schienen entlang und sehen etliche Häuser auf der Strecke: Sie ist eine stählerne Halskette mit Holzperlen.

Jenseits der Bahnstrecke sind keine Holzperlen. Dort steht kein Haus mehr. Dort sind nur große Holzhaufen. Manche sind einfarbig, daran erkennen wir, dass dort mal ein Haus gestanden hat, und dort auch. Plünderer, die in den Trümmern wühlen, sind hier nicht zu sehen. Was gibt es hier zu retten? Was wurde nicht begraben oder ins Meer hinausgespült? Die Baumstämme sind rau und zersplittert, das Sperrholz von den Häusern ist rau und zersplittert, und alles ist zerbrochen. Näher am Strand, so nah, dass ich es nur sehen kann, wenn ich die Augen zusammenkneife und zum Horizont blicke, sind Eichen. Ein paar von den Eichen im Park stehen noch, andere wurden entwurzelt und liegen am Boden, haben ihre kahlen Kronen dem Ozean zugewandt. Die, die noch stehen, wirken tot. Kleine Straßen, in denen Zahnarztpraxen waren, Restaurants, wo man Wels und Maisklöße essen konnte, Tierarztpraxen, kleine düstere Buchläden und die Art von Antiquitätenläden, in die ich mich nie hineintrauen würde, aus Angst, etwas kaputt zu machen, wurden dem Erdboden gleichgemacht; das Einzige, was der Sturm übrig gelassen hat, sind Bretter und Hausverkleidungen, die wie Pfannkuchenstapel auf Betonplattentellern liegen.

Wir erreichen das Ende der Straße. Der Hurrikan hat sogar Teile der Strandstraße weggerissen, sodass hier jetzt Klippen aus rotem Schlamm und Austernbänke sind. Die Tankstelle, der Jachtclub und all die alten Strandvillen mit den weißen Säulen, bei deren Anblick wir uns immer klein und schmutzig und ärmer denn je vorkamen, wenn wir auf unseren Badeausflügen mit Daddy hier vorbeifuhren, um zu tanken oder Chips oder Köder zu kaufen, sind weg. Nicht zerstört, nicht in Schutt und Asche gelegt, sondern ganz und gar weg. Der Hurrikan hat ein paar Stahlträger stehen lassen, die auf den Betonsockeln wie einzelne borstige Haare aussehen. Bäche strömen über die Strandautobahn. Dahinter, direkt auf dem Strand, steht ein Sofa. Ein weißhaariger Mann in einem offenen Button-Down-Hemd sitzt auf der Armlehne des Sofas und hält sich den Kopf oder reibt sich die Augen oder streicht sich das Haar glatt, und ein Hund, der im Sonnenlicht orangefarben und groß aussieht, läuft schnüffelnd um ihn herum und rennt dann plötzlich los und bellt aufgeregt, weil er etwas gefunden hat. Einen geschlossenen schwarzen Sarg. Er schnüffelt, hebt ein Bein und pinkelt.

»Nichts mehr da«, sagt Big Henry.

Es ist so still, wie ich es in St. Catherine noch nie erlebt habe. Es gibt nur Wind und das glatte blaugraue Wasser, das so zahm ist, dass man nicht mal das Kommen und Gehen der Wellen hört. Big Henrys Stimme trägt weit, und der Hund schaut kurz zu uns hoch, ehe er sich wieder dem Beschnüffeln seines Schatzes zuwendet.

»Kommt«, sagt Randall.

Big Henry und ich folgen ihm. Junior wippt auf Randalls Rücken so sanft auf und ab, als säße er bei ruhigem Wasser in einem Boot. Wir laufen auf Zehenspitzen am Rand der verwüsteten Straße entlang. Ich habe Angst, dass noch mehr davon wegrutscht. Wir steigen über eine halbe Eiche, ein Auto, das so leer ist wie eine offene Sardinenbüchse, die Reste der Neonreklame eines Lebensmittelladens.

»Hier lang«, sagt Randall und führt uns in eine der Seitenstraßen, weg von der ruhigen offenen Fläche des Meers. »Hier.«

Er springt auf die Betonplatte hinter einer ehemaligen Bank, von der nur noch der Safe steht, so groß wie ein Fahrstuhl, in der Mitte eines Sockels, und bückt sich, um in die Betonspalten zu schauen.

»Guckt mal.«

»Das Spirituosengeschäft«, sagt Big Henry.

»Für Daddy«, sagt Randall, und dann knien wir uns alle hin und balancieren auf den wackligen Platten herum, schauen unter

Bretter, finden Scherben von Weinflaschen, Wodka und Gin, die an versteckten Stellen rot, dunkelblau und lila aufblitzen. Ich finde eine heile, limettengrüne Flasche Mad Dog. Randall findet eine orangefarbene. Big Henry findet eine rote, und eine kleine Flasche Gin. Junior zeigt mit dem Finger, und Randall zieht eine Riesenflasche Wodka hervor. Big Henry schiebt sich zwei Flaschen Mad Dog in seine Hosentaschen, ich schiebe den Gin und die orangefarbene Flasche Mad Dog in Randalls Hose, und er hakt seine Daumen unter die Gürtelschlaufen, damit die Hose nicht rutscht. Big Henry schnappt sich den Wodka. Ich hocke mich hin und spähe noch einmal in die heißen Betonspalten, um etwas zu finden, das ich Skeet mitbringen kann, etwas, das mir hilft, ihm von dem zu erzählen, was wir hier vorgefunden haben, aber es ist nichts weiter da außer kaputten Flaschen, zerknautschten Schildern und zersplittertem Holz. Alles Müll.

Big Henry hockt sich neben mich. Randall zeigt in Richtung Straße, will Junior etwas zeigen, vielleicht, wo die Bücherei war, die er mal mit der Schule besucht hat.

»Ich hab gehört, was du gesagt hast. Als du mit deinem Daddy geredet hast.«

Ich muss es Skeetah so genau wie möglich erzählen, und er muss die Augen zumachen und einen Moment lang nicht an China denken, sondern zuhören, wenn ich ihm die Geschichte von Katrina und dem, was sie mit der Küste gemacht hat, erzähle.

»Wer's der Daddy?«, fragt Big Henry. In seinen Augen blitzt kein Feuer, kein brennendes Eis wie in Mannys. Da ist nur Wärme, wie der Sonnenschein an besonders schönen Herbsttagen, wenn die wenigen Blätter anfangen, ihre Farbe zu verlieren, und die Luft klar und wolkenlos ist.

»Es hat keinen Daddy«, sage ich. Ich nehme eine Scherbe in die Hand, blau-weiß gemasert und an den Rändern abgestumpft, dann noch eine rote und ein Stück von einem rosafarbenen Ziegelstein. Ich schiebe alle drei Teile in meine Hosentasche. Wie Skeetah mir die Geschichte von den letzten Worten erzählt hat, die Mama zu uns gesagt hat, so werde ich ihm das hier erzählen. *Dies war eine Schnapsflasche.* Werde ich sagen. *Und das hier, das war ein Fenster. Und dies ein Gebäude.*

»Stimmt nicht«, sagt Big Henry. Er schaut zur Seite, als er das sagt, hinaus auf den grauen Golf. Da draußen im flachen Wasser steht ein Auto. Das Dach glänzt rot. »Dieses Baby hat einen Daddy, Esch.« Er reicht mir seine große weiche Hand, die vermutlich genauso weich ist wie seine Füße, und hilft mir hoch. »Dieses Baby hat jede Menge Daddys.«

Ich lächele mit angespannten Wangen. Meine Augen fühlen sich feucht an. Ich schlucke Salz.

»Vergiss nicht, dass du immer noch mich hast«, sagt Big Henry.

Ich umklammere die Steine in meiner Tasche so fest, dass es wehtut. Ich wünschte, ich könnte zu Big Henry sagen: *Ich wünschte, du wärst da gewesen, als das Wasser kam, du mit deinen großen Händen, deinen Beinen wie Baumstämme, die fest in der Erde stecken.* Ich gehe vor, führe ihn über die zerstörte Fläche zu Randall und Junior, die uns entgegenblicken.

Ich werde die Scherben und den Stein an eine Schnur binden und über mein Bett hängen, sodass sie im Dunkeln glitzern und von Katrina erzählen, der Mutter, die über den Golf gekommen ist und gemetzelt hat. Ihr Wagen war ein Sturm so groß und schwarz, dass die Griechen sagen würden, er war hinter Drachen gespannt. Sie war die mörderische Mutter, die uns bis auf die Knochen gequält hat, uns aber am Leben ließ, uns nackt und verschreckt zurückließ wie neugeborene Babys, wie blinde Welpen, wie sonnenhungrige, frisch geschlüpfte Schlangenbabys. Sie hinterließ uns einen dunklen Golf und salzverbranntes Land. Sie ließ uns zurück, damit wir kriechen lernen. Sie ließ uns zurück, damit wir uns retten. Katrina ist die Mutter, an die wir uns erinnern werden, bis die nächste blutrünstige Mutter mit großen, erbarmungslosen Händen kommt.

Skeetah hat dort, wo einmal der Hof war, jetzt aber nur noch ein Gewirr aus Ästen, Holz, Autoteilen, Drähten und Müll ist, eine Lichtung geschlagen. Unser Haus sieht aus, als wäre es mit Schlamm gestrichen worden, ganz dunkel beschmiert. Als habe das Wasser es falsch herum gedreht. Der Nachtwind fühlt sich nur deshalb kühl an, weil er weniger heiß ist als am Tag. Miss Bernadine hat uns jedem einen großen Becher Wasser zum Waschen gegeben; duschen bedeutete, den Lappen in das Wasser zu tauchen, Seife hineinzureiben, mich in Big Henrys warmem blau gekachelten Bad, das leicht nach faulen Eiern roch, auszuziehen, am ganzen Körper einzuseifen und mich dann mit dem Wasser aus dem Becher abzuspülen. Es war himmlisch. Sie wickelte Daddys Hand aus und wusch sie, schaute sie genau an und sagte: *Sie ist ein bisschen gerötet.* Daddy hatte schon leicht lallend geantwortet: *Wird schon wer'n.* Das Abendessen bestand aus Sardinen und Wiener Würstchen, Mais aus der Dose, trockenen Fertignudeln, die wir wie Cracker aßen, Trauben und roter Limo; selbst nachdem ich das letzte Bisschen von der zuckrigen warmen Limo geschlürft und das letzte Fischöl von meinen Fingerkuppen gelutscht hatte, war ich noch hungrig. Wir fuhren zum Haus und mussten den Wagen beinahe auf den Bäumen parken, die von der Straße gezogen und am Rand des Grabens liegen gelassen worden waren.

Skeetah muss irgendwo eine Axt gefunden haben, oder vielleicht hat er das Holz auch mit bloßen Händen klein gemacht; er sitzt mitten zwischen den umgestürzten Bäumen; sein Feuer ist groß, höher als das, auf dem wir gegrillt haben, so hoch, dass die Flammen bis über seinen Kopf lodern, ihn schwarz und so glänzend erscheinen lassen wie das Glas, das ich vorhin gefunden habe. Er sitzt auf einem umgedrehten Eimer in dem Kreis aus Schlamm und Sand, den er gebaut hat, die Ellbogen auf die Knie gestützt, den Blick ins Feuer gerichtet. Er trägt ein paar Jeans-Shorts und Tennisschuhe, und neben ihm liegt ein Autoreifen und darauf eine Kette, die ebenso wolkig grau ist wie die Hurrikanwolken. Chinas Sachen. Er hat Chinas Sachen gefunden.

»Wir haben dir was zu essen mitgebracht«, sage ich. Er schaut hoch, nicht überrascht, als ob er uns erwartet hat. Das Weiße in seinen Augen ist sehr weiß, und er wirkt ruhiger, als ich ihn je zuvor erlebt habe, so ruhig, als befände sich ein harter Stein in seinem Innern, in seiner Mitte: ein verwaister Betonsockel.

»Danke«, sagt er. »Eure Schuhe.« Skeetah zeigt zu einem zweiten, kleineren Haufen, den ich noch nicht bemerkt hatte. Ein schlammiger Schuhberg, der genauso aussieht wie die Schuhstapel, die China als Welpe gemacht hat. »Ich habe sie gefunden.«

Wir gehen den Stapel durch. Skeetah macht den Deckel einer Dose mit Wiener Würstchen auf, öffnet das Päckchen Cracker, macht sich ein kleines Sandwich und fängt an zu essen. Er kaut ganz langsam. Krümel sammeln sich in seinen Mundwinkeln, und er leckt sie ab.

»Du solltest mit uns runterkommen«, sagt Randall und stopft einen Fuß in seinen Schuh. Junior rutscht an Randalls Seite herunter wie ein kleiner schwarzer Schatten. Ich werfe ihm seine Schuhe zu. Randall setzt sich in den Sand, und Junior macht es sich auf seinem Schoß bequem. Randall legt sein Kinn auf Juniors kahlen, schwitzenden Eierkopf.

»Wir haben jede Menge Platz«, sagt Big Henry. Er zieht an seinem Zigarillo, und die Spitze glüht rot auf. »Du kannst bei mir im Zimmer schlafen.«

»Wir haben uns Sorgen um dich gemacht«, sage ich, weil es sonst niemand tun wird.

Skeetah lächelt um das Essen herum und schüttelt den Kopf.

Er greift nach der Vanillelimonade, die wir ihm mitgebracht haben, sein Lieblingsgetränk, macht sie auf und nimmt einen Schluck.

»Ich geh nirgendwo hin«, sagt er. Er isst ein zweites Crackersandwich. Das Fleisch riecht gut im Dunkeln; die Cracker riechen nach nichts. Alles zusammen riecht verbrannt wegen des qualmenden Feuers, das unerträglich heiß ist. Ich setze mich neben Skeetah, rutsche aber ein Stück zurück und spüre, wie die Blätter an den umgestürzten Bäumen, die noch grün und saftig sind, mich am Rücken kitzeln. »Sie ist irgendwo da draußen, und sie wird wiederkommen.«

»Du hast St. Catherine nicht gesehen«, sagt Randall. »Sieht aus, als hätte eine Bombe eingeschlagen. Wie im Krieg.«

»Bois ist nicht St. Catherine.« Skeetahs Miene verfinstert sich kurz, eine dunkle Linie erscheint wie ein Schrägstrich zwischen seinen Augenbrauen, Lippen und Nase sehen aus wie ein falsch zusammengesetztes Puzzle, aber dann wird sein Gesicht wieder glatt und glänzend. »Sie kann schwimmen.«

»Du kannst ja tagsüber wieder herkommen«, schlägt Big Henry vor.

»Nein.«

»Falls sie wiederkommt, Skeetah, wird sie wohl kaum gleich wieder abhauen«, sage ich.

»Da gibt's kein *falls*.« Skeetah reibt sich den Kopf vom Nacken bis zur Stirn, so als wäre seine Haut ein T-Shirt, das er sich über den Kopf ziehen kann. Als könnte er den, der er ist, ausziehen und etwas anderes werden. Als könnte er seine menschliche Gestalt im Dunkeln abwerfen, darunter als großer glänzender Pitbull wieder zum Vorschein kommen, schwarz gegenüber dem Weiß von China, und davonrennen, hinein in das, was vom Wald noch übrig ist, dem Bachlauf folgen und China treffen, die gerade am Stamm einer Eiche voller zitternder Eichhörnchen schnüffelt, oder an der Erde, nach den Kaninchen zwischen den Wassern. »Nicht *falls*. Wenn.«

Als er wieder zu mir hochschaut, ist er ruhig: zu Stein erstarrter Sand.

»Sie wird zu mir zurückkommen«, sagt er. »Wart's ab.«

Wir werden hier bei ihm sitzen, in der seltsamen, insektenstillen Dunkelheit. Wir werden hier sitzen, bis wir schläfrig werden, und dann werden wir bleiben, bis uns die Beine wehtun, bis Junior in Randalls Armen eingeschlafen ist, sein schlaffer Nacken über Randalls Ellbogen hängt. Randall wird über Junior wachen und Big Henry wird über mich wachen und ich werde über Skeetah wachen, und Skeetah wird über keinen von uns wachen. Er wird über die Dunkelheit wachen, die zerstörten Häuser, die verschlammten Gerätschaften, die Baumkronen um uns herum, deren Blätter absterben, weil sie keine Wurzeln mehr haben. Er wird das Feuer schüren, damit es hell wie ein Leuchtturm scheint. Er wird auf das Schlagen ihres Schwanzes lauschen, das Tapsen ihrer Pfoten im Schlamm. Er wird in die Zukunft blicken und sie in den Kreis dieses Feuers treten sehen, total verdreckt vom Hurrikan, sodass sie nicht mehr glänzt, sodass sie die Farbe seiner Zähne hat, oder des Weißen in seinen Augen, oder seiner Knochen, um die sein Blut herumfließt, stumpf, aber am Leben, am Leben, am Leben, und wenn er sie sieht, wird sein Gesicht aufbrechen, und Wasser wird darüber fließen, und dieses Wasser wird, wie Wasser es macht, das Herz aus Stein erweichen, das sie durch ihr Verschwinden zurückgelassen hat.

China. Sie wird zurückkehren, wird groß und aufrecht vor uns stehen, und ihre Milch wird verbrannt sein. Sie wird auf den Lichtkreis schauen, den wir auf dem Pit gemacht haben, und sie wird wissen, dass ich Wache gehalten habe, dass ich gekämpft habe. China wird bellen und mich Schwester nennen. In dem sternenerstickten Himmel liegt eine große wartende Stille.

Sie wird wissen, dass ich Mutter bin.

DANKSAGUNG

ICH DANKE meiner Lektorin Kathy Belden und allen Mitarbeitern bei Bloomsbury, die meinen Roman vertreten haben. Ich danke meiner Agentin Jennifer Lyons, die vom ersten Wort an daran geglaubt hat. Durch das Stegner-Stipendium der Stanford University hatte ich die Zeit, dieses Manuskript zu schreiben und zu überarbeiten, und ich bin den Fachbereichen für Englisch und Kreatives Schreiben sehr dankbar dafür. Elizabeth Tallent und Tobias Wolff waren während meines Aufenthalts an der Stanford University einfühlsame Leser und Mentoren. Ich hätte diesen Roman nicht schreiben können ohne das wertvolle Feedback und die Ermutigungen der wirklich wunderbaren Schriftsteller in meinem Stegner-Workshop: Sarah Frisch, Justin St. Germain, Stephanie Soileau, Jim Gavin, Vanessa Hutchinson, Ammi Keller, Harriet Clark, Will Boast und Rob Ehle. Darüber hinaus habe ich von vielen anderen Schriftstellern wichtige Unterstützung, Freundschaft und Feedback erhalten: Mike McGriff, J.M. Tyree, Molly Antopol, Skip Horack, Shimon Tanaka, Jeremy Chamberlain, Peter Ho Davies und Elizabeth Ames Staudt. In DeLisle danke ich Mark Dedeaux, der Familie Miller, Sarah Hatcher, Jillian Dedeaux, Aldon Dedeaux, Judy Ann Dedeaux, Dorothy Smith und allen Mitgliedern meiner Großfamilie, durch die ich immer einen Platz hatte, an den ich zurückkehren konnte und wo ich geliebt wurde. Und schließlich danke ich meiner engsten Familie: Joshua, weil er mein Herz ist, Nerissa und Charine, weil sie meine Kampfschwestern sind, De'Sean, weil er mein Kumpel ist, Kalani, weil er mein Löwe ist, Jerry, weil er mich immer als Künstlerin unterstützt hat, und Norine, weil sie jeden Tag Wunder vollbringt und einen Weg findet, wo kein Weg ist.